黄 静◎著

晚清民国时期中国文学的欢场书写研究

安徽师范大学出版社

ANHUI NORMAL UNIVERSITY PRESS

图书在版编目(CIP)数据

晚清民国时期中国文学的欢场书写研究 / 黄静著. — 芜湖: 安徽师范大学出版社, 2018.11

ISBN 978-7-5676-3324-7

Ⅰ.①晚… Ⅱ.①黄… Ⅲ.①中国文学－文学研究－清后期－民国 Ⅳ.①I206

中国版本图书馆CIP数据核字(2018)第005011号

安徽高校省级学科建设重大项目
安徽师范大学科研培育基金学术著作项目　资助出版

晚清民国时期中国文学的欢场书写研究

WANQINGMINGUO SHIQI ZHONGGUOWENXUE DE HUANCHANGSHUXIE YANJIU　　黄　静　著

责任编辑: 侯宏堂

装帧设计: 丁奕奕

出版发行: 安徽师范大学出版社
　　　　　芜湖市九华南路189号安徽师范大学花津校区

网　　址: http://www.ahnupress.com

发 行 部: 0553-3883578　5910327　5910310(传真)

印　　刷: 虎彩印艺股份有限公司

版　　次: 2018年11月第1版

印　　次: 2018年11月第1次印刷

开　　本: 700 mm×1000 mm　1/16

印　　张: 16

字　　数: 254千字

书　　号: ISBN 978-7-5676-3324-7

定　　价: 52.00元

如发现印装质量问题,影响阅读,请与发行部联系调换。

序

　　看了这本书出现的关键词:"欢场""欢场文学""欢场书写",自然就想起了我在二十世纪末撰写《老舍与唐代传奇小说》的情景。那时,我为写这篇文章,将《唐传奇英华》细阅一过,其中写文人学士与歌伎的爱情小说,多为后人称道。像《北里志》《教坊记》是颂扬歌伎的,记述了青年书生对歌伎的钦慕。唐代的长安有一条街叫平康里,歌伎们大都住在那里。而多数歌伎都善于应对,有较好的文化素养,能诗会文,所以到京城应试的书生和中试候选的人,一到了平康里即和端庄貌美、能诗会文的歌伎情投意合,找到了平生的"知音",产生了深厚的爱情。将这样的爱情故事记述下来,故事中的"歌伎"多为美的、雅的。由于受封建门第婚姻观的制约,那些文人学士纵然对歌伎恋情深深,但终不能成为眷属,留下了无限的幽怨。也有文人学士像《李娃传》中的郑生在平康里与名妓李娃一见倾心,建立爱情后,郑生遇难,得李娃相救,最终成为眷属的。唐代的爱情小说写文人学士与妓女相爱,不管是写"团圆"的还是"不团圆"的,都像抒情诗似的,将歌伎形象抒写成文人学士们永驻心中的美的象征。老舍特别欣赏唐代的爱情小说,他笔下的妓女形象似乎也带有唐代歌伎的影像,也多是美的、雅的,有较好的文化素养,且用情比较专一,像《微神》中的"她"的"小绿拖鞋"成为男女主人公爱情的永久生命。像《新时代的旧悲剧》中的宋凤贞以牺牲自己的肉体来养活母亲和弟弟,《月牙儿》中的女主人公以出卖肉体养活母亲,《骆驼祥子》中的小福子为父亲的几个酒钱和弟弟的饭食而出卖自己,她们都有着一定的献身精神。她们的心灵是美的,她们的遭遇是令人同情的。我那时作论,只是将唐代爱情小说中的歌伎与老舍笔下的妓女联系起来思考问题,似乎涉及"欢场文学""欢场书写"的"传统"的唐代和"现代"的老舍,而没有将"传统"与"现代"连成一条"史"的线,未探讨中国文学中的"欢场文学""欢场书写"的演变、发展历程。到了2007年,黄静作博士论文时,将论文《晚清民国时期中国文学的欢场书写》提纲拿给我看,看到第一章就有《欢场文学的发展演变》,我眼睛一亮,非常欣慰。再看整个的对"欢场文学""欢场书写"的系统论述,更觉新颖,突破了已有的研究现状,选题、立论等都有了自己的创见。

　　中国欢场文学经历了从传统青楼文学到晚清狭邪小说再到民国倡门小说及新文学的欢场书写的历程。很显然,黄静是把唐传奇中写士子与妓女之间的爱情的小说,视为"青楼文学自唐代而大盛"的标志,对此,我是有同感的。延续下来,十九世纪中叶之前青楼文学所塑造的妓女形象大多是美好的,她们貌才情兼备,是名士才子理想的红颜知己。且多写名士才子与青楼女子的浪漫爱情,并视其为诗酒风流的具有审美意义的一种生活方式。自十九世纪中叶以来,随着欢场业的商品化与情欲化趋势,晚清狭邪小说开始出现"近真"与"溢恶"的想象。相比较以往的青楼女子,晚清妓女对男性的依附性开始减弱,男性不再是她们情感依托的对象,而成为她们做生意的对象。她们由传统文人心目中的温顺专情的女性而演变为精明算计的女商人,且淫逸放荡、敲诈勒索,这一时期的狭邪小说多对妓女进行"溢恶"想象。民国时期的倡门小说直接承继晚清狭邪小说,但又有所突破。这一时期由于欧洲人道主义思潮的传入,倡门小说不仅人情化,而且具有强烈的人道主义精神。妓女不再是"溢美"或是"溢恶"的对象,而成为同情的对象。"五四"新文学以来,欢场书写主题更加丰富,其中最主要的是批判社会的主题。娼妓由一种代表雅致的文化而转变为苦难的化身,其模式多为女性的卖淫是被迫的或是被逼的,是社会的黑暗与罪恶造成的。由此,娼妓成为一种带来疾病、堕落与危险等社会问题的群体,成为一种显性的社会存在,甚至成为民族衰弱落后的标志。从而,欢场书写与政治话语相结合,与"贫穷、落后、拯救、解放"等宏大叙事相联系,成为作者标识自己在现代化进程中身份与立场的工具。抗战时期,欢场书写与民族国家话语相结合,这一时期的戏剧作品中出现了大量以身救国的舞女形象,欢场女性演变为了时代爱国者。黄静如此梳理、勾勒欢场文学的发展演变,以时间为序,形成一条"史"的链条,我想,如果以此为基础,扩而展之,可作一部中国文学的欢场文学、欢场书写的发展简史。

从纵向的史的观照,到横向的选取几部代表性的西方文学作品,包括小仲马的《茶花女》、莫泊桑的《羊脂球》、雨果的《悲惨世界》及左拉的《娜娜》,考察这些作品对中国文学欢场书写的影响。这样就使得作者重点论述的新文学的欢场书写既有了传统的承传,又有了外来的影响,显得对"问题"思考的周全、缜密了。

该书论述欢场空间所蕴含的文化内涵,具体选择高级妓院、大街及舞厅这三种代表性的欢场空间,从而揭示在近现代城市化的进程中,欢场空间与城市发展之关系。在对欢场主体形象的分析中,突出欢场才子的角色演变及欢场女性的形象谱系。由于欢场文学在很大程度上是一种以女性身体为核心的书写,作者又从三个视角对欢场女性的身体进行阐释,包括欢场女性身体的情色想象、身体寓意及疾病隐喻,从而探究欢场女性身体所蕴含的丰富意义。这些都是对中国文学的"欢场文学""欢场书写"的文化思考和审美探视。

我很欣赏作者对欢场书写性别立场的论述,其认为对男性作家而言,他们都是从外部来书写欢场女性的,欢场女性内在的情感、心理及身体体验等都是被遮蔽的,处于一种失语状态。尤其是有关欢场女性堕落与救赎的母题,更是凸显了男性作家一厢情愿的道德想象。相比较来说,女性作家的欢场书写具有鲜明的女性意识,因而对于欢场女性堕落与救赎的母题,她们能够突破主流话语模式,书写出不同于男性作家的另类话语。新文学中女作家创作的欢场题材作品并不多,其中以丁玲的《庆云里中的一间小房里》和张爱玲的《沉香屑 第一炉香》为代表,然而这两部作品却在很大程度上颠覆了男性作家有关欢场女性堕落与救赎的主题模式。作者作了如此论断后,便运用比较方法加之文本细读,深入细致地分析了老舍的《月牙儿》、杜衡的《人与女人》与张爱玲的《沉香屑 第一炉香》的女性堕落母题,以及沈从文的《丈夫》、曹禺的《日出》与丁玲的《庆云里中的一间小房里》的救赎母题,分别体现了文本的差异以及作家的不同书写姿态、性别立场。

在我看来,黄静做学问,不以灵动潇洒见长,而以真诚踏实取胜。这本书即是她真诚踏实做学问的一个见证。它是在博士论文的基础上,经过近十年的打磨,才得以面世。她不急于求成,而稳于细磨,这种以"大国工匠"精神而著就的新成果,相信读者一定能够从中看到"欢场书写研究的拓展与深化"!我写此序,以示对这一新成果问世的祝贺!

谢昭新

2017 年 5 月 6 日

目　录

引言

引　言

　　晚清至民国时期,中国的社会结构和文化结构都经历着剧烈的动荡,欢场的价值观与功能也随之发生重大的转变。这里首先需要明确欢场及欢场女性的概念,作为贯穿论著始终的核心词汇,论著中的欢场及欢场女性都是较为宽泛的概念。欢场女性泛指以身体或是与身体有关的艺能为男性提供娱乐或是性的服务,从而获得相当的报酬。娱乐与性的服务既可能是并存的,也可以是分离的,既包括主动的提供,也包括被迫的出卖。故而,这一概念除了指称各类等级的妓女外,还包括职业舞女、交际花等。欢场则是欢场女性的活动空间,既包括固定的性交易场所,如各类等级的妓院,又包括女性以才艺或色相娱人的娱乐场所,最典型的如舞厅。

　　论著所以使用欢场及欢场女性的概念,这是由论述对象的范围决定的。由于论著选取的研究范围是晚清至民国时期,这一时期中国的欢场业发生重大转变。首先,自19世纪中叶以来,在近代化、城市化及世俗化的作用下,高级妓院经历着一种"向下的运动"。这种"向下"一方面是指高级妓女的"质量下降",另一方面则是指高级妓女服务的"情欲化"的趋势。"对性服务的需求竟然使原有的娱乐表演功能黯然失色,而后者在19世纪以前一直是这个特殊的妓女群体所具有的基本特征。"①故而,欢场功能体现出情欲化和商品化的统一。其次,随着近代城市的发展,娼妓的数量激增,欢场业由以往以一小群高级妓女为主导、满足社会精英阶层需要的贵族市场,演变为一个为城市大众提供性服务的平民市场。此外,在城市现代化进程中又出现了一些新的卖淫模式,这些模式出现的最初并非是为了卖淫而且也从未完全用于卖淫,即性交易可能是这些模式中的一项活动,但并非是唯一的活动。因而可将这些模式视为卖淫的补充形式,这些补充形式中最有影响力的当属舞厅里陪人跳舞的职业舞女。舞女自是不等于妓女,不过由于这一群体中确有不少人私下从事着性交易,因而她们的声名其实并不比妓女好多少。20世纪二三十年代舞厅的兴盛在很大程度上削弱了高级妓院的功能,并对高级妓院的衰落起了助推的作用,而红舞女也在某些方面延续着以往高级妓女所扮演的角色。可见,在这一时间段内,欢场业发生了几次重大转变,而欢场书写也随之变化并呈现出复杂的风貌。

晚清至民国时期,最集中地体现了欢场文学经历的几次大的转变,从传统青楼文学到晚清狭邪小说再到民国倡门小说及至新文学的欢场书写,这一时期的欢场文学表现出前所未有的丰富性与复杂性。19世纪中叶之前青楼文学所塑造的妓女形象大多是美好的,她们貌才情兼备,是名士才子理想的红颜知己。传统青楼文学多写名士才子与青楼女子的浪漫爱情,并视其为诗酒风流的具有审美意义的一种生活方式。如果说传统青楼文学对妓女多为"溢美"想象,那么自19世纪中叶以来,随着欢场业的商品化与情欲化趋势,晚清狭邪小说开始出现"近真"与"溢恶"的想象。相比较以往的青楼女子,晚清妓女对男性的依附性开始减弱,男性不再是她们情感依托的对象,而成为了她们做生意的对象。她们由传统文人心目中的温顺专情的女性而演变为精明算计的女商人,且淫逸放荡、敲诈勒索,这一时期的狭邪小说多对妓女进行"溢恶"想象。民国时期的倡门小说直接承继晚清狭邪小说,但又有所突破。这一时期由于西方人道主义思潮的传入,倡门小说不仅人情化,而且具有强烈的人道主义精神。妓女不再是"溢美"或是"溢恶"的对象,而成为同情的对象。"五四"新文学以来,欢场书写主题更加丰富,其中最主要的是批判社会的

---

① [法]安克强:《上海妓女——19—20世纪中国的卖淫与性》,袁燮铭、夏俊霞译,上海古籍出版社2004年版,第26、32、33页。

主题。娼妓由一种代表雅致的文化而转变为苦难的化身,其模式多为女性的卖淫是被迫的或是被逼的,是社会的黑暗与罪恶造成的。由此,娼妓成为一种带来疾病、堕落与危险等社会问题的群体,成为一种显性的社会存在,甚至成为民族衰弱落后的标志。从而,欢场书写与政治话语相结合,与"贫穷、落后、拯救、解放"等宏大叙事相联系,成为作者标识自己在现代化进程中身份与立场的工具。抗战时期,欢场书写与民族国家话语相结合,这一时期的戏剧作品中出现了大量以身救国的舞女形象,欢场女性演变成为时代的爱国者。此外,新文学的欢场书写还包括自我情感抒发的主题及海派的突出现代性的主题等。故而,选取这一时间段,可充分考察欢场及欢场文学的流变及其与近现代社会、文化发展之关系。

正因为这一时间段的选取,使得论著无法用娼妓、妓女、青楼女子等概念涵盖论述的全部对象。先看有关"娼""妓"的解释,古代的娼起源于音乐歌舞之女乐,以卖艺为主。《说文解字》有"倡"字而没有"娼"字,梁顾野王《玉篇》上始有"娼"字,并说"娼,娼也。"《说文解字》讲"娼,放也,一曰淫戏。"宋丁度《集韵》:"倡,乐也,或从女。"明张自烈《正字通》:"倡,倡优女乐,别作娼。"古代"倡""优"不分,《说文解字》:"倡,乐也。"又说"优,饶也,一曰倡也。"此外,古代娼是男女不分的。唐代以前,文人著书皆写作"倡",而没有写作"娼"的。唐代著述中始见"娼"字,如赵璘《因话录》中有"陈娇如,京师名娼。"可见,近代意义的娼妓始于唐。《说文解字》对"妓"的解释为:"妓,妇人小物也",与妓女之义毫不相干。后代用为女妓之称,则始于魏晋六朝时期。[1]通过梳理娼妓含义之流变,我们发现"娼""妓"最初都是指从事歌舞的女艺人,后才指称卖淫的女子。《汉语大词典》对"娼""妓"的解释为:"娼","指从事歌舞的女艺人,后亦称被迫卖淫的女性,娼,本作'倡'"。同样,"妓"也是两种含义,一指"歌舞女艺人",二指"卖淫的女子"。"娼妓"合在一起与单个字的含义是相同的。而"青楼"一词起初也与妓女丝毫无涉,六朝以前,实指金张门第,至唐代,开始广泛用来指代妓女居所。宋、元以来,"青楼"越来越多地以它的晚出义行世。故而,"青楼女子"是对妓女的一种雅称。

近代以来,"娼""妓"及"青楼女子"等概念都是指其后起之义,即"因要得

---

①参见王书奴《中国娼妓史》,团结出版社2004年版,第1、2页。

到他人相当报酬,乃实行性的乱交,以满足对方性欲的,是为娼妓。"①更具体的如"娼妓是以经济为目的,出卖其自身性机能或足以引动性机能之艺能,而满足狎客之性要求之全部或一部,以博得定数或定数以上之收入,并继续行使此种行为,而成为某一定时间之职业者。"②以上这些定义,都一致地指出了娼妓的本质是一种从事性交易的行为,通过性服务获取相当报酬。论著所研究的对象虽以妓女为主,但还包括其他类型的以才艺或色相娱人而获取报酬的女性,比如职业舞女、交际花等。基于此,论著选择欢场与欢场女性的概念,作为一种宽泛的统一称呼,而欢场女性的概念其实倒是接近于"娼""妓"的本义与后起之义的结合。故而,关于娼妓、妓女、青楼女子等概念,论著除了对某些具体对象使用这些称呼,总体上并不运用这些概念,而以欢场及欢场女性作为贯穿论著的关键词。

需要说明的是,论著研究的欢场自是不包括男色、男宠等现象,虽然娼妓的性别往往是包括男女两性,即男子卖淫,亦事同一例,而本论著的研究对象则专指女性。其次,中国古代的妓女分为官妓、营妓、家妓及私娼等诸多种,近现代以来多为私人经营的私娼。不过也还存在类似于营妓的军妓,这也属于论著的研究范畴。另外,欢场文学是以描写欢场及欢场女性为主的作品,亦可称为欢场题材作品,比如《海上花列传》。而欢场书写则是作品中会涉及有关欢场及欢场女性的描写,可能是作品描写的主要内容,也可能不是作品的主要内容,比如茅盾的《子夜》。即欢场书写是大于欢场文学的,两者之间是包含与被包含的关系。论著研究的对象以欢场文学为主,但同时也会涉及一部分涉及欢场书写的作品。此外,论著研究的作品并不局限于小说,还包括话剧、戏曲、散文等体裁的作品。

在目前中国现代文学研究领域,对于欢场文学的研究还缺少一种系统的、整体的把握与梳理。研究现状呈以下几种倾向:首先,集中于对单个作家或作品的研究,主要集中于对老舍、曹禺、穆时英、郁达夫、沈从文等作家作品的研究,且多为单篇论文。这方面的文学研究类论著较少,多为社会学、历史学的论著。陈思和教授主编过《文学中的妓女形象》一书,但多数为西方作品中的妓女形象和中国古代的青楼女子,涉及这一时期的文学作品只有四部,

---

① 王书奴:《中国娼妓史》,团结出版社2004年版,第4页。
② 鲍祖宣:《娼妓问题》,上海女子书店1936年版,第5页。

准确地说是单个作品研究的论文合集。另外,此类论著还有侯运华的《晚清狭邪小说新论》,不过论述只针对晚清狭邪小说这一类。其次,对这一时期欢场文学研究缺少一种视野开阔的比较视角,涉及的作家、作品都不够丰富,比较方法运用也较为简单,且较少从影响的角度来论析。此外,相比较古代青楼文学的研究,现代文学界对欢场文学的研究较多还局限于形象本体范畴,缺少一种社会、文化视角的观照。总体而言,现代文学研究界对欢场文学的研究目前还存有一些空白,缺少一种系统的梳理与整体的观照,这些都为论著的研究提供了一定的发挥空间。

论著研究晚清至民国时期中国文学的欢场书写,试图对这一时期的欢场文学进行梳理,从整体上把握欢场书写的一些特点,并以社会、文化的视角予以观照。论述从以下几个方面展开:首先对欢场文学的发展流变进行史的梳理,具体包括传统青楼文学、晚清狭邪小说、民国倡门小说和新文学的欢场书写,总结每一类欢场文学的特点及其变化;并选取几部代表性的西方文学作品,包括小仲马的《茶花女》、莫泊桑的《羊脂球》、雨果的《悲惨世界》及左拉的《娜娜》,考察这些作品对中国文学欢场书写的影响。其次,论述欢场空间所蕴含的文化内涵,具体选择高级妓院、大街及舞厅这三种代表性的欢场空间,以此揭示在近现代城市化的进程中,欢场空间与城市发展之关系。论著重点是对欢场主体形象的分析,包括欢场才子的角色演变及欢场女性的形象谱系。另外,由于欢场文学在很大程度上是一种以女性身体为核心的书写,研究还将从三个视角对欢场女性的身体进行阐释,包括欢场女性身体的情色想象、身体寓意及疾病隐喻,从而探究欢场女性身体所蕴含的丰富意义。此外,欢场书写还体现着鲜明的性别立场,女性作家的欢场书写往往能突破男性作家的主流话语模式,流露出鲜明的女性意识。这部分论述将以张爱玲与丁玲的作品为例,通过与一些男性作家相同题材的作品进行比较来说明。

总之,通过上述结构安排,论著力图对晚清和民国时期的欢场文学在总体勾勒的基础上,又能突出这一题材文学自身的特点;在注重对形象本体分析的基础上,又能以社会、文化、审美的视角观照之,从而拓展并深化对欢场文学的研究。

第一章

欢场文学的
发展演变

- 传统青楼文学
- 晚清狭邪小说
- 民国倡门小说
- 新文学的欢场书写

第一章

欢场文学的发展流变

不同历史时期的欢场文学具有鲜明的时代特色，并以不同的概念来指称，如青楼文学、狭邪小说、倡门小说等，这些概念更多是表明欢场文学的时代特征，事实上并没有本质的区别。一般清中叶以前的欢场题材作品我们统称为青楼文学，清中叶以后至民国前的长篇章回小说则称为狭邪小说，而民国初年此类题材的通俗作品用倡门小说来概括，一直延续至20世纪的30年代，在时间分期上其与新文学的欢场书写存在着一定的交叉，区分的主要依据则是倡门小说的作者多为民国初期鸳鸯蝴蝶派的通俗小说家。本章通过对不同时期的欢场文学进行梳理，来考察欢场文学的发展流变。

第一节　传统青楼文学

这里的青楼文学主要研究自唐代以来描写青楼生活的小说戏曲，不包括诗词等体裁作品。事实上，"青楼"一词起初与妓女丝毫无涉，只是一种阀阅之家的代称。在六朝以前，"青楼"实指金张门第，至唐代，"青楼"才渐渐比较广泛地用来指代妓女所居，但两种意义仍参杂错出。骆宾王《帝京篇》"小堂绮帐三千户，大道青楼十二重"；王昌龄《青楼曲》"驰道杨花满御沟，红妆缦绾上青楼"；孟浩然《赋得盈盈楼上女》"夫婿久离别，青楼空望归"，便都是沿用古意。而李白《楼船观妓》"对舞青楼妓，双鬟白玉童"；杜牧《遣怀》"十年一觉扬州梦，赢得青楼薄倖名"；及李商隐《风雨》"黄叶仍风雨，青楼自管弦"中的"青楼"，则是专指妓女丛萃的烟花世界。宋、元以来，"青楼"越来越多地以它的晚出义行世，与平康、北里、行院、章台这些词汇共同指称妓女的居所。

青楼文学自唐代而大盛，唐传奇中开始出现以妓女为主人公的作品，多是描写妓女与士子的爱情悲欢。如张鷟《游仙窟》，描写士子冶游的经历，①由于作者有意制造亦真亦幻的氛围，使得源于现实青楼中的士子与娼妓的关系产生了一种非现实的模糊性。白行简的《李娃传》与蒋防的《霍小玉传》同是描写士子与妓女的爱情，最终结局一喜一悲，两部作品不同程度地批判了封建门阀的婚姻制度，而《李娃传》的喜剧结局在某种程度上具有偶然性与非现实性。两部作品表明了在文人与妓女的爱情故事里，文人的变数决定着爱情故事的结局，决定着妓女的命运。唐传奇中此类作品人物构成上的士子名妓的二元组合模式已定型。另外，有关悲剧的成因，即门第观念与经济因素，亦成为自《霍小玉》以来青楼文学中妓女悲剧的两大原因。

相比较唐传奇而言，宋传奇中的青楼故事少了份浪漫却多了份说教。唐传奇凸现的是"情"，塑造的娼妓情真意切，个性鲜明；而宋传奇彰显的是"理"，娼妓更注重遵守伦理贞节观念。唐妓从良，出于情的成分居多，追求的是男女之间的情意和谐；宋妓从良则更看重伦际、名分。宋传奇这类作品主要有：《谭意歌传》《甘棠遗事》《义娼传》《严蕊》《王幼玉记》《长安李妹》等，这些作品中的娼妓多以贞妇淑女的贞节标准来要求自己，希望获得男性社会的认可，反映了当时程朱理学的影响。最典型的如《甘棠遗事》中的妓女，其沦落为娼，是出于孝义；及入烟花，更能端谨自持，未尝有悖于妇德，俨然一位女道学家。而《义娼传》讲述了潭州妓心慕少游，以身相许。秦少游离去后，她

①作者虽在小说女主人公崔琼英身上贴了一张出身望族的标签，但观其与男主人公的酬答雅谑之词，目挑心许之状，则活脱是平康里二曲中名妓的做派，并无丝毫名门媛妇应有的矜重自持，且"仙"字在唐代实际还有指称妓女的意义，故将其视为狎妓的作品。此外，据陈寅恪先生考证，《莺莺传》亦当为士子冶游负心之作。

便闭门谢客以待少游。闻少游客死藤县,她步行数百里前往吊唁,临丧拊棺,一恸而绝。作者赞叹的是她的义。此外,《王幼玉记》和《谭意歌传》中的王幼玉、谭意歌都以身处娼门为耻,亟于摆脱那种朝秦暮楚、送往迎来的生涯,渴望拥有良家人的主妇名分。

元代由于受异族统治,读书人丧失了许多特权,从受尊崇的社会品级跌落到被奴役驱使的社会底层,位于娼丐之间,有所谓"七匠八娼九儒十丐"之说,强烈的失重感取代了以往的荣誉感和使命感。正是这样的境遇,使得元代读书人能够品味下层社会的悲欢忧乐,使得他们能够与沦落风尘的妓女产生情感上的共鸣。从留存下来的十余个表现妓女生活的杂剧作品来看,可以说是多方面地反映了元代妓女的痛苦生活与不幸命运,并真实、细腻地展示了她们的内心世界,从而使青楼文学呈现出超越以往的批判精神与思想力度。元杂剧这类题材的作品主要包括:关汉卿的《钱大尹智宠谢天香》《杜蕊娘智赏金线池》《赵盼儿风月救风尘》;马致远的《江州司马青衫泪》;石君宝的《诸宫调风月紫云亭》《李亚仙花酒曲江池》;贾仲明的《荆楚臣重对玉梳记》《李素兰风月玉壶春》;戴善甫的《陶学士醉写风光好》;张寿卿的《谢金莲诗酒红梨花》;以及无名氏的《郑月莲秋月云窗梦》《逞风流王焕百花亭》等。此外,这些作品中多存在士、妓、商的三角关系模式,落魄文士凭其才气和真诚击败商人,赢得妓女芳心。于是才子佳人终成眷属,实现了文人在现实中无法实现的梦想,通过这样的虚构获得了一种心理慰藉。"在元这一代,士子们是那样的被践踏在统治者的铁蹄之下。终元之世,他们不曾有过扬眉吐气的时候。而因此,他们的'团圆梦'便更做得有声有色!"①这也是元杂剧青楼题材作品的一大特色,而落魄文人与风尘女子的交往亦开启了后世此类题材的先河。

明中叶以后,随着商品经济的发展,资本主义萌芽的出现,封建的自然经济开始解体。传统的文化思想在商品经济的深刻影响下发生了变革,市民意识开始觉醒,市民心态渗透到思想文化等各个领域,导致了文学作品审美情趣的变化。明代青楼文学主要包括"三言""二拍"中以妓院为表现空间、以士商妓的关系为表现内容的拟话本小说及《金瓶梅》等带有反映青楼生活的长

①郑振铎:《论元人所写商人、士子、妓女间的三角恋爱剧》,《中国文学研究》(上),人民文学出版社2000年版,第498页。

篇小说等。其中流传较广的作品包括《杜十娘怒沉百宝箱》《玉堂春落难逢夫》《卖油郎独占花魁》《王翠翘死报徐明山》等。随着商人这一阶层逐渐为社会所认可和他们地位的提高，"且商贾亦何可鄙之有？挟数万之赀，经风涛之险，受辱于关吏，忍垢于市易，辛勤万状，所挟者重，所得者末。"①商人作为主体形象开始进入青楼文学的领地，这是明代青楼文学的一个重要变化。由以往抒写士人与妓女的才子佳人式的浪漫情怀而转向了商贾与妓女之间的世俗恩怨悲欢，出现了大量描写商人同妓女的爱情作品。如《卖油郎独占花魁》，通过名妓莘瑶琴选择嫁与卖油郎秦重，反映了当时社会世俗化的倾向。当然，随着商贾势力进入青楼及世俗意识深入人心，青楼的文化格局也发生着重大变化，金钱至上的观念开始渗透于妓女的迎来送往之中。《金瓶梅》深刻地揭示了被世俗观念统治的青楼文化，并塑造了一批被金钱利欲扭曲的妓女形象。这种全景暴露的笔法为后世说部铺衍提供了一种范式，即风月场中欲壑难填、虚情假意、势利忘义，流风所及直可追迹于晚清狭邪小说一派，张春帆的《九尾龟》等"溢恶"类狭邪小说更将其发展到极致。另外，妓女的人格尊严、男女的平等意识也在这一时期的作品中提出，而这其中最具光彩的则首推杜十娘的形象。可以说，杜十娘的投江是以死来抗争自己的人格不受辱，具有震撼人心的力度，反映出自我人格意识的觉醒。另有一些青楼题材的作品受平等意识的影响，出现了重爱情不计身份的思想倾向。《拍案惊奇》卷二十五《赵司户千里遗音 苏小娟一诗正果》中两人的爱情即是建立在相知尊重的基础之上，而不计女方的卑贱身份，显示了平民化的反封建色彩，这些都是明代青楼文学的又一重要变化。明末清初改朝易代之际，江南青楼文酒声妓之会盛行，更加刺激着青楼文学的创作。由于经历了改朝易代，因而这一时期的青楼文学具有强烈的政治色彩，如孔尚任的《桃花扇》即借李香君与侯方域的离合之情，抒写国家兴亡之感。这之后，经康熙、雍正两朝而至乾隆盛世，记述各地烟花掌故之笔记小说纷纷问世，如珠泉居士《续板桥杂记》及《雪鸿小记》、李斗《扬州画舫录》、西溪山人《吴门画舫录》、个中生《吴门画舫续录》、捧花生《秦淮画舫录》及《画舫余谭》、雪樵居士《青溪风雨录》等等，一时不胜其数。

虽然不同时代的青楼文学表现出该时代鲜明的特色，但就总体而言，传

---

① 李贽：《又与焦弱侯》，《焚书·续焚书》卷二，岳麓书社1990年版，第48页。

统青楼文学又具有许多共同点。首先,传统青楼文学中的妓女形象大多是美好的,她们貌才情兼备,是文人名士理想的红颜知己。其次,传统青楼文学中妓女的价值观多为渴望从良,并主要选择文人士子作为自己的归属。此外,传统青楼文学主要抒写文人士子与妓女的浪漫爱情,因而作品较为雅致缠绵,充满着文人士大夫情趣。

第二节　晚清狭邪小说

晚清狭邪小说指19世纪中期至20世纪初形成的小说流派,它以妓院梨园为主要表现空间,以名士名妓、优伶鸨仆为主要表现对象,其文体形式多为长篇章回体。自1848年第一部狭邪小说刊本《风月梦》刊行至晚清末年的六十多年间,狭邪小说共刊印有四十多部长篇。[①]狭邪小说自产生之日起,便有各种各样的阐释来凸显阐释主体的价值立场、审美情趣及知识结构等。鲁迅是狭邪小说的命名者,也是最早从文学沿革角度阐释其成因的学者。他认为狭邪小说是承续清之人情小说的传统而发展起来的,强调狭邪小说与《红楼梦》的渊源。"《红楼梦》方板行,续作及翻案者即奋起,各竭智巧,使之团圆,久之,乃渐兴尽,盖至道光末而始不甚作此等书。然其余波,则所被尚广远,惟常人之家,人数鲜少,事故无多,纵有波澜,亦不适于《红楼梦》笔意,故遂一变,即由叙男女杂沓之狭邪以发泄之"。[②]鲁迅认为狭邪小说是将表现对象由"佳人"而"倡优",表现空间由"大观园"而"北里",以满足读者求新求变的心理。另外,有从社会政治视角以阶级意识阐释的,如刘大杰认为狭邪小说"文格不高,并时杂秽语,有害人心;但通过这些作品,也可看出当时城市有产者腐朽的生活状态和妓女艺人们的悲苦命运。"[③]此外,有从文学本体出发,将其放入小说发展史和特定时代背景中考察,肯定狭邪小说的文本价值。如关爱和认为"言妓小说生当天崩地坼的封建末世,它一方面不忘道德救世、整饬风俗的责任,另一方面则要宣泄人生失意的牢愁,夸示狎妓纵酒的风流。道德

---

①谢庆立:《中国近现代通俗社会言情小说史》,群众出版社2002年版,第1页。

②鲁迅:《中国小说史略》,《鲁迅全集》第9卷,人民文学出版社2005年版,第271页。

③刘大杰:《中国文学发展史》,上海古籍出版社1997年版,第1411页。

感、末路惆怅和享受情绪交织在言妓小说中，使它在以巨大热情编织婚姻、家庭生活之外的情爱理想的同时，并不掩饰情意绵绵的人欲躁动，在对青楼风尘、狭邪游人性爱追逐的描写中，又保持着不涉淫亵的优雅风度。"①此阐释较为全面地概括出狭邪小说的意义，在对文本尊重的基础上初步显现出人文主义的价值观。

鲁迅从文学沿革的角度阐释了狭邪小说兴起的原因，此外，狭邪小说的兴起还与近代都市的形成有密切关系。许多史料证明，大量中外移民的涌入是近代上海都市社会形成的最直接原因，也导致了娼妓业的畸形繁荣，以至出现妓馆多于米铺的奇特景观。另外，晚清社会不少文人为了维持生计，就职于报业，不少报刊的创办者或主笔即是狭邪小说家，实现了由封建士大夫向近代小说家的身份置换。这些小说家多为青楼楚馆的常客，他们不仅撰写狭邪小说，还创办记注娼优起居的"花报"，对冶游风气起到了推波助澜的作用，这是狭邪小说兴盛的文化根源。此外，近代社会的转型包括大众文化生产机制和市民消费市场的形成都影响并促进了晚清狭邪小说的繁荣。上海经过开埠以来的大力发展，迅速繁荣为近代大都市，成为狭邪小说竞相表现的对象。以韩邦庆的《海上花列传》为开端，在这之后，以上海为背景的狭邪小说大量涌现，如《海上尘天影》《海上繁华梦》《海天鸿雪记》《九尾龟》等多达二十余种。②

晚清狭邪小说按鲁迅的划分，经历了三个发展阶段，"先是溢美，中是近真，临末又溢恶"。③"溢美"类的作品主要包括：陈森的《品花宝鉴》(1849年)、俞达的《青楼梦》(1878年)、西泠野樵的《绘芳录》(1878年)、魏秀仁的《花月痕》(1888年)等。在这些小说中，伶人、妓女既是士大夫文人情感寄托和赏玩的对象，又是他们的审美对象，小说的主人公多是选择科举入仕道路的传统文人。从这些小说家穷途落魄的个人生活"文本"与他们美梦如诗的小说"文本"的差异中，真实地反映了那一时期文人的生存理想及儒家伦理价值观念。尤其是《青楼梦》中，传统文人的理想都得到了圆满的实现，从而将文人的"白日梦"发挥到了极致。此外，小说中大量诗词歌赋的插入、以主人公为

①张炯等主编：《中华文学通史》第五卷，华艺出版社1997年版，第240页。
②杜志军：《近代狭邪小说兴起原因新探》，《明清小说研究》1999年第3期。
③鲁迅：《中国小说的历史的变迁》，《鲁迅全集》第9卷，人民文学出版社2005年版，第349页。

单一情节的结构安排、雅致而又略显病态的诗化小说意境的追求都是突出的文本特征。

"近真"类的作品主要有韩邦庆的《海上花列传》(1892年)和李伯元的《海天鸿雪记》(1899年)。其中《海上花列传》作为狭邪小说的转折点,"然自《海上花列传》出,乃始实写妓家,暴其奸谲,谓'以过来人现身说法',欲使阅者'按迹寻踪,心通其意,见当前之媚于西子,即可知背后之泼于夜叉,见今日之密于糟糠,即可卜他年之毒于蛇蝎'(第一回)。则开宗明义,已异前人,而《红楼梦》在狭邪小说之泽,亦自此而斩也。"①其文本特征主要表现为:淡化情节的传奇性,凸现平凡琐细的生活场景,笔调冲淡平和,内容写实;吴语进入文本之中,作为一种带有极强地域文化色彩的独特叙事语言,成为这一时期海派狭邪小说语言上的一大特色,并延续至30年代的倡门小说《亭子间嫂嫂》;师承《儒林外传》联缀体叙事结构,又贯以"穿插藏闪"的艺术创造。

"溢恶"类狭邪小说从20世纪初一直到民国前夕,具体包括孙玉声的《海上繁华梦》、吴趼人的《海上名妓四大金刚奇书》、钱锡宝的《梼杌萃编》、张春帆的《九尾龟》、江阴香的《九尾狐》等。这类小说选取妓院作为道德关注视角,作为近代商业、娱乐场所的妓院,较早透露了中国社会世风变革的信息。人们的身份和社会地位在资本面前重新编码,以利益为中心的世俗价值体系正在生成,从而展示了特定历史时期的世俗众生相。这一时期狭邪小说的文本特征包括:暴露为主的笔法,文笔夸张,具有黑幕化的趋势;文本的意识形态混合着多种声音,对近代的都市化、商业化、世俗化流露出复杂、暧昧的态度;吴语作为地域文化功能,在文本中营造着文化意蕴。

狭邪小说由"溢美"而"近真"而"溢恶",亦是由理想化而写实化而黑幕化,表现出鲜明的由雅向俗的转变。理想化的狭邪小说文词优雅,注重个人的抒情色彩;写实化的狭邪小说以真实的描写见长,行文力求自然传神;黑幕化的狭邪小说文笔夸张,言词鄙俗,充斥着市民的低俗趣味。狭邪小说的产生和演变由于处在危机四伏的封建末世,中国社会结构和文化结构都发生着激烈的动荡,文人的生存方式、文化心态、文化意识也随之发生变化。与前期文本中疏离政治却维护道德的倾向不同,后期文本所写名士疏离政治的同时

---

①鲁迅:《中国小说史略》,《鲁迅全集》第9卷,人民文学出版社2005年版,第271、272页。

也疏离了传统道德,转而认同趋利避义的商业观念和"笑贫不笑娼"的市民价值观。文本凸显出名士们的道德焦虑和士商娼优欲望的难以满足,反映了近代市场经济对名士价值立场和社会价值观的强烈冲击。

被推为晚清狭邪小说压卷之作的《海上花列传》,鲁迅、胡适、张爱玲等大家都给予了很高的评价。鲁迅称赞《海上花列传》"平淡而近自然",认为作品"记载如实,绝少夸张,则固能自践其'写照传神,属辞比事,点缀渲染,跃跃如生'(第一回)之约者矣。"①胡适则具体考证了《海上花列传》的作者、生平,并赞为"海上奇书"和"吴语文学的第一部杰作",认为其结构上由于运用了"穿插、藏闪"笔法而"远胜于《儒林外史》"。其刻画人物则个性鲜明,"前人写妓女,很少能描写他们的个性区别的。……到《海上花》出世,一个第一流的作者用他的全力来描写上海妓家的生活,自觉地描写各人的'性情、脾气、态度、行为',这种技术方才有充分的发展。《海上花》写黄翠凤之辣,张蕙贞之庸凡,吴雪香之憨,周双玉之骄,陆秀宝之浪,李漱芳之痴情,卫霞仙之口才,赵二宝之忠厚……都有个性的区别,可算是一大成功"。此外,又称赞其语言,"《海上花》的长处在于语言的传神,描写的细致,同每一故事的自然的发展;读时耐人仔细玩味,读过之后令人感觉深刻的印象与悠然不尽的余韵"。②张爱玲更是对《海上花列传》难以释怀,将其与《红楼梦》相媲美,看作是继《红楼梦》之后传统长篇白话小说的又一个艺术高峰,"是最好的写实的作品"。"《海上花》其实是旧小说发展到极端,最典型的一部。作者最自负的结构,倒是与西方小说共同的。特点是极度经济,读着像剧本,只有对白与少量动作。暗写、白描,又都轻描淡写不落痕迹,织成一般人的生活的质地,粗疏、灰扑扑的,许多事'当时浑不觉'。所以题材虽然是八十年前的上海妓家,并无艳异之感,在我所有看过的书里最有日常生活的况味。"③为了让更多的读者了解这部作品,张爱玲于1981年将其翻译成普通白话版的《海上花开》与《海上花落》,并做了注释。

①鲁迅:《中国小说史略》,《鲁迅全集》第9卷,人民文学出版社2005年版,第275、272页。

②胡适:《〈海上花列传〉序》,张爱玲:《张爱玲典藏全集·译注:海上花开》,哈尔滨出版社2003年版,第4、7、12页。

③张爱玲:《忆胡适之》,《张爱玲典藏全集·散文卷四:1952年以后作品》,哈尔滨出版社2003年版,第50、57页。

尽管后世学者对《海上花列传》评价较高，但其从未成为流行小说，除了吴语方言的限制外，其不流行的真正原因在于它读来不像是通常意义的妓女小说。作者始终没有把注意力放在离奇的故事情节上，记述的乃是妓院生活的琐碎之事，妓女与嫖客们平庸的日常生活，诸如见面、恋爱、争吵、分手或重聚等，正是在这种平凡琐细的日常生活中凸现了人物的个性、情感。小说重点叙述了几对嫖客与妓女之间的复杂情感，如王莲生与沈小红、陶玉甫与李漱芳、史天然与赵二宝、罗子富与黄翠凤等。通过对妓院生活的真实展示，透露了中国近代社会的世俗众生相及社会意识嬗变的最初信息。传统的文化道德价值体系日益崩溃，人性失去了道德应有的束缚，商人、文人、政客转而放纵情欲，作者从世风的变化中产生了强烈的道德焦虑与文化关注情绪。因而，"为劝戒而作"此书：

> 按此一大说部书系花也怜侬所著，名曰《海上花列传》。只因海上自通商以来，南部烟花，日新月盛，凡冶游子弟，倾覆流离于狎邪者，不知凡几。虽有父兄，禁之不可；虽有师友，谏之不从。此岂其冥顽不灵哉？独不得一过来人为之现身说法耳。方其目挑心许，百样绸缪，当局者津津乎若有味焉；一经描摹出来，便觉令人欲呕，其有不爽然若失，废然自返者乎？花也怜侬具菩提心，运广长舌，写照传神，属辞比事，点缀渲染，跃跃如生，却绝无半个淫亵秽污字样，盖总不离警觉提撕之旨云。苟阅者按迹寻踪，心通其意，见当前之媚于西子，即可知背后之泼于夜叉；见今日之密于糟糠，即可卜他年之毒于蛇蝎；也算得是欲觉晨钟，发人深省者矣。此《海上花列传》之所以作也。①

不过就审美效果而言，作者的"劝戒"主题早已淹没在人物对世俗生活的沉迷之中，而人物性格的丰富性也大大超越了作品的道德寓意，这其实是反映了中国社会在转型期所蕴含的文化矛盾。一方面在道德情感上否定近代社会的都市化、商业化和世俗化；一方面又在日常生活、行为方式中认可并适应这种环境，由此折射出转型期文人内心的矛盾冲突及他们对近代都市的暧昧态度。

《海上花列传》改写了文人小说的话语传统，其对日常世俗生活的还原，

---

① 张爱玲：《张爱玲典藏全集·译注：海上花开》，哈尔滨出版社2003年版，第1页。

淡化情节的传奇性,"平淡而近自然"的风格,对后世文学产生了较大影响。"如果说,刘呐鸥与茅盾从各自的来自西方的立场出发强化了上海都市文化的殖民地素质,那么,40年代的上海作家们却又重新回到《海上花列传》的起点,还原出一个民间都市的空间。"①而晚清狭邪小说作为中国近现代言情、社会小说的先声,与鸳蝴派有着直接的承继关系。如果我们去除有色眼镜来看《九尾龟》,其"不过是翻转过来的鸳蝴小说",因为"就其伦理观念乃至艺术趣味,张春帆与同时代专写哀情小说的徐忱亚、李定夷并没有多大差别,只不过把多愁多病的才子佳人,翻转成无情无义的妓女嫖客",而"更重要的是作者对青楼中唯一一对才子佳人章秋谷、陈文仙的爱情描写,便是道地的鸳蝴笔法"。②此外,晚清狭邪小说"在开拓中国情欲主体想象上,影响深远",对新文学作家的创作亦有影响,如其"为男主人翁营造的落魄畸零形象,必曾影响下一代郁达夫等人的颓废美学"。③

第三节 民国倡门小说

民国倡门小说是指民国初期鸳鸯蝴蝶派的一些作家以娼妓为主要描写对象的小说,因当时尚未有"狭邪小说"的命名,故自名为"倡门小说"。其实两者的指向基本是一致的,无论是晚清还是民国,这里沿用约定俗成的命名。民国倡门小说直接承继晚清狭邪小说,但又有所突破,民国时期由于西方人道主义思潮传入中国,倡门小说不仅人情化,而且具有强烈的人道主义精神。妓女不再是"溢美"或是"溢恶"的对象,而成为同情的对象。如何海鸣在小说中明确喊出了"妓女也是一个人"的呼声,并提出"不能违犯人道,蔑视女子人格","还妓女以自由意志"。④民国倡门小说代表作家有何海鸣、毕倚虹、周天籁、包天笑、许廑父等。

何海鸣被时人冠以"倡门小说家"之称,在1926年周瘦鹃编辑出版的《倡

---

①陈思和:《论海派文学的传统》,《杭州师范学院学报》2002年第1期。

②陈平原:《说〈九尾龟〉》,《读书》1989年第2期。

③[美]王德威:《被压抑的现代性——晚清小说新论》,宋伟杰译,北京大学出版社2005年版,第12页。

④何海鸣:《废倡的我见》,《半月》第3卷第16期《倡妓问题号》。

门小说集》中,一共发表了11个短篇,何海鸣一人就有5篇。而其本人对此称号亦无忌讳,在《我写小说之经过》中谈到其写小说,"颇思于社会小说上多费气力,间及于军事、言情、侦探诸作。如倡门小说,惟于主编指定征集时,始一为之,然世人始终以倡门小说家目我,我亦无如之何也。"①其后来为自己《海鸣诗存》起草广告时,索性自我介绍"作者工于倡门小说"。②何海鸣的主要作品有长篇《十丈京尘》,中篇《倡门红泪》,短篇《老琴师》《倡门之子》《倡门之母》《温文派的嫖客》《从良的教训》等。何海鸣的短篇倡门小说不乏上乘之作,其中《老琴师》"颇得阅者赞许,即新文学家亦有赞可者"。③小说讲述一位老琴师悉心调教一个极有天赋却沦落倡门的女孩学艺,学成后鸨母便让她给人陪酒唱曲赚钱,后又将其初夜权卖给一位出价最高的军阀。第二天,女徒弟的嗓音就由清脆变得粗浊,一夜之间,她失去了人生最宝贵的两件东西——艺术与贞操。但军阀还要逼她唱曲,于是心急中吐出一口鲜血来,老琴师因救不了徒弟而痛苦地出走。小说描写了真善美被毁灭的悲剧,控诉了社会恶势力对妓女的摧残。《温文派的嫖客》也是一篇主题挖掘较为独特的小说,小说描写了一个看似文质彬彬的嫖客,不仅玩弄妓女的肉体,而且还骗取妓女的真情感,当她有了向上的心时却无情地扼杀她的希望。作者指出,这实际上比流氓拆白党之类的嫖客还要残酷,是最不人道的"心灵的屠杀者"。中篇《倡门红泪》则带有典型的何海鸣式的哲理加乌托邦理想的倡门小说。男女主人公一个是被同行称为"描写倡门疾苦的第一圣手"的作家,一个是沦落倡门的妓女阿红。阿红的从良及培养童养夫计划都以失败告终,绝望之际又与作家重逢,作家鼓励她靠自己"创造一个命运"。二人后在西山脚下过着一种"新村"式的生活,而二人之间亦是一种精神的结合,互相尊重各自人格。长篇《十丈京尘》的主干情节线索即失意政客刘子壮和妓女冰尘之间坦诚相见和体贴入微的互为照拂,比起同类作品并无过人之处,不过充满了京味特色。

毕倚虹的倡门代表作为短篇小说《北里婴儿》和长篇小说《人间地狱》。《北里婴儿》讲述了关于妓女无法正常地表达自己母爱的故事,蕙娟因受骗而

---

①何海鸣:《我写小说之经过》,《红玫瑰》第2卷第40期。
②何海鸣:《介绍〈海鸣诗存〉出版》,《家庭》第8期。
③何海鸣:《何海鸣致周瘦鹃信》,《半月》第1卷第7号。

怀孕产子,其子刚生下来即被鸨母抱走。后鸨母让蕙娟与其子以姐弟相称,但没多久就告诉她其子已死,蕙娟赶去看最后一眼,还来不及痛哭,便又被鸨母喊去出局。小说的结局正如何海鸣评价的,"倚虹一笔收住了,就留下无限凄惶,供阅者咀嚼。难怪寒云说倚虹的作品,富于余味。"①《人间地狱》连载于《申报·自由谈》,从1922年1月5日至1924年5月10日,凡两年有余,当时反响极为热烈。"乃申报刊布后,友朋知好,盛加推许。艺林评论,时致褒词。更有友人辗转告语,谓时流席上,每以人狱为尊边谈片。"②毕倚虹也因此而闻名于时。严独鹤曾言,"予事甚冗,于报纸所载长篇小说未暇一一浏览。独于《人间地狱》则逐日报阅,无或间断,其感人深矣。"③《人间地狱》"以海上娼家为背景,以三五名士美人为线索"④,是一部典型的民国倡门小说。其主干故事为柯莲荪与姚啸秋等名士与青楼女子的恋情,整部小说凸显一个极致的"情"字,丝毫没有狭邪之猥亵的描写。如柯莲荪与秋波之恋,就不是肉体的享用,而是纯精神之恋。而姚啸秋与碧嫣的感情也不来自色欲,而讲究佛家所谓的"缘"字。因而《人间地狱》中,剥落了晚清狭邪小说中赤裸裸的金钱与肉欲的交易色彩,狭邪的旨趣还保留着名士风流的余韵,品花的心态又交织着纯洁的精神恋。这些主题因素的变化,标志着民国倡门小说将晚清狭邪小说的狭邪旨趣已转化为"人情"趣味,是狭邪背景下的人情小说。不过虽是脱去了赤裸裸的肉欲,柯莲荪、姚啸秋、苏玄曼等风流名士还是保留了相当浓厚的品花心态。而小说中的人物大多实有其人,如柯莲荪即为作者毕倚虹自己,姚啸秋为包天笑之化身,苏玄曼则为苏曼殊也。《人间地狱》没有写完,毕倚虹就去世了,由其好友包天笑续写了20回,但依旧没有结局。在毕倚虹去世70年后,由其另一位好友的儿子陈小蝶在台湾写作长篇《黄金世界》而将此书正式续完,成就了通俗文坛的一段佳话。

①何海鸣:《评倚虹所撰的〈北里婴儿〉》,《半月》第1卷第20号,1922年6月。
②毕倚虹:《〈人间地狱〉著者赘言》,魏绍昌主编《民国通俗小说研究资料·人间地狱》,华岳文艺出版社1988年版,第1页。
③严独鹤:《〈人间地狱〉序四》,魏绍昌主编《民国通俗小说研究资料·人间地狱》,华岳文艺出版社1988年版,第6页。
④陈灝一:《〈人间地狱〉序五》,魏绍昌主编《民国通俗小说研究资料·人间地狱》,华岳文艺出版社1988年版,第7页。

被称为"海派倡门压卷之作"①为周天籁的《亭子间嫂嫂》，该小说1938年起在《东方日报》上连载。小说写的是20世纪二三十年代上海红灯区会乐里的一个暗娼顾秀珍的平常生活，通过其不断地与形形色色嫖客的周旋，和盘托出一个病态畸形的都市市民社会，在当时轰动一时。周天籁以朴实无华、精粹洗练的文字，将一位聪明泼辣，伶牙俐齿，不幸沦落风尘，而又良心未泯的亭子间嫂嫂刻画得入木三分。应该说，这是一个集"美""灵""义""善""邪""狠"于一身的鲜活的、复杂的形象。在她身上体现了一套所谓妓女处世哲学，时而贪婪又辣手，敲诈嫖客的钱财毫不留情，用她的话说："我看来这客人实在有血的而且瘟生样子的，我才敲，才开他条斧，因为你不敲他，他别一家去白相，也是要给人家敲的。"时而又侠义柔情，流露出下层社会女性的善良本性，所以她劝教师钱中廉道："教书的人总归清苦的，辛苦赚来的钱，应该带回去养家活口，才是正道，我不希望你到我这里来，你不能同别人比。"②此外，亭子间嫂嫂虽是一个"人尽可夫"的私娼，但她与落魄邻居作家朱道明之间，却有着一种精神上的依托与眷恋，在朱明道面前，顾秀珍始终都是自爱与自重的。而其对自身人性尊严的维护，使得这一人物在卑贱与污秽中泛出人性之光，如下面这段表白：

> 我明明知道自己是个卖身体的女人，假使在房里随你骂我笑我，我都可以马虎、忍耐，因为只有一二个人知道。如果在路上，或者许多人一起，当面指明我：'啊哟！这个是私娼呀？'只要给我听得，我马上要敲他耳光，敲不着他的耳光，我便拿柄剪刀立刻自杀了！朱先生，这是人的一股血性之气，一个人没有这股血性之气，还有做人的道理吗？……③

周天籁将这个下等妓女的血泪史写得极富"人情味"，且无论男女都为之惋惜动容。如贾植芳先生评价的，"能这样有人情味地写下等妓女生活，新文学史上还没有过"，"周天籁用通俗笔调写上海下等社会的人情世俗极好"。④而这实际上体现了作家对妓女的一种态度，由于对世俗生存观的认同，在周

---

①范伯群：《中国近现代通俗文学史》上卷，江苏教育出版社1999年版，第86页。
②周天籁：《亭子间嫂嫂》，学林出版社1997年版，第419页。
③周天籁：《亭子间嫂嫂》，学林出版社1997年版，第178页。
④转引自陈思和《亭子间嫂嫂·导言》，学林出版社1997年版，第2页。

天籁那里转化为一种理性的平等意识和存在内蕴。如小说中借人物之口所传达的，"我的主张一个人不论做什么行业，只要能够生活，这做的行业便有意义，……我可断定一个人在世上忙忙碌碌，都是为生活，现在你也是为生活，我也是为生活，异途而同归，只不过各人做的事方式不同罢了。"①将娼妓视为一种客观存在，一种为了生存而不得不从事的职业，于同情中蕴含有平等意识，这是以往狭邪小说不曾有过的。《亭子间嫂嫂》对沪上市民社会的书写，对市民价值取向的认同，对市民审美趣味的表现，使其成为广受欢迎的通俗文学读本而畅销一时。

此外，民国倡门小说家的主要作品还包括许廑父的长篇《沪江风月传》以及包天笑的短篇《无毒》《倡门之病》《烟篷》《云霞出海记》《牛棚絮语》，等等。与晚清狭邪小说相比，民国倡门小说呈现出以下几个特点：首先，由于受人道主义思潮的影响，民国倡门小说凸显人本意识，对妓女充满着人道主义同情，明确提出"妓女也是一个人"，强调妓女的人格尊严和生存权利已成为文本中普遍存在的内蕴。而晚清狭邪小说中虽也有男女平等意识，却多从社会地位的角度评判，而非从人本身，且也微弱得多。因而表现在创作立场上，民国倡门小说更多是站在妓女的角度，替她们代言为她们请命，从而根本改变了晚清狭邪小说通过揭露妓女的狡诈与无情，站在狎客立场上而强调的"劝惩"目的。从这个意义而言，民国倡门小说已抛弃了晚清狭邪小说的那种道德训诫的立场而转向于对弱势群体生命存在的关注，这种价值追求承续的已是"五四"启蒙小说的气脉。其次，民国倡门小说表现的倡门生活面要更加丰富，主题也更加多元，重视渲染人情，其所写人情不仅包括爱情，还包括师徒情、母子情以及人类更为广泛的同情等。正是人情的注入，使得倡门小说充盈着浓郁的感情色彩与世俗氛围。如果说狭邪小说是从人情小说中衍化而来，那么倡门小说则是狭邪背景下的人情小说。再有，民国倡门小说淡化了晚清狭邪小说的休闲特征，弱化了文人士大夫的狭邪情趣，尤其在一些短篇作品中，社会批判意识增强，较多反映妓女生活的苦难，从而揭示社会恶势力对妓女精神及肉体的摧残。此外，民国倡门小说中人物的活动空间更加广阔，不似晚清狭邪小说多集中于上海租界的妓院内。不过从另一角度而言，由于空间的分散与转移，脱离了上海租界这一特定的空间，因而文本中的现代意蕴也就

---

①周天籁：《亭子间嫂嫂》，学林出版社1997年版，第15页。

不如晚清狭邪小说集中而丰富。

第四节　新文学的欢场书写

　　如果说从传统青楼文学到晚清狭邪小说再到民国倡门小说有着一条较为明晰的时间发展脉络,那么新文学的欢场书写与民国倡门小说之间就不存在前后承继关系,划分则主要依据作家所属的阵营。倡门小说多为鸳鸯蝴蝶派的通俗小说家,而新文学的欢场书写多为受"五四"新文化运动影响的一批作家。当然,这种区分只是相对的,通俗小说家中也不乏表现欢场题材的上乘之作,对妓女的苦难生活也有着人道主义的同情,对近代都市化造成的文人价值失衡也有着充分的体验,但就总体而言,其批判意识及现代意识都不如新文学作家自觉、深刻。相比较而言,新文学作家的欢场书写较之以往发生了很大变化,无论是主题的多元,还是表现的深刻,都超越了以往欢场题材作品。在新文学作家笔下,欢场题材作品较多表达社会批判的主题。此外,还有揭示人性的主题、现代性的主题、抒发自我情感的主题、描写爱情的主题以及抗日救国的主题等,表现出主题的多元化与丰富性。新文学欢场题材作品中最常见的为批判社会的主题模式,这是由新文学作家自身的责任感和使命感、文学观念的变革、欢场功能的转化等诸多因素影响而形成的。

　　首先,在近代化、城市化和世俗化的作用下,娼妓业从一个由一小群高级妓女主导的、以满足社会精英阶层需要的贵族市场,演变成为一个为城市工商阶层中日益增多的男性性需要的平民市场。娼妓业的这种"向下的运动",①使得娼妓所提供的服务呈现出情欲化和商品化统一的趋势。于是,娼妓由以往貌才情兼备的美好形象逐渐变为一种带来疾病、堕落和淫荡等社会问题的丑陋群体。此外,"五四"时期提倡恋爱婚姻自由,主张婚姻应是两个平等的人之间的同道同伴关系,将志同道合视为婚姻的理想。这就直接导致以往娼妓所体现的重要的作用,即作为男性的红颜知己,为男性提供精神方面的慰藉,提供一般包办婚姻中所没有的恋爱体验,就已不再重要。如张爱

---

　　①[法]安克强:《上海妓女——19—20世纪中国的卖淫与性》,袁燮铭、夏俊霞译,上海古籍出版社2004年版,第26页。

玲所分析的,"过去通行早婚,因此性是不成问题的。但是婚姻不自由,买妾纳婢虽然是自己看中的,不像堂子里是在社交的场合遇见的,而且总要来往一个时期,即使时间很短,也还不是稳能到手,较近通常的恋爱过程。"所谓"中国人的婚姻像嫖妓,嫖妓才像是恋爱",虽偏颇却不是毫无道理。而当这一切都可以通过正常的恋爱婚姻来获得时,那么,留给娼妓的便只有性了。"北伐后,婚姻自主、废妾、离婚才有法律的保障,恋爱婚姻流行了,写妓院的小说忽然过了时,一扫而空,该不是偶然的巧合。"①即便还有写欢场的,也很少再为妓女唱赞歌了,狎妓已不再被视为是诗酒风流的具有审美意义的一种生活方式。娼妓也由一种代表雅致的文化而转变为苦难的化身,由此娼妓制度越来越被指斥为一种社会罪恶。

与此同时,"五四"时期废娼舆论迅速高涨,《晨报》《民国日报》《益世报》《华北新报》《妇女杂志》《新妇女》《解放画报》《妇女声》《女星》等报刊纷纷讨论废娼问题,形成了当时舆论宣传的一个热点。这既是对民国初年以来娼妓业极端发达这一社会病态的直接反应,又是新文化运动向纵深发展的产物。当时的许多思想家都把消灭娼妓制度与整个社会改革的构想结合起来,娼妓问题作为现代化问题之一,卷入了关于国家富强、民族独立的现代化的论说之中。因而废娼的呼声一浪高过一浪,成为"五四"时期有关妇女解放的主流话语。蔡元培于1918年发起成立"北京大学进德会",公开批评狎妓之风气。"欧美之学者、官吏、商人,均视嫖、赌、娶妾为畏途;偶有犯者,均讳莫如深。而我则狎妓征优,文人以为韵事;看竹寻芳,公然著之柬贴;官吏商贾,且以是为联络感情之一端。"②胡适则在《新青年》上发表《贞操问题》一文,认为男子的嫖妓纳妾都属一种不贞操的行为,"男子嫖妓,与妇人偷汉,犯的是同等的罪恶;老爷纳妾,与太太偷人,犯的都是同等的罪恶",因而,"男子做不贞操的行为,如嫖妓娶妾之类,社会上应该用对待不贞妇女的态度来对待他。"③这一时期的评论家从诸多方面指出娼妓制度的罪恶、不人道与危害,有关娼妓生

---

①张爱玲:《国语本"海上花"译后记》,《张爱玲典藏全集·海上花落》,哈尔滨出版社2003年版,第297页。

②蔡元培:《北京大学之进德会旨趣书》,《蔡孑民先生言行录》,山东人民出版社1998年版,第174页。

③胡适:《贞操问题》,欧阳哲生编《胡适文集(2)》,北京大学出版社1998年版,第505、510页。

活的描述呈现出苦难的论调。如"娼妓之生活，不自由之生活也，机械之生活也，奴隶之生活也"，①"娼寮中的黑暗，和他们在那里所受的虐待，真是人间的活地狱一般了。"②而娼妓制度带来的危害更是令人触目惊心，"卖淫这件事，从伦理上说，是一种恶行；从社会上说，是不正当的性的营业；再论到种族上的影响，又是使民族衰颓的一个因素"，"社会上有卖淫之所以为恶，因为由此而生的结果，无一不有害于社会、种族、精神的进化和人生的幸福的。"③写作《中国娼妓史》的王书奴在其著作中更具体指出了这一危害，"因为有娼妓制度成立，社会上一般人狎昵成风，因而身败名裂，家破人亡，甚乃染了恶疮，贻害妻子，伤及后嗣的千百为群。在他一方面，社会上拐卖典押人口风气大盛，叫人家骨肉流离，破坏美满家庭，堕落青年女子，尤指不胜屈。故娼妓制度，确为现代社会病态之一。"④正因此，李大钊明确提出废娼的五大理由："为尊重人道不可不废娼；为尊重恋爱生活不可不废娼；为尊重公共卫生不可不废娼；为保障法律上的人身自由不可不废娼；为保持社会上妇女的地位不可不废娼。"⑤这五大理由其实都可归入到"五四"启蒙和科学理性的思想范畴，从而也反映了"五四"精英阶层对娼妓问题的立场与态度。而将废娼与妇女解放及社会解放问题相联系，是"五四"时期有关废娼的另一种主流认识。如"解放与改造，要从社会不平处做起，更要从不平中间最不平处做起，眼前劳动者和普通的女子，所受待遇，固然是不平之至；但比起操皮肉生涯的娼妓，却好得多；不讲解放与改造则已，倘讲解放与改造，我敢说第一种要解放的人，就是娼妓；第一个要改造的环境，就是娼妓的环境，再也不能有什么异议。"⑥李达则进一步指出，"女权发达的地方，绝对不容有娼妓的，所以对于娼妓，是应该行二重解放的，先解放他使他变普通女子，再解放他使他变'人'。"⑦李大钊

①《娼妓》，梅生编《中国妇女问题讨论集（下）》，上海书店1984年版，第90、91页。

②李大钊：《废娼问题》，《李大钊文集》第2卷，人民出版社1999年版，第315页。

③周建人：《废娼的根本问题》，《周建人文选》，中国文史出版社1988年版，第174页。

④王书奴：《中国娼妓史·自序》，《中国娼妓史》，团结出版社2004年版，第1、2页。

⑤李大钊：《废娼问题》，《李大钊文集》第2卷，人民出版社1999年版，第315—317页。

⑥王无为：《文化运动与废娼运动》，《新人》第1卷第3期。

⑦李达：《女子解放论》，《五四时期妇女问题文选》，中国妇女出版社1981年版，第46页。

更是具体提出了一系列的解决办法,包括"禁止人身卖买""把现在的娼妓户口调查清楚,不许再行增添""拿公款建立极大的感化院""实行女子强迫教育"等。不过,李大钊很清楚这些方法都是治标不治本的,因而,"根本解决的办法,还是非把这个社会现象背后逼着一部分妇女不去卖淫不能生活的社会组织根本改造不可。"①从而将废娼同社会解放与改造的话语结合起来。正是在这样的废娼呼声中,新文学作家的欢场书写较多成为苦难叙事。

当然,这种改变还离不开"五四"文学观念的革新。"五四"时期,新文学的倡导者们提出了一系列新的文学观念,来反对以往的贵族文学、山林文学、消闲文学、游戏文学等封建传统的"载道"文学,于是基于人道主义的"人的文学""平民的文学""血和泪的文学"等观念得以提倡。周作人于1918年12月发表的《人的文学》一文,明确提出了"人的文学"观念,即"用这人道主义为本,对于人生诸问题,加以记录研究的文学,便谓之人的文学。"并进一步区分所谓"人的文学"与"非人的文学",他指出:

> 俄国库普林(Kuprin)的小说《坑》(Jama)是写娼妓生活的人的文学;中国的《九尾龟》却是非人的文学。这区别就只在著作的态度不同。一个严肃,一个游戏。一个希望人的生活,所以对于非人的生活,怀着悲哀或愤怒;一个安于非人的生活,所以对于非人的生活,感着满足,又多带些玩弄与挑拨的形迹。简明说一句,人的文学与非人的文学的区别,便在著作的态度,是以人的生活为是呢,非人的生活为是呢这一点上。材料方法,别无关系。②

从而,人道主义成为一种武器、一种精神、一个原则,是衡量"人的文学"抑或是"非人的文学"的标准。茅盾则在1920年提出"为人生"的新文学三个要素:"一是普遍的性质;二是表现人生指导人生的能力;三是为平民的非为一般特殊阶级的。""唯其是为平民的,所以要有人道主义的精神,光明活泼的气象。"③在其主持《小说月报》之后,他的"普遍平民"的观念又有了进一步的发

---

① 李大钊:《废娼问题》,《李大钊文集》第2卷,人民出版社1999年版,第317页。
② 周作人:《人的文学》,《周作人自编文集·艺术与生活》,河北教育出版社2002年版,第12页。
③ 茅盾:《新旧文学平议之评议》,《小说月报》1920年第11卷第1号。

展,此时,他强调新文学要"注意社会问题",应同情于"第四阶级",爱"被损害者与被侮辱者"。[①] 而郑振铎在《血和泪的文学》一文中,更是大声疾呼"我们现在需要血的文学和泪的文学",[②]表现出强烈的功利倾向。正是这一系列关于文学新观念的倡导,无论是周作人的基于人道主义的"人的文学",或是茅盾主张的同情"被损害者与被侮辱者"的社会写实文学,还是郑振铎提倡的反映社会真实情状的"血和泪的文学",这一切都使得欢场题材的作品表现出了与以往此类作品不一样的书写主题。将妓女视为"被损害者与被侮辱者",生活在"血和泪"之中,对她们充满着强烈的人道主义同情。因而,不同于晚清狭邪小说及民国倡门小说中的大部分作品将视角对准高级妓女,"五四"作家关注的对象却是处于社会底层的普通妓女。

此外,不同于晚清至民初的很多欢场小说,由于考虑商业化、市场化的因素,其有关妓女形象的建构,遵循着市民化的叙事逻辑,具有满足社会上一般民众的窥视欲功能。同时在婚姻缺乏自主的情况下,这类小说也承载着一般民众寻找情感宣泄的渠道功能。因而,不仅妓女本身是男性消费的对象,妓女的文学形象在某种意义上也为大众所消费,体现出一种游戏的、消闲的文学观念。"五四"之后,新文学观念上具有较强的工具论色彩,形成了功利主义的基本品格。事实上,新文学倡导者们反对"文以载道"主要是反对载封建之道,并没有反对这一观念中的把文学当作解决思想文化问题工具的文学理念,即反对的是所载的内容而不是载的这一形式。这样,文学便被纳入了总体的社会改革思潮之中。表现在对妓女题材作品的书写中,注重从人道主义层面展示"被损害者与被侮辱者"的悲惨境遇,并进而将主题引向社会批判层面,其模式多为女性的卖淫是被迫的或是被逼的,是社会的黑暗与罪恶造成的。从而,欢场书写与政治话语相结合,与"贫穷、落后、拯救、解放"等宏大叙事相联系,成为作者标识自己在现代化进程中身份与立场的工具,从而失去了妓女作为一个群体出现在文学史上的历史意义。

如果我们按照这一模式进行梳理,发现新文学中此类欢场书写占据了相当数量,这反映了当时作家的一种认识与态度。这一模式的作品主要有王统照的《湖畔儿语》、彭家煌的《晚餐》、叶圣陶的《醉后》、老舍的《月牙儿》《骆驼

---

①茅盾:《自然主义与中国现代小说》,《小说月报》1922年第13卷第7号。

②郑振铎:《血和泪的文学》,《时事新报·文学旬刊》第6期,1921年6月30日。

祥子》《微神》、杜衡的《人与女人》、蒋光慈的《丽莎的哀怨》《徐州旅馆之一夜》、蒋牧良的《夜工》、草明的《倾跌》、于伶《夜上海》中的冯凤、李俊明的《人与人之间》、叶紫的《湖上》、沙汀的《堪察加小景》、章衣萍的《夜遇》、曹禺的《日出》、田汉的《丽人行》、穆时英的《本埠新闻栏编辑室里一札废稿上的故事》、孙席珍的《裙子》、于伶的《花溅泪》、上海剧社集体创作的《舞女泪》等。从以上列举的这些作品我们可以发现，首先，这一书写模式从20年代一直延续至40年代末。其次，作家的类别也较为丰富，并不只局限于文学研究会及左翼作家，自由派、海派作家同样也有这方面的作品，如穆时英、章衣萍、杜衡等。此外，这类书写基本都是一种"逼良为娼"的模式，即强调女性为养活家人而被迫卖身。"女人从来不是自愿当妓女的，而是被迫的，要么是经济所迫，要么是由于道德方面受到制裁。"①不过在这类作品中，女性走上卖身之路基本都是为经济所迫。如《湖畔儿语》中后母为了养活家人而出卖肉体，每当来客人时，孩子只有独自在苇塘边消磨到半夜。《晚餐》中的翠花，由于要养活一家子人，要供弟妹上学，于是作了私娼。考虑到晚餐问题，尽管处于政府禁令期间，依然上街拉客带回家却不料被巡警抓个正着。此外，《月牙儿》中的"我"、《骆驼祥子》中的小福子、《微神》中的"她"、《丽莎的哀怨》中的丽莎、《夜工》中的三姑娘、《堪察加小景》中的筱佳芬、《夜遇》中同"我"小妹妹一般年纪的妓女、《日出》中的翠喜、《丽人行》中的刘金妹等也都是为了养家而卖身。透过这样一幕幕女性为了自己或家人的生存而卖淫的悲剧，批判的矛头、控诉的对象自是指向了社会。因而在这类作品中，卖身越是无奈、被迫，生存境遇越是恶劣、悲惨，控诉就越具有力度与分量。当然在这类作品里，作者是毫不掩饰自己的同情，或是在作品中直接抒发这种情感，如《湖畔儿语》《夜遇》等，或是通过将妓女形象塑造的美好感人来间接表达，如老舍的作品。此外，这类作品中的女性形象更多是作为某种观念的符号意义，主要充当批判社会的工具，起的是一种功能性角色的作用。因而除了少数形象，如《月牙儿》中的"我"、《骆驼祥子》中的小福子外，大多形象都不够丰满鲜活，人物个性也不够突出，面孔较为单一、模糊。所以虽然这类作品数量并不少，但能够留下深刻印象的却寥寥无几。

---

① [美]贺萧:《危险的愉悦:20世纪上海的娼妓问题与现代性》,韩敏中、盛宁译,江苏人民出版社2003年版,第265页。

　　"五四"时期,新文学观念的现代化进程在两个方向上展开:一是对文学之于社会历史地位的价值确认,即将文学视为批判社会及改良人生的工具;一是文学对于主体审美表现的功能寻证,即将文学确立为表现人的内心要求和情绪体验。对于欢场题材的书写,同样是按这两个方向展开,一部分作家主要从批判社会及改良人生的角度出发,而另一些作家则借欢场女性寄托"天涯沦落人"的感慨,抒发他们自身的情怀,欢场女性是作为男性形象的反光板而存在。这其中以郁达夫、叶鼎洛、王以仁为代表,其中叶鼎洛与王以仁都被视为郁达夫的传人,可见他们创作风格的相近。这些作家的作品具有浓厚的自叙传色彩,虽我们不能说作品中的男主人公等同于作家自己,但无疑是打上了作家自身的影子。这类作品主要包括郁达夫的《茫茫夜》《秋柳》《寒宵》《街灯》《清冷的午后》《祈愿》,叶鼎洛的《大庆里之一夜》《姐夫》《友情》《双影》和王以仁的《还乡》等。与批判社会的欢场题材作品不同,这一类作家往往正面描述男主人公狎妓的经过,而男主人公多半是穷愁才子,他们个性敏感、懦弱,极度自尊又极度自卑,自怜自爱又自伤自悼,是被抛出社会正常轨道之外的"零余者"。他们一方面希望通过狎妓来获取一种精神上的慰藉,肉体的发泄倒并不是主要的,在这一点上他们依然承继了传统的士大夫情趣。另一方面,受"五四"时代精神影响,他们对欢场女性又有着强烈的人道主义同情,希望能尽自己的力量救助她们。如郁达夫在作品中发出的呼喊,"我要救世人,必须先从救个人入手。海棠既是短翼差池的赶人不上,我就替她尽些力吧。"[1]事实上这种同情带有一种同病相怜的成分,更多是源于对自身的不如意及不幸处境所产生哀怨愁绪的一种移情。在这类作品中,由于欢场女性形象是作为男主人公的反光板,她们的情感处于被遮蔽状态,因而她们的形象同样是缺乏个性缺少光彩的。反倒是男主人公即穷愁才子形象更加充实饱满,不管喜欢与否,他们矛盾的情感、苦闷的精神,尽管夸张却渲染得很到位,让人感受到穷愁才子们灵魂的苦痛与挣扎。

　　这两类欢场书写,一个强调社会批判,一个注重情感抒发,欢场的都市特征都不够突出,而20世纪三四十年代海派的欢场书写中,除了也蕴含批判主题及人道主义情感,还体现了一种现代性的主题。陈思和在谈到海派文学传统时指出,"《海上花列传》以来,海派文学出现了两种传统:一种以繁华与靡

---

　　[1]郁达夫:《秋柳》,《郁达夫小说全集》,时代文艺出版社1996年版,第349页。

烂同体的文化模式描述出极为复杂的都市文化的现代性图像,姑且称其为突出现代性的传统;另一种以左翼文化立场揭示出现代都市文化的阶级分野及其人道主义的批判,姑且称其为突出批判性的传统。"①这种划分同样可用于海派的欢场书写中,主要作家有穆时英、刘呐鸥、施蛰存、叶灵凤、黑婴、杜衡、章克标、章衣萍、邵洵美等,而曹禺、茅盾虽不属海派作家,但他们有关欢场的书写可归到海派的突出批判性传统之中。海派作家的欢场书写呈现出一种复杂的面貌,有的作品注重突出批判性传统,如杜衡的《人与女人》、章衣萍的《夜遇》等。有的则注重突出现代性传统,如穆时英的《上海的狐步舞》《夜总会里的五个人》《夜》《黑牡丹》《Craven"A"》,刘呐鸥的《热情之骨》,黑婴的《回力线》《SHADOW WALIZ》,叶灵凤的《夜明珠》,章克标的《一夜》、施蛰存的《薄暮的舞女》等。此外,对一个作家而言,他的有些作品可能会是现代性的特征突出一些,而有的作品则是批判性更强一些,如穆时英。虽然他的多数欢场作品表现出明显的现代性传统,但也有作品是带有强烈的人道主义同情与社会批判色彩的,如《本埠新闻栏编辑室里一札废稿上的故事》。因而,必须针对具体作品而不是依据作家来划分。30年代上海都市畸形繁荣,欢场娱乐业诸如舞厅、夜总会高度发达,欢场女性表现出了与以往不一样的特质。她们的身份多为舞女、交际花,欢场也主要由妓院变成了舞厅、夜总会等。在这样灯红酒绿、目醉神迷的都市享乐空间中,人的欲望得以最大限度的释放,这些欢场女性时尚、性感、放荡、无情,成为都市性格的一种隐喻。作为男性欲望的对象,她们刺激着男性脆弱的神经,诱惑并玩弄他们,不再只是被动的弱者,而成为主动的诱惑者,从而颠覆了传统欢场权力的格局。正是在30年代海派作家笔下,有关欢场女性欲望化的想象才最终完成,并以"新感觉派圣手"穆时英而达到极致。这样一种现代性的欢场书写,不仅表现为对作为都市物质文明象征和载体的欢场女性的欲望与沉迷,同时又体现为由两性关系上的挫败而引起的失落感与孤独感。而这事实上折射的是由都市物质文明带来的压迫感、焦虑感与异化感,由享乐主义、物质主义、金钱主义而导致的人与人、人与社会、人与自我的分裂。故而,这些作品中的人物在极尽享乐的同时又总显得空虚、颓废。如穆时英笔下无论是欢场女性还是男主人公,都

①陈思和:《论海派文学的传统》,《杭州师范学院学报》(人文社会科学版)2002年第1期。

是"在悲哀的脸上戴了快乐的面具的",都体验着"一种没法排除的寂寞感"。①正是这样一种繁华与糜烂同体,沉迷与拒斥同在的都市体验,构成了一种现代性的欢场书写。

此外,抗战时期欢场书写又出现了新的话语模式,即欢场书写与民族国家话语相结合,传达"抗日锄奸"、反帝爱国的时代主题。这类书写大多集中在戏剧作品中,并以舞女、交际花形象为主,欢场女性或是转变为抗日工作者,或是以舞女、交际花身份为掩护从事秘密的情报工作。由于这些戏剧富于时代气息,戏剧冲突紧张激烈,再加上女主角往往极具魅惑力,因而戏剧能够吸引大众,获得较好的宣传效果。这类题材的作品包括夏衍的《赛金花》、阿英的《春风秋雨》、于伶的《花溅泪》《夜光杯》、宋之的《祖国在召唤》、陈铨的《野玫瑰》《无情女》、李健吾的《黄花》等戏剧以及徐讦的小说《风萧萧》《灯》等。按照叙事侧重点的不同,这类题材又可以分为三种模式:一种是详写欢场生活,最后点出欢场女性的转变,投入到抗日的工作中,如于伶的《花溅泪》、李健吾的《黄花》等;另一种是以交际花、舞女的身份来做掩护,从事秘密的抗日情报工作,如陈铨的《无情女》、徐讦的《灯》,这里欢场生活与抗日工作是同步进行的;还有一种是详写转变后的抗日工作,而之前的欢场生活属于过去式,在作品中只简单提及,如于伶的《夜光杯》、陈铨的《野玫瑰》等。这一时期的欢场书写可概括为"妓女＋国防"模式,这既是传统以姿色救国题材的一种延续,也是"革命＋恋爱"模式在抗战时期的延伸,欢场女性成为在时世危机境况下国族想象的新的时代载体。

新文学的欢场书写表现出多元化的格局,事实上我们很难以几种既定的模式将其全部概括,而往往这些溢出主流模式之外的创作更能凸显一种独特的艺术个性。比如沈从文有关湘西妓女题材的写作,即是提供了一种与众不同的审美视角与书写模式。其笔下的湘西土娼们自然纯朴,敢爱敢恨,热情似火而又情有独钟,放荡恣肆而又不失真诚,显示出一种未被现代文明侵蚀的自然的生命形态。沈从文在作品里注重强调湘西土娼们超越现实的卑贱生活而展示出灵魂的圣洁与人性的庄严,较少探究造成她们这种生存方式的社会因素。因而阅读沈从文的此类作品,我们会获得完全不一样的审美感

---

①穆时英:《公墓·自序》,《穆时英小说全编》,学林出版社1997年版,第614、615页。

受,一种抛开了社会批判、伦理道德层面的纯粹人性的感悟。

此外,由于欢场书写多为男性作家,欢场女性不过是男性作家言说自己的方式,她们的内心情感、身体感受等都处于被遮蔽的状态,她们只是被叙述的"对象",而不是作为主体来叙述的。因而,男性作家有关欢场女性的创作一方面呈现"溢美"与"溢恶"的两极倾向;另一方面,欢场女性多是作为某一观念的符号意义,或是男性欲望的对象,或是男性救赎的对象,或是批判社会的工具,而不具有自我的主体性。新文学以来,女作家写作欢场题材的并不多,主要有张爱玲、丁玲、施济美等,其中丁玲的《庆云里中的一间小房里》和张爱玲的《沉香屑　第一炉香》这两篇小说极具代表性,这两部作品在很大程度上改写了男性作家有关欢场女性堕落与救赎的主题模式,表现出了完全不一样的思想内涵。在张爱玲笔下,女性的堕落并不一定是被迫的,在某种意义上可能是自愿的;而在丁玲那里,妓女的生活也不完全是苦难的,在一定程度上还有着愉悦的成分,从而使得欢场题材作品呈现出复杂的面貌与另类的书写风格。

还有一部分欢场作品有意模仿西方的文学名著,最典型的如对《茶花女》的模仿、改写。在新文学以前即有钟心青的《新茶花》与林纾的《柳亭亭》,新文学以来仍不时有模仿之作,如叶灵凤的《未完的忏悔录》、施济美的《圣琼娜的黄昏》、徐讦的《赌窟里的花魂》,足见《茶花女》一书的魅力,而这一类纯爱情题材的欢场作品也丰富了新文学欢场书写的类别。另外,还有对历史上名妓的再创作,如夏衍的话剧《赛金花》、熊佛西的戏剧《赛金花》及欧阳予倩的戏剧《桃花扇》、阿英的《碧血花》等,都是借古讽今,有着较强的功利目的与现实鼓动效果。施蛰存的小说《李师师》倒没有按照上面的路数创作,而是体现了其历史小说的一贯思路,将英雄还原为有着正常欲望的普通人,因而其笔下的名妓李师师也不过是个世俗的女人罢了。

总体而言,新文学的欢场书写无论从主题内涵的丰富性与深刻性还是艺术表现的多样性与独特性都超越了以往的欢场书写,具有了新的复杂的风貌。

第二章

欢场文学的
西方影响

◆ 「茶花女」模式
◆ 「羊脂球」模式
◆ 「芳汀」模式
◆ 「娜娜」模式

第二章

欢场文学的西方影响

　　清末以来大量西方小说的译介,对中国现代小说创作发生着重要影响。"域外小说的输入,以及由此引起的中国文学结构内部的变迁,是20世纪中国小说发展的原动力。可以这样说,没有从晚清开始的对域外小说的积极介绍和借鉴,中国小说不可能产生如此脱胎换骨的变化。"而"对域外小说的借鉴,并非只是简单机械地模仿,这里面隐藏着两种文学理想之间的互相撞击与互相妥协。在一系列富有成效的'对话'中,中国的翻译家、小说家用他们逐渐变化着的文学眼光理解域外小说,并创造中国式的'现代小说'。"①应该说,新文学的欢场书写是在批判传统狭邪小说的基础上产生的,它的参照更多是来自西方文学作品,其中小仲马的《茶花女》、莫泊桑的《羊脂球》、雨果的《悲惨世界》、左拉的《娜娜》、托尔斯泰的《复活》等作品对中国作家的影响尤为突出,甚至作为典范为中国作家关注、吸收并借鉴,在此基础上创作了中国现代欢场文学。

---

　　①陈平原:《中国现代小说的起点——清末民初小说研究》,北京大学出版社2005年版,第24页。

第一节 "茶花女"模式

小仲马的《茶花女》自1848年发表后,从小说到话剧、歌剧及电影,在不同艺术表现领域都获得了极大成功。林纾1898年[1]翻译《巴黎茶花女遗事》,最早由素隐书屋刊本行世,以后有1901年玉情瑶怨馆刊本、1903年文明书局刊本、光绪通行翻印本以及商务印书馆本等[2]。这段异国的悲剧恋情通过林纾典雅简丽的语言译出,打动了中国的多情书生们,大家争相作诗吟咏,如高旭"缩命十年拼一哭,病中狂呓泪如倾"、慧云"病中咯血一声声,垂死频呼亚猛名"、黎俊民"惟有情苗芟不尽,茶花红上美人坟"、骨仍"绡鲛掩面哭墓门,地下唤活茶花魂"[3]等。正如严复诗中所形容的"可怜一卷《茶花女》,断尽支那荡子肠"。[4]邱炜萲在《客云庐小说话》曾这样评点道:"中国近有译者,署名冷红生笔,以华文之典料,写欧人之性情,曲曲以赴,煞费匠心,好语穿珠,哀感顽艳,读者但见马克之花魂,亚猛之泪渍,小仲马之文心,冷红生之笔意,一时都活,为之欲叹观止。"[5]客观来看,《茶花女》算不上是经典作品,而小仲马也称不上是伟大作家,那么为什么在19世纪末20世纪初的中国,文人学士争相诉说"茶花女"一时成风呢? 可以说,《茶花女》是在一个微妙的时间传入中国,作品中人物的情感、价值倾向在很大程度上契合了当时文人内在的心理需求。

首先,爱情主人公茶花女的身份是青楼女子,中国传统文学中青楼文化一向发达,历来文人骚客对青楼女子充满着美好情感与溢美想象。虽然在19世

---

① 参见阿英《关于〈巴黎茶花女遗事〉》,《阿英全集》第2卷,安徽教育出版社2003年版,第839—840页。

② 参见北京大学中法文化关系研究中心、北京图书馆参考资料部编:《汉译法国人文科学与社会科学图书目录》,中国图书出版公司1993年版。

③ 转引自陈平原《中国现代小说的起点——清末民初小说研究》,北京大学出版社2005年版,第274、275页。

④ 严复:《甲辰出都呈同里诸公》,《严复选集》,周振甫选注,人民文学出版社2004年版,第204页。

⑤ 转引自陈平原、夏晓虹编《二十世纪中国小说理论资料(第一卷)》,北京大学出版社1997年版,第45页。

纪末狭邪小说对妓女的描写已由"溢美"转为"近真",但对于缺乏婚姻自主、恋爱自由的文人学子而言,哀婉缠绵、真挚美好的爱情总是能打动他们内心深处那脆弱的情感。

其次,在茶花女的故事模式中,马克为爱情的自我牺牲精神赢得了时人一片赞赏声,牺牲僭越了爱情成为小说主题。爱情在这里是可以被置换的,如可以置换为忠君爱国、人伦亲情等,因而当有人将其解读为政治小说虽则牵强,但亦不是毫无根据。林纾在1901年为《露漱格兰小传》写的序中,传达了他翻译《茶花女》时的想法。"余既译《茶花女遗事》掷笔哭者三数,以为天下女子性情,坚于士夫,而士夫中必若龙逄、比干之挚忠极义,百死不可挠折,方足与马克竞。盖马克之事亚猛,即龙、比之事桀与纣,桀、纣杀龙、比而龙、比不悔,则亚猛之杀马克,马克又安得悔? 吾故曰:天下必若龙、比者始足以竞马克。"①龙逄是夏朝的忠臣,因为进谏夏桀被杀;比干是商朝的忠臣,因为进谏被纣王剖心。这段文字表明林纾将马克对爱情的忠贞类比为士大夫臣子对君主之忠,将中国传统文化中的香草美人之喻、忠君爱国之情巧妙地嫁接到马克身上,故当时读者经由林纾的点拨,从茶花女身上悟到了具有献身精神的爱国之情也就在情理之中了。可以说,清末民初文人学子对《茶花女》的钟情,除了马克对爱情的向往追求打动他们外,还在于马克的自我牺牲精神与他们献身国家的爱国热情也是相契合的。

再有,林纾的翻译也是一个重要因素。林纾通过翻译过程中大量的删节和改写,对这一法国爱情故事进行了中国化的改造,使得这篇小说更加合乎中国的传统文化精神与儒家人格,也因而更为中国读者所接受。比如,原作核心词汇是爱情,而林译《茶花女》一再强调的是忠贞,并且指向"礼法""节义"等范畴,具有强烈的社会道德色彩。比较下面这处翻译,《茶花女》第二十五章,马克最后接受了亚猛父亲的劝说,决定以自己的牺牲换取亚猛的前途及其妹妹的婚姻。她对亚猛的父亲说:

Well, Monsieur Duval, kiss me once as you would kiss your daughter, and I will swear to you that your touch, the only truly chaste embrace I ever received, will make me stand strong against my love. I swear that within a

①林纾:《林琴南书话》,吴俊标校,钱谷融主编,浙江人民出版社1999年版,第131页。

week, your son will be back with you, unhappy for a time perhaps, but cured for good.（英译）①

　　好，Monsieur Duval 先生，请再吻我一次，就你吻你的女儿一样。我向你及你的吻发誓，我所得到了这个最纯洁的拥抱，会给我战胜爱情的力量。我发誓，在一个星期内，你的儿子会回到你的身边，短时间内他可能会感到不幸，不过以后永远就得救了。（汉译）

　　然则请翁亲吾额，当为翁更生一女。吾受翁此亲额之礼，可以鼓舞其为善之心，即以贞洁自炫于人，更立誓不累公子也。（林译）②

　　这几句的翻译，可以说完全改变了作品的原意。"战胜爱情的力量"变成了"为善之心"，而"为善"的主要内容则是"贞洁"。可见，通过林纾的翻译，马克的爱情更多打上了忠贞的烙印，具有了浓厚的中国礼法色彩。由于林纾不懂外文，他是先让他人口述再用文言写作，因而林纾的译本最大限度地保持了自己的中国文化立场。林纾以某种程度的误读实现了西方文学的东方化，使得这部讲述巴黎的爱情故事在中国有着广泛的读者接受群体。与此同时，早期戏剧团体对话剧《茶花女》的排演，进一步加强了这一哀婉动人的故事在中国的传播。

　　最早将《茶花女》搬上舞台的是春柳社，春柳社成立于1906年，是我国最早的话剧团体，曾孝谷、李叔同是春柳社最早的发起人。1907年2月11日，因中国国内发生严重水灾，急需赈济难民，春柳社决定举行赈灾演出，在东京演出根据小说改编的同名戏剧《茶花女》，所选的是阿芒父亲拜访玛格丽特和玛格丽特临终的两幕。剧本由曾孝谷翻译，女主角默凤即玛格丽特由李叔同反串扮演，阿芒的父亲则由曾孝谷扮演。李叔同的玛格丽特举止柔弱、眼神哀怨，一颦一笑皆酷似女子形状，演出获得极大成功，而这亦被视为中国现代话剧的开端，中国从此开始有了"写实的、模仿人生的、废除歌唱全用对话的新戏"。③这之后，作为春柳社历史上承前启后人物的陆镜若带领新剧同志会以"春柳剧场"的名义，从1914年4月开始，在南京路谋得利剧场正式公演，演出

----

　　①［法］小仲马：《茶花女（英文）》，［英］科沃德译，外语教学与研究出版社2006年版，第175页。

　　②林纾、王寿昌：《巴黎茶花女遗事》，商务印书馆1981年版，第76页。

　　③洪深编：《中国新文学大系·导论集·戏剧集导言》，良友图书公司1935年版，第241页。

剧目有《茶花女》《复活》《娜拉》《神圣之爱》等，连续演出9个月后，于1915年7月应邀赴杭州演出两个月。作为春柳派经常演出的悲剧《茶花女》，注重以情动人，围绕一个"情"字做文章。阿芒的痴情令人感动，而玛格丽特为爱的牺牲精神尤让人叹息。玛格丽特和阿芒两人爱情的热烈、坚贞和牺牲深深打动了中国观众的心灵，也进一步扩大了《茶花女》在中国的影响。

在《茶花女》迅速为中国读者接受的同时，小说家们竞相模仿这一哀婉动人的故事，当时即有钟心青的《新茶花》，作者在作品里直言"只怕也不输冷红生的《茶花女》"。①《新茶花》完全不回避对《茶花女》的模仿，小说中男女主人公处处以"亚猛"与"马克"自比。女主人公武林林因遭诬骗而流落烟花，但她并不自甘堕落，她喜爱佩带茶花，其楼也命名为"茶花第二楼"。小说第十三回借其他人物之口这样介绍武林林：

> 还听得他在家里，最喜看的是巴黎茶花女遗事，常说青楼中爱情最深的，要算是马克格尼尔姑娘，却并世又生了一个亚猛，两美相合，演出这一桩韵事，可惜东方偌大一个繁华世界，却没有这样两个人，岂不使花丛减色，所以他立志要学马克，那一本小说书，从头到尾，背都背得出，只是还没有知心的，也可当那亚猛的，也是一桩缺憾。

男主人公项庆如听了以后则跳起来拍手大笑道："那东方亚猛除了我，还有谁人，我们就找他去。"②两人的恋爱过程，也处处比照马克与亚猛。在项庆如家道中落时，武林林像马克一样不嫌弃对方，当尽自己的首饰衣服替他还账。两人之间的爱情自然不会一帆风顺，不过阻碍他俩最终在一起的因素不是来自于家庭和婚姻门第观，而是由于一京城高官因得不到武林林恼羞成怒，由其走狗华中茂设计诬陷项庆如为"匪党"将其抓捕。武林林为营救项庆如，只得无奈答应下嫁京城高官。武林林在做出这样的决定后，仍与马克比较：

> 想起巴黎茶花女，因要保全亚猛名誉，仍为冯妇，我此刻为庆如的性

---

①钟心青：《中国近代孤本小说精品大系·新茶花》，内蒙古人民出版社1998年版，第9页。
②钟心青：《中国近代孤本小说精品大系·新茶花》，内蒙古人民出版社1998年版，第63页。

命,也另嫁他人,情事十分相类,可见得我取这个楼名时,已经有了谶了,又想马克当诀绝亚猛时,已将自己当作已死,我此刻何尝将死的人,然则今天便是我的死期。①

尽管《新茶花》主要情节、人物都模仿林译《茶花女》,不过这一冲突的设置使得小说的矛盾性质和《茶花女》有了根本的不同。如果说《茶花女》中的冲突因身份地位和婚姻的门第观造成,《新茶花》的矛盾冲突则更激烈,不仅是情敌的斗争,也是政治的斗争。此外,和这一时期其他小说一样,作品兼叙近十年中国的政治形势以及海上新党各事,内容之多几乎要淹没爱情的线索。女主人公武林林直到第十三回才正式露面,由此开始描写两人的爱情,而其中仍就大量穿插一些社会政治事件。由于小说的爱情加政治的叙述模式,政治性很大程度上冲淡了小说的悲剧色彩,再加上刻意地模仿给人做作之感,使得《新茶花》缺少了原作那种荡气回肠的感人力量。作者钟心青有意要与林译《茶花女》分个高下,小说最后借有关人物之口来肯定东方茶花:

> 少牧接过,随手翻阅,忽然问道:"这书既名新茶花,林林又自号茶花第二楼,你看究竟东西两茶花那一个好?"公一道:"马克虽好,我还嫌他决绝亚猛一层,并不是十分不得了的事情。或者还可婉曲周旋,何必遽尔绝情呢?至于林林,却是除此一着,实在无可解免。据我看来,还是武林林为优。"少牧大笑道:"说得好公平。"②

通过这样的评价我们可看出作者并没有真正领悟《茶花女》一书的精髓,故译者林纾愤愤不平。"近人摹仿其事为《新茶花》,尤煞人间风景,吾至不满其所为。"我们知道林纾翻译《茶花女》一书时即被马克的悲惨遭遇所打动,据说其翻译到最伤感处,往往失声痛哭,哭声之大,即使在屋外都能听见。一方面不满《新茶花》的"煞人间风景",另一方面又深深感动于这一凄美的爱情故事,于是林纾也模仿《茶花女》创作了文言小说《柳亭亭》。

小说描写了贵介公子姜瑰与秦淮名妓柳亭亭的恋爱。不过,姜瑰的父亲

---

①钟心青:《中国近代孤本小说精品大系·新茶花》,内蒙古人民出版社1998年版,第153页。

②钟心青:《中国近代孤本小说精品大系·新茶花》,内蒙古人民出版社1998年版,第158页。

不仅没有破坏他们的爱情,反而对柳亭亭赞不绝口,并玉成二人婚事。"亭亭亦隽品,闺秀中恐无匹。吾一生为善,不患无孙。今将成礼于句容。汝告亭亭,自诹吉日可也。"小说最后二人"如期礼成,夫妇谐美,竟生三子"。[1]林纾变爱情悲剧以喜剧的大团圆结局,从而完全降低了小说的艺术品格。林纾在附记中这样解释:"亚猛之父不善于理家,所以使马克抑抑而死,此千古之恨事也",因而"姜翁之为人,真人间达人,与亚猛之父相较,所别宁人禽耶?"[2]林纾把《茶花女》所抨击的上流社会的虚伪道德和"门当户对"的婚姻观念,淡化为亚猛父亲的"不善于理家",又为了不"煞人间风景",满足自己的愿望并迎合读者的心理,将结局变成了中国式的大团圆。小说不仅没有了原作品所具有的悲情感染力及社会批判力,而且根本降低了作品的艺术格调。如果其评价《新茶花》是"煞人间风景",那么《柳亭亭》则更"煞人间风景",更背离原小说的旨意。

对中国读者来说,打动他们的是"茶花女"哀艳凄婉的故事,无论是《新茶花》还是《柳亭亭》,更多是对情节及人物的模仿,而不是针对作品的叙事技巧及凄婉缠绵的风格。故而当时有人感叹"中国能有东方亚猛,复有东方茶花,独无东方小仲马"。[3]即是说明这些模仿作品难以达到原作的神韵,只是一种表层的模仿,内在的精髓却没有抓住。而民初的一些哀情小说,如徐枕亚的《玉梨魂》、苏曼殊的《碎簪记》、李定夷的《霣玉怨》等,虽在情节建构及人物设置上与《茶花女》有较大差别,但唯情感伤的笔调却是一致的。

徐枕亚的《玉梨魂》1912年在《民权报》上隔日连载,是用骈体文写成的一部哀感顽艳的"千秋恨史",在民初有着很大的影响,曾开民初小说畅销的新记录。徐枕亚在《玉梨魂》中自比为"东方仲马",意在写一部模仿《巴黎茶花女遗事》的小说。小说具有明显的自传色彩,这一点也是与《茶花女》的创作相似,即小说创作都与作者的经历有关。"此书内容是他第一次结婚以前一段遭遇的小说化。他从师范学校毕业后,到无锡附近一个小村子当小学教员;他寄居蔡府,也担任蔡老先生孙子的家庭教师。那孩子的母亲是寡妇,徐枕亚痛苦地爱上她。这段恋爱显然在他离开教职时即告终结"。[4]小说描写年

①林纾:《林纾选集(小说卷上)》,林薇选注,四川人民出版社1985年版,第71页。
②转引自杨义《中国现代小说史》(上),人民出版社1998年版,第42、43页。
③侗生:《小说丛话》,《小说月报》第2卷第3号,1911年。
④夏志清:《〈玉梨魂〉新论》,《明报月刊》1985年第9期。

轻寡妇白梨娘与家庭教师何梦霞之间凄婉缠绵的情感,这在受封建礼教影响仍然深远的民初中国社会是比与妓女恋爱更加不被接受的。对于良家女子而言,"从一而终""饿死事小,失节事大"是她们必须恪守的礼教规范。正是受《茶花女》一书爱情价值观的影响,徐枕亚才有勇气将自己的这段经历写成小说,肯定这种真挚纯粹且为爱牺牲的极致之情。虽然人物的身份设置与《茶花女》有所不同,但与前述的两部作品相比较,《玉梨魂》无论是人物气质、叙事手法还是作品基调都最接近原作。

首先,两位女主公的爱情都为当时的社会所不容,都因情而病,且都得了咳血而死的肺病;二者身上都体现了为爱牺牲的精神,白梨娘因不敢逾越封建礼防,遂荐小姑以自代,无奈何梦霞用情专一并不接受,白梨娘便自戕身体,以死成全何梦霞与小姑的婚事。其次,《玉梨魂》的叙述者同样是第一人称"余",并以"记者"自称,其间也穿插了日记、书信,最后叙述者交代小说取材于友人秦石痴寄给他的书稿。再次,《巴黎茶花女遗事》的结尾是马克死后"余"与亚猛一起探访朋友,寻访马克墓地。《玉梨魂》的结尾则是"余"与秦石痴一起重游故地,物是人非,凄凉幻灭之情不以言表,全篇笼罩着浓重的感伤基调。可见,《玉梨魂》的创作确实受《巴黎茶花女遗事》较大影响。对此,夏志清指出:"晚清小说家看了西洋小说的译本后,多少有兴趣试用新技巧,《玉梨魂》是第一本让人提得出证据,说明是受到欧洲作品影响的中国小说。"①

《茶花女》对中国文人的影响绝对不只是一个时代,这种影响一直延续到了20世纪三四十年代。穆时英在其小说《被当作消遣品的男子》中借人物之口表达《茶花女》是属于他们祖母那个时代读的小说,在当下则是过时的。但事实并非如此,即使是三四十年代的上海,仍有不少作家因感动于"茶花女"的悲情故事,而一再地以不同的方式书写着这一情爱传奇。叶灵凤在《未完的忏悔录》中毫不掩饰对于《茶花女》的喜爱与模仿,同样是富家公子韩斐君与歌舞交际明星陈艳珠相爱;同样是受到家庭的阻力,其父甚至因此而气死;同样是运用第一人称的倒叙手法,也同样以主人公的日记来展开叙述,只不过变为男主人公韩斐君的日记;当然最终的结局仍是陈艳珠选择离开韩斐君,韩斐君后来失踪。不过陈艳珠离开韩斐君并不完全是为爱而做出的牺牲,自然由于韩父坚决反对两人在一起,为了韩斐君与家人的关系和前途,有

①夏志清:《〈玉梨魂〉新论》,《明报月刊》1985 年第 9 期。

着这样的因素。但同时也因为在两人相处的过程中,韩斐君的敏感与嫉妒,陈艳珠的无力挣扎出原先的交际生活,都使得相处变成了是相互地折磨,于是选择离开其实也是对于这种痛苦的爱的解脱。在小说的"前记"中,叶灵凤指出茶花女式的女主人公是"一个沾染了都市浮华气息,但是在内心还潜伏着一点良善的现代女性"。不过由于作者强调以通俗笔法写该故事,因而对于人物复杂矛盾的内心就缺少有深度的挖掘。叶灵凤自己也承认,"我的本意,要用浓重的忧郁和欢乐交织的气氛笼罩全书,要写出内心的挣扎,这愿望都不曾实现。"[1]

40年代活跃于上海的"东吴女作家"群,以施济美的影响最大。其小说《圣琼娜的黄昏》,又名《三年》,描写茶花女式的中国交际花的司徒蓝蝶的凄美爱情,人物的身世经历都是一点点地显影出来,充满着神秘气息。蓝蝶后来为了成全另一个病重的女孩的爱情,离开她深爱的爱人柳翔,当后来柳翔知道真相后,三年来一直苦苦寻找着蓝蝶。成全与出走,忏悔与寻找,构成了故事凄伤的基调,加上作者刻意营造的"蓝色"意象,更添忧伤情怀。可以说,施济美以其哀婉的、凄清的、充满着古诗词意境的描写契合了《茶花女》浪漫感伤的神韵,而感伤之中又兼具几分神秘气息。

相比较而言,徐讦的《赌窟里的花魂》中的"她"虽也神秘,但由于徐讦主要是通过这个类似茶花女的故事说明一个生活哲理,即每个人都要生活在自己的轨道上,因而并不注重对感伤气氛的营造。这个被称为"赌窟里的花魂"的"她",曾经由于和丈夫沉迷于赌场而家破夫亡,后沦落欢场。当看见"我"也沉迷于赌场时,便以她的方式拯救了"我"。自然"我"疯狂地爱上了"她",而"我"已有妻子和孩子,同样是茶花女式的牺牲精神,"她"为了成全"我"的家人而离开。作者并不赞同这种脱离了自己生活轨道的盲目的爱,而欣赏"她"的理性、克制与牺牲。并因此给"她"安排了好的归宿,"她"后来嫁给他人开始新的生活,而"我"也由于知道了真相不再怨恨堕落。小说少了感伤缠绵,多了哲理思辨,并一改茶花女的悲剧命运,赋予结局以明朗色调。

"茶花女"故事所以一再地被不同时代不同性别的作家反复书写,一方面是由于浪漫凄美的爱情故事总是最打动人的。另一方面,则是因为"茶花女"式的女性较为符合大众对女性的审美要求,是集美貌与良善于一身、对爱情

---

[1] 叶灵凤:《叶灵凤小说全编》,学林出版社1997年版,第581页。

忠贞执着、为他人而牺牲自身幸福的理想之女性。不过可能由于中国人在心理上不太习惯接受悲剧的结局,故而中国式的茶花女的故事或是质变为大团圆,或是以各种方式弱化作品的悲情色彩。

第二节 "羊脂球"模式

同《茶花女》一样,小说《羊脂球》在1880年发表后让作者莫泊桑一举成名,老师福楼拜称其为杰作。莫泊桑的作品很早就被介绍到中国,对中国现代很多作家的创作都产生过重要影响。最早介绍莫泊桑作品到中国的是陈冷血(陈景韩),在1904年的《新新小说》上翻译了莫泊桑的战争小说《义勇军》,不过这篇小说在当时中国文坛并未产生较大影响。1909年,鲁迅、周作人兄弟翻译出版了《域外小说集》,其中选了莫泊桑的短篇小说《月夜》,莫泊桑则被译为摩波商。胡适在1917年的《新青年》接连两期翻译莫泊桑的《二渔夫》(今译《两个朋友》)和《梅吕哀》(今译《曼律舞》),1918年又在《每周评论》推出《弑父之儿》,收入小说集时更名为《杀父母的儿子》。同年3月,胡适在北京大学为学生演讲《论短篇小说》,谈到短篇小说的特点是使用最经济的手腕去写这件大事的最精彩的一段或一面,即举都德和莫泊桑两人的作品为例。20年代,莫泊桑作品的翻译蔚为壮观,有李青崖的《莫泊桑短篇小说集》三集(1923年、1924年、1926年)、李劼人的《人心》、谢直君的《莫泊桑短篇》、雷普笙和徐蔚南的《莫泊桑小说集》等。《羊脂球》最早是在1924年由李青崖翻译,1942年谢希平再译,译为《脂肉团》。1957年台北志文出版社推出黎烈文的又一译本《脂肪球》,目前通行的译名是李青崖的《羊脂球》。

《羊脂球》选自左拉、莫泊桑、阿莱克西等自然主义文学作家结集出版的《梅塘之夜》,其中的每篇小说都是以普法战争为题材。小说主人公羊脂球是鲁昂市的妓女,当普鲁士士兵进入她的住所时,她愤怒至极,扑上去掐住其中一个士兵的脖子。案发后,羊脂球和一群贵族、政客、商人、修女同乘一辆马车逃离普军占领区。在旅途中,其他九位乘客都未带充足的食物,好心的羊脂球主动把自己的一篮子食物贡献出来,让大家共享。车到一个小镇时,驻军中的一个普鲁士军官要求羊脂球陪他过夜,遭到其拒绝,普军便扣留了马车。于是,马车上这些"有身份的乘客"为了自己能尽快脱身,纷纷游说羊脂球,要她以民族大业为重做出牺牲。羊脂球为搭救同胞只得忍辱陪普军官一夜。第二天,马车被放行。可是,这些"有身份的乘客"们却开始鄙视羊脂球,连话都不屑和她说,任凭她陷入孤独和挨饿的境地中。

《羊脂球》中,莫泊桑将处于社会底层并受人歧视的妓女作为正面人物,突出了她强烈的民族自尊心及善良、单纯、富有同情心的品质。与其构成对比的是那些所谓的"正人君子",一个个自私、伪善、冷酷,为了自己的利益,不惜牺牲他人,且完全不顾民族的尊严。正是通过这样的对比,对社会上层人物进行辛辣的讽刺。这样一种通过卑微小人物与高贵大人物的对比,从而揭露后者丑恶面目的手法对20世纪中国文学产生了较大的影响,出现了不少模仿之作,最典型的当数夏衍的话剧《赛金花》。

作为中国现代著名的剧作家,夏衍的戏剧创作受到中外文学的影响。一方面,夏衍从小就接触了大量中国传统戏曲,夏衍的母亲喜欢看戏和听书,经常带夏衍看演出,且边看边讲解给他听。另一方面,夏衍留学日本时,虽读的是冶金学科,但课余时间读了大量的西方名著,其中就有莫泊桑、左拉、托尔斯泰等的作品,①这对夏衍日后的创作产生了深远影响。

赛金花题材的作品在晚清和民国时期的中国文学中出现过三次创作热潮:"第一,是在清末,东亚病夫以她来贯串晚清数十年史事,写小说《孽海花》。第二,是在'一二八'中日战争爆发以后,在'不抵抗'的愤激情绪中,大家怀念到这位庚辛之际曾经为国家服务的女人,藉她来讽刺当局,或者阿Q似的,希望再有这样的女人。第三,是在近顷,夏衍作戏剧《赛金花》,用她作一个骨干,来写当时的史实,以完成反帝国主义反汉奸的任务。"②可见,《赛金花》是夏衍为了响应"国防文学"的号召而作。剧本发表后,夏衍在"给演出者的一封私信"中表明了自己的创作意图:"我就想以揭露汉奸丑态,唤起大众注意,'国境以内的国防'为主题,将那些在这危城里面活跃着的人们的面目,假托在庚子事变前后的人物里面,而写作一个讽喻性质的剧本。"③夏衍于是

———————

①参见田本相《中国话剧艺术通史》第一卷,山西教育出版社2008年版,第223页。

②阿英:《从各种诗词杂记说到夏衍的〈赛金花〉》,《阿英全集》第五卷,安徽教育出版社2003年版,第512页。

③夏衍:《历史与讽喻——给演出者的一封私信》,会林、绍武编《夏衍戏剧研究资料》(上),中国戏剧出版社1980年版,第1、2页。

选取了赛金花这一传奇女子，"借用了她的生平，来讽骂一下当时的庙堂人物。"①由于赛金花的特殊身份以及剧作对"庚子事件"的表现，《赛金花》在左翼作家中引发了不少争议。对此，夏衍强调剧作的"主题不是为义和团翻案，而只是利用这个事件，来讽刺国民党的屈辱外交而已。"并指出："这是一个古今中外用滥了的老主题，莫泊桑的《羊脂球》是这个主题，我看元曲的《汉宫秋》也是这个主题。"②

《赛金花》截取1900年秋冬至1905年4月这段历史，从庚子国难前夕写到赛金花被统治者赶出京城。同《羊脂球》一样，人物活动的背景都是异族入侵，情节也都是一群自命高贵的人为了自己的利益，以崇高的理由劝说一名妓女牺牲色相去满足侵略者的淫乐。《羊脂球》中，当这些"享有威望的正人君子"知道是因为羊脂球拒绝陪夜普鲁士军官而被扣时，他们开始游说羊脂球，"所有那些曾经把身体当做战场，当做克敌制胜的工具和武器，以阻挡征服者的女人，所有那些曾经用自己英勇的爱抚战胜极其丑恶可憎的坏蛋，以及为了复仇和忠诚而牺牲自己贞操的女人都被一一举了出来。"并且"所有这些典故都是用一种得体的方式说出来的，讲得很有分寸，有时还故意显得热情冲动，以激发羊脂球仿效前人的决心。"③同样，《赛金花》中，由于赛金花与八国联军统帅瓦德齐在德国就相识，因而当李鸿章与瓦德齐"议和"受阻后，这群"高居庙堂之上"的大人物们便搬出了西施和王昭君，"可以善为开导，晓以大义，跟她说西施和昭君的故事，咱们中国在国破家亡的时候，靠女人来解决问题的事情，本来是不希奇的。"④可见，无论西方还是东方，上流人士为了达到自身目的，往往以冠冕堂皇的理由说服底层女子牺牲肉体，而当他们达到目的后，就卑鄙地把这些女子抛到一边。《羊脂球》中，因羊脂球忍辱陪了普鲁士军官而使马车终于被放行，但"正人君子"们却鄙视她、厌恶她，"她觉得自己被淹没在一片轻蔑当中。这些衣冠禽兽，先是把她当做祭品奉献给敌人，随

①夏衍：《〈赛金花〉余谈》，会林、绍武编《夏衍戏剧研究资料》（上），中国戏剧出版社1980年版，第8页。
②夏衍：《题材·主题》，《剧本》1961年第5、6期合刊。
③［法］莫泊桑：《羊脂球——莫泊桑中短篇小说集》，译林出版社1998年版，第34页。
④夏衍：《夏衍剧作集》第一卷，中国戏剧出版社1984年版，第78页。

后又把她当做一件肮脏无用的东西扔掉。"①与羊脂球的命运相似,赛金花利用与联军统帅瓦德齐的关系,帮助清廷促成了与联军的和议,但当她被赶出京城时,那些她曾经帮助过的官员们不仅没有一个来帮她,甚至还落井下石,从而无情地讽刺了那些"高踞庙堂之上,对同胞昂首怒目,对敌人屈膝蛇行的人物"。②

夏衍的《赛金花》不仅在主题、情节方面受《羊脂球》影响,女主人公赛金花也有着羊脂球的影子。赛金花在此之前已出现在不少文学作品中,如吴趼人的《赛金花传》、樊樊山的《前后彩云曲》、曾朴的《孽海花》等。不过以往作品多将其"写成一个逾越常轨的淫娃荡妇"③,夏衍则在剧作中有意表现赛金花性格中的机智、豪爽、身上尚存的善良人性和值得同情的悲剧命运。如赛金花婉言相劝瓦德齐,使其下令停止联军的烧杀抢掠行为,解救了北平一部分的无辜百姓。夏衍将赛金花放置在与高居庙堂之上的人们的对比关系中进行刻画,故而对于这个被侮辱被损害的奴隶中的一员寄予了深切同情。

> 我不想将女主人公写成一个"民族英雄",而只想将她写成一个当时乃至现在中国习见的包藏着一切女性所通有的弱点的平常的女性。我尽可能的真实地描写她的性格,希望写成她只是因为偶然的机缘而在这悲剧的时代里面串演了一个角色。不过,我不想掩饰对于这女主人公的同情,我同情她,因为在当时形形色色的奴隶里面,将她和那些能在庙堂上讲话的人们比较起来,她多少的还保留着一些人性!④

阿英对夏衍笔下的赛金花有很高的评价,"文学作品中的赛金花,经过了40年的发展,到了现在,算是有了一个真实的姿态,她不过是大时代中一个作为骨干的小人物,她不是'尤物',不是'英雄',而是有血有肉,有生命的活生

---

①[法]莫泊桑:《羊脂球——莫泊桑中短篇小说集》,译林出版社1998年版,第42页。

②夏衍:《历史与讽喻——给演出者的一封私信》,会林、绍武编《夏衍戏剧研究资料》(上),中国戏剧出版社1980年版,第2页。

③夏衍:《〈赛金花〉余谈》,会林、绍武编《夏衍戏剧研究资料》(上),中国戏剧出版社1980年版,第7页。

④夏衍:《历史与讽喻——给演出者的一封私信》,会林、绍武编《夏衍戏剧研究资料》(上),中国戏剧出版社1980年版,第2页。

生的人类！"①正由于赛金花身上还保留着的一些人性，使得她与高居庙堂之上的人的各种丑态形成鲜明的对比，从而达到了作者讽喻现实的目的，这由话剧《赛金花》的演出风波可以看出。1936年秋天，上海40年代剧社上演了《赛金花》，由洪深、欧阳予倩等组成导演团，演员王莹扮演赛金花，演出在社会上引起很大反响，同时也遭致国民党当局的嫉恨。1937年初在南京的演出，国民党特务头子张道藩带人赶到剧场捣乱，后被愤怒的观众拖出剧场，张气得当场昏了过去，这便是中国戏剧史上的"《赛金花》事件"。这之后，国民党当局以该剧"有辱国体"为由，下令禁演。同时遭到禁演的还有熊佛西创作的同名话剧《赛金花》。可见，作为"国防文学"的代表作，《赛金花》在当时具有很强的鼓动性和战斗性，起到了很好的宣传效果。不过，也恰恰是这一点，体现了《赛金花》与《羊脂球》的不同。

《羊脂球》中，莫泊桑以冷峻、细腻的现实主义手法，准确地勾勒了那些"正人君子"由表面的道貌岸然到内在的自私伪善的暴露过程，对他们的行为进行了"微言大义"式的揭露，小说注重细节的描写，也善于揭示人物心理。而夏衍的话剧，则采用夸张的手法，把人物的丑态放大，使讽刺表面化，人物也是类型化的。由于夏衍的《赛金花》是为了响应"国防戏剧"以及"大剧场运动"而作，"国防戏剧"以反帝抗日反汉奸、争取中华民族的解放为主题，要求充分发挥戏剧的宣传乃至现场鼓动的功能，语言则力求通俗化、大众化。1935年左翼戏剧家联盟提出"在战略上要开展建立剧场艺术的运动，扩大我们的影响，显示我们的力量"，②于是在1936—1937年间以上海为中心，又出现了大剧场演出热潮。无论是"国防戏剧"还是"大剧场运动"，都强调戏剧要吸引观众，因而从戏剧宣传和观看效果两方面考虑，夏衍在创作中运用了夸张的表现手法。"我为着要对那些在危城中活跃的人们投掷最难堪的憎恶，自不能不抓取他们的特征而加以夸张的描写，我要剥去他们堂皇冠冕的欺瞒大众的外衣，而在观众面前暴露他们'非国民'的丑态。"③这种对宣传和观众的双重考虑，导致了人物刻画上的漫画化及对观众低俗心理的迎合。茅盾对此有

①阿英：《从各种诗词杂记说到夏衍的〈赛金花〉》，《阿英全集》（第五卷），安徽教育出版社2003年版，第517页。

②于伶：《战斗的一生》，《人民戏剧》1982年第8期。

③夏衍：《历史与讽喻——给演出者的一封私信》，会林、绍武编《夏衍戏剧研究资料》（上），中国戏剧出版社1980年版，第4页。

过批评,认为演出过程中出现的几次笑场,是"近于'低级趣味'的所谓'噱头'","'讽喻'到了观众这里却完全变了质。"① 的确,从艺术效果而言,《赛金花》有着明显的不足,比如以古喻今表现得太直露、人物性格刻画得不够细致、失真等。

比夏衍创作晚一年的熊佛西的戏剧《赛金花》,写作目的与夏衍相近,都是借赛金花的故事来唤起抵抗侵略的热情,"借赛金花的事迹来发泄自己,提醒人们"。② 情节手法也大致相同,通过对比来讽刺那群所谓自命高贵的人,只不过将最终结局改为赛金花被气得吐血而亡,更强化了对比的效果与讽刺的力量。

丁玲40年代创作的《我在霞村的时候》同样是一部引起争议的作品,其中女主人公贞贞与羊脂球有着很多相似之处。比较贞贞和羊脂球两个形象,可以感受到丁玲曾受过莫泊桑的影响,而在形象刻画的细腻与深刻性方面则比夏衍的《赛金花》更接近莫泊桑的原作。沈从文在《记丁玲》一文中曾提到,"(丁玲)不只是个性情洒脱的湖南女子,同时还是个熟读法国作品的新进女作家。"③ 在她和胡也频为数不多的英文藏书中,就有小仲马的《茶花女》、莫泊桑的《人心》和屠格涅夫的《父与子》,除此之外,最为丁玲称道就是福禄培尔的《马丹波娃利》(今译为福楼拜的《包法利夫人》)。丁玲刚开始写作时,便从福楼拜和莫泊桑的小说中学了许多,"她跟那些书上的女人学会了自己分析自己的方法,也跟那些作书男人学会了描写女人的方法。"④ 丁玲自己也说过:"过去有人说我最喜欢莫泊桑,受莫泊桑影响很大,可能有一点,不过说老实话,那时候,虽然法国小说我看得很多,喜欢的不只是莫泊桑、福楼拜,也喜欢雨果,也喜欢巴尔扎克。但很难说我具体受哪个作家的影响。"⑤ 虽然丁玲不认为自己的创作是受某个具体作家的影响,但也承认了自己多少受到莫泊桑

①茅盾:《读〈赛金花〉》,会林、绍武编《夏衍戏剧研究资料》(下),中国戏剧出版社1980年版,第55页。

②熊佛西:《关于话剧〈赛金花〉》,刘半农、商鸿逵《赛金花本事》,中国人民大学出版社2006年版,第207页。

③沈从文:《记丁玲》,《沈从文全集》第13卷,北岳文艺出版社2002年版,第82页。

④沈从文:《记丁玲》,《沈从文全集》第13卷,北岳文艺出版社2002年版,第83页。

⑤丁玲:《丁玲谈自己的创作》,袁良骏编《丁玲研究资料》,天津人民出版社1982年版,第218页。

的一些影响。

贞贞与羊脂球一样，都是集卑贱与高尚于一身的社会底层小人物，在异族入侵的背景下，两人不仅肉体遭受侵略者的蹂躏，且精神上又受到同胞的轻蔑，体现了双重的悲剧性。羊脂球为了同胞尽快脱身而忍辱"献身"，而羊脂球的"献身"不仅没有换来这些受过她"恩泽"的"正人君子"们的感谢，相反遭致他们的蔑视与厌恶。小说尤其深入剖析了上流社会太太们对于羊脂球"献身"普鲁士军官前后的微妙心理，揭示了上流社会虚伪的道德观与人性的弱点。当这些贵族、暴发户的太太们知道羊脂球的妓女身份后，她们很自觉地结成同盟，"眼前这个妓女的存在突然使她们成了朋友，而且几乎是亲密无间的朋友了。好像她们觉得，在这个不知羞耻的卖淫妇面前．她们必须团结一致，把她们做妻子的尊严显示出来才行，因为合法的爱情总是高于放纵的私情的。"①正是羊脂球的卑贱才衬托了她们的高贵。不过，高贵的太太们的内心却是猥琐的、肮脏的。当普鲁士军官提出让羊脂球陪夜的要求后，卡雷·拉马东太太不仅不能理解羊脂球为何一再拒绝普鲁士军官的无耻要求，因为"换了她，她可能宁愿拒绝另外的人也不会拒绝这个德国军官的"，甚至在她内心深处还向往着委身于这个德国军官。当太太们精心策划如何让羊脂球"献身"普鲁士军官时，平素高傲的一本正经的她们异常兴奋，"披在上流社会妇女身上的那层薄薄的羞耻布只能掩盖她们的外表，遇到这种猥亵下流的奇事她们就心花怒放，暗地里高兴得要发狂，周身上下被情欲搔得痒痒的，就像一个贪嘴的厨子在为别人准备晚餐那样馋涎欲滴。"②高傲的外表下掩藏的是猥琐的灵魂和不堪的念头，莫泊桑运用对比手法，通过细腻的心理描写，揭示了上流社会太太们的虚伪、自私与猥琐，从而突出羊脂球在卑贱地位下拥有的民族气节与善良、富于同情心的美好品质。

丁玲在谈到创作《我在霞村的时候》的动机时表示，这个题材是她听朋友说的，朋友告诉她有一个女同志从日本人那儿回来，带了一身的病，她在前方表现很好，现在回到延安医院治病。这个故事触动了丁玲，"我心里就很同情她。一场战争啊，里面很多人牺牲了，她也受了许多她不应该受的磨难，在命

①[法]莫泊桑：《羊脂球——莫泊桑中短篇小说集》，汪阳译，译林出版社1998年版，第11页。

②[法]莫泊桑：《羊脂球——莫泊桑中短篇小说集》，汪阳译，译林出版社1998年版，第32页。

运中是牺牲者,但是人们不知道她,不了解她,甚至还看不起她,因为她是被敌人糟踏过的人,名声不好听啊。于是,我想了好久,觉得非写出来不可,就写了《我在霞村的时候》。"①如果结合丁玲的经历,我们便能理解这个故事为什么能触动丁玲,是来自内心深处对失贞女性生存困境的感同身受。1933年5月,丁玲被国民党特务逮捕,与当时的丈夫冯达一起软禁在南京,冯达随后变节成为国民党特务,丁玲1936年9月逃离南京并投奔延安。丁玲的"历史问题",是指丁玲这三年软禁期间的气节问题。丁玲到延安后,关于她在南京的这段历史就一直被人质疑,除了关于她是否变节的问题外,另一个为人所诟病的问题就是她与特务同居并生下一女。而后一个问题直到"文革"之后,某些文艺界领导依然认为这是一个抹不去的污点。丁玲1940年开始接受组织的审查,而《我在霞村的时候》也写于1940年,时间的巧合说明贞贞的故事投射了丁玲当时的心境,那是一种难以言说的心灵之痛。

与《羊脂球》不一样的是丁玲揭示的是村里人对待贞贞的态度,真实反映了普通乡村民众的愚昧与冷漠,两者的批判对象有所不同。贞贞在村民眼中是个双重不贞的女人,因为作为女人,被强奸是一重失贞;而作为中国女人,被日军奸淫又是一重失贞。故而,当贞贞回到村里,除了一些追求进步的年轻人对她很好外,更多的村里人则是看不起她,认为她没脸回来。"像杂货店老板那一类的人,总是铁青着脸孔,冷冷地望着我们,他们嫌厌她,卑视她","尤其那一些妇女们,因为有了她才发生对自己的崇敬,才看出自己的圣洁来,因为自己没有被敌人强奸而骄傲了。"②这些妇女的心态与蔑视羊脂球的太太们是何其相似,从而揭示了失贞女性的生存困境,她们往往更容易受到同类的排斥与敌意。贞贞后来是被边区政府派到日本人那里做情报工作,即便是为了民族解放事业而"献身",贞贞依旧不被周围人理解,包括父母亲朋,如羊脂球一样在孤独中忍受旁人的冷眼。另外,《我在霞村的时候》中贞贞的结局也与羊脂球不同。莫泊桑小说在羊脂球屈辱的哭泣声中结束,而贞贞在小说最后即将前往延安治病和学习,并决心"重新作一个人"。应该说,这个结局比起《羊脂球》来,更加富于理想色彩。去延安治病是具有象征意义的,即不

①丁玲:《丁玲谈自己的创作》,袁良骏编《丁玲研究资料》,天津人民出版社1982年版,第216页。

②丁玲:《我在霞村的时候》,《丁玲全集》第4卷,河北人民出版社2001年版,第226页。

仅是治愈身体的疾病,更是精神层面的新生。正如有学者指出的,这两个形象的不同在于"羊脂球由积极的反抗者变成消极的受难者,贞贞则由消极的受难者变成积极的求索者"。[①]

此外,40年代后半期上海《茶话》作家群中的施瑛,创作了一系列以抗战为背景的社会小说,其中一篇《雪霞怨》也受到《羊脂球》的影响。小说描写了一位全村最美的姑娘,抗战时期为使村庄免遭日军的"血洗",被当地长官"送给"日军长官淫乐后怀孕生子。战时她得到了村民的感激与同情,战后却被村民歧视与侮辱,她在独自承担着巨大屈辱的同时,艰辛地抚育孩子。小说通过村民前后态度的对比,引发了对战乱年代人性问题的思考,并提出如何对待被日军强暴而生产的"孽障"现象的问题。

总之,对"羊脂球"题材的模仿都与战争相关,由于受战时创作思想的影响,作品多具有较强的功利意识。此外,作品中多运用对比手法,或是将失贞女性与周围人作对比,来突出她们身上的美德;或是将周围人前后的言行态度作对比,从而达到批判人性弱点的目的。

第三节　"芳汀"模式

作为享誉世界的法国大文豪维克多·雨果"是本世纪(指20世纪)以来最早、也是规模最大的介绍到中国来的作家"[②]。最早关于雨果的译作是1901年4月10日载于《小说月报》第四期的《聋裁判》,译者署名冷。鲁迅1903年以庚辰笔名翻译了雨果的《哀尘》,连同他写的《译者附记》刊载在1903年6月15日的《浙江潮》上,这是鲁迅的第一篇译作。鲁迅在附记中指出:"此嚣俄(即雨果)《随见录》之一,记一贱女子芳梯事者也。"[③]《随见录》是雨果的一个散文集,《哀尘》原名为《芳梯的来历》,记述了一女子在街上被一少年绅士以雪团击后背,女子反击二人发生冲突,巡查却只逮捕女子不敢触少年,并判女子监禁六个月,嚣俄不平遂去警署为女子作证。文中记述的这一事件成为小说

①蔡师圣:《贞贞与羊脂球——丁玲创作研究之一》,《厦门大学学报》(哲学社会科学版)1984年第3期。

②陈思和:《雨果及其作品在中国》,《中国比较文学》1997年第4期。

③鲁迅:《鲁迅最早的两篇译文——〈哀尘〉〈造人术〉》,《文学评论》1963年第3期。

《悲惨世界》中芳汀故事的素材，需要指出的是这并不是《悲惨世界》的译本。同年8月，苏曼殊翻译改写了雨果的《悲惨世界》，当时取名《惨社会》，刊载于1903年10月8日—12月1日上海的《国民日日报》。考虑到当时中国读者的阅读习惯，译作为章回体，隔日连载。一些人名的翻译也体现了很强的中国色彩，如主人公冉阿让译为金华贱、主教卞福汝译为孟主教。由于12月，《国民日日报》被清政府封禁，《惨社会》只登到第十一回。1904年，由陈独秀继续翻译并对苏译本加以修改，陈独秀依照原作以金华贱为孟主教感化结束全书。据柳亚子说法，"推翻嚣俄原著结局，把孟主教改为贪和尚的是苏曼殊，而推翻苏曼殊翻案，依着嚣俄的本意，把贪和尚恢复孟主教原来地位的是仲甫。"①陈独秀将译作改名为《惨世界》，由上海镜今书局出版，共十四回，署苏子谷、陈由己同译。此后，1921年泰东书局再版，署名苏曼殊译，书名改为《悲惨世界》。

准确地说，苏曼殊、陈独秀二人的《惨世界》不能算是严格意义上的翻译作品，而是翻译和创作的结合，且创作的成分更重于翻译。其实，晚清大多翻译作品都存在一定的删节、改写，在相当程度上体现了译者的思想理念，苏、陈的翻译也是如此。"译者在翻译时会对原著作出各种各样的修正、改写以及整理，希望这渗有很大'重写'成分的'译文'，能达到他原来所设定的目标。由于译者和他的译文所面对的是译入语文化和译文读者，显然，他所设定的目标、他的改写和操控，都是针对着译入语来进行，跟原文、原文文化、原文读者以至作者是扯不上关系的。"②《惨世界》的翻译部分主要取自雨果《悲惨世界》第一部第二卷《沉沦》的第一到第十三节。其中第一至第六回以及作为结尾的第十四回的内容，尽管存在着不少删节和某些主题思想上的改动，但这一部分还是和原作内容基本对应的。从第七回至第十三回，基本是译者自己的创作，苏曼殊和陈独秀完全抛开雨果原作，增加了明男德、范财主、范桶、孔美丽等人物，主要讲述了明男德杀富济贫、英雄落难、险途遇艳、殉身革命等，通过这一人物的游侠经历，描绘社会上的种种悲惨不平之事。而明男德除了在开头与金华贱有着简单的碰撞外，此后便再无关联。可以说，透过明男德这一完全由译者塑造的革命者形象，传达了两位译者的思想理念。这一译本

①转引自陈思和《雨果及其作品在中国》，《中国比较文学》1997年第4期。
②王宏志：《一本〈晚清翻译史〉的构思》，《中国比较文学》2001年第2期。

在当时的中国影响广泛,这与其中穿插宣传革命思想不无关系。

《悲惨世界》译本众多,不过多为节译本。1906年,有平云(周作人)翻译、小说林书局出版的《孤儿记》;1907年,有商务印书馆出版的文言译本《孤星泪》。此后的二三十年代,又有世界书局出版的柯蓬洲的节译本《少年哀史》;李丹、方于的《可怜的人》,后改译名为《悲惨世界》,这是第一个真正按原著面貌翻译的本子,由商务印书馆出版。不过这套《万有文库》译本共出版了8册,也没有全部完成。直到1984年,由李丹、方于重译,中国终于有了完整的《悲惨世界》译本。

清末民初中国知识分子大量介绍、翻译雨果的作品,这与其作品具有的强烈的社会批判性及人道主义精神是直接相关的。《悲惨世界》作者序中的一段语录,可视为雨果人道主义思想的宣言:

> 只要由法律和习俗造成的社会惩罚依然存在,在文明鼎盛时期人为地制造地狱,在神赋的命运之上人为地妄加噩运;只要20世纪的三大问题——男人因贫穷而沉沦,女人因饥饿而堕落,儿童因黑暗而愚蒙——得不到解决;只要在有些地区,社会窒息的现象依然存在,换句话说,从更广义的角度看,只要地球上还存在着愚昧和贫困、像本书这一类作品就不会是无益的。①

鲁迅当年翻译《哀尘》就是有感于作品中的人道主义精神,在《译者附记》中,鲁迅对芳梯的悲惨遭遇寄予深深的同情。"芳梯者,《哀史》中之一人,生而为无心薄命之贱女子,复不幸举一女,阅尽为母之哀,而辗转苦痛于社会之陷阱者其人也。"并由芳梯这一贱女子的悲惨命运,联想到中国人民的苦难,感慨道:"嗟社会之陷阱兮,莽莽尘球,亚欧同慨,滔滔逝水,来日方长! 使嚣俄而生斯世也,则剖南山之竹,会有穷时,而《哀史》辍书,其在何日钦! 其在何日钦!"②应该说,雨果作品的强烈批判精神,契合了清末民初中国社会的心理。不过,对于中国知识分子而言,他们汲取的是能为他们所用的部分,比如雨果小说的批判性、改造社会的愿望、对下层人民的同情等,而舍弃他们不能认同的思想、观念,如以仁慈博爱和道德感化拯救人的灵魂和解决社会矛盾,

---

① [法]雨果:《悲惨世界》,潘丽珍译,译林出版社2001年版。
② 鲁迅:《鲁迅最早的两篇译文——〈哀尘〉〈造人术〉》,《文学评论》1963年第3期。

将人道主义作为改造和拯救人类的唯一途径等。由此我们也就理解苏曼殊、陈独秀的《惨世界》为何要对原作内容加以改写,并增加大量宣传革命的内容了。

西方近代以来文学作品中被侮辱与被损害的妓女形象并不少,芳汀在《悲惨世界》中描写的篇幅其实不多,但这一形象却给人留下深刻印象,这与雨果对这一形象的塑造有关。雨果笔下的芳汀最初也是个自爱的姑娘,不仅美丽纯洁,而且善良诚朴,她的悲剧命运从她爱上了一个不该爱的人开始。芳汀真诚地爱上了大学生多罗米埃,而后者却不过是逢场作戏。在芳汀失身怀孕后抛弃了她。芳汀生下爱女小珂赛特,努力做工来养活女儿。然而,因为她有私生女被工厂开除,别的工厂也拒绝录用她,需要佣人的有钱人家也对她嗤之以鼻,芳汀连以最低价格出卖劳动力的资格都没有。为了养活女儿,芳汀在走投无路的情况下,卖掉了她引以为傲的金黄头发和牙齿,这是芳汀出卖身体的开始。小说中,芳汀和其他女工有着显著区别,她勤劳朴素,身上具有劳动者的美好品质,即使被遗弃,也要靠自己的劳动来养活女儿,只是社会并不给她机会,由此将她逼上绝路。在芳汀被逼做了娼妓后,雨果用整整一节来抒发自己的悲愤:

> 芳蒂娜(芳汀)的遭遇是什么呢?那是社会买一个女奴。
>
> 向谁买?向贫穷。
>
> 向饥饿、寒冷、孤独、遗弃、贫乏。那是痛苦的买卖。一个灵魂为换取一块面包而出卖自己。贫穷卖出,社会买进。①

由于雨果是站在人道主义立场,使他超越了对这位不幸女性的道德评判,赋予她美丽的外表与高贵的情感,在正视她悲苦命运的同时,将批判矛头直指不合理的社会。《悲惨世界》中的芳汀代表了一类为社会所逼迫、走投无路、为家庭而牺牲自己的欢场女性形象,而这类"芳汀"式欢场女性形象在20世纪上半叶的中国文学中尤其是新文学作家笔下比比皆是。原因很简单,为了家庭而被迫走上卖身之路,是最好的社会批判题材。而她们的形象越是美好,选择越是被迫,生存越是艰难,就越具有批判的力度。不过,与前两类"茶花女"式、"羊脂球"式的欢场女性形象不一样的是,大多数作者不是有意识地

---

①［法］雨果:《悲惨世界》,潘丽珍译,译林出版社2001年版,第204页。

模仿芳汀这一形象来塑造其笔下的欢场女性,而主要体现为受人道主义思想的影响来塑造这类女性。

老舍的创作生涯开始于他旅居英国期间,在这前后他系统地阅读了大量西方文学著作,近代英法小说、俄罗斯文学都对老舍的创作产生过积极的影响。尽管老舍小说受狄更斯、康拉德等作家影响较大,但欧洲人道主义思想无疑对他产生重要影响。另一方面,由于老舍"长期生活在穷人杂居的小胡同里,使他对城市贫民的生活非常熟悉,尤其对拉车的、做各种小买卖的、艺人、妓女、耍手艺的、巡警、看坟的、小职员以及大杂院里半饥饿的老人、妇女和孩子们了如指掌"。[1]这使得老舍在他前期的创作中,能够站在人道主义立场刻画一系列的底层市民形象,其中就包括妓女形象系列。

老舍笔下的妓女形象大多属于"芳汀"式,如《骆驼祥子》中的小福子、《微神》中的"她"、《月牙儿》中的"我"以及《新时代的旧悲剧》中的小凤等,这些女性和《悲惨世界》中的芳汀具有很多共同点。首先,她们都是为了家人而选择卖身,都具有忍辱负重的牺牲精神。《月牙儿》中的"我"因气愤母亲沦为暗娼而离家出走,多年以后,她自己也走上了母亲走过的道路。当垂老枯黄的母亲找到她时,她理解了母亲当年的艰难,并且也以出卖肉体来赡养母亲。《骆驼祥子》中的小福子则是为了弟弟们不至于挨饿,为了给父亲挣酒钱而出卖自己。当弟弟对她喊道"姐姐,我饿"的时候,她感到"姐姐是块肉,得给弟弟吃","为教弟弟们吃饱,她得卖了自己的肉",这是她义不容辞的责任。《微神》中的"她"因家道中落,生活无着,为了养活父亲,只有拿自己的身体作交易。东方伦理体系中善的最高标准是百善孝为先,恶的终极标准是万恶淫为首,道德的两极,竟是以这样一种方式在这些妓女的身上接通了。

其次,老舍笔下的她们和芳汀一样,都是美的化身。雨果在《悲惨世界》中用大量篇幅来描绘、赞美芳汀的美貌:

> 面容艳丽,侧影纤细,眼睛深蓝,眼皮丰盈,纤脚微微弓起,手腕和脚踝骨珠联璧合,美不胜收,皮肤白净,透出蓝蓝的血管,脸颊鲜润,充满了稚气,脖子和埃伊纳岛的朱诺像一样健美。后颈柔美有力,肩膀仿佛出自库斯图之手,中间有个撩人的小窝,透过薄纱依稀可见;生性快乐,但

---

[1] 舒乙:《老舍的平民生活》,华文出版社2006年版,第8页。

沉思时快乐顿然消失；美如雕像，秀色可餐：这便是芳蒂娜（芳汀）。①

芳汀最有标志性的美就是一头漂亮的金发和一口漂亮的牙齿，然而，为了养活女儿，她不得不剪了头发，敲了牙齿拿去卖钱。尽管后来她变成一个缺了门牙秃了顶的肮脏女人，但雨果对这一形象依然倾注了美好情感。

同样，老舍笔下的妓女具有一种美而不妖、朴实淡雅之美，老舍在对她们的外貌描写中寄托了一种东方式的审美理想。《骆驼祥子》中，老舍这样描写小福子："圆脸，眉眼长得很匀调，没有什么特别出色的地方，可是结结实实的并不难看。上唇很短，无论是要生气，还是要笑，就先张了唇，露出些很白而齐整的牙来。"这段外貌描写看似普通，但如果对比一下祥子眼中的虎妞形象，我们就能感受到作家对这两个女性鲜明的情感态度。虎妞在祥子眼中"是既旧又新的一个什么奇怪的东西，是姑娘，也是娘们；像女的，又像男的；像人，又像什么凶恶的走兽！这个走兽，穿着红袄，已经捉到他，还预备着细细的收拾他。"即便祥子清楚地知道小福子是靠卖身来养家，但"在他的眼里，她是个最美的女子，美在骨头里，就是她满身都长了疮，把皮肉都烂掉，在他心中她依然很美。她美，她年轻，她要强，她勤俭。假若祥子想再娶，她是个理想的人。"②虎妞与小福子都是悲剧性人物，但她们引起读者内心的感受还是有很大差异，主要就在于小福子是作为美的形象呈现的，因而她的毁灭就更容易激起人们深切的同情与惋惜。此外，《微神》中老舍以充满诗意的语言来回忆"她"的美：

听见我来了，她像燕儿似的从帘下飞出来；没顾得换鞋，脚下一双小绿拖鞋像两片嫩绿的叶儿。她喜欢得像清早的阳光，腮上的两片苹果比往常红着许多倍，似乎有两颗香红的心在脸上开了两个小井，溢着红润的胭脂泉。那时她还梳着长黑辫。

她，在我的心中，还是十七岁时的样子：小圆脸，眉眼清秀中带着一点媚意。身量不高，处处都那么柔软，走路非常的轻巧。那一条长黑的发辫，造成最动心的一个背影。我也记得她梳起头来的样儿，但是我总

---

① [法]雨果：《悲惨世界》，潘丽珍译，译林出版社2001年版，第138页。
② 老舍：《骆驼祥子》，人民文学出版社2000年版，第156、130、178、179页。

梦见那带辫的背影。①

即便后来"我"知道她不得已做了娼妓，与先前有了一些变化，但依然还是美的：

> 到底我找到她了。她已剪了发，向后梳拢着，在项部有个大绿梳子。穿着一件粉红长袍，袖子仅到肘部，那双臂，已不是那么活软的了。脸上的粉很厚，脑门和眼角都有些褶子。可是她还笑得很好看，虽然一点活泼的气象也没有了。②

小说以绿色作为基本色调，"那双小绿拖鞋"贯穿全篇，既是美的象征，也蕴含着这段美好的回忆在"我"心中永远都不会褪色。如果孤立地看这些外貌描写，我们肯定不会想到描写的对象会是欢场女性，因为在她们的身上见不到欢场女性的妖媚俗气。她们的美是那么的朴素清新、淡雅温和，体现了作家对她们抱有的美好情感。

此外，老舍笔下的这些欢场女性和芳汀一样，不仅具有美的外表，更具有美的内心。她们虽被迫卖身养家，但在内心深处依然保留着对美好事物的渴望与追求，依然保留着纯朴善良的天性，依然默默地为家人而承受着苦难，也因此她们的毁灭就更有力地控诉了社会。《微神》中的"她"最终选择在打胎时自己下手，因为她希望在"我"心中永远是她年轻时的样子。"你回来迟了，我别再死迟了：我再晚死一会儿，我便连住在你心中的希望也没有了。""我命定的只能住在你心中，生存在一首诗里，生死有什么区别？"③死亡是她用来捍卫曾经的美好的唯一方式，她在内心深处始终保留着对美好爱情的向往，即便现实中这一愿望无情破灭了，那么也要用肉体的毁灭去追求爱情的永生。《骆驼祥子》中小福子最终是在无人去的树林里结束了自己的生命，她以此来逃脱无法承受的痛苦与屈辱，也以此来捍卫生命中那最卑微的尊严。"死的自觉，是老舍死亡观的精粹。不论他顺应环境，还是遭遇到民族、社会、个体逾越不过的危机时，死的自觉伴随他终生，也伴随他笔下众多'赖活不如赖死'

---

①老舍：《微神》，《老舍文集》第八卷，人民文学出版社1985年版，第56、58页。
②老舍：《老舍文集》第八卷，人民文学出版社1985年版，第58页。
③老舍：《老舍文集》第八卷，人民文学出版社1985年版，第63页。

的文学形象。"①可见,对于老舍而言,这样的一种死亡选择方式是对美和尊严的捍卫,体现的是精神的高贵。

在新文学作家描写的下层妓女的作品中,对她们的遭遇抱有人道主义同情的有很多。多数作品都写到了她们卖身的无奈、生活的困苦,也有不少写出了她们的善良、富有同情心,但都没有哪个像老舍这样把妓女形象写得如此美好动人。比如曹禺《日出》中"具有金子似的心"的翠喜,也是为着家里的一群老小而出卖肉体,有着一副好心肠,同情、关心被卖到妓院的小东西,即便如此,曹禺也指出她身上"同时染有在那地狱下生活各种坏习惯"②,而她也不是美的化身,"她并不好看,人有些胖,满脸涂着粉,一双眼皮晕晕地扑一层红胭脂,头发披在肩上,"③一副典型的风尘女子的模样。此外,田汉《丽人行》中的刘金妹、彭家煌《晚餐》中的翠花、夏衍《都会的一角》中的舞女等,作者都注重强调的是她们生活的困苦与卖身的无奈,而不将她们视为美的化身。

可见,老舍对其笔下的妓女形象倾注了不一般的情感,她们不仅是苦难的代言人,还是美的化身。究其原因,除了对底层民众天然的亲近感与同情心外,还和老舍身边人给予他的影响有关。一方面下层妓女身上具有的善良纯朴与承受苦难的品格,与其母亲表现出的与人为善、吃苦耐劳的品格是一致的,老舍在她们身上看到了母亲的影子。另一方面则源于老舍对初恋的一种美好记忆,小说《微神》是有着老舍自己的身影的。正因为塑造妓女形象时融入了对母亲及初恋情人的回忆,因而其笔下的妓女美的元素得以放大,她们成为老舍记忆中的美好情愫。

---

①吴小美、魏韶华、古世仓:《老舍与中国新文化建设》,民族出版社2006年版,第152页。

②曹禺:《曹禺全集》第一卷,花山文艺出版社1996年版,第391页。

③曹禺:《曹禺全集》第一卷,花山文艺出版社1996年版,第296页。

第四节 "娜娜"模式

作为法国自然主义的代表作家,左拉的作品最早是在1917年被介绍到中国,当时由上海中华书局刊印的《欧美名家短篇小说丛刻》中收入了一篇周瘦鹃翻译的《洪水》。这之后,刘延陵和周瘦鹃在《小说月报》11卷上分别译载了左拉的《磨坊之役》与《奈他士传》,这几篇译作并不是体现左拉自然主义风格的代表之作。与这一时期左拉代表作的译介相对冷清相比,关于左拉及其自然主义理论介绍的文章却蔚然可观。早在1915年,陈独秀在《现代欧洲文艺史谭》一文中,用进化论的观点倡导自然主义,并在《文学革命论》中呼唤中国的"虞哥(雨果)、左喇(左拉)"。之后,周作人、胡愈之、谢六逸、瞿世英等也在文章中向国人介绍左拉与自然主义。在茅盾接手改编了《小说月报》后,《小说月报》成为自然主义宣传的重要阵地。从1921年底开始,将近一年的时间,茅盾在《小说月报》上刊载了不少有关自然主义的评价文章和一些自然主义译作。由于文研会作家对自然主义的大力推崇在当时的文学界引起了强烈反响,《小说月报》第13卷5号开辟专栏进行讨论。而茅盾在第13卷7号上发表的《自然主义与中国现代小说》一文,更是将对自然主义的倡导推向高潮。该文旗帜鲜明地要求学习左拉那种"把所观察的照实描写出来"的"严格的客观描写法",即自然主义的"实地观察"与"客观描写"两件法宝,以此纠正中国新旧派小说在技术上存在"以'记账式'的叙述法来做小说"和"缺了客观态度"的"不忠实"的描写法的两大问题,"自然主义确能针对现代小说病根下药"。[①]可见,这一时期新文学倡导者对左拉及其自然主义的大力鼓吹是与他们要改变当时中国文坛现状的目标相联系的,具有很强的功利性。更准确地说,新文学倡导者是借助并改造左拉的自然主义理论来传播他们自己的文学主张的。

左拉的长篇自然主义的代表作到了30年代才进入翻译的相对繁荣期。1934年1月,王了一翻译了《娜娜》,紧接着又于3月翻译了《屠槌》。这部小说后来又由沈起予、王了一分别于1936、1937年以《酒场》《酒窟》为名重译出版;

---

①沈雁冰:《自然主义与中国现代小说》,《小说月报》1922年第13卷7号。

1934年茅盾根据《妇女乐园》编译了《百货商店》；1936年，林如稷翻译了《卢贡家庭命运》。这之后由于抗战，左拉作品的翻译也一度中断。1944年，倪明根据英译本转译了《萌芽》；1948年，毕修勺翻译了左拉自然主义最早的代表作《玛德兰·费拉》和《岱蕾斯赖根》。①

应该说，左拉的创作理论和写作手法在30年代影响了一批中国现实主义小说家，比如茅盾、巴金、李劼人等，其中茅盾的早期小说创作打上了较深的自然主义烙印。普实克曾指出茅盾创作的特点，"茅盾在他随后的作品中依然保持着那种写实画家式的态度，精确地、严格地表现他周围的真正现实。或许把他比作外科医生更恰当些，他以坚定的手和准确无误的眼睛对社会结构进行解剖，暴露出所有侵蚀社会肌体的疾病。"②而左拉自然主义的一个重要特点即作家要像解剖室里的医生，对客观存在的事物作科学的分析，并且如实地加以描写。此外，夏志清在其著作《中国现代小说史》中认为茅盾的《蚀》《子夜》富于自然主义的色彩，并批评道："由于《子夜》太偏重于自然主义的法则，所以我们很不容易看到茅盾作为一个热诚的艺术家的真面目。他在这本书的表现，仅是按照马克思主义的观点给上海画张社会百态图而已。"③韩侍桁也认为《子夜》"在许多场合上有着自然主义的方法的使用"，因此"拿他当作新写实主义的作品而接收的人们，那是愚蠢的。"④瞿秋白则明确指出《子夜》明显受到左拉小说《金钱》的影响，尽管茅盾曾接受过瞿秋白给予《子夜》的写作建议，但他并不认可瞿秋白的这一说法，"我虽然喜爱左拉，却没有读完他的《卢贡·马卡尔家族》全部二十卷，那时我只读过五、六卷，其中没有《金钱》。"⑤

一个值得探究的现象是茅盾虽大力倡导过自然主义文学，但他却始终不

①参见钱林森、苏文煜《从发现中误解到误解中发现——左拉在中国》，《北京师范学院学报》1991年第2期。

②[捷]普实克：《茅盾和郁达夫》，《普实克中国现代文学论文集》，李燕乔等译，湖南文艺出版社1987年版，第148页。

③[美]夏志清：《中国现代小说史》，刘绍铭等译，复旦大学出版社2005年版，第112页。

④韩侍桁：《〈子夜〉的艺术，思想及人物》，《中国当代文学研究资料·茅盾专集》第二卷，福建人民出版社1985年版，第956页。

⑤茅盾：《〈子夜〉写作的前前后后——回忆录（十三）》，《中国当代文学研究资料·茅盾专集》第一卷，福建人民出版社1983年版，第717页。

太认可其小说创作受左拉自然主义的影响。"我爱左拉,我亦爱托尔斯泰;我曾经热心地——虽然无效地而且很受误会和反对,鼓吹过左拉的自然主义,可是到我自己来试作小说的时候,我却更近于托尔斯泰了,"并强调"虽然人家认定我是自然主义的信徒","然而实在我未尝依了自然主义的规律开始我的创作生涯"。[①]这可能由两方面原因造成,一是中国缺乏自然主义生长的土壤,中国对左拉的介绍从一开始就带有某种程度的误解,茅盾等文研会作家在大力鼓吹自然主义之时已对其进行了过滤与改造。而20年代后期,当茅盾从事小说创作之时已逐渐抛弃了自然主义。另一方面,随着30年代左翼文学的兴起,苏联普罗文艺的输入,自然主义逐渐被推向了现实主义的对立阵营,而左拉开始遭受到理论界的批判,走向了被否定的境遇。也因此,在当时及之后,茅盾在谈到小说创作所受到的影响时似乎更愿提托尔斯泰而不愿提左拉。不过当我们解读茅盾早期的作品时,却总是能从中发现左拉的身影。

《娜娜》是左拉《卢贡·马卡尔家族》中的第9部,全书共14章。女主角娜娜本是第7部《小酒店》中的人物,生于下层贫困的普通工人家庭,小名娜娜。父母从来不管教她,她就像肥料堆里的病菌一样长大。15岁离家出走,成为巴黎的一名娼妓。17岁时被一老商人勾引并与其同居,后又与一个骗子生了一个小孩。到了《娜娜》中,娜娜已成为巴黎名妓,她以裸体出演下流喜剧《金发爱神》走红,倾倒了无数王孙公子。这些上流社会的贵族公子、侯爵、伯爵、银行家等无不为之发狂,而凡是和娜娜相好过的男人都会不可避免遭受厄运,或破产,或自杀,或入狱等。娜娜犹如腐蚀剂,在不知不觉间使整个巴黎堕落腐化。在小说中娜娜被比喻为金苍蝇,这是一种毁灭性的酵素,只要随便在男人们的身上一落,就会把他们毒死。左拉最后让娜娜死于天花,象征着这个社会已彻底腐烂,因为连腐蚀这个社会的工具也都已烂掉。而当时的法兰西第二帝国虽表面繁荣光鲜,但内里却已腐烂。如爱德华·傅克斯所言:"在第二帝国时代,群体淫乱的再度加剧是当时众所周知的事实。每一个现在即使是粗浅地从事过这一时代研究的人,都会在文学和艺术方面不断发现新的证据。这一事实因此是很少有争论的。"[②]左拉通过娜娜这一妓女形

---

①茅盾:《从牯岭到东京》,《中国当代文学研究资料·茅盾专集》第一卷,福建人民出版社1983年版,第331页。

②[德]爱德华·傅克斯:《欧洲风化史·资产阶级时代》,赵永穆、许宏治译,辽宁教育出版社2000年版,第354页。

象,不仅展示了巴黎这座欲望之城的淫乱与罪恶,完成对第二帝国丑恶社会的揭露,同时也暗示了这一王朝的即将崩溃。

在左拉看来,动物性是人的普遍特性,而不受理智、道德约束的欲望放纵便是动物性的表现。故而,在左拉的小说中,对金钱的无理性追求和性淫乱几乎是其巴黎小说的基本主题。《娜娜》中,娜娜作为性的符号和欲望的化身,集中了整个巴黎的好色淫荡。而左拉在呈现这一形象时,更是突出其性感的肉体所具有的颠倒众生的毁灭性力量:

> 她这样往后边仰着,就把她健壮的腰部和结实的双乳全都显露出来,腰上乳上的强壮筋肉,在她那种如同丝纤维的皮肤上活动着。一条美妙的曲线,从她一只胳臂肘,一直流到一只脚尖,她的肩部和大腿,又给这条曲线微微加上许多波纹;莫法的眼睛顺着这个温柔的侧影往下看,看见这个美丽的肉体,怎样消失在金光辉煌之中,又看见这肉体的圆圆轮廓,怎样像真丝那样闪耀在烛光之下。他想到他从前对于女人的旧梦,又想起圣书上所讲的野兽来,一想到这里,他心里马上就淫荡而狂野起来。娜娜周身都是漂亮的汗毛,那种小豆色的毫毛,使得她遍体都像丝绒;同时,她的身上,到处都现出那个圣书上所说的兽性:她两边腰窝几乎像马那样发达,她的身体上,不是丰满的肉,便是凹陷的深穴,这都在她的性感上,添了一层隐约在影子里边的神秘意味和诱惑的力量。她确是圣书上那个金黄的动物,像畜生力量一样盲目,只凭它的香味,就可以把世界毁灭。①

在左拉笔下,娜娜的身体集性感、兽性、毒性于一体,让上流社会的男人们为之发狂。而左拉对性爱及女性身体描写的大胆开放,对于当时提倡人性自由的中国作家而言,无疑是具有启发意义的。"茅盾在其早期小说创作中对男女情欲的表现就是直承自然主义的,当时所盛行的'革命十恋爱'的小说无疑也是受到自然主义这方面启示的。"②

茅盾《子夜》中塑造了一系列的女性形象,其中尤以年轻性感、出卖色相

---

①[法]左拉:《娜娜》,焦菊隐译,安徽人民出版社1982年版,第239、240页。
②钱林森、苏文煜:《从发现中误解到误解中发现——左拉在中国》,《北京师范学院学报》(社会科学版)1991年第2期。

的女子令人印象深刻,如交际花徐曼丽、年轻寡妇刘玉英等。徐曼丽不是小说的主要人物,甚至出场都很少,总共只有两次正式亮相,然而就这两次出场却成功吸引了周围男性的色欲目光,让男人们为之疯狂迷醉。徐曼丽的第一次亮相是在吴老太爷的葬礼上,茅盾笔下的徐曼丽不仅时尚而且风情万种。"猛的一阵香风,送进了一位袒肩露臂的年青女子。她的一身玄色轻纱的一九三〇年式巴黎夏季新装,更显出她皮肤的莹白和嘴唇的鲜红。没有开口说话,就是满脸的笑意;她远远地站着,只把她那柔媚的眼光瞟着这边的人堆。"①徐曼丽一出现,这群资本家们的话题便立刻转变,由先前讨论生意萧条转移到了女人身上。这一次亮相的高潮是随后徐曼丽在弹子房的"死的跳舞":

> 交际花徐曼丽女士赤着一双脚,袅袅婷婷站在一张弹子台上跳舞哪!她托开了两臂,提起一条腿——提得那么高;她用一个脚尖支持着全身的重量,在那平稳光软的弹子台的绿呢上飞快地旋转,她的衣服的下缘,平张开来,像一把伞,她的白嫩的大腿,她的紧裹着臀部的淡红印度绸的衷衣,全都露出来了。②

徐曼丽的赤足跳舞充分激发了男人们的欲望,他们众星捧月般的围绕着徐曼丽,或欢呼尖叫,或拍手狂笑,有人拿弹子棒在不停摆动,有人头顶着徐曼丽的黑缎子高跟鞋,大家扭在一堆,笑的更荡,喊的更狂。看到这一场景的诗人范博文将其称为"死的跳舞",可谓点出了这一狂欢的本质。茅盾通过这一狂欢场景的描述,揭示了民族资本家的醉生梦死与空虚堕落。而"死的跳舞"这一意象也成为整篇小说主题的象征,暗示了民族资本家必然失败的命运。如果说娜娜的腐烂身体象征了第二帝国的灭亡,这里徐曼丽的"死的跳舞"则预示了民族资本家的末日。徐曼丽的第二次出场是在黄浦江的小火轮上,为给徐曼丽庆祝生日,众人一起寻欢作乐。与第一次出场类似,同样是被男人围绕,同样是寻求刺激,不一样的只是形式不同罢了。在夜游黄浦江中,不仅有人贪婪地吮去徐曼丽头发上酒渍,连吴荪甫也乘机抱起徐曼丽,放到桌子上,命她金鸡独立,看她倒在谁的怀中,谁就能发财。由于这一场面的描

---

①茅盾:《子夜》,《茅盾作品经典》第一卷,中国华侨出版社2000年版,第40页。
②茅盾:《子夜》,《茅盾作品经典》第一卷,中国华侨出版社2000年版,第63页。

写已接近小说尾声,因此虽是同样的醉生梦死,但与"死的跳舞"相比,则多了一份失魂落魄的不安与狂躁。可见,在茅盾笔下,徐曼丽只是一个符号化的角色,她的任务就是以其身体的魅力制造末日的狂欢,从而揭示民族资本家精神的空虚、生活的腐化以及失败的必然结局。

应该说,徐曼丽这一角色基本实现了作者的意图,不过,由于出场太少,这一人物相对单薄,符号化痕迹明显。于是在小说中,作者又安排了一个类似交际花的人物——年轻寡妇刘玉英。刘玉英以自己的身体为本钱,巧妙地周旋于吴荪甫与赵伯韬之间,谋求发财的机会。她很清楚女人的发财之道,"男子利用身外的本钱,而女子则利用身上的本钱。"小说中,茅盾对于刘玉英身体的描写同样充满诱惑性。第一次是通过冯眉卿之口来介绍,"她的嘴唇生得顶好看。胸脯高得很,腰又细,走路像西洋女人。"①第二次则是透过大学教授李玉亭的眼来观察:

> 可是那浑身异香的女人早就笑吟吟地袅着腰肢出来了。一大幅雪白的毛布披在她身上,像是和尚们的袈裟,昂起了胸脯、跳跃似的走来,异常高耸的乳房在毛布里面跳动。一张小圆脸,那鲜红的嘴唇就是生气的时候也像是在那里笑。②

这段关于刘玉英身体的描写,突出的是女性的性征,强调的是性感与肉欲。韩侍桁对此曾批评道:"像交际花徐曼丽,青年寡妇刘玉英以及那毫无明确意识的可怜的少女冯眉卿,几乎专门是为着性欲的场面而制造了的。"③应该说,《子夜》中对于一些都市女性身体的描写确是充满着肉欲气息,吴福辉也指出:"《子夜》写女性的肉感,如刘玉英、徐曼丽,是上海十里洋场融目即是的,且相当有个性,有活力,深得法国小说的笔致。"④在对女性身体描写的性感方面,茅盾是受了不少左拉的影响。不过,茅盾笔下这些女性的身体不仅仅只是肉欲性感,它还有象征意义。对于民族资本家而言,肉欲的身体是他

---

①茅盾:《子夜》,《茅盾作品经典》第一卷,中国华侨出版社2000年版,第213页。
②茅盾:《子夜》,《茅盾作品经典》第一卷,中国华侨出版社2000年版,第235页。
③韩侍桁:《〈子夜〉的艺术,思想及人物》,《中国当代文学研究资料·茅盾专集》第二卷,福建人民出版社1985年版,第952页。
④吴福辉:《在与世界文学潮流的联结中把握传统——茅盾文学借鉴体系》,《中国现代文学研究丛刊》1986年第3期。

们腐化的根源,是社会的毒素。而对于吴老太爷而言,刺激他的女人的高耸的乳房、雪白的大腿与街上飞驰的汽车、摩天的高楼、闪烁的霓虹灯一起代表了资本主义的文明。小说中女性肉欲的身体与《太上感应篇》构成一组对立关系,而吴老太爷一命呜呼则宣告了女性身体对于封建伦理道德的全面胜利。

20世纪中国文学中有一个著名的交际花形象——曹禺《日出》中的陈白露,这一形象虽没有直接证据是受了《娜娜》的影响,但曹禺对左拉应该不会陌生。一方面,曹禺在清华大学时专攻西洋文学,在此期间他阅读了大量的19世纪英、法、俄等国的作家作品,包括小说。另一方面,曹禺懂法语,他曾翻译过莫泊桑的几篇小说,后在天津河北女子师范学院教授过法文课。由此推断,曹禺对左拉的作品应该是了解的。比较《娜娜》和《日出》,我们会发现两者之间存在不少相似之处。

首先,从创作过程来看,左拉的自然主义强调"实地观察",据说他写作《娜娜》时,由于平时洁身自好,没有这方面的生活体验,为了帮助他完成创作,龚古尔兄弟、都德、塞阿尔带他去拜访巴黎的一些交际花,塞阿尔还把自己的笔记本借给他,并带他到一个著名的老鸨家,左拉在那里得到很多宝贵资料。此外,左拉还到大街上去观察,看女人是"如何放慢脚步的,又是怎样让裙子的尾摆庄严地扫着地上的果皮纸屑的,怎样向对坐在咖啡馆里的小伙子暗送秋波。"①同样,曹禺在写作《日出》第三幕戏的时候,专门去贫民区观察,准备和乞丐学唱数来宝,到下等妓院和"黑三"之类的人讲交情,甚至还因误会而被人打伤了一只眼睛。"为着写这一段戏,我遭受了多少折磨,伤害,以至于侮辱。"②可以说,《日出》的创作过程典型地体现了左拉所提倡的"实地观察"原则。

其次,从创作动机来看,作为一个文学界的外科手术医生,左拉敏锐地感受到当时法兰西第二帝国的淫乱与肮脏,他认为第二帝国就是一个大妓院,一个藏垢纳污的垃圾场。"女农民倒在壕沟里;女工们躺在老板的沙发上;上流社会的贵妇们卧在单身贵族小公寓的地毯上,在他看来,社会上充满翻倒

---

①[法]贝朗特·德·儒弗内尔:《左拉传》,裘荣庆译,天津人民出版社1988年版,第157页。

②曹禺:《日出》,《曹禺全集》第一卷,花山文艺出版社1996年版,第391页。

在地的女人,而压在她们身上的都无一例外地是一张神情一致的雄性的脸。"①面对这样一个"整个社会都向女人身上扑去"的疯狂世界,左拉忍不住要毫无顾忌地写出来,而创作《娜娜》就是要揭露第二帝国的丑陋与罪恶。同样,曹禺在天津因看到"有钱的大老爷在这里挥金如土,玩着交际花,花天酒地,金迷纸醉。这里有各种各样的人物:洋教授,银行经理,富孀,买办,军官,投机商……他们贪馋地向女人扑来。"在这里,"卖淫却也如同瘟疫一样,成为这畸形的半殖民地都市社会的普遍现象。与此同时,到处都是衣不蔽体的穷苦百姓,在那里受苦受罪,挣扎在死亡线上。"②这些现象让年轻的曹禺感到不平、激愤,于是,他要通过手中的笔来宣泄内心的愤懑。"我感觉到大地震来临前那种'烦躁不安',我眼看着要地崩山惊,'肥田变为荒地,城邑要被拆毁',在这种心情下,'我已经听见角声和打仗的喊声'。我要写一点东西,宣泄这一腔愤懑,我要喊'你们的末日到了'! 对这帮荒淫无耻,丢弃了太阳的人们。"③可见,无论是《娜娜》,还是《日出》,激发作者的创作动机都源于对丑恶现实的不满。

再次,从人物形象来看,两人的人生轨迹也大致相同。娜娜作为活跃在巴黎上流社会的名妓,她肉欲的身体让王公贵族为之疯狂倾倒,而重返巴黎的娜娜变得更加骄奢淫逸,任意挥霍金钱,肆意玩弄男性,以此来报复社会。不同于娜娜出生于贫苦的工人家庭,陈白露出生于书香门第,受过良好的教育,然而父亲的死去,家里更穷了以及和诗人的失败婚姻,让陈白露逐渐走上了堕落之路,成为炙手可热的交际花。应该说,陈白露是清醒地看着自己一步步地沉下去的,她内心虽然厌恶这种生活却又无法自拔,她同样是社会毒瘤的感染者。所以她拒绝了方达生的救赎,因为她知道方达生无法满足她奢华的生活需求,"我要舒服,你不明白么? 我出门要坐汽车,应酬要穿些好衣服,我要玩,我要跳舞,你难道听不明白?"④在娜娜与陈白露身上,她们都被污秽的社会腐蚀了灵魂,成为黑暗中的"恶之花"。不过这两朵"恶之花"也都还泛着人性之光。娜娜内心是渴望正常的家庭生活的,所以她才会嫁给丑角方

①[法]贝朗特·德·儒弗内尔:《左拉传》,裴荣庆译,天津人民出版社1988年版,第155页。

②田本相:《曹禺传》,北京十月文艺出版社1988年版,第174、175页。

③曹禺:《日出》,《曹禺全集》第一卷,花山文艺出版社1996年版,第382页。

④曹禺:《日出》,《曹禺全集》第一卷,花山文艺出版社1996年版,第212页。

堂,并努力做一个贤妻良母;她厌恶上流社会的污浊环境,享受大自然的清新宁静;她还富有母性,最后因照顾病中的儿子而染上天花致命。同样,在陈白露身上她的良知、纯真也并未完全泯灭。她冒着巨大的风险营救"小东西"、她不失真诚的内心表白以及对沉沦生活的倦怠等都显示出其身上还有的人性之光。

最后,从作品结局来看,娜娜最后因被儿子传染上天花而死。由于娜娜这一形象在左拉笔下象征了法兰西第二帝国,外表光鲜灿烂,内部却已变质腐烂,因而娜娜腐烂的身体也就预示着这一王朝的即将解体。小说最后,当娜娜被人们发现的时候,身体已经腐烂发臭,而就在这时,窗外传来"打到柏林去"的口号声,普法战争爆发,正是这场战争导致了第二帝国的最终灭亡。这一结局无疑加深了娜娜形象的象征意义。陈白露最后是服安眠药自杀,在日出之前睡去了,"她一个久经风尘的女人. 断然地跟着黑夜走了。"而陈白露的死亡同样预示了一个社会的穷途末路,"这是一个腐烂的阶层的崩溃"。①也许是不谋而合,当陈白露睡去时,窗外响起了"日出东来,满天大红"工人们高亢而洪壮的劳动歌声,正是这个崛起的阶级将最终埋葬这一腐朽的社会。看来,东西方"恶之花"都以她们的毁灭宣告了所在丑恶社会的即将灭亡。

此外,30年代新感觉派作家笔下也涌现了一批都市"恶之花",她们性感、颓废、放荡,将男性玩弄于股掌之间,成为赤裸裸的欲望化身。而穆时英、刘呐鸥对这些女性身体描写之大胆、开放也是颇接近左拉的自然主义风格的。

---

①曹禺:《日出》,《曹禺全集》第一卷,花山文艺出版社1996年版,第384页。

第三章

欢场空间的
文化内涵

◆ 高级妓院
◆ 大　街
◆ 舞　厅

第三章

欢场空间的文化内涵

　　欢场空间作为欢场女性的活动场所,可分为固定和流动的两类。固定的空间如妓院、舞厅等,流动的空间则主要指大街,即当欢场女性在此活动时其才显示出欢场的意义。另外,欢场空间并不等于性交易场所,它是一个较为宽泛的概念,既包含性交易场所,同时又包括一些提供交际、娱乐等功能的场所,如舞厅。由于晚清至民国时期,上海的欢场业一直较为兴盛发达,因而本章论述欢场空间主要以上海为背景,通过选取三种具有代表性的欢场空间,即高级妓院、大街和舞厅,来探讨这些欢场空间在上海城市化的进程中所体现出的不同文化内涵。

第一节　高级妓院

　　晚清以来,随着城市化、商业化的发展,中国欢场业也发生了一系列的变化,表现出了与西方色情业接轨的趋势。欢场女性身上所体现出的那种精神性功能日趋减弱,而肉体交易则成为欢场业的自觉追求。然而,欢场女性的这种商业化过程并非那么简单,在由传统向现代的转型过程中出现了一个短暂的过渡时期。在这一过渡时期里,欢场女性主要指高级妓女既减弱了传统意义上"红颜知己"的精神成分,同时又担当起当时社会最具时髦意义的文化角色,成为中国社会生活中引领时尚之先者。清末民初的高级妓院已不再是文人士子风雅缠绵的情感寄托处,但它也不是纯粹的肉体交易场所,当时的高级妓院承担了更多的社交功能。"远的不说,至少从近代到20世纪30年代这一时段内,许多高等妓院,不过是一种'公开的社交场所'而已。虽不能说其中没有'性关系',但是有当时的规矩与尺度。"①范伯群将狎妓概括为四种类型,一种是沿袭了中国文人的传统心理:

> 自以为在秦楼楚馆中风流倜傥,方显才子与名士本色。这类狎客是所谓以"风雅为主"。另一种却是"缠绵见长",他们从小受父母之命,媒妁之言,与毫无感情基础的女子结合。在这种情感苦闷之中,渴求去找寻一位"红粉知己"。于是在封建婚姻之外,尽情地表达在"载酒看花,娱目赏心"中对红粉知己的感情宣泄。还有的文人雅士,非常欣赏那种温情软语的"清游风味",而不尚肉欲的追求。第三种是将妓院作为会友交谊、商业谈判的场所,或诗酒风流地找寻灵感的宝地,……总之是从社交场合的实用性出发的。当然最主要的实用功能是在于'冶游'。第四种是花了白花花的大把银子来买性欲之发泄。②

如果说,传统青楼主要是发挥前两种欢场功能,那么清末民初的高级妓院凸显的则是第三种功能,而当时的下等妓院则分化为纯粹的肉体交易市场。

清末民初的上海,色情业十分发达,所谓"洋场十里,粉黛三千"。"上海之洋泾浜甚胜地也,中外杂处,商贾辐辏,俗尚繁华,习成淫佚,故妓馆之多甲于天下。"③据当时的资料显示,1864年的时候,"公共租界内华人居住的1万所房子中就有668所是妓院,这个数字当指有户籍登记的较大的妓院。到1869

---

① 范伯群:《中国近现代通俗文学史》,江苏教育出版社1999年版,第8页。
② 范伯群:《中国近现代通俗文学史》,江苏教育出版社1999年版,第9页。
③《中外新闻》,《上海新报》1869年11月13日。

年时,租界有正式妓院即'堂名'约数千家,加上无名号的所谓'烟花间'妓女不下万余人。"①时人记云:"沪上烟花之盛可谓超秦淮,驾姑苏,甲天下矣。按沪上为四方贸易聚集之区,无论文人学士、巨商富贾,与夫店家之伙友,极而至于佣工仆隶,并皆驰逐于花柳之场,趋之如鹜,甘之如饴。"②而游沪者的八事即为:"戏馆也,书场也,酒楼也,茶室也,烟间也,马车也,花园也,堂子也。"③此外,当时所总结的"沪北十景"中,其中之一即为"桂馨访美",因妓馆以桂馨里为最佳。所谓"燕瘦环肥任品评,脂香粉腻总温存。可怜几曲章台柳,不遇情人枉断魂。"④即是描绘了名妓汇聚,抚琴唱曲的勾人心魂的情景,欢场业的兴盛由此可见一斑。而当时妓院的等级区分亦十分严格,"大抵书寓、长三为上,么二次之。书寓者,即女唱书之寓所也,其品甚贵,向时不屑与诸姬齿,今则长三亦书寓焉"。⑤书寓、长三、么二总称为"堂子",档次更低的妓馆则有花烟间。高级妓院不仅是性交易场所,同样也是饮宴、应酬、娱乐的场所,它的繁荣与上海的商业繁荣紧密结合。在此风气之下,狎妓既已成为人们的日常娱乐,妓馆也就成为谈生意、会朋友、交际应酬的必至之地,以至欲洁身自好、不染其间已势不可能。"虽然翩翩年少,沉溺于歌场酒阵中者,固不乏人;而巨贾富商,峨冠博带,夜夜走胭脂坡者,非真以问柳寻花为事也。沪上积习,往来酬酢,非此不欢。未能免俗,聊复尔尔"。⑥加上租界当局从保护商税收入的经济利益出发而对娼妓持纵容态度,使得华官无能约束,更是助长了这种风气。"冶游之场至上海而最盛,虽似大弛禁令,要之为商宦应酬之所必需","亦谓租界地方禁令不及,且通商局面籍此点缀,苟无此等处所,即酒楼戏馆中未必如此兴高采烈,而各项减色将不止一半矣。故亦听之而已。……自好者颇知检束其身,不为随波逐流之事,盖官不能禁而已自禁之可也。无如足迹所至,其类繁多,朋友招邀,不能立异,一至上海,靡不入此邪

①周武、吴桂龙:《晚清社会》(《上海通史》第5卷),上海人民出版社1999年版,第369页。

②《论女堂烟馆亟宜禁止事》,《申报》,1873年2月4日。

③池志澂:《沪游梦影》,上海古籍出版社1989年版,第156页。

④葛元煦:《沪游杂记》,上海古籍出版社1989年版,第51页。

⑤池志澂:《沪游梦影》,上海古籍出版社1989年版,第163页。

⑥《沪游记略》,转引自陈平原、夏晓虹编注《图像晚清》,百花文艺出版社2001年版,第266页。

径,流连忘返,或情志所惑,或应酬所惯。"①

上海作为新兴的商业城市,历来作为文人雅士冶游场所的青楼也拓展了新的商务交际功能。由于在商业社会中,人际关系变得越来越重要,社交成为商业活动成败的关键。商人们需要一种高级的、体面的、稳定的社交场所,而高级妓院则具有天然的优势,其以女色为主而兼有宴客应酬、听琴品曲、吸大烟等娱乐功能,无疑是创造了一种轻松温情的环境。在酣红醉绿、莺歌燕语的情调中,在花酒碰和、左拥右抱的氛围里,交易的成功率自然也就较高。由于商业的繁荣,高级妓院表现出了积极适应并迎合商业社会的要求,一方面高级妓院自身营造着一种体面的、时尚的社交环境,另一方面名妓们则在其中发挥着交际魅力,成为社交场合一道令人赏心悦目的风景。不同于以往注重青楼女子才艺方面的特长,清末民初时则更加看重妓女的交际手腕,看其是否能游刃有余地周旋于各种社交场合。"娼妓在那时是社会上极少数具有交际能力和机会的'职业女性'",而"作为欲望对象的女性,她们的交际能力都被看做是至关重要的。"当时的文人不满一些妓女的"倨傲之气"和"凌厉之形",并批评"人们只知道做妓女的以色相为第一位,其次是才艺,而不知道实际上应酬是第一关键。"②故而《海上花列传》中的屠明珠,虽是年老色衰,但由于会说笑,场面功夫好,依然在欢场受到抬举。而商业的繁荣也使得富商巨贾取代了文人士子成为欢场的新贵,如《海上花列传》中几个主要男性角色已转化为富商官绅,文人士子则被边缘化了。对商贾而言,流连欢场,不仅仅是消遣的需要,同时还有着实用性目的。如国语版《海上花列传》第一回中,商贾庄荔甫去妓院除了是消遣外,更是为了寻求做生意的机会,故而"庄荔甫向洪善卿道:'正要来找你,有好些东西,你看看,可有什么人作成。'即去身边摸出个折子,授与洪善卿。善卿打开看时,上面开列的,或是珍宝,或是古董,或是书画,或是衣服,底下角明价值号码。"③书中的商贾官绅,整日地泡妓馆,吃花酒,在消遣享乐的同时,亦是通过这种方式来结交朋友,交流感情,寻求机会。

当然,清末民初的欢场除了凸显实用性的商务交际功能外,自然还沿袭

①《论各帮公禀请禁烟馆女堂倌事》,《申报》1873年1月15日。

②刘慧英:《遭遇解放:1890—1930年代的中国女性》,中央编译出版社2005年版,第142页。

③张爱玲:《张爱玲典藏全集·译注:海上花开》,哈尔滨出版社2003年版,第6页。

了传统的娱乐消遣功能。由于当时上海社会普遍弥漫着人生无常、及时行乐的享乐风气,因而欢场就不只是文人士子的风雅缠绵之所,不同出身、不同身份、不同等级的人多爱流连于妓馆,妓馆成为各色人等群相光顾的大众化的消遣娱乐场所。而摆台面、叫出局,亦成为当时社会的普遍风气。无论是达官政客的沆瀣一气,或是巨富商贾的贸易往来,还是贵介寓公的娱乐消遣,以及文人墨客的风流雅兴,都要借助妓馆这一特殊的欢场空间来实现。当时的报人包天笑就曾指出:"上海那时的风气,以吃花酒为交际之方,有许多寓公名流,多流连于此。"①狎妓成为一种堂而皇之、公然无讳的交际应酬,高级妓女也成为当时各种社交场合不可或缺的角色。一位西方评论者针对这一现象写道:"一帮官吏或文人若不召妓作陪,简直不可能在任何社交场合聚首。……歌姬在以往任何时候都不如清末民初时期——约从1870年到1926年的国民革命期间——那么享有盛誉。"②正是在清末民初这样一个特殊的转型期,欢场呈现出上海城市最早的社会性空间想象。作为介于公共与私密的特殊空间,欢场既是交际应酬、商务活动的社交酬酢场所,又因与性交易联系而具有私密性。而作为一种社会公共空间,其在很大程度上成为展示西方物质文明的橱窗,成为一个时尚的、奢华的并体现着传统与现代相结合的特殊空间。正是在这一意义上,清末民初的高级妓院成为体现上海作为一个现代城市主要特征的媒介,而高级妓女则在充当中国社会生活中引领时尚之先者的同时,又在日常生活中成为西方物质技术的率先使用者与积极宣传者。

不同于以往的青楼女子,清末民初上海高级妓女的社会活动空间大大增加,公共化的程度也大大增强。作为社会大众好奇的焦点,不仅仅体现为作为民众的性想象对象,更是作为一个阶层,其穿戴打扮、在公共场合中的行为举止以及房间的装饰布置等所形成的有关妓女生活方式的综合性想象。而高级妓女由于职业的原因,在无意识中却是充当了西洋文化文明引入大众社会的媒介。这一时期的各种画报、小报以及文学作品中,我们发现高级妓女的形象总是与沪上洋场中的西式景物联系在一起,渲染着一种繁华、享乐、时尚与新奇的主题。高级妓院作为士商官绅的社交酬酢之所,自是十分强调居

①包天笑:《钏影楼回忆录》,山西古籍出版社1999年版,第572页。
②转引自[美]贺萧:《危险的愉悦:20世纪上海的娼妓问题与现代性》,韩敏中、盛宁译,江苏人民出版社2003年版,第85页。

所的高档、华丽与时尚。时人描述当时长三书寓的时髦奢华道："房中陈设俨若王侯，床榻几案非云石即楠木，罗帘纱幕以外，着衣镜、书画灯、百灵台、玻罩花、翡翠画、珠胎钟、高脚盘、银烟筒，红灯影里，烂然闪目，大有金迷纸醉之慨。"①晚清名妓胡宝玉的房间，则完全以西洋家具布置，"另辟精室一间，洁无纤尘，其中陈设尽是西洋器具，以银光纸裱壁，地铺五彩绒毡。夏则西洋风扇悬挂空中，凉生一室。冬置外国火炉，奇燠异常。床亦系西式，不用帐幔，穷极奢美。"②当时沪上高级妓女房间的摆设多为西洋器具，所谓"青楼中矜奇炫异，陈设极精，大镜、睡椅二物所必有也。"此外，房间还"以西洋印花纸糊壁"。时人所作竹枝词咏妓馆装饰的洋化道："房糊洋纸绝尘埃，镶金大镜挂房间，更设西洋藤睡椅，两桌玻璃高脚盘。"③中上等妓馆通过陈设西洋器具来"矜奇炫异"，从而在招揽顾客的同时也抬高了妓女身价。

当时的狭邪小说也真实反映了妓院中西洋器具的流行。国语版《海上花列传》第一回描写陆秀宝的房间则是："就住陆秀林房间的间壁，一切铺设装潢不相上下，也有着衣镜，也有自鸣钟，也有泥金笺对，也有彩画绢灯，大家随意散坐。"④可见对于当时沪上的中上等妓院而言，西洋着衣镜、自鸣钟等是必不可少的摆设。大到西式床、着衣镜、自鸣钟等，成为高级妓院的主要家具摆设，小到一些日常用品如手表、墨镜、洋伞、香水等西洋用品也广为妓女喜爱。国语版《海上花》第六回提到，葛仲英要去亨达利买点零碎，而亨达利则是当时西人在上海所开的较大的洋货店。时人记述道："西人所开洋货行以亨达利为最著，专售时辰寒暑风雨各式钟表、箫鼓丝弦、八音琴、鸟音匣、显微镜、救命肚带及一切要货，名目甚繁。"⑤吴雪香在其中看中了一只嵌在手镯上的时辰表，葛仲英便为其买下，当时较为流行这种女子专用的精致小型的手表，除了是一种计时的工具，更主要是作为炫耀性的装饰品。除了房间的摆设、日用的装饰充满着西化的特点，高级妓女在生活方式上也体现了一种洋化。国语版《海上花》19回描写屠明珠在家摆花酒宴宾客，其寓所是五幢楼房，其中的大菜间"粉壁素帷，铁床玻镜，像水晶宫一般"，而在客堂中央移放

①池志澂：《沪游梦影》，上海古籍出版社1989年版，第163页。
②溪田宜居士：《海上群芳谱》卷四，上海点书斋刻印1885年版，第19、20页。
③忏情生草稿：《续沪北竹枝词》，《申报》1872年5月18日。
④张爱玲：《张爱玲典藏全集·译注：海上花开》，哈尔滨出版社2003年版，第8页。
⑤葛元煦：《沪游杂记》，上海古籍出版社1989年版，第28页。

着"吃大菜的桌椅",上面"铺着台单,上设玻罩彩花两架及刀叉瓶壶等架子,八块洋纱手巾,都折叠出各种花朵,插在玻璃杯内。"宴请的过程则典型地体现了一种中西合璧的特点,先是上"十六色外洋所产水果干果糖食暨牛奶点心",包括"外国榛子、松子、胡桃等",接着是看戏闲聊,所点的戏都是传统的吉利戏,诸如《跳加官》《满床笏》《打金枝》等。接着是上八道大菜,最后"迨至席终,各用一杯牛奶咖啡,揩面漱口而散。"①西人的饮食习惯作为时尚的体现也为高级妓女所接受。此外,高级妓女作为时尚的代言人,一向领风气之先,因而她们总是率先使用西方物质文明的新技术,比如照相、电话、电风扇、电门铃等。而照相作为一项新技术最受妓女青睐,甚至可以说妓女是推广照相摄影行业的先锋。当然,妓女热衷照相,一方面是为了追求新奇,另一方面也是出于对生意的考虑,既可以把自己的照片赠送客人,同时也时兴将照片挂在妓馆以招揽客人,即是"勾栏中人必各照一相,悬之壁间。"②通过这一时期的文学作品与历史资料我们了解,不仅西洋的器具成为妓女生活空间的一部分,西洋的生活方式也融入了妓女的日常生活之中,并因此构成了当时社会时尚的一个重要组成部分。

事实上,高级妓女身上所体现的时尚是立体的、多方面的。作为紧追西方物质文明的一个特殊阶层,她们不仅享用西式高档家具,而且身着奇装异服,乘坐西洋敞篷马车在繁华街头兜风。"在上海,妓女领时髦之先,成了时尚的风向标,这也从另一方面说明其不蒙羞耻、公开参与都市生活的程度。"③而清末民初妓女更在服饰上标新立异,可以说是引领时尚的先锋。"娼妓之服妆,是一般妇女之表率",④所谓"男子衣服大率取法优伶,女子衣服大率取法娼妓"。⑤鲁迅在《关于女人》一文中在同情女性所受压迫的同时也指出了这一现象,"民国初年我就听说,上海的时髦是从长三幺二传到姨太太之流,从姨太太之流再传到太太奶奶小姐。这些'人家人',多数是不自觉地在和娼妓

①张爱玲:《张爱玲典藏全集·译注:海上花开》,哈尔滨出版社2003年版,第176、177、178、179页。

②海上逐臭夫稿:《沪北竹枝词》,《申报》1872年5月18日。

③[美]贺萧:《危险的愉悦:20世纪上海的娼妓问题与现代性》,韩敏中、盛宁译,江苏人民出版社2003年版,第80页。

④白水:《娼妓之种种》,《笑报》1930年11月6日。

⑤《论服色宜正》,《申报》1894年3月16日。

竞争,——自然,她们就要竭力修饰自己的身体,修饰到拉得住男子的心的一切。"①如同西洋器具改变了传统的妓院空间,在凸显奢华的同时,又强调新奇,从而成为西洋物质文明的展示厅。同样,高级妓女的服饰作为一种包装,一方面体现了华丽与时尚,另一方面又在标新立异中宣传自己并改变了自身的公共形象。这一时期的狭邪小说里经常会详细描述高级妓女的穿着打扮,包括服装的式样、质地、颜色、搭配等,如《海上花列传》《九尾龟》等作品中这类描述是颇多的。通过对高级妓女服饰的展示,我们发现高级妓女不仅引领服饰的流行,从穿着男装、西式女装、到上衣渐短渐紧,再到裤装的流行等,同时服饰的变化又使妓女行动的姿态发生着变化,在公共场合中表现出了以往所没有的自由感与自信度。如《海上花列传》里,黄翠凤对服饰的选择搭配即充分体现了当时高级妓女的一种时尚、自信,当时便将一旁的罗子富看呆了。其"自拣一件织金牡丹盆景竹根青杭宁绸棉袄穿了,再添上一条膏荷绉面品月缎脚松江花边夹裤,又鲜艳又雅净。"②随着高级妓女公共化程度的提高,城市成为她们的舞台,而她们则是这一舞台中引人注目的形象。清末民初的高级妓女所以能成为中国社会生活中引领时尚之先者,成为西洋文化文明引入大众社会的媒介,是有着先决条件的。首先,由于在中国传统社会中妓女的社会地位处于边缘,较少受传统势力的束缚,故而,她们能够大胆地反叛传统,接受外来的新事物。其次,由于职业的需要,高级妓女需要通过包装来更好的推销自己,这种包装越是奢华、新奇、时尚就越可能得到一种高价值的回报,西方的"奇技淫巧"由于具有这些特点而备受妓女青睐。此外,还与高级妓女身处上海租界这一特殊空间有关。一方面受租界的法律保护,妓女享有比以往更多的自由。另一方面,她们可以从租界处西人那里迅速获得新事物的信息,事实上,西洋物品首先都是由在华的西方人使用,然后才传到高级妓女那里并由其转化为新奇时尚的物品从而逐渐为市民大众所熟悉接受的。正是从这一意义而言,清末民初的高级妓女"起了一个引进西洋文化的媒介作用",③与此同时,其对时尚的接受与追求又折射了上海城市的现代化进程。

---

①鲁迅:《关于女人》,《鲁迅文集》第4卷,黑龙江人民出版社1995年版,第449页。
②韩邦庆:《海上花开》,张爱玲译,哈尔滨出版社2003年版,第78页。
③[德]叶凯蒂:《清末上海妓女服饰、家具与西洋物质文明的引进》,《学人》第9辑,江苏文艺出版社1996年版,第403页。

不过,当我们借助于那一时期的画报、小报、各类的冶游指南、文学作品却发现清末民初的高级妓女及其所处的欢场空间所体现的时尚文化,事实上很大程度上是一种"媒体景观",即它不断地通过当时的各类媒体或是文字或是图片来强化并夸大了这种时尚。如同当时流行的妓女拍摄的布景照,布景与道具往往是一些西方物质新技术的成果,如电话、照相机、汽车等,这些布景与道具所体现出的场景并非是妓女真实的生活场景,但却反映了妓女对西方物质文明的向往以及当时更为广泛的其他社会阶层的时尚追求。同样,由当时各类媒体所渲染的高级妓女时尚豪华的生活,则体现了转型时期文人以及市民大众的普遍的享乐崇奢心态。在前面,我们提到高级妓女所体现的时尚并不仅仅体现于其自身的穿戴打扮,居住寓所等,同样还包括生活方式,行走方式,娱乐方式以及参与社会公共生活的程度等多方面因素。时尚所体现的是一个广泛的文化空间,而在这其中我们不能忽略的还有媒体所起的重要作用。可以说,清末民初媒体的传播对高级妓女所体现的时尚文化起到了推波助澜的作用,而与此同时,媒体自身也是这一文化的组成部分。

清末民初的上海妓女可以说已经完全传媒化了,作为"一种炫耀的造物,是公共快乐的对象",①成为全体民众的性想象对象。打开那一时期的报刊,所刊载的有关妓女的逸闻趣事、狭邪小说、照片图画等大有泛滥之势。当时的狭邪小说多是先连载于报刊上,而很多狭邪小说的作者本身就是知名报人,如韩邦庆、李伯元、孙玉声、张春帆等。因而,狭邪小说也成为这一"媒体景观"的重要组成部分。由当时媒体所塑造出的妓女形象极富时尚气息,她们既是男人的欲望对象,又是普通女子的时尚模特。同时有关于她们的所作所为、生活习惯、穿着打扮等都成为人们感兴趣的谈资,在大众中流传,而这一流传过程本身也在塑造着城市文化。曾有学者指出,小报的产生与妓女有着很大的关系。"上海初未有小报,自申左梦畹生,高窗寒食生暨现在希社社长高太痴等评花品叶,仓山旧主鼓吹西部,于是始有小报。"②即小报是为了满足洋场名士"评花品叶"的需要而产生。故而,捧妓的文章成为这一时期小报的重要内容。对妓女来说,通过小报的吹捧来扩大自己的声名,从而抬高身

---

①[法]波德莱尔:《1846年的沙龙:波德莱尔美学论文选》,郭宏安译,广西师范大学出版社2002年版,第446页。

②陈伯熙:《上海轶事大观》,上海书店出版社2000年版,第276页。

价；对小报而言，通过刊载有关妓女的文章图片以供大众消费，从而扩大销量，双方其实是各取所需。小报中，李伯元创办的《游戏报》以评选花榜状元而闻名，该报每日以妓女生活为主题，作大量以渲染为主的报道。1898年，《游戏报》将花榜获胜的头三名妓女的照片贴在了报纸上方，更是将妓女传媒化了。而现代传媒力量的运用，影响力自是与以往仅将照片赠送客人或是悬挂于妓馆不可同日而语的。此外，当时还有书局将娼妓的照片汇集成册出版发行，其中一册命名为《海上惊鸿影》，收集了五百个娼妓的照片。到了1914年上海有正书局又出版发行了《新惊鸿影》。妓女形象被大量地复制、传播，这在以往是从未有过的也是不可想象的。正是在媒体的这种大肆"炒作"下，妓女形象得到了空前的张扬，而高级妓女作为一种欲望化的对象，作为社会时尚的明星成为普通大众的追逐目标。

其实，不同档次妓女的人数如同金字塔一般，越是处于下面人数越多，而越是高级则人数越少。曾有人推算19世纪70年代上海妓女的人数，"长三以数百计，么二以千计，花烟以数千计。"[1]然而，当我们将视线转向最大多数的普通妓女身上时，我们发现在这一时期的传媒中，她们则被忽略了、边缘化了。有关她们的记载不仅数量少而且很简单，与对高级妓女的大肆宣传形成了鲜明的对比。另外，狭邪小说中也较少展现她们的生活状况，因而她们的形象多是模糊的。事实上，在普通妓女与高级妓女之间，无论是服务的内容、对象与价格方面都存在较大的差异。波伏娃曾指出两者的差别，普通妓女"是以她的纯粹一般性（作为女人）进行交易，结果竞争使她处于可悲的生存层面上"；而高级妓女"则竭力得到对她本人（作为一个个人）的承认，若能做到，她会有很高的抱负。"[2]所以就一般性而言，前者多体现一种悲惨的、苦难的生活，而后者的生活则被视为是愉悦的、奢华的象征。相比较高级妓院华丽的陈设及高级妓女时尚的服饰，下等妓院则陈设简陋，妓女的姿色、妆饰也比较低劣。时人描述花烟间的情景道："小灯一盏设帘前，窄窄扶梯当户悬，堪笑红签门首帖，直书楼上有花烟。"[3]这些花烟间价钱低廉，顾客基本是社会的中下层。我们知道，"五四"以来多数作家是将视点对准了中下等妓女，展

---

① 江苏华亭县人持平叟：《禁娼辨》，《申报》1872年6月10日。
② ［法］西蒙娜·德·波伏娃：《第二性》，陶铁柱译，中国书籍出版社1998年版，第639页。
③ 慈湖小隐稿：《续沪北竹枝词》，《申报》1872年8月12日。

示她们的苦难生活,从而来批判社会。而在清末民初,文人的焦点却是集中在高级妓女身上,想象着她们所代表的时尚奢华的生活,这种视点的差异其实是反映了不同的社会文化心理。可以说,清末民初,上海社会上下都弥漫着享乐崇奢的风气。人们尚新求异,追逐时尚,这一风气首先由商人阶层兴起,而后向社会其他阶层蔓延。故而,当时上海的市民大众普遍具有拜金、崇奢的心理,所谓的"笑贫不笑娼"即是典型体现。有钱的人争豪逞富、一掷千金、大展奢风;无钱的人则羡慕、向往着这种奢侈时尚的生活。高级妓女作为这种生活的体现者,同时又是欲望化的对象,自是成为市民大众好奇的焦点。而这一时期的文人们热衷于想象高级妓女的生活,既是满足大众的心理需要,同时对他们自身来说,也起到移情的作用。正因此,清末民初的高级妓女体现的其实是双重媒介作用,一方面,她们在追求时尚的过程中充当了西洋的文化文明引入大众社会的媒介。另一方面,关于她们生活方式的想象又成为文人们以至于市民大众体验时尚生活的媒介。总之,在当时媒体的渲染下,清末民初的高级妓女在很大程度上体现了那个时代大众对时尚生活的想象与追求。

第二节　大　街

如果说妓院是一种稳定性的欢场空间,那么,相比较而言,大街则是一种流动性的空间。准确地说,它并不是完全意义上的欢场,它更大程度上是作为妓女活动的背景,只有当妓女在此活动时,它才显示出欢场的意义。此外,妓院的存在是古老的,大街作为欢场空间则是随着近代的城市化、商业化的发展而出现的。因而,同传统欢场空间相比,大街就更加凸显妓女作为性商品的属性。事实上,晚清以来,随着城市化、商业化的发展,欢场业的商业色彩已是越来越浓厚。不过就妓院而言,尤其是高级妓院,总还多多少少的遮掩这种交易属性。这一时期的高级妓院讲究诸多的规矩,比如,高级妓女一般不会许身于一位刚见面的客人,同妓女相识也有着一系列的程序。先要"打样局",即第一次见面最好由该妓的熟客介绍,在局票上写明是代熟客叫局,如此该妓或肯来坐上片刻;再是"打茶围",即熟悉妓女的第二步,去其所在的妓院抽烟、吃点心、闲聊;然后是"做花头",即在该妓院组织一次宴会或赌局,这之后,才有可能和妓女发生性关系。而这些费用并不是每次当面付清,一般是先赊账,然后等到节边再一起支付,如端午节、中秋节、春节等。这些规矩其实是淡化和遮掩性交易的色彩,从而显示了"在中国的上流人士中仪式、礼节以及感情互惠的法则所具有的力量"。①此外,高级妓院所具有的社交应酬、娱乐消遣等功能也在某种程度上弱化了妓女的性商品属性。然而,出现在大街上的妓女无论是高级妓女还是普通妓女,却都在强化自身的性商品特征。无论以何种方式行走于大街上,也不管她们是否愿意,她们都避免不了作为"被看"的欲望化对象。而将大街与女人相结合,也最能体现城市的欲望化特征,是城市文学常用的一种修辞手法。

清末民初的高级妓女社会公共化的程度较高,相比较当时的良家女性,她们较少受传统秩序与伦理道德的束缚。因而她们可以公开地抛头露面,可以自由地游走于沪上的公共领域与私人空间之间,活动范围之大之广甚至超过当时上海的许多男子。而身着奇装异服乘坐马车在繁华街道招摇过市,既是高级妓女行走城市的方式,同时又构成沪上的一大奇观,时人称为"飞车拥丽"。"妆成堕马髻云蟠,杂坐香车笑语欢。电掣雷轰惊一瞬,依稀花在雾中看。"②描绘的即是男客携花枝招展的妓女,共乘马车,并肩欢笑,游观街市,飞驰而过的情景。这里的马车是由西方传来的交通工具,"西人马车有双轮、四轮之别,一马、两马之分,以马之双单为车之大小。其通行最盛者为皮篷车,而复有轿车、船车,以其形似轿似船也,轮皆用四。近更有钢丝马车,轮以钢不以木,轮外圈以橡皮,取其轻而无声,诣姬争效坐之。"③这种靠马拉、速度快、式样别致的西洋马车,由于比当时的其他交通工具如小车、东洋车方便快捷的多而备受人们青睐,而乘马车兜风也由一种西洋人的习俗逐渐成为一种时尚在沪上流行开来。由此,高级妓女乘坐敞篷马车招摇过市不仅是西方文学作品中经常出现的画面,同样亦是清末民初海上媒体所记载的一大奇观。时人对此多有描述,"每日申正后,人人争坐马车,驰骋静安寺道中,或沿浦滩一带。极盛之时,各行车马为之一罄。间有携妓同车,必于四马路来去一二

---

① [法]安克强:《上海妓女——19—20世纪中国的卖淫与性》,袁燮铭、夏俊霞译,上海古籍出版社2004年版,第34页。

② 葛元煦:《沪游杂记》,上海古籍出版社1989年版,第51页。

③ 池志澂:《沪游梦影》,上海古籍出版社1989年版,第160页。

次,以耀人目。男则京式装束,女则各种艳服,甚有效旗人衣饰、西妇衣饰、东洋妇衣饰,招摇过市,以此为荣,陋俗可晒。"①又如"尘埃倏起,雷霆乍惊,而红妆绿鬓已锵然一声穿花拂柳而过,令人送往迎来,目眩心迷",②描述的都是沪上这一奇景。

自然,这一时期的狭邪小说中妓女乘马车兜风亦是经常出现的画面。《海上花列传》中,马车成为了高级妓女出行必备的交通工具,书中经常提到妓女乘马车兜风的情形。国语版第八回与第九回描写黄翠凤与罗子富分坐两部西洋皮篷车兜风,"四轮一发,电掣飙驰的去了"。在路上与王莲生的马车相遇,"罗子富和黄翠凤两部马车驰至大马路斜角转弯,道遇一部轿车驶过,自东而西,恰好与子富坐的车并驾齐驱。子富望那玻璃窗内,原来是王莲生带着张蕙贞同车并坐。大家见了,只点头微笑"。③从而顺势将情节转移到王莲生这边来,马车在这里甚至充当了结构情节的作用。此外,书中多次提到沈小红坐马车,国语版的第二十四回以"藏闪"笔法两次借他人之口提到沈小红坐马车而导致用项大,其实是暗示沈小红与戏子私通。可见,马车在《海上花列传》中的作用已远远超出了一般的交通工具。

当时妓女乘马车兜风是有着固定的行走路线的,一般马车始于四马路(今福州路)即她们集中居住的地方,由静安寺至今人民广场一段马路(今为南京西路),当时称静安寺路,属于英租界范围,很早就修成宽阔平整的马路,足可供马车行驶,而愚园则在静安寺东北半里许。所以每到傍晚,妓女或单独或陪客人乘坐马车从四马路一带出发,沿着静安寺路一直徜徉到静安寺附近,或往愚园,或往张园,或沿浦滩一带,几成惯例。④国语版《海上花》第六回中,描写吴雪香与葛仲英的乘车路线也大致相当,先到大马路的洋行,买完东西后乘马车兜风,到了静安寺,游了明园,后沿黄浦滩转至四马路回去。第九

①谈宝珊绘:《(新增)申江时下胜景图说》(1896年)卷上,转引自陈平原、夏晓虹编注《图像晚清》,百花文艺出版社2001年版,第270页。

②池志澂:《沪游梦影》,上海古籍出版社1989年版,第161页。

③张爱玲:《张爱玲典藏全集·译注:海上花开》,哈尔滨出版社2003年版,第78、80页。

④参见[德]叶凯蒂《清末上海妓女服饰、家具与西洋物质文明的引进》一文,该文对妓女坐马车出游的路线有一个更详细的描述,《学人》第9辑,江苏文艺出版社1996年版,第395—397页。

回中罗子富、黄翠凤与王莲生、张蕙贞马车相遇后亦是由静安寺而前往明园游玩。所以在这里不厌其烦地介绍妓女的乘车路线,主要是这路线所包括的都是当时沪上繁华、热闹、富庶的区域。而高级妓女选择这一路线,则是由于这样的环境能更好地衬托其展示在他人眼中的时尚、奢华的形象。此外,还由于在这些地区游走可能会遇到未来的顾客。事实上,妓女高坐西洋马车兜风对她们而言并不只是一种娱乐消闲的方式,同时还是一种宣传自己、推销自己的手段。如《海上花列传》中的张秀英"自恃其貌,日常乘坐马车为招揽嫖客之计"。[1]而《海上繁华梦》中的云寓,为招揽生意,亦是每日刻意坐马车出去兜圈子、出风头,使得名气渐渐红将起来。《九尾龟》中的沈二宝,虽不是通过坐马车兜风来招摇,而是选择骑单车这一更新奇的方式,但目的都是一样的,都是以此作为招揽生意的手段。"沈二宝貌美年轻,骨格娉婷,衣装艳丽,而且这个沈二宝坐自行车的本领很是不差,踏得又稳又快,一个身体坐在自行车上,动也不动。那些人的眼光都跟着沈二宝的自行车,往东便东,往西便西,还有几个人拍手喝彩的。"[2]当时骑单车并不流行,即便有也都是男性,因而女性在大街上骑单车无疑是一道新奇的风景线,其所起到的广告效应可能并不亚于坐马车。故而在这里,是乘马车还是骑单车,其实并不重要,也没有什么本质区别,重要的是它们体现了晚清妓女以行走大街的方式来向公众炫耀自己、展示自己,在一种自信中传达出的主体意识。

清末民初的高级妓女相比较当时普通女性而言,拥有较大的自由度和一定的主体性,因而她们成为公共场合中醒目的形象,成为城市舞台中亮丽的点缀。当她们穿着入时乘坐马车观看着城市风景的同时,她们自身也构筑了一道城市风景。即妓女在这里兼具了"看"与"被看"的双重功能,她们观看"人群",同时又置身于"人群"中,成为被他人观看的景象。对很多妓女来说,她们是自觉置自己于"被观看"的位置,随时准备接受男性欲望的投射,甚至刻意突出自己供人消费的"性商品"功能。首先,在选择行车路线时,她们就已考虑到什么样的环境能衬托自己的形象及拥有大量的潜在顾客。"在她制定她的路线的时候,她当然考虑到她企图猎取的目标,考虑到如何表现自己

---

①张爱玲:《张爱玲典藏全集·译注:海上花落》,哈尔滨出版社2003年版,第22页。
②张春帆:《九尾龟》,人民中国出版社1993年版,第967页。

与为谁来表现自己,已把这假设中的旁观者,抬高到未来的顾客的地位上。"①
其次,高坐马车上的妓女往往打扮得花枝招展,身着"各种艳服,甚有效旗人
衣饰、西妇衣饰、东洋妇衣饰"②,以此吸引男性的色欲目光。从这个意义而
言,晚清妓女具有双重性,一方面,她们熟悉商业社会的规则,有着清醒的商
业意识,并懂得推销的技巧,是精明能干的女商人。另一方面,她们又是作为
商品而存在的,她们极力推销的恰恰是自己的身体。作为商人而言,她们是
主动的,她们主动将自己置于男性欲望的凝视之下,是一种主动的"被看"。
另外,在这一过程中,她们对男性顾客也有着选择权,甚至会对男性投射自己
的欲望,显示出一定的主体性。然而与此同时,作为一种商品,她们又是被动
的,选择权是掌握在处于"观看"位置的男性手中。妓女的能动性仅仅体现于
给自己进行一些外在包装,诸如新颖的发型、时尚的服饰、夸张的举止等,来
唤起男性的注意,并以此抬高商品的价格,从而在交换中获得较好的报酬。
正因此,附于妓女身上的新颖时尚说到底也还是一种交换的资本,一种为有
机躯体服务的无机事物。如本雅明指出的,时尚不过是"确定了被爱慕的商
品希望的崇拜方式",时尚的本质"是与有生命的东西处于抗争中的,它将有
机躯体与无机世界联系在了一起,它在有生命的东西上感受到了躯体的权
利。屈服于无机物之性诱惑的恋物欲是时尚的命脉之所在,商品膜拜助长了
这种恋物欲。"③从这点来说,晚清妓女由时尚装扮起的自信无疑是畸形的表
面的,并且只体现在对男性的性吸引方面。而她们选择以乘马车兜风的方式
来展示自己、宣传自己,在体现了一定主体性的同时更是凸显了自身的性商
品身份。高坐于马车上的妓女,始终都处在"被观看"的位置,处于男性目光
的凝视下,借助妓女被社会规定的角色激发男性的情欲想象。故而常有"轻
薄逛事之徒奔走于车轮马足间,冀得一亲香泽者,时有徘徊不忍去之意"④,体

①[德]叶凯蒂:《清末上海妓女服饰、家具与西洋物质文明的引进》,《学人》第9辑,
江苏文艺出版社1996年版,第395页。
②谈宝珊绘:《(新增)申江时下胜景图说》(1896年)卷上,转引自陈平原、夏晓虹编
注《图像晚清》,百花文艺出版社2001年版,第270页。
③[德]瓦尔特·本雅明:《发达资本主义时代的抒情诗人》,王才勇译,江苏人民出
版社2005年版,第176页。
④《虚题实做》,《点石斋画报·大可堂版》第十四册,上海画报出版社2001年版,第
196页。

现的即是妓女作为男性大众的欲望对象。此外,妓女和马车相结合,又暗示着妓女的商品属性,即妓女与马车一样,都是可以购买的商品。正因此,当妓女行走于城市的大街时,她们是不具有本雅明所提出的城市"游荡者"的文化内涵的。体现在她们身上的主体性,由于是建立在"被观看""被消费"的基础之上,是建立在其作为"性商品"的前提之下,离开了这一基础与前提,妓女身上的主体性也就不复存在了。

对乘马车兜风的高级妓女而言,作为"被看"的对象凸显的是其"性商品"属性,而作为"看"的承担者,她们则体现了与城市密切的联系。正是通过晚清妓女的行走,我们在某种程度上感受到了昔日上海的繁华、发达,触摸到了城市现代化的脉搏。故而,乘马车兜风既是妓女们宣传自己的方式,同时又是体验城市的方式。正如丹尼尔·贝尔所说,

> 一个城市不仅仅是一块地方,而且是一种心理状态,一种主要属性为多样化和兴奋的独特生活方式的象征;一个城市也表现出一种使想囊括它的意义的任何努力相形见绌的规模感。要认识一个城市,人们必须在它的街道上行走;然而,要"看见"一个城市,人们只有站在外面方可观其全貌。①

前面已经介绍了高级妓女行走的路线基本是上海比较发达、繁华、富庶的区域,如外滩、大马路、四马路、静安寺路等。行走于这一路线,沿途会经过茶楼、饭馆、弹子房、跑马场、公园、报馆、出版社、洋行、长三妓院等,②这些区域或是商业中心,或是娱乐中心,或是文化中心,可以说是上海现代化最集中的体现。正是通过妓女的行走,上海作为一个现代城市的面貌逐渐清晰,尽管这一面貌可能并不完整。而晚清妓女的这一行走方式,在上海繁华大街上公开地展示自己,也成为她们生活的一部分,成为她们占有城市空间的一种手段,从而在城市的形象中附上了自己的形象。正因此,在妓女、大街与城市之间形成了密切的关联,晚清高级妓女以行走的方式向人们展现着上海的繁

---

① [美]丹尼尔·贝尔:《资本主义文化矛盾》,赵一凡等译,生活·读书·新知三联书店1989年版,第154、155页。

② 参见[德]叶凯蒂《清末上海妓女服饰、家具与西洋物质文明的引进》,《学人》第9辑,江苏文艺出版社1996年版,第395—397页。

华与现代。与此同时,城市、大街又成为她们展示自己奢华时尚的舞台。在她们漫游城市繁华风景的同时,她们自身也成为这繁华中的一部分。无论如何,乘坐西洋马车在繁华大街上驰骋的时髦妓女都构成了清末民初上海的一道靓丽风景,而这也是这一时期海派狭邪小说中经常展示的世界。

事实上,晚清高级妓女的行走路线就上海城市范围来说是不全面的,它提供的是一张有关上海的不完整地图,忽视和排斥了落后、贫穷和偏僻的地区。同样,对于大街上的妓女而言,除了乘马车兜风的高级妓女外,还有很多在昏暗的街头拉客的普通妓女。妓女街头拉客作为一种社会现象,实际上是在第一次世界大战期间开始变得日益突出的。当时有西方人记载,"很明显,到处都是中国的'街女',或者更确切地说,是姑娘和孩子,因为年龄都几乎小得令人同情。她们化了妆,佩戴着珠宝,有时就站立在刺眼的光线下,但更多的时候是站立在近处门廊的阴影中,或是站立在弄堂口,而且通常是成群结队地由一个上了年纪的女人照管着。这个女人扮演了'商业代理人'的角色。"①"五四"以来,这些街头拉客的普通妓女开始大量出现在了新文学作家的笔下,成为他们批判社会的工具。街头拉客的妓女种类较多,并没有一个统一的、明确的分类标准和称呼,俗称"野鸡""流妓""街女"等。有的属于下等妓院,如花烟间、钉棚等,所谓"花烟间"是指客人边吸鸦片边嫖妓的地方,而"钉棚"则由其住处是用钉子将木板钉起来而得名,可见妓女生存环境的恶劣。有的则不属于某家妓院,自己独自拉客接客,俗称暗娼,如周天籁《亭子间嫂嫂》中的顾秀珍、《月牙儿》中的"我"等。这些拉客妓女,生存环境普遍恶劣,街头拉客是她们主要的谋生手段。而在这一过程中,她们还面临诸多的危险,饱受来自多方面的压迫,或是贪财的鸨母逼迫拉客,或是无赖的流氓寻事纠缠,或是蛮横的警察追赶拘留。与乘坐西洋马车出现在大街上的高级妓女相比,街头拉客的普通妓女往往境遇要悲惨得多。如果说高级妓女是白天大街上的点缀,那么普通妓女则是属于夜晚的大街,代表着黑暗中的危险与肮脏。如果说大街上的高级妓女凸显的是高档"性商品"身份,那么普通妓女则强调"被侮辱与被损害"者的身份。尽管她们可能更不遮掩自己的"性商品"属性,在街头主动拉客,但在很多新文学作家笔下,往往淡化其身上的欲

①[法]安克强:《上海妓女——19—20世纪中国的卖淫与性》,袁燮铭、夏俊霞译,上海古籍出版社2004年版,第98页。

望化特征,而强调其生存的苦难与悲惨。如果说围绕着高级妓女的关键词是诸如时尚、奢华、亮丽等,体现的是城市的繁华与现代,那么形容普通妓女的词汇则主要是贫困、悲惨、肮脏等,反映的是社会的黑暗与病态。正因为在普通妓女身上可以集中地体现社会的阴暗面,故而,此类题材创作受到了许多新文学作家的青睐,而夜色中在昏暗街头拉客的妓女也成为批判社会的典型场景。

如果结合这一时期有关妓女拉客的史料,我们发现,新文学作家在书写这类题材时无疑都淡化了这一群体的危险性因素,如带有暴力成分的强行拉客,妨害社会风化,传播性疾病等。这一时期的报纸如《申报》,不时会刊载有关妓女强行拉客的文章,如有行人因抗拒妓女拉客而遭到妓女的粗暴殴打,又如妓女在拉客的过程中会趁机抢走行人的财物,或是敲诈勒索,甚至有人称自己是被妓女"绑架"到妓院的。①当然,此类报道中的情况在妓女拉客中虽不占据主流,但也不仅仅只是个别现象。故而,当时"所有的上海指南都警告旅行者不要冒险去某些街道,甚至要求他们在对妓女的勾引作出反应时要极为谨慎小心,因为最细微的表情都会被当作是一种赞同的表示"。而当"那些妓女如果发现自己所使用的眼神和手势都不足以把顾客勾引住时,她们就会跑上前去,直至用胳膊拖住顾客或抢走他的个人财物"。②以上这些报道或是史料所传达出的有关街头妓女的信息无疑是负面的,这里妓女被视为了社会中不安定及危险的因素,并被看作是品质恶劣、粗俗、无理的女人。不过,进入到新文学中此类妓女形象却被转化为了苦难的化身、批判的工具,之所以会形成这样的差别,与作者的叙述动机、叙述策略有关。

新文学作家写妓女街头拉客,更注重挖掘这一行为背后的社会原因。不同于当时记者的报道,突出的往往是行为本身,且多少有着一种通过奇闻的描述来吸引读者的心理。因为报道一位妓女因生活所迫而悲惨地在街头拉客,这样的新闻尽管真实却可能引不起读者的兴趣,而妓女在街头强抢行人财物或是殴打行人,却具有相当的社会新闻效应。正因此,这些报道注重在反常性上做文章,很少深入分析背后的社会原因。我们虽不能说这些报道就

---

①[法]安克强:《上海妓女——19—20世纪中国的卖淫与性》,袁燮铭、夏俊霞译,上海古籍出版社2004年版,第99—100页。

②[法]安克强:《上海妓女——19—20世纪中国的卖淫与性》,袁燮铭、夏俊霞译,上海古籍出版社2004年版,第99页。

一定不真实,但由这些报道所形成的有关街头妓女的形象无疑是片面的。新文学作家很多是抱着改良社会的目的来进行创作的,而妓女街头拉客则被他们视为了批判社会的有力武器。因而,他们通过诸多手法来强化这一行为对社会的批判力度,而弱化对妓女本人的谴责,妓女多被描述为无辜的、可怜的、被侮辱与被损害者的形象。如章衣萍《夜遇》中描写的拉客妓女是一对母女,"那灯光底下的洋车上的老女人,斑白的发,苍黄的脸,那不是同我的妈妈上下年纪的妇人么?而那满面脂粉的小女孩,正同我的妹妹有些相像。""那小姑娘,苗条的身子,尖削的脸庞,现出营养不足的神气。然而,眉目清秀,举止间还露出孩子气的天真。"[①]透过这样的肖像描写,呈现在我们眼前的妓女不过是一些可怜的无辜的普通人,因为生计而被迫走上卖身之路。故而,作者由此感慨,"我觉得眼前躺着的,是一个用自己的血肉,养活自己和母亲的可爱而可敬的弱女子。妓女与官僚的分别,不过妓女是牺牲自己的血肉以养活自己,官僚却是牺牲旁人的血肉养活自己罢了。"[②]从而强烈地表达了对妓女的同情以及对社会的愤慨。在穆时英的《上海的狐步舞》中,作者以印象主义、感觉主义、蒙太奇等手法来组接上海不同社会阶层的生活画面,并通过强烈的反差来慨叹上海这一"造在地狱上面的天堂"。妓女在街头拉客与舞厅、高级饭店里上流人士的荒淫构成了鲜明的对比,通过这种对比来强化小说的批判主题。《上海的狐步舞》中有两处关于妓女拉客的描写,体现的都是这一群体生存的悲哀与无奈,寄寓着作者深切的同情,其中一处为:

　　"到我们家坐坐去哪!"站在街角,只瞧得见黑眼珠子的石灰脸,躲在建筑物的阴影里,向来往的人喊着,拍卖行的伙计似的;老鸨尾巴似的拖在后边儿。

　　"到我们家坐坐去哪!"那张瘪嘴说着,故意去碰在一个扁脸身上。扁脸笑,瞧了一瞧,指着自家儿的鼻子,探着脑袋:"好寨老,碰大爷?"

　　"年纪轻轻,朋友要紧!"瘪嘴也笑。

　　"想不到我这印度小白脸儿今儿倒也给人家瞧上咧,"手往她脸上一

---

①章衣萍:《夜遇》,《情书一束·情书二束》,中国广播电视出版社1992年版,第263、264页。

②章衣萍:《夜遇》,《情书一束·情书二束》,中国广播电视出版社1992年版,第265页。

抹,又走了。

……石灰脸躲在阴影里,老鸨尾巴似的拖在后边儿——躲在阴影里的石灰脸,石灰脸,石灰脸……①

这段带有强烈感觉色彩的文字,将妓女拉客的辛酸、无奈表现得淋漓尽致。通过多种修辞手法的运用,如"石灰脸"与"阴影"的反复出现及词序颠倒,来强化妓女的悲惨境遇。"石灰脸"一方面是一种指代,另一方面又暗示妓女因生活困苦而导致的营养不良,而"阴影"则象征了妓女苦难的生存状况。此外,这段文字还两次出现了"老鸨尾巴似的拖在后边儿",这其实是反映了老鸨对妓女的一种压榨与逼迫。在下等妓院妓女的拉客过程中,一般都有女仆或鸨母在一旁跟随,主要是防止妓女逃跑并通过这种监视来逼迫其积极拉客,而"石灰脸"拉客的失败则让人对其产生着深深的同情与担忧。另一处有关街头拉客则以写实的笔法,讲述了"作家"在街头被一老婆儿以看信为由骗至其家里,结果却发现了另一幕的人间悲剧:

胡同的那边儿有一只黄路灯,灯下是个女人低着脑袋站在那儿。老婆儿忽然又装着苦脸,扯着他的袖子道:"先生,这是我的媳妇。信在她那儿。"走到女人那地方儿,女人还不抬起脑袋来。老婆儿说:"先生,这是我的媳妇。我的儿子是机器匠,偷了人家东西,给抓进去了,可怜咱们娘儿们四天没吃东西啦。"

……

"先生,可怜儿的,你给几个钱,我叫媳妇陪你一晚上,救救咱们两条命!"

作家愣住了。那女人抬起脑袋来,两条影子拖在瘦腮帮儿上,嘴角浮出笑劲儿来。②

这段描写更是突出了妓女生存的惨痛,在这里,街头拉客的行为已被淡化,强调的是这一行为背后的原因。而这原因被描述得如此悲惨,如那女人"嘴角浮出笑劲儿"似的,是让人有着比哭还难受的心酸悲哀。正是通过如此

---

① 穆时英:《上海的狐步舞》,《穆时英小说全编》,学林出版社1997年版,第241页。
② 穆时英:《上海的狐步舞》,《穆时英小说全编》,学林出版社1997年版,第242页。

描写,街头妓女成为苦难的化身,成为批判社会的工具。

此外,在一些新文学作家笔下,此类题材中的警察、巡警往往被视为了一种反面的力量。自20世纪20年代以来,上海的租界及其他区域都禁止妓院无照经营及妓女在街头拉客,并对此进行着或紧或松的管理,对在街头拉客的妓女给予各种形式的处罚,包括吊销执照、罚款、拘留等,如《月牙儿》中的"我"后来被抓进了感化院。由于新文学作品中,街头拉客的妓女往往是为生活所迫,生活对她们而言本已很严酷,却还要受到警察的搜查、盘剥、拘留,使得其处境更是雪上加霜。因而警察在一定程度上被视为了妓女悲惨生活的一种催化剂,在作品中往往充当着反面角色。如彭家煌《晚餐》中的私娼翠花,由于要养活一家子人,考虑到晚餐还没有着落,尽管处在政府禁令期间,依然冒险上街拉客。不料远处的巡警早就盯上了这一幕,等翠花将客人带回家后,以查户口为名将其带走。尽管警察是在执行公务,但由于作者要突出妓女生存的悲惨,故而,对警察的行为多少含有否定意味,而这种否定更是直指当时不合理的社会制度。如《月牙儿》中指出的,"正式的妓女倒还照旧作生意,因为她们纳捐;纳捐的便是名正言顺的,道德的"①,而暗娼则是不道德的,因而要抓起来,以维护社会秩序与道德。由于新文学作家要借这样的题材来批判社会,因此,他们笔下的街头妓女,或是突出其形象的可爱可敬,或是强调其生活的困苦无助,或是揭示社会对其的欺辱压迫。总之,普通妓女的生活是苦难的悲惨的,是充满着血与泪的辛酸,作为社会底层的"被侮辱与被损害者",她们身上最直接地体现着社会的黑暗与不公。

大街作为一种流动的欢场空间,其意义由于出现群体的不同而有着较大差别。乘坐西洋马车在大街兜风的高级妓女凸显的是其"性商品"身份和欲望化特征,体现的是城市的繁华与现代。而出现在昏暗街头拉客的普通妓女,强调的是其生存的悲惨,这种悲惨性在很大程度上淡化其自身的欲望化特征及可能有的其他负面品质,突出了城市生活的阴暗面,并将批判的矛头指向社会。

①老舍:《月牙儿》,《老舍全集》第七卷,人民文学出版社1999年版,第285页。

第三节 舞 厅

20世纪30年代以来，舞厅成为上海都市新的娱乐休闲空间，虽不能说随着舞厅的兴起取代了传统的欢场空间——高级妓院，但舞女的出现的确对高级妓女作用的削弱起了一种助推作用。如果说清末民初的海派狭邪小说中是以书寓、长三等高级妓院为主构筑了沪上昔日的时尚，那么30年代以新感觉派为代表的海派小说则围绕着舞厅、夜总会、咖啡馆、跑马厅、电影院等展示着新的都市摩登。这种新摩登既是旧时尚的一种延续，同时又有所发展，具有新的特质。而这其中又以舞厅为代表，成为当时市民大众主要的娱乐休闲场所，并成为30年代上海娱乐业兴盛的标志。

上海舞厅最早出现可追溯至19世纪中期，不过当时的这些舞厅并不向中国人开放。第一次世界大战之后，出现了由外国人开办的舞厅，这些舞厅对顾客有一定限制，并规定要穿正规的服装。而中国人自己开设的最早的舞厅之一，据说是1928年前后开业的巴黎饭店的跳舞场，该舞厅因以黑猫为标志，又俗称"黑猫舞厅"。①黑猫舞厅最初只有十几个舞女，她们算是上海最早的一批职业舞女。自从中国人开设的营业性舞厅开张后，舞厅便迅速成为上海新摩登的代表，从原本只属社会上流人士进出的场所，变成了一般市民大众只要付钱就都可进去享乐的空间。舞厅的发展一时呈迅猛之势，而舞女队伍也日益庞大。"一年以来，海上跳舞之风，可谓盛矣。其主动之者，由于国人之竞设舞场。一年以前，国人鲜有注意之者。自国人经营月宫饭店巴黎饭店以后，以为舞场经营之佳，遂竞相携办。"②甚至于短短数月间，舞厅的数量就已超过20家，成为当时都市的一道新景观。

> 此数月来，跳舞之风，盛行海上。自沪西曹家渡而东，以及于沪北，试一计之，舞场殆不下数十。以予所知，若大华饭店，若Flantation，若卡尔登，若Little Club，若巴黎饭店，若爵禄舞场，若新新舞场，若派利饭店，

①参见孙耀东（口述）、宋路霞（整理）《舞厅·舞女·舞大班》，《万象》第4卷第11期，2002年11月，第142页。

②黄叶：《舞场漫话》，《申报》1928年6月17日。

若安乐宫,若Premier,若Tavern,若月宫饭店,若爱亭,若龙,若金星,若闲乐宫,若Mamoyama,若青岛,若Lerna,若Log cabin,若Eastern Cafe,若乐极(即Lodge)等,为数已二十余矣。[①]

跳舞的热潮和舞厅如雨后春笋般的出现使得当时的洋人也为之慨叹,认为实在不可思议,"居然在这极短的几个月中,会有这么多舞场的设立。凡著名的旅馆,莫不附设舞场,奏舞乐。而一般自称为新的青年男女,都到那里度其新的生活"。[②]

30年代更是上海舞厅业的黄金时期,所谓的"四大舞场",即"仙乐""大都会""百乐门""丽都"都是在这一时期开设或建造的。这一时期的舞厅亦有档次的区别,"头排"舞厅如"四大舞场"、新仙林、米高梅等,末流的则如大世界、大新、永安等游乐场附设的舞场。[③]"头排"舞厅以其装饰的奢华富丽、音乐的时尚悦耳,舞女的性感摩登而闻名。时人对此评价道,"大华饭店之舞场,最为优美。地板既光可鉴人,而灯光尤极柔和之致。乐师所奏之音乐,亦不同反响。……巴黎饭店,屋顶张以锦幔,四壁饰以花纸,亦极尽富丽堂皇之意。兼以地位适中,舞女优秀。……北四川路之乐极舞场Lodge极为扩大,音乐由黑人Fowell主持,舞女多为日人,伺应亦极周到。"[④]当然,这其中最为著名的当首推有"东方第一乐府"之称的百乐门舞厅:

> 二层为舞池和宴会厅,最大的舞池计500余平方米,舞池地板用汽车钢板支托,跳舞时会产生晃动的感觉;大舞池周围有可以随意分割的小舞池,既可供人习舞,也可供人幽会;两层舞厅全部启用,可供千人同时跳舞,室内还装有冷暖空调,陈设豪华。三楼为旅馆,顶层装有一个巨大的圆筒形玻璃钢塔,当舞客准备离场时,可以由服务生在塔上打出客人的汽车牌号或其他代号,车夫可以从远处看到,而将汽车开到舞厅门口。[⑤]

---

① 微尘:《上海之跳舞热》,《大公报》1928年3月17日。
②《盛京时报》1928年9月4日,转引自李少兵《民国时期的西式风俗文化》,北京师范大学出版社1994年版,第183页。
③ 参见姜斌《民国时期的上海舞场》,《老上海写照》,安徽文艺出版社1999年版,第239—241页。
④ 微尘:《上海之跳舞热》,《大公报》1928年3月17日。
⑤ 薛理勇主编:《上海掌故辞典》,上海辞书出版社1999年版,第449页。

百乐门舞厅的奢华现代即便是在几十年后依然让人难忘,30多年后白先勇在台湾创作的《金大班的最后一夜》里,便借人物之口,一位昔日百乐门的红舞女,来感慨当年百乐门的气派华贵。小说中处处表达着一种今与昔的对比,"好个没见过世面的赤佬! 左一个夜巴黎,右一个夜巴黎。说起来不好听,百乐门里那间厕所只怕比夜巴黎的舞池还宽敞些呢";"她在百乐门走红的时候,一夜转出来的台子钱恐怕还不止那点";又如"虽然说萧红美比起她玉观音在上海百乐门时代的那种风头,还差了一大截,可是台北这一些舞厅里论起来,她小如意也是个拔尖货了。"①然而毕竟是风光不再,荣华已逝,正是在这种今昔对比中,小说充满着浓厚的怀旧气息,而百乐门亦成为昔日上海繁华的象征。

舞厅作为一种大众娱乐场所,原本只是供男女交际娱乐的,并不具有性交易性质。舞女主要是陪舞客跳舞,但由于会有一些舞女私下提供性服务,因而舞厅被视为了一种暧昧的空间,介于交谊性娱乐和卖淫之间。再加上在一个两性分离已成惯例且对两性间的身体接触被视为有伤风化的社会中,舞女的声名与地位其实是和妓女差不多的,并且也存在着等级差别。事实上,30年代的"头排"舞厅在很大程度上延续着以往高级妓院的功能,而红舞女也以一种不同的方式享有类似高级妓女的地位。30年代的"头排"舞厅,不仅是一种娱乐场所,对很多上流人士而言,光顾此类舞厅并不是为了跳舞娱乐,而是显示其社会地位的一种方式。同样,同红舞女交往,除了包含着欲望化成分,也还有着一种炫耀性心理。不过与高级妓院不同的是,作为一种大众化的娱乐场所,它事实上是对社会各个阶层开放的。去舞厅跳舞本身并不是一件特别花钱的事,即便是一些"头排"舞厅,只要不是去捧红舞女,花费一般都不会太大。而不像高级妓院,由于与妓女交往有着一些固定的程序,通常有着一个征服的过程,因而对财力的要求也就较高。

此外,舞厅也改变了中国传统两性的交往方式,对大多数中国人来说,两性间的交往是有严格限制的,所谓"男女授受不亲",更不要说是一种直接的身体接触了。以往即便是在高级妓院,两性间也避免在公共场合的身体接触。但在舞厅这一特殊空间中,尽管两性间的关系是以一定形式的礼节和某

①白先勇:《金大班的最后一夜》,《白先勇文集》第2卷,花城出版社2000年版,第52、54、55、60页。

种程度的心理距离来把控,但跳舞的过程总避免不了身体的接触。可以说,舞厅为这样一种接触提供了机会,因为只要离开了这一环境,陌生男女之间由跳舞而产生的身体接触就是不太可能和无法想象的。当然,这种接触有时是纯社交的、礼节性的,但更多时候是充满着欲望的色彩,而游走于这一空间中的女性也被视为欲望的对象。事实上,在这样一种空间中,体现的是以男性为主的社交娱乐,并倾向于男性快感的建立。女性不过是刻意建立起来的另一方,她们所以被突出,恰恰表明在这一以男性为主导的空间中她们是少数、例外的存在。然而这其中却有一些女性并不满足于被动的状态,她们充分利用这一允许有限放纵的空间,灵活自如地应付着男人,巧妙地周旋在与男人的进退离合的关系之中,从而在欢场权力关系中体现着一种主动控制局面的姿态。这一时期的不少海派小说都塑造了这一新型的欢场尤物形象,作为欲望化对象的她们却比追逐欲望的人更能游刃有余地穿行于都市的欲望空间,从而颠覆了传统欢场的两性权力关系,而舞厅则成为这些欢场尤物们任性表现自我的空间。

由于舞厅为两性身体的接触提供了一种机会,因而在多数保守的中国人看来,跳舞是有伤社会风化的行为,而舞厅也被视为是不名誉的准色情场所。故而在舞厅业刚开始兴盛的1928年,上海政府就几次下令取缔舞厅,以管理人们的娱乐生活及精神状态。不过事实上,市政当局无法真正取缔舞厅,一方面是由于在任何情况下,人们都可以通过在租界开业来绕开这个禁令。另一方面,也是更主要的则是因为舞厅作为上海在向现代消费社会和休闲社会发展过程中出现的一种大众化娱乐场所,在很大程度上满足了都市人多方面的需求。舞厅既是一种休闲娱乐的空间,同时又成为现代人释放压力、排遣孤独的场所,因而具有鲜明的都市文化特色。

30年代上海舞厅的兴盛,与当时社会弥漫的享乐之风不无关系,而这其实是自晚清以来社会风气的一种延续。在舞厅所营造的声色环境与享乐氛围里,人们特别容易沉溺于由各种感官刺激而产生的快感的满足中。这样的感官刺激是综合的,其中最主要的是视觉快感,包括舞厅华美的装饰、闪烁的灯光、性感的舞女、曼妙的舞姿等,都会给人带来一种视觉刺激。此外,还有听觉方面的,如时尚悦耳的音乐、舞女的娇声浪笑等,以及嗅觉方面的,如各种香水、烟味、酒味等。正是在这样感官刺激的包围中,人们沉迷其中而忘情享乐。此外,在舞厅所提供的快感享乐中,除了这一类感官快感外,还有一种体验性快感,这是舞厅娱乐与以往娱乐方式的最大不同。过去的娱乐主要以观看为主,例如上戏园看戏,而超过视觉快感的体验性娱乐顶多是上茶馆聊天。而舞厅娱乐则除了观看之外,还可以亲身参与其中一起跳舞,让自己也进入到体验娱乐的空间里,从而获得与观看完全不一样的感受。而伴随这样一种体验性刺激,参与者会产生强烈的满足感和兴奋感。故而,舞厅作为一个制造快乐的空间,在这样的氛围里,人们容易忘却自我,纵情享乐,甚至于要让"一切感觉失掉了本能,这才是彻底的人生享乐"。当时许多海派作家都在作品中表现了舞厅里人们放纵享乐,醉生梦死的情形,如穆时英、刘呐鸥、叶灵凤、曾虚白等。曾虚白的《舞场之夜》便是这之中的代表作品,淋漓尽致地描述了舞厅里种种的快感、刺激:

> 递换的光,透明的装,暗香轻飏,乐调疯狂,一对对那儿像了人模样!
>
> 悄悄儿笑,轻轻儿跳,抱着腰肢飘飘儿袅;如虹,如龙,潮般的乐声挟着鲜花对对儿涌。的确,那不是脚,是水面上蝶影翩跹扑;也不是腿,是花丛里燕舞翻飞对;腰儿瘦损,在肥臀上摆动轻盈,是一朵朵临风摇曳的花堆锦;藕臂儿蜿蜒,粉颈儿低偎,眼儿迷魅,唇儿挤;海般柔情,浪般温馨,裹着琴韵铿铮,歌调轻清,把这一对对沉醉的小魂灵,推送到世外神仙境。
>
> 沉醉和幻觉本是毗连的园地,我醉眼蒙眬中幻现了又一个景象。
>
> 这些活皮下包裹着怎样神秘的东西!白森森,冷冰冰,烁闪地跳出了一粒粒磷火青荧。绵软的肉,柔滑的皮;灵活的媚态,妖娆的舞姿,这一切是围绕在远山顶上五彩的烟霞,可是永远不变的真相只有这一架石根般的肉壳。星一般的眼,底下是一对渊深的窟窿;玉一般的鼻,底下是一个不等形的黑洞;嘴,阔而长,直通耳根;下颚突出,永远是笑的脸容。蒙着皮肉的架子里早带上了死尸的模型全副!
>
> 瞧,他们奋兴地跳,忘形地叫,趁着一瞬间的热情,要埋葬那悲哀情调。灯闪烁,影憧憧,来去匆匆,只怕夜短日升东。衣袂寒风透,吹骨飕飕,快搂住了走,别显出抖擞。酒瓶儿毕卜,酒杯儿丁当,借着这火酒高粱,添一些生人模样。
>
> 管他是骨,管他是肉,只要是个人,我就心足。来,大伙儿来,这儿是

无遮大会,是忘情天国!肉气,酒香塞你的鼻;乐调,人声聋你的耳;色采,脂粉盲你的目;滑润,丰盈钝你的触:鼻塞,耳聋,目盲触钝,一切感觉失掉了本能,这才是彻底的人生享乐。

举杯,大伙儿举杯,且尽这片刻的欢娱,谁管他是骨是肉! ①

事实上,舞厅的兴盛一方面折射了当时上海社会的享乐之风,另一方面也体现了都市人的一种精神状态。"人类迫切需要刺激,它表现为日益商业化的娱乐活动和两性关系中日益杂乱的倾向。"②通过这样一种寻欢作乐的感官刺激,表现了现代人在变形与异化的社会空间中所体现出的精神空虚与内心失落。舞厅不仅是一个享乐的空间,同时它又是现代人精神压抑的释放空间,通过一种极度夸张的刺激来宣泄内心的苦闷,缓解精神的压力。而舞厅所以能成为人们释放压力的空间,这与舞厅的封闭性有着很大的关系。正是在这种封闭性的基础上,才能营造出那种富有快乐与刺激感的氛围。而这种快感与刺激是理性化日常生活中的必要补充,它将因生活压力而产生的紧张转化为另一种形式的愉快的紧张,即以享乐为核心的兴奋。故而,富有刺激的舞厅活动其实是日常生活的一种延续。舞厅一方面给予这些兴奋与刺激以合法化的安全空间,另一方面又通过营造一种非现实的空间来排斥现实世界。在舞厅亦真亦幻的氛围里,人们常常会有不真实感,而正是这样一种虚幻的错觉,使得人们容易忘记现实。如刘呐鸥在作品中形容的,舞厅是一个充满"魔力"的空间,在"魔力"的控制之下,人们在虚幻中忘情享乐。"在这'探戈宫'里的一切都在一种旋律的动摇中——男女的肢体,五彩的灯光,和光亮的酒杯,红绿的液体以及纤细的指头,石榴色的嘴唇,发焰的眼光。中央一片光滑的地板反映着四周的椅桌和人们的错杂的光景,使人觉得,好像入了魔宫一样,心神都在一种魔力的势力下。"③由于20世纪二三十年代是上海都市现代化发展的黄金时期,伴随着经济的迅速崛起,都市的现代化程度越来越高。与此同时,都市人也越来越体会到现代文明所带来的人的异化感,他们

①虚白:《舞场之夜》,张伟编《花一般的罪恶:狮吼社作品、评论资料选》,华东师范大学出版社2002年版,第82—83页。

②[法]安克强:《上海妓女——19—20世纪中国的卖淫与性》,袁燮铭、夏俊霞译,上海古籍出版社2004年版,第127页。

③刘呐鸥:《游戏》,《刘呐鸥小说全编》,学林出版社1997年版,第1页。

迫切需要一种空间能缓解紧张，释放压力，而舞厅所具有的这一功能无疑成为疲倦的都市人理想的选择场所。

海派作家尤其是新感觉派作家擅长描写舞厅，他们笔下的舞厅既是人物活动的重要背景，人物在此相遇相识。同时又是一个象征，象征着现代文明压榨下都市人的释放空间。而这之中又首推"新感觉派圣手"穆时英，作为"在精神和气质上都是一个道地的都市作家"①，用舞厅来把握都市既是源于穆时英的生活经验，同样也源于他对都市的敏感。穆时英不仅善于营造舞厅的情调和气氛，同时还擅长表现都市人异化的心态。从而，舞厅成为穆时英小说的核心，而穆时英则成为表现舞厅的"圣手"。沈从文曾批评穆时英的创作，指出其作品长处在"创新句，新腔，新境，短处在做作，时时见出装模作样的做作。作品于人生隔一层"，并认为"'都市'成就了作者，同时也就限制了作者"。而作者"对于所谓都市男女的爱憎，了解得也并不怎么深"，其小说中男女的交往，无非是一种套路，"男女凑巧相遇，各自说出一点漂亮话"。②应该说，沈从文的批评指出了穆时英都市小说的特色，但同时又具有片面性，而这种片面性更多是源自沈从文自己对都市的排斥与隔阂。因而，他是无法能够理解穆时英笔下的都市男女的。

如沈从文指出的穆时英小说中的男女多是凑巧相遇于舞厅、夜总会、咖啡馆等流动性极强的公共空间，在这样一些公共空间中，充满着陌生人相遇的可能性。而相遇的人可能来自不同的社会阶层，具有不同的身份、经历与背景。一方面这样的空间极易造成人物的表面性与匿名性，导致人物面目的模糊性。同时也造成了人际关系的不明晰和不确定感，带有着虚拟特征，可能正是这点让沈从文感觉"作品于人生隔一层"。另一方面，在一个充满陌生人的空间里，彼此都是对方最好的壁垒，人们反倒没有了心理压力，不受拘束，可以撕掉伪装的面具，尽情地发泄欲望、病态和疯狂，充分自由地享受自我。穆时英小说中的都市男女多体现为这种陌生人相遇模式，而聚散的空间也多为舞厅。这些都市男女往往没有自己的身世，甚至没有自己真实的名字，如"黑牡丹"及《夜》中自称"茵蒂"的舞女。他们不知从何而来，向何而去，

---

① [美]李欧梵：《上海摩登——一种新都市文化在中国1930—1945》，毛尖译，北京大学出版社2001年版，第31页。

② 沈从文：《论穆时英》，《沈从文全集》第16卷，北岳文艺出版社2002年版，第233、234、235页。

在舞厅短暂的相遇后，接着便是分离。"陌生人的相遇是一件没有过去(a past)的事情，而且多半也是没有将来(a future)的事情"。①舞厅正是一种被放大了的空间和压缩了的时间，时间只停留在现时这一个点。伊夫·瓦岱将现代性时间类型分为"空洞的现时与英雄的现时""累积型的现代性""断裂与重复""瞬时"四种。所谓的瞬时就是"纯粹的现时"，"它不再是一个空洞的现时，介于过去与未来的消沉的过渡期，而是一个充实的现时，它依靠自己而存在，既不需要依附某个或近或远的过去，也不折射到某个想象的未来之中。"②瞬时的时间类型体现在人物精神气质上便是人物只注重眼前，及时享乐，挥霍和疯狂。穆时英小说中相遇于舞厅的都市陌生男女，体现的便是一种纯粹的现时，他们没有过去也没有将来，只把握、享受着现时的快乐。如《夜》中水手与舞女的两段对话：

> "你明儿上那去？"
>
> "我自家儿也不知道。得随船走。"
>
> "可是讲他干吗？明天是明天！"
>
> ……
>
> "走了吗？"
>
> 他点了点头。
>
> 她望着他，还是那副憔悴的，冷冷的神情。
>
> "你怎么呢？"
>
> "我不知道。"
>
> "你以后怎么着呢？"
>
> "我不知道。"
>
> "以后还有机会再见吗？"
>
> "我不知道。"
>
> 便点上了烟抽着。

---

①[英]齐格蒙特·鲍曼：《流动的现代性》，欧阳景根译，上海三联书店2002年版，第148页。

②[法]伊夫·瓦岱：《文学与现代性》，田庆生译，北京大学出版社2001年版，第77页。

"再会吧。"①

以上对话典型体现了都市人被异化的情感状态,过着一种只有今天而没有明天的生活。穆时英笔下的人物多具有这种精神气质,如《黑牡丹》中的"我"与"黑牡丹"、《Craven"A"》中的余慧娴以及《夜总会里的五个人》中的那五个人,等等。他们都是"被生活压扁了的人""被生活挤出来的人",他们越是寻求刺激,越是寻欢作乐,却发现生活的苦味越多,寂寞越深。因为这些刺激不过是短暂的麻醉,往往在纵情享乐了之后,带来的是更大的痛苦与失落。而现代人便在这享乐与痛苦的循环往复中无望地生存着,各自"在悲哀的脸上戴了快乐的面具的。"②循环反复不仅是表现舞厅的一种重要修辞手法,同时也是沉迷于舞厅享乐的都市男女精神出路的写照。在穆时英的《夜总会里的五个人》《上海的狐步舞》等作品中大量运用循环反复的修辞手法,通过镜头的组接与文字的反复,来表现舞厅里令人眼花缭乱的场景。下面两段描写舞厅的文字经常被提及:

> 蔚蓝的黄昏笼罩着全场,一只saxophone正伸长了脖子,张着大嘴,呜呜地冲着他们嚷。当中那片光滑的地板上,飘动的裙子,飘动的袍角,精致的鞋跟,鞋跟,鞋跟,鞋跟,鞋跟。蓬松的头发和男子的脸。男子的衬衫的白领和女子的笑脸。伸着的胳膊,翡翠坠子拖到肩上。整齐的圆桌子的队伍,椅子却是零乱的。暗角上站着白衣侍者。酒味,香水味,英腿蛋的气味,烟味……独身者坐在角隅里拿黑咖啡刺激着自家儿的神经。
>
> ……
>
> 独身者坐在角隅里拿黑咖啡刺激着自家儿的神经。酒味,香水味,英腿蛋的气味,烟味……暗角上站着白衣侍者。椅子是凌乱的,可是整齐的圆桌子的队伍。翡翠坠子拖到肩上,伸着的胳膊。女子的笑脸和男子的衬衫的白领。男子的脸和蓬松的头发。精致的鞋跟,鞋跟,鞋跟,鞋跟,鞋跟。飘荡的袍角,飘荡的裙子,当中是一片光滑的地板。呜呜地冲着人家

---

①穆时英:《夜》,《穆时英小说全编》,学林出版社1997年版,第279、280页。
②穆时英:《公墓·自序》,《穆时英小说全编》,学林出版社1997年版,第614页。

喂,那只saxophone伸长了脖子,张着大嘴。蔚蓝的黄昏笼罩着全场。①

这两段文字分别描述了进入舞厅和从舞厅出来时的情形,而这其中并没有什么变化与不同,除了叙述者将描述的顺序颠倒过来。通过这种循环重复,除了暗示舞厅生活是一种无变化、无休止的重复,因而呈现出一种自我封闭与沉溺的状态,同时还象征了都市人的精神出路,在这一封闭而虚幻的空间里无望地挣扎着。

当然,穆时英作为描写舞厅的"圣手",不仅仅体现在对技巧运用的准确娴熟上,更主要的还是其敏锐地感受到了现代人的生存压力及精神困境。因而他笔下的舞厅虽迷幻、炫目、喧闹,但却无法带给人真正的快乐,这也是穆时英笔下的舞厅与其他海派作家的不同,比如曾虚白的《舞场之夜》,表现的主要是一种感官享乐。穆时英在表现舞厅灯红酒绿、醉生梦死的生活同时,总不忘触及都市人内心深处的悲哀,从而具有一定的精神深度。如《夜》中关于舞厅里舞着的人的描述:

> 舞着的人像没了灵魂似的在音乐里溶化了。他也想溶化在那里边儿,可是光觉得自家儿流不到那里边儿去,只是塑在那儿,因为他有了化石似的心境和情绪的真空。
>
> ……
>
> 舞着:这儿有那么多的人,那么煊亮的衣服,那么香的威士忌,那么可爱的娘儿们,那么温柔的旋律,谁的脸上都带着笑劲儿,可是那笑劲儿像是硬堆上去的。②

由于舞厅与都市有着天然的联系,都市作为舞厅的背景和精神底色,舞厅则是都市的一种享乐空间和异化的都市人的压力释放空间。因而,作为一种欢场空间,舞厅无疑打上了鲜明的都市文化特色。而海派作家也多从这一视角来表现舞厅,从而与左翼作家笔下的舞厅有着很大的不同,左翼作家一般是以批判的眼光来看待舞厅的,多将舞厅视为一种腐化堕落的场所。

晚清和民国时期,欢场空间的演变其实是与城市的现代化进程密切联系

①穆时英:《上海的狐步舞》,《穆时英小说全编》,学林出版社1997年版,第238、239页。

②穆时英:《夜》,《穆时英小说全编》,学林出版社1997年版,第274、275页。

的。作为展示上海的一个特殊视角,欢场空间体现了不同时期城市的生活方式和意识形态的变化。清末民初的高级妓院在一定程度上充当了西洋的文化文明引入大众社会的媒介;而大街作为流动的欢场空间,代表了城市生活的两极现象,即繁华与贫穷同体,发达与落后共生;20世纪二三十年代兴盛的舞厅则完全是都市的产物,是都市人的享乐空间和精神释放空间,最鲜明地体现着都市文化特色。因而,从这一角度而言,欢场空间在很大程度上体现着一个城市的精神内蕴。

第四章

欢场才子的
角色演变

◆「流氓才子」
◆「苦情才子」
◆「穷愁才子」
◆「颓废才子」

第四章

欢场才子的角色演变

　　相对于欢场女性形象,欢场男性形象大都是模糊的、干瘪的。由于创作主体的绝对男性化,作者将叙事焦点多凝聚于欢场空间和欢场女性身上,而男性形象则成为叙事盲区,即便是视角转向男性,往往也是叙述其围绕欢场女性的行为。因而,表面虽是写男性,实际叙述的仍是女性。正因此,当梳理欢场男性形象时,我们发现这一形象的丰富性、生动性、复杂性远远不如女性形象。而在欢场诸多男性形象之中,文人才子又较商贾官绅等其他形象要相对充实些、饱满些,这也是由创作主体自身的身份所决定的。不同时期的欢场才子形象既延续着传统文人的一些共通品性,又打上了不同时代、文化的烙印。创作主体即男性文人多通过其笔下的欢场才子形象来抒发自身的情怀、感慨,因而这类作品不少具有自叙传色彩。正是从这一意义而言,欢场才子形象具有了主体性。晚清至民国时期的欢场才子形象可概括为四种类型,即"流氓才子""苦情才子""穷愁才子"及"颓废才子"。这几类欢场才子形象总体上有着一个时间发展脉络,但并不是绝对的,比如"苦情才子"与"穷愁才子"这两类形象就基本处于同一时期。此外,按所属文学阵营划分,前两类欢场才子形象基本属于通俗文学领域,而后两类则属新文学范畴。

第一节 "流氓才子"

晚清狭邪小说与传统青楼文学相比,无论是欢场价值观,还是欢场人物形象都发生了很大变化。中国传统文化中,青楼女子一直有着特殊的地位,由于"她们不须用'无才'来作德行的堡垒",因而"她们大都挟有一技之长,或长于诗,或长于画,或长于音乐,或长于巧辩"。如林语堂所言,"中国娼妓之风流的、文学的、音乐的和政治关系的重要性,无需乎过事渲染。"①所以,对于传统名士才子而言,青楼女子就不仅仅是欲望的对象,更是他们心目中的"红颜知己",是作为名士才子的精神对话者而存在,也是他们真正能够随心所欲产生爱情的知己。这种名士才子与青楼女子的交往、恋爱,一向被当作是诗酒风流的具有审美意义的一种生活方式。不过,这种承载着关于青楼女子的才色德行及"红袖添香"的所有美好想象在晚清遭遇了裂变。随着近代化、城市化及商业化的发展,欢场价值观发生着重大变化,晚清的高级妓女们不再具备琴棋书画、浅吟低唱的风雅,也不具有厌倦风尘助夫成家的德行,更加没有秦淮八艳的气节和才情。她们只是以色相与手腕努力地"做生意"赚钱,她们看重的是金钱而不是才情,欢场的商业色彩十分浓厚。"如果说唐人的冶游较多地表现了新兴士人的意气舒张;宋人的狎妓是对礼教道学的反动;明人的放浪是在体验个人的'存在';那么乾、嘉之际士人的猎艳则是源于一种彻底的空虚",②而到了晚清则只剩下实惠的欲望交易了。

当然,这种变化并不只是体现在娼妓身上,对于一向自命风流倜傥的才子而言,这种变化给予他们的打击是极为沉重的。他们由以往社会的中心而滑向边缘,由以往娼妓心仪的对象而遭遇冷落,且越是工商业发达的地方,这种失落感就越强。"在沪文人们的这种普遍贫困化的生存状况,决定了他们在这个以商业为中心的小社会里的社会地位,已不再像以往传统社会中那样具有优势,特别是与迅速富裕起来的商人相比,不仅在经济上处于绝对的下位,在社会公共事务中商人也已经取代以往仕宦的作用而居于领袖地位。这些

①林语堂:《吾国吾民》,《林语堂文集》第八卷,作家出版社1995年版,第150—151页。

②陶慕宁:《青楼文学与中国文化》,东方出版社1993年版,第212、213页。

都造成了士人社会地位的下降,由以往的社会中心滑向边缘,士与商以往在四民中'首'与'末'的位势关系出现了颠倒,甚至连以往视为天经地义的商人对于士人的礼貌尊重也已经不复存在。"①由这一时期的狭邪小说,我们可以明显感受到文人失势的尴尬及他们与新的社会价值观的冲突与融合。文人才子由以往青楼文学中的主角开始降为配角,他们不再是欢场的中心人物。如《海上花列传》中,几个主要男性嫖客的身份都已变成了富商官绅,出现的仅有的几个才子都是次要人物,沪上欢场在一片衣香丽影、钗飞钏动中流露的是才子身居边缘、备受冷落的挫伤感。

晚清狭邪小说的作者,都有着浪迹青楼的经历,欢场对于他们而言是极为熟悉的休闲娱乐场所。如韩邦庆"与某校书最昵,常日匿居其妆阁中",《海上花列传》便是其"兴之所至,拾残纸秃笔,一挥万言"②在妓院中写就的。《海上繁华梦》的作者孙玉声则是"猎艳寻芳,大有'杜牧扬州'之慨,当筵买笑,挥霍甚豪",③"金粉场中几乎天天有他的足迹",④甚至于为了垂青"花榜状元",其所掷缠头金竟不下数万。而张春帆与小说中的人物亦有着相似的经历,其"阅历欢场,颇多闻见,于是酒杯块垒,绮梦莺花,写成《九尾龟》一书",而"书中主人章秋谷,即作者影子也。"⑤文人流连青楼,尽显其风流本色,无论是得意时"一日看尽长安花",还是失意时"十年一觉扬州梦"。不过对于晚清狭邪小说家而言,他们钟情于欢场更多寄寓的还是个人的不如意。韩邦庆"屡应秋试,不获售。尝一试北闱,乃铩羽而归。自此遂淡于功名。"⑥而孙玉声则发出"杜牧扬州"之慨叹。这种不如意与以往文人相比,已不再是一种个人的遭际,更是那一个时代文人的尴尬处境与失意情怀。由于晚清文人面临着向现

①李长莉:《晚清上海社会的变迁:生活与伦理的近代化》,天津人民出版社2002年版,第173、174页。

②胡适:《海上花列传·序》,《张爱玲典藏全集·译注:海上花开》,哈尔滨出版社2003年版,第3页。

③周钧韬:《中国通俗小说家评传》,中州古籍出版社1993年版,第368页。

④严芙孙:《民国旧派名家小说小史》,魏绍昌编《鸳鸯蝴蝶派研究资料》,上海文艺出版社1984年版,第544页。

⑤郑逸梅:《张春帆》,魏绍昌编《鸳鸯蝴蝶派研究资料》,上海文艺出版社1984年版,第562页。

⑥胡适:《海上花列传·序》,《张爱玲典藏全集·译注:海上花开》,哈尔滨出版社2003年版,第3页。

代知识分子身份转化的问题,他们遭遇自我认同的危机与社会失势的尴尬。一方面由于传统庙堂在西方强势文化、经济、政治的裹挟下岌岌可危,文人的入仕之途更为渺茫。另一方面,当时社会尚没有发育为成熟的现代社会,有足够的广场让文人们振臂高呼、畅所欲言,参与国家意识形态的建设。因而文人被抛向了社会的边缘,感受着一种集体性的失意。而当他们按照以往的经验转而在烟花丛中寻求佳人安慰时,希望"唤取红巾翠袖揾英雄泪",却发现佳人不再依旧,已不是他们想象中的温柔之乡了。欢场女性爱"财"而不爱"才",更加深了才子内心的挫败感,他们失去了情感最后的栖息之所。于是,这种挫败感一方面导致了对于欢场女性的"溢恶"想象,另一方面又产生了适应新的工商社会的新型才子,如以章秋谷为代表的"流氓才子",即是反映了这一特定时期的文人心态。

传统文人才子在晚清这样的社会中,面临着商业化、世俗化的生存法则多少显示出一种被动与不适应。《海上繁华梦》的主人公杜少牧本是个传统士人,但当他一进入上海的繁华世界中,就不由自主地完全变成了另外一个人,吃花酒、叫局、抽鸦片、争风吃醋,并被几个妓女玩弄于股掌之间,最后弄到身无分文才幡然悔悟。作者对这种商业化社会的态度是矛盾的、暧昧的,一方面作者不断地营造一种五光十色的繁华物性空间,让人物与读者一起经历并沉浸在物性体验之中。另一方面,作者又表现出对物性的不安与恐惧,时刻不忘提醒书中人物"回头是岸",行文之中充满着相互矛盾的表述。如作品开头作者借人物之口表达对上海的一种恐惧,"上海繁华,我辈少年不去为妙"。而当众人庆幸杜少牧悬崖勒马,其好友谢幼安却由此认为,因为世人没有不喜欢嫖的,所以"还是少年时使他到处走走,晓得些人情世故的妙",[①]又表现出对物性世界的迷恋。而这样一种迷恋中充满不安,恐惧中又怀有期待的心理恰恰反映了转型期文人对近代都市化的暧昧态度。当然,在欢场价值观逐步由一种情感的慰藉转变为一种欲望的交易时,传统文人才子若不能及时转变观念,那么他必将处于被动挨宰的境遇之中。而作者对此却也无可奈何,最多只能用善恶相报的因果报应来表达一种道德惩戒,究其实质不过是自我安慰罢了。于是乎,文人们需要树立一种新型才子形象,这一形象能够与欢场女性相抗衡,能够在近代都市社会中游刃有余。从这一角度分析章秋

[①]孙玉声:《海上繁华梦》,上海古籍出版社1991年版,第7、673页。

谷,我们就可以不仅将其看成是嫖界英雄,他身上还表达了文人为适应转型社会对自我的一种想象。

章秋谷在某种程度上代表了近代都市社会对男性的要求,在他身上体现了一种新型的文化品格,反映了中国都市形成时期的文化特征。对他而言,复杂的多重身份标志着他已不再是单纯的传统文人了,他不仅是内地常熟的地主,而且还是大上海的书商,又是天津的一个商业顾问,凡此种种使得他立足于商业化社会有了最基本的金钱保证。当然,更为重要的是他有着精明算计的商业头脑和左右逢源的流氓手段,这一切使得他能够游刃有余地混迹于欢场,轻松应付各种欺诈与骗局,完全压住对手的气焰。因而在小说中,无论怎样诡计多端、刁蛮狠毒的妓女,都被他修理得服服帖帖,沾不到任何便宜。章秋谷认为混迹欢场的首要原则便是对妓女不能认真、动真情,由于上海滩的倌人对待客人就一个"假"字,因而客人对她们也只能以"假"字应付,切不可付出真心真情。故而,"花柳场中,只可暂时取乐,就如行云流水一般,万万不可认真,免得后来烦恼。"并主张对于上海滩的倌人,"只好把他当作名花娇鸟一般,博个片时的欢乐,若定要将他娶到家中,就免不得要煞风景了。"在此基础上,章秋谷又总结了所谓的"三不"嫖经,即"第一不发标,第二不吃醋,第三不认真。久而久之,那些倌人就自然而然的和你要好起来,再用些体贴的功夫、温存的伎俩,神而明之,存乎其人,不怕他不一个个死心塌地。"其自诩"一生得力的地方"便是"在堂子里头并不认真,把倌人当作孩子一般,随口哄骗,把他们哄得喜欢,图个一时的快乐,再不去吃醋发标,自寻烦恼。"①由此反映了晚清文人为适应近代欢场价值观的变化,对妓女态度的改变,由以往的情感寄托对象而变为了玩乐的对象。

另外,逛妓院不仅要有钱,更要有"资格"和"功架","资格"和"功架"其实就是对近代都市文化的融化认同。如章秋谷一方面嘲笑那些吝啬的曲辫子,"你要省钱,是要住在家里,为什么要走到上海这花钱的地方来?"另一方面又对大花冤枉钱的瘟生不以为然,"那些嫖客虽然有几个钱,堂子里头的规矩却一毫不懂,该应用钱的地方他不肯用,不该用钱的时候他又偏要乱用;用了无数的钱,倌人身上却没有一些儿好处。比不得那些嫖场的老手,用的钱一个一个都是用在面子上的,既闹了自己的声名,倌人又受了他的实惠;明明

---

① 张春帆:《九尾龟》,人民中国出版社1993年版,第177、178、207、57页。

的只用了一千块钱给别人看了,却好像用了三千五千的一般。"①在这里,充分体现了商业化的交易原则与算计本领,即如何以最小的投入获得最大的效益。正如西美尔指出的由于"货币主宰着都市",因而"它把所有的品质与个性都转换成这样的问题:多少钱?人与人之间所有的亲密的关系都是建立在个性之中,然而在理性的关系中的人被视作如同一个数字、一种与他自身无关的因素一样来考虑。只有客观上可以定量的成就才有利益价值。"正因此,作为都市特色产物的"现代精神变得越来越精于算计","货币经济引起的现实生活中的精确算计与自然科学的理想相一致:将整个世界变成一个算术问题,以数学公式来安置世界的每一个部分。"②如果说以往才子不太重视金钱的作用,并视算计为一种不光彩的品质,那么在近代都市社会,资本将一切都进行了重新编码,金钱成为了重要的生存资本,而算计亦成为值得自豪的生存手段。其不仅体现于人际交往之中,同样成为欢场游戏的规则,而若想成为欢场游戏的高手,这种算计的本领实在是必要的。

此外,章秋谷身上还体现了典型的市民生存伎俩,即不单凭才情、规矩去解决问题,有时更是为达目的而不择手段,显示了近代都市社会的一种市侩气息,并进一步背离了传统士人的精神品格。章秋谷面对上海滩形形色色的妓女骗局,诸如"扎火囤""仙人跳""假�
浴""姘戏子"等等,不仅能一一识破,而且其对付这些乱敲竹杠乱砍斧头的妓女,亦是尽显流氓手腕。如二十七、二十八回中章秋谷本已识破"仙人跳",却还继续与李双林来往,直到当面揭穿他们的骗局,以其人之道还治其人之身。又如一百九回至一百十二回中其为了得到伍小姐,买通并讨好她家的舅太太,顺手还搭上牵线的卖花阿七,果然"也像了无赖"。正是在这一意义上,鲁迅称其为"才子加流氓"的典型:

> 他们发现了佳人并非因为"爱才若渴"而做婊子的,佳人只为的是钱。然而佳人要才子的钱,是不应该的,才子于是想了种种制伏婊子的妙法,不但不上当,还占了她们的便宜,叙述这各种手段的小说就出现了,社会上也很风行,因为可以做嫖学教科书去读。这些书里面的主人公,不再是才子+(加)呆子,而是在婊子那里得了胜利的英雄豪杰,是才

①张春帆:《九尾龟》,人民中国出版社1993年班,第821页。
②[德]齐奥尔特·西美尔:《时尚的哲学》,费勇等译,文化艺术出版社2001年版,第188页。

子+流氓。①

正是靠这种流氓手腕加金钱与算计,使得章秋谷在欢场左右逢源,不仅自己从不上当受骗,往往还挺身而出,维护其他嫖客的利益与妓院的正常秩序。作为新兴市民社会价值判断的顺应者和阐释者,章秋谷身上体现出对近代欢场价值观的认同与适应。这些“流氓才子”在逐渐具备都市文化品格的同时,传统文人的精神品格也在慢慢褪去,然而虽是褪去却还是与传统有着一种斩不断的联系。作为从小饱读圣贤书的旧式文人,士大夫心态还是不时地影响他们,面对欢场的商业化与情欲化,即便如章秋谷般的“流氓才子”也不断地感慨以往青楼的风雅,从前妓女的情义。“如那霍小玉、杜十娘之类,都是女子痴情,男儿薄幸,文人才子,千古伤心。至现在上海的倌人,情性却又不然,从没有一个妓女从良,得个好好的收梢结果,不是不安于室,就是席卷私逃,只听见妓女负心,不听见客人薄幸。那杜十娘、霍小玉一般的事,非但眼中不曾看见,并连耳中也不曾听见过来。”②在这种对往昔的追怀与眷恋中,流露的是文人内心深处的落寞感,而对于社会风气、欢场价值观的转变却又是无可奈何、无从以对,从而在传统与现代的变奏中,表现出了一种混杂的、游移的特性。

第二节 “苦情才子”

传统的名士情怀与青楼情结并没有随着近代的都市化而完全消亡,在民初的社会言情小说中,又一次接续了青楼的浪漫想象,只不过这一时期的才子多变为了“苦情才子”。鲁迅在谈到“溢美”类的狭邪小说时这样形容才子,“才子原是多愁多病,要闻鸡生气,见月伤心的。一到上海,又遇见了妓子。……自己是才子,那么妓子当然是佳人,于是才子佳人的书就产生了。内容多半是,惟才子能怜这些风尘沦落的佳人,惟佳人能识坎坷不遇的才子,

---

①鲁迅:《上海文艺之一瞥》,《鲁迅文集》第4卷,黑龙江人民出版社1995年版,第248页。

②张春帆:《九尾龟》,人民中国出版社1993年版,第59、60页。

受尽千辛万苦之后,终于成了佳偶,或者是都成了神仙。"①而民初社会言情小说的才子多半都是多愁多病且多情多痴的,不同于以往"有情人终成眷属"的团圆佳话,这一时期的才子佳人演绎的往往是劳燕分飞的结局,如张恨水的《春明外史》、毕倚虹的《人间地狱》等,正是在这一意义上将这类才子称之为"苦情才子"。

这些"苦情才子",较多承继了传统文人的精神品格与名士做派,他们对欢场女性的爱恋更多是出于一种精神上的慰藉,而摒弃赤裸的欲望色彩,如杨杏园之与梨云、柯莲荪之与秋波等。由于这派小说家"对人生的认识只局限于情感需求的生活层面,并将这一层面夸张扩大到全部生命的极限,等同生死,而超出情感层面以上的自我实现和超越的需求都不在'才子'们的考虑之列。"②所以这些小说里对精神性因素的强调远远大于对肉体性因素的关注,表现出"情"大于"欲"的倾向,"爱"被演说为"一种经蒸馏和浓缩的精神的理想心理状态"。③《春明外史》中,杨杏园和梨云的爱恋是纯情的,它剔除了妓院生活中肉欲的和交易的成分,使得狎妓呈现出人情化的色彩。杨杏园对梨云的爱恋很大程度上是一种怜爱,当梨云身患重病后杨杏园千方百计地帮助她照顾她,并倾其所有为梨云办理后事,这里体现的是一种人间至情。同样,毕倚虹《人间地狱》中最重要的情节即"秋波之病",秋波得了猩红热,柯莲荪不顾被传染的危险,每天走很远的路前去探望,并且请医生,送医院,悉心照顾。可以说,病使得两人的感情更加亲密缠绵,秋波对莲荪依恋日深,而莲荪对秋波爱意不减。然而在这难得的人间真情中,却总有一种紧张感,对至情的患得患失。"对烟花地狱的揭示,毕倚虹采取非常含蓄的笔法。不是写物质的匮乏,皮肉的痛楚,而着重写'人情'的被扼杀,'终身'的无依托,人生归宿的渺茫无际。"④柯莲荪宁愿青楼市骨,而不肯青楼买人的表白,更是一种唯情至上的宣言:

---

①鲁迅:《上海文艺之一瞥》,《鲁迅文集》第4卷,黑龙江人民出版社1995年版,第247、248页

②徐德明:《中国现代小说雅俗流变与整合》,社会科学文献出版社1999年版,第125页。

③[美]李欧梵:《浪漫主义思潮对中国作家的影响》,贾植芳主编《中国现代文学的主潮》,复旦大学出版社1990年版,第75页。

④范伯群:《中国近现代通俗文学史》,江苏教育出版社2010年版,第79页。

我觉得在青楼中买人，远不如在青楼中市骨。买人的结果，平添了许多烦恼、痛苦、纠缠，年深日久，一厌倦了，格外地讨厌生憎。我有许多朋友，当其在青楼中和倌人要好的时候，商量到宝扇迎归，不知道有多么高兴，多么美满，多么快活。等到置之金屋，以后随时随地俱成苦境，几乎有挥之不去之感。像我这买骨的痴想，我觉得一抔黄土，郁郁埋香，春秋佳日，冢次低徊，怀想其人，永远不能磨灭。脑筋里有些永久的悲哀，便存了些此恨绵绵之想，岂不甚好？那种意境，远在金屋春深，锦衾梦暖之上。①

在柯莲荪看来，所谓地狱天堂不过是苦乐的代名词，而"情"之有无是两者的根本区别，故而题名《人间地狱》，其意并不在揭示黑暗，暴露黑幕，而是指因"情"的逝去而产生的苦恼。"凡世人所受用的苦恼即是地狱；快乐就是天堂。地狱天堂不过是苦乐的一种代名词，何必胶柱鼓瑟求他的地点所在呢！但是，其中也略略有个分别，有的明明是瞧着他快乐，仿佛如在天堂，不知他所感受的痛苦比堕落在地狱中还要难受。"②作者借自己的一段经历，在彰显名士风情，营造雅致缠绵的格调同时，更是放大了"情"之想象。

正是这样一种唯情，接续了以往青楼文学的浪漫，然而近代都市化的社会并不赋予这种浪漫以美好的团圆结局。欢场佳人虽不似以往才艺精通，却依旧纯美可人，只是重财的老鸨从中作梗令才子们无奈，于是发出"此恨绵绵无绝期"的苦情慨叹。拥有才情的文人在以财力论英雄的社会中只能空留遗恨，这其实是从另一角度反映了文人在转型社会的尴尬境遇。与章秋谷这类"流氓才子"不同，"苦情才子"较多保留了传统的名士情怀，但他们却是欢场的失败者。这种失败一方面体现的仍是文人在近代商业化社会的失落与无奈；另一方面则说明传统的名士情怀已不再适应近代都市社会，才子们必须具备新的都市文化品格才可以更好地生存下去。这两类通俗文学中的欢场才子形象，无论是"流氓才子"的欢场游戏的伎俩，还是"苦情才子"的唯情至上的爱情，都在很大程度上满足了市民的心理需求与欣赏口味。因而这些作品如《海上繁华梦》《九尾龟》《春明外史》《人间地狱》等都无一例外地受到市

①毕倚虹：《秋波之恋》，范伯群、范紫江主编《人情才子毕倚虹代表作》，江苏文艺出版社1996年版，第66—67页。

②毕倚虹：《人间地狱》，华岳文艺出版社1988年版，第1页。

民大众的喜爱。或是成为当时风行一时的小说,如《海上繁华梦》作者日后提到的,"《繁华梦》则年必再版,所销已不知几十万册",①足见当时的畅销程度。或是使得连载该小说的报纸销量大增,如《春明外史》《人间地狱》都一时成为市民争相阅读的对象。

第三节 "穷愁才子"

欢场书写历来是文人言说自己的方式,是文人作为界定自己身份或立场的隐喻,表达对社会、权力等问题的关注。比较常见的隐喻即是将欢场女性的一生比作仕途沉浮、人生无常,如明代傅山所言:"名妓失路,与名士落魄,赍志没齿无异也。"②欢场女性作为不得志文人的"天涯沦落人",成为落魄文人形象的反光板,成为抒发其苦闷精神的最佳代言人。正是在这一意义上,欢场才子形象具有了主体性,而女性形象成为一种陪衬。这种借欢场女性来抒发自身情怀的传统一直延续到新文学之中,以郁达夫、叶鼎洛笔下的"穷愁才子"和以穆时英等新感觉派作家笔下的"颓废才子"为代表,更注重表现欢场才子矛盾的内心与苦闷的灵魂。

应该说在新文学作家中,涉及欢场题材较多是突出欢场女性苦难的生活,叙述者有着一种强烈的社会批判意识,对狎妓本身不作过多描述。欢场女性更多是作为他们批判社会的工具,因而无论是狎妓者或是欢场女性面孔都是模糊的,缺乏独特的个性。而在郁达夫、叶鼎洛的小说中,欢场题材虽也有批判社会的成分,但更主要是借欢场女性来抒发自身的情绪体验,欢场才子具有了强烈的主体性。郁达夫的《茫茫夜》《秋柳》《寒宵》《街灯》《清冷的午后》《祈愿》等小说都是这一题材的作品,其中《茫茫夜》与《秋柳》,《寒宵》《街灯》与《祈愿》都可视为姐妹篇,都有着贯穿于始终的人物与相近的情节、背景。前者为妓女海棠,后者为妓女银弟,而现实生活中这两人也确实存在。郁达夫曾专门作诗《将之日本别海棠三首并序》送与海棠,而他与八大胡同妓

_____

① 胡适:《海上花列传·序》,《海上花开》,张爱玲译,哈尔滨出版社2003年版,前言11页。

② 李中馥:《原李耳载》卷上,《贤博编 粤剑编 原李耳载》,中华书局1987年版,第126页。

女银弟的风流韵事,更是广为流传,连银弟的玉照也被其家族后人保存至今。因而同郁达夫的其他小说一样,此类题材的写作也带有明显的自叙色彩。郁达夫本人将这类作品称为"游荡文学",在谈到创作的原因时,郁达夫一方面强调是出于对欢场女性的强烈同情。"游荡文学,在中国旧日的小说界里,很占优势。不过新小说里,描写这一种烟花界的生活的,却是很少。劳动者可以被我们描写,家庭间的关系可以被我们描写,那么为什么独有这一个烟花世界,我们不应当描写呢?并且散放恶毒的东西,在这世界上,不独是妓女,比妓女更坏的官僚武人,都在那里横行阔步,我们何以独对于妓女要看她们不起呢?"①正是在此意义上,郁达夫的欢场题材创作不同于以往此类题材的作品,对欢场女性充满着人道主义的同情,而不再仅是诗酒风流的赏玩。另一方面,更主要的原因则是借欢场女性来抒发自己的精神苦闷,其后来谈到这一系列的小说时曾说,"当初的计划,想把这一类的东西,连续做它十几篇,结合起来做成一篇长篇,可以将当时绝望的状态和苦闷的心境写出来。"②而这一点其实是接续了以往青楼文学的抒情范式,只不过具有了新的特质。

郁达夫的欢场小说表现出复杂的思想倾向,由于其创作发生在"五四"新文化运动大的背景之下,因而打上了那个时代鲜明的烙印。一方面,当时的思想家比较一致地认为娼妓问题是一种社会弊病,并将消灭娼妓制度与整个社会改革的构想结合起来。娼妓问题由此演变成现代化问题之一,卷入了关于国家富强、民族独立的现代化的论说之中。与此同时,娼妓问题又是有关妇女解放的人道问题,这一时期欢场题材的创作,都对欢场女性充满着人道主义的同情,这成为"五四"时期的主流基调。自然在郁达夫的此类小说中,同情也是最主要的情感基调,尽管这种同情更多是建立在自怜自爱的基础之上,但毕竟是真诚的。如《秋柳》中,于质夫之所以选择海棠很大程度上是源于同情,因为"可怜那鲁钝的海棠,也是同我一样,貌又不美,又不能媚人,所以落得清苦得很","海棠海棠,我以后就替你出力吧,我觉得非常爱你了。侬今葬花人笑痴,他年葬侬知是谁!"这种对海棠的怜惜更多是出于一种同病相怜,以此抒发其苦闷的情绪。而郁达夫的同情不仅符合了当时思想界、文学

①郁达夫:《我承认是"失败了"》,《郁达夫文集》第5卷,花城出版社1982年版,第197页。

②郁达夫:《〈创造月刊〉第一卷第一期尾声》,《郁达夫文集》第7卷,花城出版社1983年版,第293页。

界的主流态度,更由于打上了启蒙、救人的标签,从而使得狎妓题材的作品也进入了民族、国家的宏大叙事之中。当于质夫听说海棠由于愚钝不善应酬而客人稀少时对自己起誓,"我要救世人,必须先从救个人入手。海棠既是短翼差池的赶人不上,我就替她尽些力吧。"①这种表白一方面是为自己的狎妓行为开脱,如章克标《一夜》中的几个青年狎妓时所声称的"我们要去直面人生的黑暗面",其实质是一样的,都因找了一个冠冕堂皇的理由而理直气壮。

另一方面,由于借助了启蒙、救人的语汇,郁达夫的欢场小说具有了鲜明的"五四"时代精神,尽管其还不可避免地沾染旧的士大夫趣味。其实,将私人化的情绪贴上宏大语汇的标签,是郁达夫小说的一个特色。如其早期关于日本留学生活的小说,中心主题基本是一个中国留学生对日本女人——多为妓女的性幻想及幻想的破灭。小说的情节模式都为孤独的中国留学生被性感的日本女人所诱惑而陷入难以自拔的幻想,不过总以失败告终,而这种失败更多是被自己假想中的蔑视与侮辱打倒的。性别上具有优势的中国留学生在社会地位低下的日本妓女身上却无法实现作为男性的尊严,于是产生强烈的愤恨。而男性身份的优越感与民族身份的自卑感的矛盾,使得主人公将对日本女性的愤恨转向对自己弱势民族的喟叹,与异国女性关系上的受挫情绪于是演变成了弱国子民的爱国情感。正如《沉沦》中的"他"临死前的呼喊:"祖国呀祖国! 我的死是你害我的! 你快富起来,强起来吧! 你还有许多儿女在那里受苦呢!"②当面对中国妓女时,郁达夫多了份同情而少了些欲望,不过同样是贴上宏大的标签,只不过由民族问题转为启蒙问题,由爱国主题转为救人主题,事实上这种标签贴得多少有些牵强。

与青楼文学"救风尘"的主题不同,以往才子作为拯救者总是表现出一种居高临下的姿态,救的也是与自己情投意合的青楼女子。而在郁达夫笔下,他的救人更多是源于同情而不是爱情,而他的拯救姿态则较为复杂,既会不自觉地流露出一种大男子主义,如当愚钝的海棠不解他的高雅时,他便恼了,"海棠那蠢物,你在怜惜她,她哪里能够了解你的心,还是做俗人吧"。同时又会因敏感、自卑而内心受挫,当得知海棠晚上有别的应酬时,他便自伤自悼,"连海棠这样丑的人都不要我了。啊啊,我真是世上最孤独的人了,真成了世

---

① 郁达夫:《秋柳》,《郁达夫小说全集》,时代文艺出版社1996年版,第349页。
② 郁达夫:《沉沦》,《郁达夫小说全集》,时代文艺出版社1996年版,第63页。

上最孤独的人了啊!"①在郁达夫身上体现了对于女性复杂矛盾的态度,一方面其深受"五四"时代精神的影响,郁达夫曾说,"五四运动的最大的成功,第一要算'个人'的发现"。②他在自己追求"个人"权利的同时,认识到女性同样是与之平等的"个人",同样应该拥有作为"个人"的权利。因而对处于更屈辱的地位的欢场女性,郁达夫的同情是真诚的、发自内心的,并尽力去帮助她们。但另一方面,郁达夫身上又保留有浓厚的士大夫趣味,这种趣味体现为两点:一是追求一种风流雅致的审美生活方式,显示出狂放脱略的名士风范,所谓"乱掷黄金买阿娇,穷来吴市再吹箫"。③据当时曾和他一起去过妓院的陈翔鹤先生回忆,郁达夫逛妓院是"一条胡同、一个班子的慢慢逛逛看看",点了若干妓女看过,挑一个姑娘到她屋子里去坐坐,或者一个也不挑又走回大街。对待妓女,他"十分潇洒、温和、自然,而且彬彬有礼。问她们的生活状况,客人多少,收入多少,于剥剥瓜子、喝喝清茶,闲谈一阵之后,即便起身,如此而已"。④郁达夫曾在一篇文章中批评当时的中国妓女不懂情感慰藉的技巧,"你在非常烦闷的时候,跑到妓院里去,想听几句你所爱听的话,想尝一点你所爱尝的味,是怎么也办不到的。"⑤故而,对郁达夫而言,狎妓更多是追求一种精神上的安慰。二是受传统性别文化心理的影响,郁达夫在现实生活及小说创作中会不时地流露出男尊女卑的意识与大男子主义倾向。郁达夫自己也承认,"数千年来,我们的祖宗代代对女人卑视的那一种不通的因袭思想,在我们的脑里,动不动也会现出它的幽灵来"。⑥因而,无论我们怎么强调其对于欢场女性的同情,这种同情都是建立在视欢场女性为赏玩对象的基础之上,这与表现欢场女性苦难生活的同情在本质上还是有差别的。譬如郁达

---

①郁达夫:《秋柳》,《郁达夫小说全集》,时代文艺出版社1996年版,第364、375页。

②郁达夫:《中国新文学大系·散文二集导言》,王自立、陈子善编《卖文买书——郁达夫和书》,生活·读书·新知三联书店1995年版,第140页。

③郁达夫:《扬州旧梦寄语堂》,《郁达夫散文全编》,浙江文艺出版社1990年版,第538页。

④陈翔鹤:《郁达夫回忆琐记》,王自立、陈子善编《郁达夫研究资料》,天津人民出版社1982年版,第111页。

⑤郁达夫:《我承认是"失败了"》,《郁达夫文集》第5卷,花城出版社1982年版,第198页。

⑥郁达夫:《序·爱情的梦》,王自立、陈子善编《卖文买书——郁达夫和书》,生活·读书·新知三联书店1995年版,第129页。

夫认为妓女"应该要把她们的欺诈的特性,以最巧的方法,尽其量而发挥出来,才能不辱她们的名称。"而"妓女在中国,所以要被我们轻视厌恶的,应该须因为她们的不能尽她们妓女的职务,不能发挥她们的毒妇的才能才对"。①可见,郁达夫对于欢场女性的态度,如他自己所总结的是"在同情中不乏玩赏之心,温柔中仍见奴主之意"。这种概括应该说是较为准确的,正是基于这样一种态度,所以其对于欢场女性的同情虽是真诚的却又不时摆出拯救者的高架子。此外,这种同情更多是源于其对自身不幸处境所产生哀怨愁绪的一种移情。所以,与其说郁达夫同情欢场女性不如说他是在怜惜自己,就这点而言,不过是承接了传统青楼文学"同是天涯沦落人"的抒情范式。

作为郁达夫忠实的追随者,叶鼎洛的文学创作在很大程度上模仿了郁达夫小说的题材选择、笔调深发与情绪走向。与郁达夫一样,叶鼎洛的小说里,也时时回荡着一个叫作"易庭波"的带着浓重作者自传色彩的幽灵。他与"于质夫"简直可以视为两个同质同构的个体:都为受过教育的知识青年,因生计而辗转飘零,生活较为困窘,他们个性敏感、懦弱,极度自尊又极度自卑,自怜自爱又自伤自悼,是被抛出社会正常轨道之外的"零余者"。如李欧梵所说,"这些作品全都是青年人的那种自我怜爱和自我炫耀,而且都是用青年人的那种强烈的否定的眼光写的。"②叶鼎洛的《大庆里之一夜》《姐夫》《友情》《双影》等小说里都出现了这种类型的欢场才子。与郁达夫笔下的人物相似,这些欢场才子因流离奔波、前途渺茫、生活困窘而感伤苦闷,于是在欢场女性身上寻求安慰,在对欢场女性的同情中反射的是自我的愁绪,正是从这点上称他们为"穷愁才子"。与"苦情才子"不同的是"苦情才子"多是为情而苦,他们视欢场女性为恋爱的对象,他们的苦闷是因情而起。而"穷愁才子"视欢场女性为同情的对象、拯救的对象,而不视为能与之恋爱的精神伴侣,他们的愁主要是由生活的不如意及自身的懦弱个性而起。"穷愁才子"们敏感、懦弱的个性使得他们在与欢场女性的权力关系中不仅不能以强者面目出现,反而还常被挫败,即便是相貌不好、鲁钝粗笨的欢场女性也会让他们感到自卑。《秋柳》中当于质夫知道海棠与一年老的候差的人育有一子后,他感到一种莫名的伤

①郁达夫:《我承认是"失败了"》,《郁达夫文集》第5卷,花城出版社1982年版,第198、199页。
②[美]李欧梵:《现代性的追求:李欧梵文化评论精选集》,生活·读书·新知三联书店2000年版,第206页。

害,"竟不觉打起冷痉来"。叶鼎洛的《大庆里之一夜》中有段描写易庭波挑选妓女的过程:

> 可是过了一会,那一个却不走过来,并且不望他了。他明白她也正和自己一样处于审查的地位,大概已经不必舍近就远了,就进几步,靠到一根柱子上去。这是一个中心,向四面探望比较便利得多。
>
> ……他觉得脚底下有些颤动起来,喉咙里也是咽不住的唾沫,只好暂时把眼睛闭一闭,镇定自己。
>
> 但是他这种胆怯的举动,适足以引起她们的蔑视,就有两个把头凑在一处做出几种讥刺的笑,有一个更偏过面孔来把嘴向他捞……没胆量的东西,这事情不是你做的!……这一种轻视使他难堪,他想到这明明的竟敢侮辱自己,在她们面前已经失去了一点面子,知道这地方不能久留,就走了开来。①

从这段"挑选"过程的展示,我们可以发现挑选不仅仅是单向的,是男性顾客对妓女行使的权力,同样也有着妓女对顾客的选择,这是个带有互动性质的双向选择过程。章克标的《一夜》中,也描述了有关欢场挑选的情景,在这一过程中双方通过眼神的交流来决定选择与否,虽也有互动成分,但基本上还是男性顾客占有主导权,欢场女性多处迎合的被选择状态,只是当没被选中时,她们才表现出对男性的蔑视与不在乎。而欢场"穷愁才子"在这一过程中却没有表现出挑选的主动性与性别的优越感,反倒被本应处于弱势的被动的妓女挫败而逃。欢场权力关系体现在"穷愁才子"身上,往往以他们的失败而告终,这种失败并不是由于欢场女性的强势精明造成的,如晚清狭邪小说中那些精明算计的欢场女性,根本在于他们自身的敏感懦弱。而这样一种"五四"时代流行的感伤病,在这些"穷愁才子"身上达到了极致,他们为社会而感伤,为自身而感伤,也为这些处于社会底层的欢场女性而感伤。他们在"五四"个性觉醒的大背景下,试图以自己的力量来拯救这些沦落风尘的女子,视她们为与之平等的"人",成为"五四"精神的一种显现。但同时,他们又无法摆脱传统文化的影响,在精神深处依然延续着千百年来名士的风流放达。因而在他们身上,体现了一个"五四"式的悖论:个人的堕落偏离了传统

---

①叶鼎洛:《大庆里之一夜》,《男友》,浙江文艺出版社2004年版,第36页。

意义上的"五四"精神,但对人本身的极大肯定与再现又印证了"五四"精神。在这样一种新旧矛盾的漩涡中"穷愁才子"虽也挣扎,却又不免放纵自己,只不过在放纵中充满了对欢场女性的同情,同情中又不时地进行着自我的谴责。在这样的矛盾冲突中,欢场女性成为折射他们苦闷情感的反光板,成为完全没有光彩的陪衬。

第四节 "颓废才子"

事实上,"穷愁才子"与欢场女性的权力关系还是较为复杂的,虽在具体行为方面,"穷愁才子"会因自身的敏感懦弱而遭受挫败,但在内心深处,他们还是将自己放在居高临下的拯救者的位置上。同样,20世纪30年代以穆时英为代表的新感觉派笔下的欢场权力关系中,男性也处于一种弱势。欢场女性持主动的控制局面的姿态,她们引诱并玩弄男性,而男性则显得相对保守与被动,从而以另一种方式颠覆了传统欢场权力关系。不过与"穷愁才子"们还存有的拯救姿态不同,这些洋场的"颓废才子"们压根就是放弃了拯救的责任,将他们称之为"颓废才子",主要是由于新感觉派作家普遍受到19世纪末西方唯美 – 颓废思潮的影响,这成为他们创作的一个重要文化背景。"西方及日本唯美 – 颓废主义文学在中国的传播","在20年代后期和30年代初期的几年间达到了前所未有的广度和深度"。[1]受这种思潮的影响,新感觉派尤其以穆时英的创作为代表,颓废不仅是其小说的美学特征,同样也是其笔下人物的一种精神状态。所谓"颓废"(decadence),当时又有人译为"颓加荡",这一音译在某种程度上更接近这一概念的精神本质,其作为一种情绪形态,指的是一种对现实丑恶和世界本体的极端绝望、恐怖的内心体验。它不同于一般感伤、悲凉的情绪,在感受到绝望、空虚之后再也不能唤起真诚严肃的人生态度,而是以消极放纵感官本能的方式发泄内心的绝望、恐慌,于是至于病态沉疴。穆时英在概括新兴文学的精神特征时将颓废主义与官能主义相提并论,其在《电影艺术防御战——斥掮着"社会主义的现实主义"的招牌者》一文中指出:

---

① 解志熙:《美的偏至》,上海文艺出版社1997年版,第58页。

官能主义,颓废主义不一定是胜利了并稳定了的人们底战利品,从生活斗争上败退了下来,淘汰了下来,落伍了下来的人也容易流入这里边去。流行在文坛上的种种世纪末的作品,种种感伤主义,虚无主义都是败阵后的悲哀。①

穆时英将当时文坛上的种种主义归结为"生存斗争底反映与鼓吹",认为生存斗争中的成功或失败都会导致沉湎于官能享乐。在这一点上,其是自觉吸收了唯美 – 颓废思潮的影响。同样,在刘呐鸥致戴望舒信中也强调了颓废主义的这一重要特征,即"战栗和肉的沉醉":

那么现代的生活里没有美的吗?那里,有的,不过形式换了罢,我们没有 Romance,没有古城里吹着号角的声音,可是我们却有 thrill, carnal intoxication,这就是我说的近代主义,至于 thrill 和 carnal intoxication,就是战栗和肉的沉醉。②

穆时英本人因其"所写多为都市奢华堕落的生活",被人称为"颓废作家"。③其笔下的都市男女也都打上了"颓废"的精神特质,他们一方面让生命追求停留在疯狂的感官享受上;另一方面又在这个机械、速度的时代感到深入骨髓的寂寞,从而陷入一种精神困境,都各自"在悲哀的脸上戴了快乐的面具的"。基于此,将其作品中出入于欢场的多数男主人公称之为"颓废才子",这些"颓废才子"们与"穷愁才子"们一样都打上了作家自身很重的精神烙印。如穆时英所说,"我却就是在我的小说里的社会中生活着的人,里边差不多全部是我亲眼目睹的事。"④所以,这些"颓废才子"们如作家一样,或者说作家也如"颓废才子"们一样,终日出入舞厅等娱乐场所,过着一种醉生梦死却又焦虑不安的生活。

20世纪二三十年代是上海都市现代化发展的黄金时期,与此同时,娱乐业、色情业也高度发达,并表现出新的变化,书寓、长三等带有一定社交性质

①穆时英:《电影艺术防御战——斥捐着"社会主义的现实主义"的招牌者》,《晨报》1935年8月29日。

②孔另境编:《现代作家书简》,花城出版社1982年版,第185页。

③苏雪林:《苏雪林文集》第3卷,安徽文艺出版社1996年版,第359页。

④穆时英:《公墓·自序》,《穆时英小说全编》,学林出版社1997年版,第614页。

的高等妓院逐渐衰落。"中国的高级妓女是一种文化传统和社会结构的产物，这种文化传统和社会结构抵挡不住现代性的冲击"。①由于"上海在这个时期（指1849年—1949年）由一个被权势支配的社会变成了一个被金钱支配的社会。本地经济的商业化以及随之而来的以中产阶级的出现为代表的各社会阶层的重组，导致了高级妓女的衰落和更加多样化的卖淫形式的出现"。一方面，高级妓女"这个群体的衰落以及它与普通妓女的逐渐同化（这是一个要到1920年以后才完成的过程），是与高级妓女本身作用的缩小同时出现的，而这种作用最后变成是对性需求的直接满足"。②另一方面，又出现了一些新的卖淫形式，如女招待、女按摩师、职业舞女等。这些新的形式出现的最初并非是为了卖淫而且也从未完全用于卖淫，卖淫可能是其中的一项活动，但并非是唯一的活动。而随着上海向现代消费社会的发展，舞厅成为公众重要的娱乐场所。职业舞女在20世纪三四十年代的发展达到顶峰，成为繁华奢靡的大上海夜生活的象征，并在一定程度上延续了过去高级妓女所扮演的角色，而"颓废才子"与欢场舞女则在灯红酒绿的舞厅里上演着一幕幕的欲望游戏。

事实上，晚清以来的高级妓院是一个介于公共与私密的空间，它既是社会交往、商务活动的公共空间，又因与性交易联系而具有私密性。不过在多数狭邪小说里往往更加凸显它的这种社交性质而淡化其应有的欲望成分，反倒是本作为社交场所的舞厅，在新感觉派作家的笔下却凸显着强烈的欲望气息。在以往描写欢场题材的作品中，作家们总是或多或少地淡化欲望色彩。晚清狭邪小说虽名曰"狭邪"，事实上并不特别渲染欲望，由于多描写高级妓院，其更注重表现妓院的一些社交礼数。民国以来表现欢场的鸳鸯蝴蝶派言情小说，则强调一种"唯情至上"，作品体现着"情"大于"欲"的倾向，即欢场女性不是作为欲望的对象而是作为爱情的对象来获得主体性的。同样郁达夫、叶鼎洛笔下的那些"穷愁才子"们虽不将欢场女性视为恋爱的对象，但却在对她们的人道主义同情中过滤了欲望的成分。只有在新感觉派作家笔下，欢场欲望得到了一种纯粹的渲染张扬，这些"颓废才子"们顺从躯体感受的快乐原

---

①［法］安克强：《上海妓女——19—20世纪中国的卖淫与性》，袁燮铭、夏俊霞译，上海古籍出版社2004年版，第45页。

②［法］安克强：《上海妓女——19—20世纪中国的卖淫与性》，袁燮铭、夏俊霞译，上海古籍出版社2004年版，第22、38页。

则,追求身体的解放与感官的刺激,在"战栗和肉的沉醉"①中放纵自己。所以在这派作家的作品中,丝毫不掩饰对欢场女性的欲望,并对欢场女性极尽色情想象。且"颓废才子"与欢场女性由邂逅到吸引再分手,这中间的过程是短暂而又直接的。如蔼理士指出的,"在文明状态中,懒惰、奢侈以及过度的温饱,已经使性欲的发作特别的来得容易,积欲的过程特别的来得短促,以致求爱的现象变成一种无关宏旨的勾当。"②这同样也体现于商业化社会中建立在欲望与消费之上的欢场两性关系,它使得总是尽量地遮掩欲望与交易性质的传统欢场两性关系受到了挑战。在传统有关欢场的书写中,凸显的是欢场女性为文人才子们提供的精神娱乐,而其所提供的性服务则几乎是遮蔽的。所以对传统文人来说,逛妓院不仅是为了满足肉体的欲望,很多时候还伴随着一种精神的需求。徐霞村20年代后期创作的《L君的话》这篇小说反映的即是中国文人们的一种嫖妓心态。作品描述了L君在巴黎召妓的失败经历,而失败即在于中国文人接受不了一种赤裸裸的性交易。他们希望即便是交易也不要过于直接,要有着一个情感交流的过程,要让这个赤裸的欲望遮上一层温情的面纱。但这样一种传统文人心态,随着欢场业的情欲化、商业化趋势,以及西方颓废主义思潮的影响,在30年代新感觉派作家那里,已经彻底地消解了,欲望成为欢场书写的重要主题。

对"颓废才子"而言,沉沦于欢场放纵感官刺激与欲望享乐,不过是一种表面的生活形态。与此同时,他们又体验着一种深入骨髓的悲哀与寂寞,正是这种内在的精神困境,使得"颓废才子"们接近了西方颓废主义的精神内核。在享乐的外衣下,在声色犬马、纸醉金迷中,他们找不到自己的归宿,成为精神上的被放逐者。欲望的享乐无法慰藉他们失落的内心,也无法拯救他们迷失的灵魂。所以,"颓废才子"们不断感慨自己是被"生活压扁了的人","总有一天在半路上倒下来的"。如穆时英比喻自己的生存状态,"我是在去年突然地被扔到铁轨上,一面回顾着从后面赶上来的,一小时五十公里的急行列车,一面用不熟练的脚步奔逃着的,在生命的底线上游移着的旅人"。③

①孔另境编:《现代作家书简》,花城出版社1982年版,第185页。

②[英]蔼理士:《性心理学》,潘光旦译,生活·读书·新知三联书店1987年版,第32页。

③穆时英:《白金的女体塑像·自序》,《穆时英小说全编》,学林出版社1997年版,第615页。

这样高速紧张的都市生活，带来的是人的精神异化，处于其中的人们是"作为工具，作为物而存在"，是"处于纯粹工具的地位，人退化到物的境地"。①故而，作为"胃的奴隶，肢体的奴隶"的"颓废才子"们，从"精神上的储蓄猛地崩坠了下来，失去了一切概念，一切信仰；一切标准，规律，价值全模糊了起来"。②这种对都市生活的惶惑与焦虑，其实体现了一种现代性的悖论，即物质文明的巨大发展不仅没有带来人的解放，反而使人的精神严重异化。正是在这一意义上，"颓废才子"身上体现了对现代主义精神的一种承继。然而，由于新感觉派作家是将颓废主义与官能主义联系在一起的，而不是从现代主义思想基础上产生的，因而就具有表面化的特点。同西方唯美 – 颓废派相比，他们对于都市生活是认同多于批判，太过迷失于都市的欲望景观之中。而这种迷失又在某种程度上消解了他们自身的反叛性，从而就缺少了西方颓废主义对近代工业社会的批判深度。穆时英笔下"颓废才子"们所面临的困境多半是由物质的虚无感及过度的神经狂暴所引起的沉沦，更多体现为一种都市流行病，面临的是一种精神的困境而不是精神的绝境，因而也就无法达到相当的思想深度和形成真正的思想张力。所以与其说"颓废才子"身上具有现代主义因素，不如说其身上体现了消费文化的色彩。

作为同样生存于沪上的欢场才子，以章秋谷为代表的"流氓才子"和后来30年代新感觉派为代表的"颓废才子"既有共通之处，都沉迷于欲望的享乐。同时精神气质上又有着很大的不同，前者由于处于都市社会的形成初期，其精神状态是活跃的、自信的，具有自许自负的主体意识。尽管沾染市侩流氓气息，但对人生还有着一种哪怕是世俗的利益追求。后者则处于都市社会发展到了相对成熟期，都市的异化使得洋场才子更加孤独、脆弱，他们的人生态度是消极的。即便是享乐，也失去了以往的张扬，而具有浓厚的颓废气息。体现在与欢场女性的关系中，不仅不再居高临下的作为她们的拯救者，甚至无法在欢场权力关系中与她们相抗衡，呈现出一种被动的弱者姿态。可以说，在欲望的放纵与感官的享乐中，"颓废才子"们是真正地迷失了自我。

从"流氓才子""苦情才子""穷愁才子"到"颓废才子"，体现在这些欢场才

---

①[美]马尔库塞：《单向度的人》，张峰译，重庆出版社1988年版，第30页。
②穆时英：《白金的女体塑像·自序》，《穆时英小说全编》，学林出版社1997年版，第616页。

子身上的精神特质既是不同创作个性的显现,男性作家通过欢场才子形象来抒发自身的情怀、感慨。同时更是打上了鲜明的时代、文化烙印,反映出都市化、商业化与世俗化给欢场权力关系带来的变化。在这种变化中,欢场才子逐渐丧失了居高临下的拯救姿态,并在两性关系中开始处于弱势,从而解构了传统欢场权力关系。而欢场才子的角色演变,既是反映了晚清至民国时期欢场业的变迁,又在传统与现代的变奏中,书写了欢场才子们混杂的、多元的精神品格。

第五章

欢场女性的
形象谱系

◆ 被损害与被侮辱者
◆ 人性神庙的建构者
◆ 都市的「恶之花」
◆ 时代的爱国者

第五章

欢场女性的形象谱系

如美国学者贺萧在其关于20世纪上海娼妓问题的研究著作开篇所强调的,"有关娼妓的极其丰富的史料并不是发自妓女的声音","因为娼妓同其他所有的下层社会群体一样,并没有亲自记载自己的生活"。现在我们所能见到的资料与其说是妓女自身的经历,不如说是"上层人士如何建构并把握被统治的'他者'的类型"的体现。如果说再勤勉再刻苦的历史学者也不可能用"取回"的方法来书写历史,那么作家的创作更不是一种"复原",而是对娼妓生活进行着想象性重构,按照自己的立场需要对她们进行分类处理。"他们的忧患意识通过妓女的形象得到了言说,因此妓女在20世纪的城市舞台上并不处于边缘位置。相反,她们是由男人讲述的关于愉悦、危险、社会性别与国家的故事中的要件,故事里面男人和女人之间权力的转换更迭,有时被用来表示家庭与国家或国家与外部世界之间同样不稳定的权力关系。妓女以'嵌入'的方式被带进历史记载:她们嵌入了塑造她们的故事的人的历史,嵌入了他们的权力争斗之中。"对于欢场女性这一相对从属、下层、失声的群体,她们总是在发言人指定的位置上发出自己的声音,成为某一符号化意义。"每一种社会阶级与社会性别的组合看待娼妓问题都有不同的参照点;由于各自处于不同的位置,娼妓问题对于不同的阶级和性别组和也呈现出不同的意义。"①
故而,对于批判社会的作家来说,她们是苦难生活的代言人;对于人生失意的
作家来说,她们是抒发情怀的同命者;对于通俗言情作家来说,她们是大众娱
乐的消遣品;对于海派都市作家来说,她们是人性欲望的承载者;对于处于民
族危亡时期的作家来说,她们是以身救国的民族英雄。如阿兰·考尔班说的,
"人们所写的、所议论的娼妓问题,实在是集体妄想的聚焦点,是各式各样焦
虑的汇合处。"②可见,在现代中国,妓女形象成为一种隐喻,成为作家表达自
身思想意识、建构社会话语的载体。作家通过对妓女形象的认知和想象来表
达他们对社会、权力、现代性等问题的思考与关注,以此寻求自我认同。

　　本章考察欢场女性形象的建构问题,从四个方面论析欢场女性的形象谱
系,分别为"被损害与被侮辱者""人性神庙的建构者""都市的'恶之花'""时
代的爱国者"。需要说明的是这四个谱系是对欢场女性形象最基本的归纳,
即形象可以构成系列的类型,而单个或比较少的形象类型则不在论述范围之
中,故而本谱系并不能涵盖所有欢场女性形象。此外,郁达夫小说中的妓女
形象更多是作为男性形象的反光板,体现的是作家的情感、心理,这类欢场小
说"集中描写男性的主体意识,从不同角度揭示了现代性与性别之间的关
系"③,欢场女性是不具有主体性的。故而,这一类形象结合在欢场才子部分
加以论述,本章不单独列出。

第一节　被损害与被侮辱者

　　晚清以来,随着欢场业的"向下的运动"④——服务的情欲化、商品化趋势
以及"五四"时期所提倡的恋爱婚姻自由,使得以往娼妓所体现的为缺少恋爱

　　①[美]贺萧:《危险的愉悦:20世纪上海的娼妓问题与现代性》,韩敏中、盛宁译,江
苏人民出版社2003年版,第3、4、12页。
　　②转引自[美]贺萧:《危险的愉悦:20世纪上海的娼妓问题与现代性》,韩敏中、盛
宁译,江苏人民出版社2003年版,第5页。
　　③[美]刘禾:《跨语际实践》,宋伟杰等译,生活·读书·新知三联书店2002年版,第
206、207页。
　　④[法]安克强:《上海妓女——19—20世纪中国的卖淫与性》,袁燮铭、夏俊霞译,
上海古籍出版社2004年版,第26页。

体验的包办婚姻中的男性提供精神慰藉的作用已不复存在。如贺萧所说，"有关娼妓问题的讨论还应同关于婚姻问题的论争对照起来看，两者是平行的，有时也相互交叉。例如，起初人们心目中的名妓不只是性伴侣，而更是社交陪伴，于是，提供包办婚姻中所没有的各类伴侣关系，而更是社交陪伴，于是，提供包办婚姻中所没有的各类性伴侣关系和选择，也就成了名妓生涯的写照。但是，五四运动引发了社会生活的激荡，有识之士开始谈论新的婚姻观……如果人们将志同道合视为婚姻的理想，那么名妓原先的作用——作为有修养、有技艺的女性，替男人解除包办婚姻的郁闷无趣，或为男性提供娱乐——就不再重要。如此，留给娼妓的便只有性了。"① 由此，娼妓由以往的美好形象逐渐演变为带来疾病、堕落、腐化等一系列社会问题的丑恶群体。而新文学家对这一社会问题的批判并没有停在这一丑恶现象本身，他们认识到妓女的身体不过是社会罪恶的载体，其产生的根源是不合理的社会制度。周作人发表了一系列文章，阐明妓女产生的社会根源，明确妓女是为经济所迫而卖身的被侮辱、被损害的对象。李大钊也指出，解决妓女问题的根本办法，"是非把这个社会现象背后逼着一部分妇女不去卖淫不能生活的社会组织根本改造不可"。②聂绀弩更是疾呼："最需要帮助而最无助，最需要得救而最无自救能力的是娼妓。在一切不幸者中间，娼妓将是最后的得救者！"③

与此同时，五四文学观念的革新，也促使欢场书写发生变化。周作人对"人的文学""平民文学"的提倡，文学研究会关于"为人生"的、"血和泪的文学"的呼吁，如茅盾强调新文学要"注意社会问题，同情于第四阶级，爱'被损害者与被侮辱者'"，④叶绍钧也指出："现在的创作家，人生观在水平线以上的，撰著的作品可以说有一个一致的普遍的倾向，就是对于黑暗势力的反抗，最多见的是写出家庭的惨状，社会的悲剧和兵乱的灾难，而表示反抗的意思。这的确是现时非常急需和重要的。"⑤这些文学观念与改造社会的话语相

①［美］贺萧：《危险的愉悦：20世纪上海的娼妓问题与现代性》，韩敏中、盛宁译，江苏人民出版社2003年版，第20页。

②李大钊：《废娼问题》，《李大钊文集》第2卷，人民出版社1999年版版，第317页。

③聂绀弩：《论娼妓》，《聂绀弩杂文集》，生活·读书·新知三联书店1981年版，第316页。

④茅盾：《自然主义与中国现代小说》，《小说月报》1922年第13卷第7号。

⑤叶绍钧：《创作的要素》，《小说月报》1921年第12卷第7号。

结合,妓女题材的书写具有了强烈的社会批判意识和浓厚的人道主义精神。妓女尤其是底层妓女,她们成为被损害与被侮辱者,成为苦难的代言人,也成为批判社会、改造社会的符码。可以说,苦难叙事成为20年代文学研究会作家及30年代左翼作家关于欢场书写最常见的论调。

根据苦难书写具体对象的不同,我们将这一类形象再分为三种,一种是强调生存的窘迫,一种是强调人格尊严的受辱,还有一种是强调感情的受骗。而在这三种类型中又是以第一种类型为主,因为最基本的生存问题无法保障而被迫卖淫是有力的批判社会的武器。这一类型的作品非常多,包括王统照的《湖畔儿语》、彭家煌的《晚餐》、蒋牧良的《夜工》、草明的《倾跌》、田汉的《丽人行》、蒋光慈的《丽莎的哀怨》《徐州旅馆之一夜》、曹禺《日出》中的翠喜与小东西、于伶《夜上海》中的冯凤、李俊明的《人与人之间》、叶紫的《湖上》、杜衡的《人与女人》以及老舍的《骆驼祥子》《月牙儿》等,这一类作品可以列出很多。

这一类作品的主题都是通过对妓女苦难生活的叙述达到控诉社会的目的,以此体现作家的社会观念与价值立场。在这类书写中,妓女的卖身只有一个原因,那就是为经济所迫,为生存所逼,作家拷问的对象是社会制度,而不对这些女性作道德谴责。在题材处理上,具有三个特点:一是作家注重强调卖身是女性走投无路的无奈之举,而并非因为懒惰、好逸恶劳,故而,多数作品中的女性有个形象转变问题,比较常见的是由女工变为妓女,如《夜工》中的三姑娘、《倾跌》中的阿屈和苏七、《丽人行》中的刘金妹、《人与女人》中的珍宝等。这些女性或由于出卖廉价劳动力无法养活家人或因失业连出卖的机会都没有,才被迫走上卖身之路的。二是作家注重强调这种违反人伦的行为恰恰来自家人的逼迫或是得到家人的默许,由此更进一步揭示人世间的残忍与无奈。比如《湖畔儿语》《丽莎的哀怨》及《日出》中的丈夫都是知道妻子靠卖身来养家,并默许这种行为;《骆驼祥子》中小福子的父亲逼迫女儿去卖身,"你要真心疼你的兄弟,你就有法儿挣钱养活他们","你闲着也是闲着,有现成的,不卖等什么?"①蒋光慈的《徐州旅馆之一夜》、穆时英的《上海的狐步舞》中则讲述了婆婆逼儿媳卖身的惨剧。这些作品通过不正常人伦关系下的不正常谋生方式,矛头自然指向不正常的社会。三是作家注重强调欢场女性

①老舍:《骆驼祥子》,人民文学出版社2000年版,第157页。

的悲惨结局,强化作品的悲情气氛。欢场女性或是被抓入狱,如《倾跌》中的阿屈、苏七最后被警察带走,《月牙儿》中的"我"因拒绝感化而被投入监狱,《晚餐》中的翠花也因在禁令期间拉客而被抓走,而这样的结局在欢场女性看来,其实不算最差的,因为"坐牢房有吃有喝,不很好么",[①]《月牙儿》中的"我"入狱后"就不再想出去,在我的经验中,世界比这儿并强不了许多",[②]以此反衬社会的黑暗。或是得病而死,如《人与人之间》中的妓女最后染上梅毒,沦为乞丐凄惨死去,《丽莎的哀怨》中的丽莎因患梅毒而自杀。或是不堪凌辱而自杀,如《骆驼祥子》中的小福子、《日出》中的小东西等。这些悲惨的结局无疑增强了作品的控诉力量与批判力度。

另外,这一类作品形式上一般以短篇为主,即便是长篇,欢场女性也不是主要人物。作者重在揭示社会问题,类似于问题小说,而对苦难现象的揭示往往通过片段的速写即可完成,故而,这类题材的作品一般篇幅短小。此外,除了老舍笔下的一些欢场女性外,大多数的这类形象比较单薄,性格模糊,体现了符号化的书写特点,一般不重视对人物进行心理分析。所以,这类形象的共性特征明显,而个性特征缺失。

由于苦难书写往往大同小异,有的只是程度的差别,因而,作家在写作这类题材时,注重选取新的视角,以期给读者新的阅读体验。比如王统照的《湖畔儿语》,通过"我"与一个儿童的对话来反映底层民众的悲惨生活。"我"在苇塘边遇到了从前邻居陈铁匠的儿子小顺,通过询问,"我"知道了小顺为什么每晚在苇塘边游荡,因父亲失业无法维持生活,继母便出卖身体养活全家。每当继母在家接客时,便把小顺赶出去,而小顺只能每天赤着脚在苇塘边游逛。小说以儿童的视角,讲述这一充满了"血和泪"的故事,并在作品中发出强烈的控诉,"这样非人的生活"是"家庭的组织与时代的迫逼呀",是"社会生计的压榨呀"。[③]

此外,彭家煌的《晚餐》将视角对准南京政府颁布禁令后妓女的生存状态。1928年,南京政府颁布禁娼令,要求首先在首都南京禁娼,随后向全国下达禁令。具体措施包括:停收花捐,勒令妓女改业,驱逐出境,扩大救济院和

---

①草明:《倾跌》,《春风沉醉的晚上——工业题材短篇小说选(1919—1949)》,工人出版社1984年版,第151页。

②老舍:《月牙儿》,《老舍文集》第八卷,人民文学出版社1985年版,第290页。

③王统照:《湖畔儿语》,《王统照代表作》,河南文艺出版社1998年版,第81页。

平民工厂。应该说,禁娼令体现了改造社会的思想,成为新的社会风气建设、妇女解放运动的重要一环。然而问题的关键在于当社会并没有给欢场女性提供其他生计与出路的情况下,禁令的颁布往往使欢场女子的生存状况更加堪忧,《晚餐》即通过翠花的遭遇揭示这一现实问题。小说讲述翠花在颁布禁令后,拆了秦淮河的牌子,与家人搬家躲了起来。不过因没有了经济来源,家人的生存逐渐陷入困顿。当想到全家人的晚餐还没着落后,翠花便顾不得危险出门拉客了。很不幸,当翠花领回客人后,被巡警发现并被抓走。小说不仅揭示了妓女的悲惨生活,还探讨了如何解决妓女出路的问题。小说中有一段客人与翠花的对话:

> 听说干你们这种事的近来不大方便啊,为什么不到妇女习艺所里学一门正当职业,或是到落子馆里去唱唱?
>
> 还讲得到方便,唉,不准登在南京未,简直,连暗的都得查禁呢!但是有什么办法呢?我要养活一家人,进习艺所能养我一家吗?能使我的弟妹上学吗?如果能,再好没有,我进习艺所就是。至于落子馆,我嗓子不好。像她们,唱完了落子,还不是依然干我们这样的事?我以为如今当官的也真有点奇怪,把我们赶走,不准挂牌子,罚钱,拘押,那可真吓得够了,可是唱落子的那种办法他们倒赞成。①

"五四"以来,许多评论家把消灭娼妓制度与社会改革的构想结合起来,提出了一系列措施,其中重要的一项就是对妇女进行职业培训,如建立妇女习艺所、感化院等,但似乎这些成效并不显著,习艺所、感化院并不能从根本上解决女性的经济问题。老舍的《月牙儿》也涉及这一问题,"我"被巡警抓进了感化院,在那里有人教"我"做工:

> 洗、做、烹调、编织,我都会;要是这些本事能挣饭吃,我早就不干那个苦事了。我跟他们这样讲,他们不信,他们说我没出息,没道德。他们教给我工作,还告诉我必须爱我的工作。假如我爱工作,将来必定能自食其力,或是嫁个人。他们很乐观。我可没这个信心。他们最好的成绩,是已经有十几多个女的,经过他们感化而嫁了人。到这儿来领女人的,只须花

---

①彭家煌:《晚餐》,《彭家煌小说经典》,印刷工业出版社2001年版,第276、277页。

两块钱的手续费和找一个妥实的铺保就够了。这是个便宜。①

小说对这些改造妓女的措施予以了质疑,这些措施没有从根本上解决女子的生存问题,也不能改变她们被损害与被侮辱的命运。可以说,《晚餐》《月牙儿》对妓女命运的思考较之同题材作品具有更强的现实针对性。

尽管多数这类作品中的欢场女性形象模糊,缺少细腻的心理描写,当然也有例外,比如老舍《月牙儿》中的"我",此外,蒋牧良的《夜工》也是一篇注重欢场女性心理描写的作品。《夜工》讲述了一个印刷厂女工三姑娘的堕落过程,可贵的是作者不仅揭示其堕落的外在因素——经济原因,还揭示了其堕落过程的内心冲突,使得这一形象具有了立体感。三姑娘每月做工挣的六元钱远远无法还清亡兄20元的棺材账以及米店的赊账和房租,她原本瞧不起野鸡派头的女工余玉莲,不过当看到余玉莲因姘上了工头而让其母亲过上舒适的生活,对比自己的父母却在忍饥挨饿,她对余玉莲劝她不要"太死板"的话没有开始那么反感了,"天上的雪片在起劲地向她的头上堆,她可一点儿不觉得。她只怀疑着勤奋和省俭会碰壁,还有贞操是假的。"②由于三姑娘的父亲是一个很讲气节的落第秀才,他对三姑娘的动摇构成一种阻力,当工头塞给她一大把洋钞,约她晚上幽会时,她还是夺门而逃。只是回到家看到父亲为了还账而当掉了皮背心并因此冻得鼻涕直流时,三姑娘的心理防线彻底崩溃了,于是以借口上夜工去出卖自己。小说以质朴细致的笔触,写出了三姑娘在堕落过程中内心的激烈冲突和微妙波动,不仅揭示了经济压迫造成的社会悲剧,还写出了心灵呻吟的人性悲剧。

苦难书写第二类形象是强调欢场女性人格尊严的受辱,相比较第一种类型,这类形象相对数量较少,对于大多数新文学作家而言,他们更关注的是欢场女性生存的压力以及肉体的被凌辱。这类作品包括穆时英的《本埠新闻栏编辑室里一札废稿上的故事》、孙席珍的《裙子》、阿英的《春风秋雨》等。穆时英最为人熟知的是其笔下一系列时尚、性感的都市"恶之花"类型的欢场女性,不过穆时英的创作如他小说集的名称《南北极》一样,风格上也有着显著差别。除了创作新感觉风格的作品外,也有一些写实主义的作品,其笔下的

①老舍:《月牙儿》,《老舍文集》第八卷,人民文学出版社1985年版,第290页。
②蒋牧良:《夜工》,《春风沉醉的晚上——工业题材短篇小说选(1919—1949)》,工人出版社1984年版,第210页。

欢场女性形象虽以都市"恶之花"类型为主,但也有一部分底层欢场女性,作者对这些被损害与被侮辱者寄予了深深的同情。《本埠新闻栏编辑室里一札废稿上的故事》通过废稿上的原文、一位在场的见证人、舞厅的侍者以及林八妹本人共同还原了一起舞女受辱的事件,虽然每一方看待事件的角度、态度有所不同,但是所有信息综合在一起,还是传达了由流氓舞客、舞厅老板及警察所构成的社会关系网,他们共同制造了舞女冤案。林八妹是皇宫舞场的一名舞女,其生性高傲,不善逢迎,一流氓舞客见林八妹独坐一旁便上前调戏凌辱,林八妹因不堪被辱,回了句"闹什么"便招致一顿毒打。被打的林八妹随后被舞场老板辞退赶走,面对闻讯而来的巡长,舞场老板反诬是舞女捣乱,舞厅的其他人对巡长的询问都表示没看见打人,最后林八妹以捣乱营业罪被送警察所关押。如作者所感慨:"法律,警察,老板,流氓……一层层地把这许多舞女压榨着,像林八妹那么的并不止一个呢!"①小说从另一层面反映了底层欢场女性生存环境的险恶,侧重揭示欢场女性人格尊严的被践踏。在众人眼中,她们是没有尊严与脸面的,是可以肆意欺辱的对象,而法律、警察等所谓社会公正机关维护的也不是弱势者的权益,并且也"没有一个专门的中国机构来关心那些被迫在娱乐场所里出卖身体的女子的命运。"②相反,法律、警察往往与社会恶势力联合在一起成为一股更大的迫害力量,在这种境况下,欢场女性的基本权益根本无法得到保障。由于"卖淫产生于一种不平等的两性关系,带有一种把女人置于从属地位的文化印记,一种人类刚刚诞生时的印记。"晚清和民国时期的中国欢场业,表明的即是这样一种不平等关系,"一种无视女人权利、完整性和尊严的文化的不同表达方式。"③

由于欢场女性的不被尊重,她们的内心向往、精神需求等往往是被遮蔽的,很少有作家关注她们受煎熬、渴求自尊的灵魂,因而,孙席珍的短篇小说《裙子》从这一创作视角而言是难能可贵的。小说描写香水姑娘在张家口做"青倌人"时,由于嗓音自然柔美,虽不善于应酬,但门庭还不算冷清,不用担

①穆时英:《本埠新闻栏编辑室里一札废稿上的故事》,《穆时英小说全编》,学林出版社1997年版,第306页。
②[法]安克强:《上海妓女——19—20世纪中国的卖淫与性》,袁燮铭、夏俊霞译,上海古籍出版社2004年版,第399页。
③[法]安克强:《上海妓女——19—20世纪中国的卖淫与性》,袁燮铭、夏俊霞译,上海古籍出版社2004年版,第401页。

心挨饿受冻了，然而让香水姑娘感到沮丧的就是当局明令妓女外出必须围黑纱，这等于挂着"我是妓女"的招牌，一上街，便受到鄙夷奚落，被众人瞧不起。后来香水姑娘来到北京，博得了总长公子的青睐，成为"红倌人"，不过北京对妓女着装也有规定，即不许妓女穿裙子。香水姑娘穿着大脚裤子，在戏院、公园受尽白眼，郁郁寡欢，她最大的心愿就是能穿上裙子，像那些女学生一样"清白"地走在街上。民国成立后，街头挂起了青白旗，她满以为自己能穿裙子以示"清白"了，不料妇女会依然明令"妓女出门，均不许穿裙，以资区别，而饬风纪"。小说最后写香水姑娘接待胸前佩戴青白徽章的客人，思及"清白"，晕眩中仿佛看见公园里女学生穿着裙子如蝴蝶般翩翩起舞，这个结尾可谓意味深长。可见，裙子已成为香水姑娘一个抹不去的心结，而这背后揭示的是充满罪孽感的灵魂渴求得到社会的尊重。无论是围戴黑纱，还是禁止穿裙，都是通过一种特殊的耻辱标志方式来提醒欢场女性其存在的罪恶感，时刻煎熬着她们的痛苦灵魂，如同霍桑《红字》中女主人公胸前佩戴的红色A字一样。

此外，在某些左翼作家那里，人格的受辱可能会激发欢场女性的觉醒，如阿英《春风秋雨》中的交际花陈凤云，由革命女性堕落为交际花，靠一银行家供养。一次与银行家产生争执，陈凤云一再强调这是她的家，她有权做主，却不料被银行家泼了冷水，骂道："你的家！说的多么好听，谁替你维持了这个家！不要脸的东西！"①这让陈凤云受到极大的刺激，明白了她的处境与地位，由此觉醒并告别这种寄生虫式的交际花生活。应该说，强调人格尊严是较之生存问题更高层次的精神追求，对于欢场女性形象而言，这也是容易被作家忽略的，毕竟衣食温饱才是底层欢场女性急需解决的根本性问题。

苦难书写第三种类型是强调感情的受骗，这种书写一般多为"痴情女子负心汉"的模式。对于很多欢场女性来说，欢场生活只是人生一个阶段的生存方式，很少有终身从事欢场业的。故而，她们需要考虑离开欢场业后重新融入社会的方式，而嫁人从良无疑是绝大多数欢场女性的最佳选择。另外，从情感需求角度而言，尽管过着迎来送往的生活，见惯了逢场作戏与虚情假意，欢场女性内心往往更加渴求真挚的情感。不过，相比较一些欢场女性对爱情的忠贞执着，大多数男性不过是抱着玩乐的心态来与欢场女性相处的，

①阿英：《春风秋雨》，《阿英全集》第9卷，安徽教育出版社2003年版，第93页。

如李健吾《黄花》中的阔少杨先生,可以说代表了多数欢场男性的态度,"她是一个舞女,我不过拿她寻开心,从来就没有把她当正经看。"①对他们而言,对欢场女性可以不必认真,也无需负责。正因如此,导致了欢场女性经常在感情上遭受欺骗,爱情大多是悲剧结局。这一类作品包括于伶的《花溅泪》、上海剧社集体创作的《舞女泪》、老舍的《月牙儿》等。《花溅泪》中两位舞女都在情感上遭受对方的欺骗,一位是舞女顾小妹,被舞客小陈甜言蜜语打动,怀孕后被其劝去打胎,小陈一直用结婚来欺骗她,当最后小陈要同未婚妻结婚,顾小妹受不了刺激而自杀,后被米米、丁香救下。另一位是戏剧的主人公舞女米米,遭到洋场买办常海才的欺骗,常海才以家人不同意两人的婚事为由相约一起自杀,但事实上常海才根本没有自杀,而是和另一舞女在一起参加化妆舞会。幸好米米的行为被丁香及时发现并劝救下来,而米米也在丁香的说服下开始觉醒。《舞女泪》的故事和《花溅泪》中顾小妹的故事很接近,同样是舞女受到舞客的引诱,为保全舞客的名誉打胎而病倒。在她梦想着与舞客结婚时,得到的回答却是:"少爷有的是钱,花上几个,哪儿没有女人玩!"在这无情的打击下,舞女发疯了。故事本身并无新意,沿用的还是老套的"始乱终弃"及"痴情女子负心汉"模式,值得一提的是这出戏的演出方式,全部由舞女出演,即由舞女演"舞女",是这部戏最大的卖点。此外,老舍《月牙儿》中的"我"也不只是遭受生存的挫折,同样也有感情的受骗,使得小说在认同主流话语模式的同时又在更深层次上拓宽了欢场女性的形象蕴涵。

总之,欢场女性的苦难书写,是新文学作家关于欢场书写的主流话语模式,一方面,通过关注被损害与被侮辱者,体现作家的人道主义立场;另一方面,通过揭示欢场女性被损害与被侮辱的原因,体现作家的社会批判意识。

第二节　人性神庙的建构者

在晚清至民国时期中国文学的欢场书写中,对于底层妓女,多数新文学作家将其视为苦难的代言人,成为批判社会的工具;或是如郁达夫般,将其视为失意人生的同命者,成为情感抒发的工具。而沈从文笔下的湘西土娼,则

---

①李健吾:《黄花》,文化生活出版社1947年版,第13页。

完全不同于主流话语的书写规范,提供了一种与众不同的审美视角与话语模式。

沈从文的不少作品中都出现了妓女形象,大致可以分为三类:一类是早期作品中的妓女形象,强调妓女对男性的启蒙意义;第二类是体现作家创作理想与人生理想的湘西土娼形象,这是沈从文最为人所熟知的一类形象;第三类是与湘西土娼形成鲜明对比的都市妓女形象,与沈从文都市题材作品中的其他形象一样,都是体现人性之"丑"的。

沈从文在20世纪20年代后期创作了两篇有关狎妓题材的小说,《第一次作男人的那个人》和《十四夜间》,可以说,在早期的作品中,沈从文就表现出了与其他作家不一样的态度。沈从文对于女性有着发自内心的尊重与赞美,他曾借作品人物之口说道:"我觉得天下的女子没有一个是坏人,没有一个生长得体面的人不懂爱情。一个娼妓,一个船上的摇船娘,也是一样的能够为男子牺牲,为情欲奋斗,比起所谓大家闺秀一样贞静可爱的。倘若我们还相信每一个人都有一颗心,女人的心是在好机会下永远有向善倾向的。女人的坏处全是男子的责任。男子的自私,以及不称职,才使女子成为社会上诅咒的东西。"①正是这样的一种女性观,对于女性的宽容与理解,使得沈从文不对妓女作道德判断与人性谴责,而是在其中寻找并发现美的、向善的因子。

在早期的这两篇小说中,沈从文精细地刻画了狎妓者的心理,并通过妓女的身体发现了人性与神性的所在。与郁达夫此类题材不同,郁达夫对待妓女虽有着一种深厚的同情,但这种同情却是一种俯视的同情,即狎妓者与妓女并不曾处于同一层面。"我"在她们面前始终有着一种优越感,甚至以救世主自居,在对妓女的怜悯中,"我"的优越性得到了证明与表现。而在沈从文笔下,妓女则真正成为一个与男人平等的"人",狎妓者并没有一种道德上及世俗中的优越地位。反而是妓女对狎妓者进行自然生命的启蒙,使他意识到人生的某些真谛,从而颠覆了世俗的道德观。

> 到这时,还有什么理由说这是为钱不是为爱么?就是为钱,在一种习惯的慷慨下,行着一面感到陌生一面感到熟套的事,男子却从此获到生命的欢喜,把这样事当成慈悲模样的举动来评价,女人:不是正作着佛所

---

①沈从文:《第四》,《沈从文全集》第5卷,北岳文艺出版社2002年版,第134页。

作的事么?无论如何一个这样女人是比之于卖身于唯一男子的女人是伟大的。用着贞节或别的来装饰男子的体面,是只能证明女人的依傍男子为活,才牺牲热情眷恋名教的。

从而狎妓者在这种行为中意识到了男性的责任:

> 女人是救了他,使他证实了生活的真与情欲的美。倘若这交易,是应当在德行上负责,那男子的责任是应比女人为重的。可是在过去,我们是还没有听到过男子责任的。于此也就可见男子把责任来给女子,是在怎样一种自私自利不良心情上看重名分了。

并最终通过女人的身体,发现了真理:

> 女人的身,这时在他手上发现的倒似乎不是诗不是美的散文,却变成一种透明的理知了。①

正是这种对女性的尊重以及由此产生的反省意识,使得沈从文找到了自己的理想,那就是不断地在生命中书写神性,在身体里发现神性。在后来湘西题材的系列创作中,沈从文始终贯穿着他的这一生命观与人性观。

沈从文笔下的湘西土娼包括《柏子》中的妓女、《丈夫》中的老七、《小砦》中的桂枝以及《湘行散记》中《一个多情水手与一个多情妇人》《辰河小船上的水手》《桃源与沅州》《鸭窠围的夜》等作品中的妓女等。这些湘西土娼,在卑贱的生活中依然保持人性的尊严,她们出卖肉体但不出卖灵魂。她们同普通人一样也有着爱的情怀,并且爱得恣肆坦然,迸发着原始的生命激情。正因如此,在沈从文精心构筑的供奉"人性"的"希腊神庙"中,湘西土娼们以其自然健康质朴的天性同样位列其中。沈从文代表作《边城》中有一段关于湘西土娼的描写,这段文字可视为湘西土娼总体形象的代言:

> 由于边地的风俗淳朴,便是作妓女,也永远那么浑厚,遇到不相熟的人,做生意时得先交钱,数目弄清楚后,再关门撒野。人既相熟后,钱便在可有可无之间了。妓女多靠四川商人维持生活,但恩情所结,则多在

---

① 沈从文:《第一次作男人的那个人》,《沈从文全集》第3卷,北岳文艺出版社2002年版,第283、284页。

水手方面。感情好的,互相咬着嘴唇咬着颈脖发了誓,约好了"分手后各人皆不许胡闹",四十天或五十天,在船上浮着的那一个,同在岸上蹲着的这一个,便皆呆着打发这一堆日子,尽把自己的心紧紧缚定远远的一个人。尤其是妇人,情感真挚痴到无可形容,男子过了约定时间不回来,做梦时,就总常常梦船拢了岸,一个人摇摇荡荡的从船跳板到了岸上,直向身边跑来。或日中有了疑心,则梦里必见男子在桅上向另一方面唱歌,却不理会自己。性格弱一点儿的,接着就在梦里投河吞鸦片烟,性格强一点儿的,便手执菜刀,直向那水手奔去。他们生活虽那么同一般社会疏远,但是眼泪与欢乐,在一种爱憎得失间,揉进了这些人生活里时,也便同另外一片土地另外一些人相似,全个身心为那点爱憎所浸透,见寒作热,忘了一切。若有多少不同处,不过是这些人更真切一点,也更近于糊涂一点罢了。短期的包定,长期的嫁娶,一时间的关门,这些关于一个女人身体上的交易,由于民情的淳朴,身当其事的不觉得如何下流可耻,旁观者也就从不用读书人的观念,加以指摘与轻视。这些人既重义轻利,又能守信自约,即便是娼妓,也常常较之知羞耻的城市中人还更可信任。①

可见,沈从文笔下湘西土娼呈现的是自然、健康的生命形态,这种自然、健康一方面表现在外在形态上,即拥有壮硕、健实的外在之美。沈从文形容她们用的是"大臀肥身""奶子肿高""圆脸大脚"等这样的词汇,这些都显示着生命力的健旺。尤其是"大脚",象征着没有被病态汉文明侵蚀的自然生命形态。另一方面,由于未被现代文明侵蚀,这种自然、健康还表现在她们拥有原始的生命激情与纯朴自然的天性。在湘西土娼身上,既有娼妇的放荡,又有着"命妇的庄严"。她们单纯、多情,敢爱敢恨,热情似火而又情有独钟,放荡恣肆而又不失真诚。这样一种鲜活坦荡的生存方式,这样一种力避肉体交易中灵魂的肮脏,使得她们成为欢场女性中一道独特的风景线。当阅读这类题材的作品时,我们获得的是完全不一样的审美感受,一种抛开了社会批判、伦理道德层面的纯粹人性的感悟。

在沈从文展示给我们的湘西土娼鲜活的人生图景中,我们首先感受到的

---

① 沈从文:《边城》,《沈从文全集》第8卷,北岳文艺出版社2002年版,第70、71页。

是生命的激情与欢畅。《柏子》中水手柏子与相好妓女的爱炽热浓烈,在他们的一夕相会中,不仅没有肉体交易的肮脏感,也没有淫荡的肉欲感,有的只是一种在相互的需要与满足中获得的享受的欢愉与心灵的慰藉。"女人则帮助这些可怜人,把一切穷苦一切期望从这些人心上挪去。放进的是类乎烟酒的兴奋与醉麻。"尽管一次相聚花去了柏子一个月的积蓄,但他认为"他的所得抵得过一个月的一切劳苦,抵得过船只来去路上的风雨太阳. 抵得过打牌输钱的损失,抵得过……他还把以后下行日子的快乐预支了。"①沈从文在这里表现的是一种率真大胆的性爱,这种性爱不论从动机还是行为都显得单纯、原始,但它体现出的却是激情的、勃发的生命力,一种自在的、自然的生命形式。

此外,沈从文注重开掘乡野中妓女和嫖客身上的人性,赋予这种肉体交易关系以人间温情。故而,湘西土娼在本该没有生命欢愉的地方领略的却是生命的激情与欢畅,在本该薄情寡义的地方体会的是多情重义,在本该人性被扭曲的地方感悟的却是人性的纯朴与善良。在《一个多情水手与一个多情妇人》里,沈从文讲述了多情水手与相好妓女离别之时的恋恋不舍,这样一种别离之情包含着类似亲情的抚慰、宽容和守望,成为彼此心灵的慰藉。

妇人们恩情所结,也多和衣靠着窗边,与河下人遥遥传述那种"后会有期各自珍重"的话语。很显然的事,便是这些人从昨夜那点露水恩情上,已经各在那里支付分上一把眼泪与一把埋怨。想到这些眼泪与埋怨,如何揉进这些人的生活中,成为生活之一部时,使人心中柔和得很! ②

这些眼泪与埋怨让人心中柔和,也让水手与妓女的关系多了一层寻常人间的"烟火气",而少了一些"风尘味"。吊脚楼上的妓女与短暂停留的水手告别的场景,如同恋人、友人一般,既有关心与牵挂,又有着于亲近之人才发的小脾气。

> "牛保,牛保,我同你说的话,你记着吗?"
> 年青水手向吊脚楼一方把手挥动着。
> "唉,唉,我记得到! ……冷! 你是怎的啊! 快上床去!"大约他知

---

①沈从文:《柏子》,《沈从文全集》第9卷,北岳文艺出版社2002年版,第42、45页。
②沈从文:《一个多情水手与一个多情妇人》,《沈从文全集》第11卷,北岳文艺出版社2002年版,第257页。

道妇人起身到窗边时,是还不穿衣服的。

妇人似乎因为一番好意不能使水手领会,有点不高兴的神气。

"我等你十天,你有良心,你就来——"说着,嘭的一声把格子窗放下了。这时节眼睛一定已红了。①

后来牛保上船把妓女送给他的核桃送了一包给"我"后,作为回报,"我"送了他四个苹果,牛保得了苹果后立刻跑回吊脚楼将苹果送给那妓女。这里,核桃与苹果成为传递彼此情意的信物,也许这不算浪漫,也称不上风雅,但却是一种真挚、朴素的感情。这些水手与妓女,他们以粗俗而直接的方式表达感情,相互骂着野话,离别之际也不是执手相看泪眼般的温情缠绵,有的只是责备的关切与赌气的牵挂,还有那传递情感的核桃与苹果。对于水手来说,吊脚楼不仅是他们岸上的停留之所,也是他们精神的栖息之地。正因此,沈从文"觉得他们的欲望同悲哀都十分神圣",而这样的关系是"不配用钱或别的方法渗进他们命运里去,扰乱他们生活上那一分应有的哀乐。"②在这些水手与妓女的身上,沈从文感受到了一种人性的庄严与厚重,他们毫不掩饰、毫不做作地生活着,践行生命过程中的职责和情义,他们的人生虽卑微却能自重,虽粗鄙却能绽放人性之光。故而,在吊脚楼里、在湘西的河岸边、在这些水手与妓女身上,沈从文看到了神性的光辉,如同其笔下的景物一样神奇瑰丽,"河面杂声的综合,交织了庄严与流动,一切真是一个圣境"。③在这样的"圣境"中,沈从文完成了理想人伦生态的构建。

此外,这些湘西土娼不仅有情有义,而且纯朴善良、不虚伪不势利。《小砦》中,过路客商、退伍什长、税关司事等所谓有钱人、上等人通通不能打动桂枝的心,虽生活收入大半靠过路客商,但她的"恩情却结在当地一个傻小子身上"。此人穷得只在河边洞穴中栖身,但桂枝因"认定憨子为人心子实,有包涵,可以信托,紧贴着心"而愿意跟随。此外,《丈夫》中的老七,最终选择不再

①沈从文:《一个多情水手与一个多情妇人》,《沈从文全集》第11卷,北岳文艺出版社2002年版,第260页。

②沈从文:《一个多情水手与一个多情妇人》,《沈从文全集》第11卷,北岳文艺出版社2002年版,第267页。

③沈从文:《一个多情水手与一个多情妇人》,《沈从文全集》第11卷,北岳文艺出版社2002年版,第259页。

船上做生意,而与穷困的丈夫一起回到乡下,也是纯朴善良本性的体现。可见,沈从文赋予湘西土娼都是美好的特性,可以说是"真善美"的化身,而当沈从文将视角转向都市时,都市妓女与湘西土娼构成了鲜明的对比,在她们的身上,集中的却是"假恶丑"。

沈从文一直强调自己的"乡下人"身份,他一再宣称:"我实在是个乡下人……乡下人照例有根深蒂固永远是乡巴老的性情,爱憎和哀乐自有它独特的式样,与城市中人截然不同!他保守,顽固,爱土地,也不缺少机警却不甚懂诡诈。"①并以"乡下人"的视角来观照、批判现代都市文明,"我是个乡下人,走向任何一处照例都带了一把尺,一把秤,和普通社会权量不合。一切临近我命运中的事事物物,我有我自己的尺寸和分量,来证实生命的价值与意义。我用不着你们名叫'社会'为制定的那个东西。"②可以说,"乡下人"的视角与评判尺度对沈从文的创作产生了重要影响,如有评论家指出的,"实际上,沈从文终其一生都扮演了一个'局外人'的角色:相对于湘西的日复一日的战乱和屠杀,他是一个柔软的孩童;相对于强人出没的军营,他是一个弱不禁风的文书;相对于北京、上海的大都市,他是一个不会说国语的乡巴佬。"③这样一种"局外人"角色,使得沈从文对都市始终存有陌生感与疏离感,无法在情感上加以认同,也由此,更激发了对离开多年的湘西故土的深深眷念与美好回忆,那里成为沈从文的精神家园,也成为沈从文构筑理想人性与美好人伦生态的"圣境"。而湘西题材与都市题材在沈从文的文学世界中构成了对立互参的格局,后者让前者"具有了理想化了的形态",而前者则使后者"真正呈现出病态"。④

沈从文笔下的城市妓女无不贪婪、自私、虚伪、淫荡,她们虽外表靓丽却灵魂卑污。如《都市一妇人》中的妇人,是一个在某一时期只卖身给某一人,在某一时期卖身给众多人的一名高级妓女,在成功俘获了一个纯情的、英俊

---

①沈从文:《习作选集代序》,《沈从文全集》第9卷,北岳文艺出版社2002年版,第3页。

②沈从文:《水云》,《沈从文全集》第12卷,北岳文艺出版社2002年版,第94页。

③格非:《〈柏子〉与假定性叙事》,《清华大学学报》(哲学社会科学版)2005年第1期。

④赵园:《沈从文构筑的"湘西世界"》,《论小说十家》,浙江文艺出版社1987年版,第126页。

的、有前途的青年上尉的爱情后，出于对自己年长色衰无法控制青年上尉的恐惧，极端残忍地将其眼睛毒瞎，认为这样青年上尉就离不开她的照顾，而她也就可以放心地拥有他。为了满足一己私欲而不择手段，可谓丧失基本人性。而《王谢子弟》中的妓女史湘云，四处骗取钱财、虚伪放荡，表现出与湘西土娼完全不一样的品性。她以眼泪为武器，以读书写诗为幌子，将七爷一步步引诱到与老鸨、律师设计好的圈套中骗取钱财，而被七爷包养后，仍四处偷情，放荡不已。如果说湘西土娼们出卖的是自己的身体，那么城市妓女们则是连人格与身体一起出卖；如果说前者看重的是真心与情感，那么后者则只在乎虚荣与金钱。通过这样一种对比，更加凸显了湘西土娼们多情、重义、轻利、纯朴的自然本性，而她们也成为沈从文"重铸民族品德"的一种精神资源，成为"倍受城市压迫、深感现代都市文明堕落之痛的知识分子治疗心灵创伤、构建现代文明重塑国民灵魂的载体。"①

　　在沈从文湘西题材的作品中，塑造了一批在卑贱的生活里追寻生命的庄严，在屈辱的日子里守护情感的真挚，在肉体的交易中力避心灵的玷污，具有健康、自然人性的湘西土娼形象。她们既多情又专一，既放荡又单纯，与城市妓女形成了鲜明的对比。由于探寻生命的真谛与人性的善恶美丑是沈从文创作与思考的中心，因而沈从文较少探究造成湘西土娼们这种生存方式的社会因素，既不突出社会黑暗与阶级矛盾，也有意回避左翼作家式的现实批判；既不刻意强调湘西土娼们生存的痛苦与屈辱，也不以启蒙者姿态来审视或同情笔下的妓女。通过这样一个特殊群体的特殊生命形态，通过表现她们超越现实的卑贱生活而展示出灵魂的圣洁与人性的庄严，沈从文向着生命的深处挺进，向着人性的远处凝眸，从而突破了中国现代文学中此类题材作品的创作模式。

第三节　都市"恶之花"

　　晚清和民国时期的欢场文学有两次较为集中的对欢场女性的"溢恶"书

①刘传霞：《论现代文学叙述中妓女形象谱系与话语模式》，《妇女研究论丛》2008
年第1期。

写,一次是鲁迅所说的"溢恶"类的狭邪小说,发生于近代都市形成之初。另一次是以新感觉派作家为代表的都市小说,其中塑造了一系列的都市尤物形象,从而接续了有关欢场女性的"溢恶"想象,这次"溢恶"书写发生于现代都市发展的畸形繁荣期——20世纪30年代,而这两次"溢恶"书写基本都以上海这座都市为背景。

鲁迅将邪狭小说的发展概括为"先是溢美,中是近真,临末也溢恶",其所说的"溢恶"一类的狭邪小说如《九尾龟》《海上繁华梦》等作品,"所写的妓女都是坏人,狎客也像了无赖"。[①]在这些作品里,集中展示了欢场女性种种的恶行劣迹,而作者都强调著书的目的在于劝惩醒世,如张春帆在作品里反复声明其劝世的目的:

> 上海滩上的倌人,覆雨翻云,朝张暮李,心术既坏,伎俩更多,将就些儿的人入了他的迷魂阵,哪里跳得出来? 没有一个不是荡产倾家,身败名裂。在下做这部书的本旨,原是要唤醒诸公同登觉岸,并不是闲着工夫,形容嫖界,所以在下这部书中,把一班有名的倌人,一个个形容尽致,怎样的把客人当作瘟生,如何的敲客人的竹杠,各人有各人的面目,各人有各人的口风。总而言之,都是哄骗了嫖客的银钱,来供给自家的挥霍,那些千奇百怪的情形,一时也说他不尽,看准了那客人的脾气,便专用那一种的手段去笼络他,定要把这个客人迷得他意乱神昏,敲得他倾囊倒箧,方才罢手。在下这部小说,把他们那牛鬼蛇神的形状,一样一样的曲笔描摹,要叫看官们看了在下的书,一个个回头猛省,打破情关,也算是在下著书劝世的一番好意。[②]

孙玉声亦在《海上繁华梦》自序中表明劝惩的目的,并列举了上海妓院的种种毒害:

> 况乎烟花之地,是非百出,诈伪丛生,则又梦之扰者也;醋海风酸,爱河波苦,则又梦之恶者也;千金易尽,欲壑难填,则又梦之恨者也;果结杨梅,祸贻妻子,则又梦之毒者也;既甘暴弃,渐入下流,则又梦之险而可畏

---

① 鲁迅:《中国小说的历史的变迁》,《鲁迅全集》第9卷,人民文学出版社2005年版,第349页。

② 张春帆:《九尾龟》,人民中国出版社1993年版,第513页。

者也。①

　　故而,因要劝惩所以在小说中极写妓女的种种丑态及其无所不用的骗人伎俩,真是烟花之地,实乃荆棘之场,误人非浅。这些"溢恶"类作品中的欢场女性已不再具有良善、忠贞的品质,而成为"泼于夜叉""毒于蛇蝎"之无情无义无德无行的恶魔化身,即所谓"婊子无情、戏子无义"。其实,如果我们将欢场女性的恶行予以归类的话,大致包括两大方面,即淫逸放荡与敲诈勒索,而这两方面其实是反映了清末民初欢场价值观的变化。传统的青楼女子往往色艺俱全、品位高雅,与才子的交往构成一种审美关系,凸显生活的情感化和艺术化。而随着近代的城市化、商业化与世俗化,妓院也变得越来越草根化。"妓院初有规则,至光宣间而荡然无存。客莅院,妓侍坐,婢媪遥立,伺应对。后则嬉戏成风,谐谑杂作矣!客初就坐,妓自进瓜子,婢媪进茗,茗碗必有盖有托。后则以无盖无托之瓷瓯进矣!"② 这种服务的"向下"的趋势,既是指品味格调的降低,同时又是指身体的"向下"服务,情欲化、商品化取代了以往的情感化、艺术化。伴随着情欲化与商品化的欢场价值取向,欢场女性对男性的依附性也开始减弱,在某种程度上,她们拥有了一定自主权与独立性。作为近代中国"最早走向社会的职业妇女","她们从家庭走向社会,干这些为当时人瞧不起的行当,虽然出于无奈,但已不同于传统的婢女、艺人和妓女,而大多是以自主的身份进入服务行业,与雇主形成雇佣关系,这意味着中国女性开始脱离依附男性的传统而独立谋生,有了一定的经济收入和行动自由,其社会角色已有新的含义。"③因而,晚清妓女由传统文人心目中的温顺专情的女性而演变为精明算计的女商人,男性不再是她们情感依托的对象,而成为她们做生意的对象。她们将自己的行为视为一种谋生的职业,一种平等的商业活动,并因此而拥有主宰自我情欲的权力。这一系列的变化给男性的意识深层带来了无法掌控的恐惧感与失落感,于是通过对欢场女性的贬损来重获一种内心平衡。

　　男权中心文化要求女性必须贞节,即便是欢场女性也强调对爱情忠贞。

---

　　①孙玉声:《海上繁华梦·自序》,上海古籍出版社1991年版。

　　②徐珂:《清稗类钞》第11册"娼妓类",中华书局1986年版,第5164页。

　　③刘志琴:《序:观念源于生活》,李长莉《晚清上海社会的变迁——生活与伦理的近代化》,天津人民出版社2002年版,第3页。

故而以往青楼女子大多都是重情重义的,成为文人们浪漫情感的寄托对象,在秦楼楚馆中上演着一幕幕风雅缠绵的情爱故事。与此同时传统青楼女子都表现出对朝秦暮楚、迎来送往的风尘生涯的厌倦,时刻等待才子的拯救。且一旦认定便付出真心,不再改变,与才子别离后便拒绝再接他客,一心等待从良。从唐传奇的《霍小玉》《李娃传》到明代"三言""二拍"再到晚清的香艳小说,无不是这一"救风尘"模式的书写。对于传统青楼女子而言,她们虽身处风尘,却心向从良;虽迎来送往,却忠贞不二。事实上,这类忠贞的、良善的、专情的青楼女性形象反映了男性文人的一种想象,体现着男权中心的文化意识。而当晚清社会价值体系发生裂变时,欢场女性亦随之体现出一种新的欢场价值观。即她们不再视文人才子为理想的选择对象,而以富贾优伶代替之;不再将依附于某一男性的从良作为生活的目标,而以做生意赚钱为根本;不再只认定委身某一男人,而是凭着自己的喜恶周旋于多个男人之间。这样一种变化,使得她们相比较以往的青楼女子和同时期的良家女子,拥有了一定的独立性与自主权。但也因此极大地挑战了传统的性别关系,男性权威受到了质疑,男性理想之青楼女子形象得以颠覆,晚清妓女成为令男性恐惧不安的"恶之花"。

自然,这些淫逸放荡、敲诈勒索的欢场女性是"坏女人""恶女人"。而在她们诸多的恶行劣迹中,最不能让男性容忍的则是养情人、姘戏子马夫,如《九尾龟》里批判的:

> 以前那班堂子里头的倌人,一个个都还有些自爱的思想,见了客人也都大大方方、规规矩矩的,既没有那般飞扬荡佚的神情,又没有那种鄙薄客人的思想。若是有一个倌人姘了戏子,或者姘了马夫,就当作个惟一无二的耻辱。不但做客人的瞧他不起,就是同辈姊妹里头,也都把这个人当作下流,传为笑柄。所以那个时候,倌人们姘戏子的很少,就是或者有几个,也都是讳莫如深,不肯自家承认。如今的倌人却不是这个样儿,一个个庞然自大,见了客人,面子上虽然不说什么,心上却很有些轻鄙客人的思想。那生意不好的倌人,也还不必说他;最可恨的是那些生意很好的红倌人,一味的只晓得姘戏子,轧马夫,闹得个一塌糊涂,不成话说;非但没有一些儿惭愧的意思,而且还得意扬扬的十分高兴,那脸皮

上面,好像包了一层铁皮的一般。①

"当妓女为了爱情而非物质利益方面的考虑选择性伴侣时,据说她们挑的往往是戏子或是自己的马夫车夫",在这样的关系之中,"女人不仅能自主地挑选性伴侣——体面人家的妇女无权这样做——而且还利用这种关系,剥夺了选中的男子的自主权,事实上将他们变成了女性。"正因为"'正常的'权力关系之颠倒:女人养男人,控制男人,尽管不言明却已直逼传统的性别身份安排"。②所以,对于这些养情人、娇戏子的妓女,她们通常是不会有什么好下场的。如《海上繁华梦》中的妓女巫楚云与颜如玉,都与小白脸潘少安交好,她们将从杜少牧那骗来的钱转手全倒贴给潘少安,最终杜少牧醒悟过来,回头是岸。而作为对巫楚云与颜如玉的惩罚,她俩的结局都十分凄惨。巫楚云后穷途落魄,冻死在马路上,颜如玉则浑身恶疮,发疯而死。《海上花列传》中的沈小红,娇养戏子暴露后,不仅失去了恩客王莲生,生意也一蹶不振,十分凄凉。作品中这样的结局安排,男性文人的道德标尺已十分清晰。由于"性是社会力量的产物,是一种由社会权力围绕着被认为有问题的性行为的各个方面人为建构的模式。权力在这些互相竞争的性行为中做出选择,把自己接受下来的行为当作正常行为。"正是在这样的选择构成中,男性作为性行为的施众、女性作为性行为的受众已成为一种权力运作模式,且"权力的运作方式不是行政的,也不是法律的,而是通过一种更精致的机制,通过心理分析,通过'科学知识',其目的是对个人行为的管制,是对个人自由的剥夺"。③由于权力运作往往会产生无形的语境,在这样的语境里,我们不是作为权力的对立面存在,而是参与构建权力的存在。所以作为性生活主体的男性,嫖妓是欲望的正常轨迹,而作为供男性享受客体的女性,其养情人、娇戏子马夫则是不正常的行为,不仅是坏女人,而且还是娼妓中的坏女人,可谓坏中之坏。正因为妓女养情夫、娇戏子挑战了男性在两性关系中的权力地位,它必然遭受男权社会最猛烈的抨击。

近代上海妓业行风的变化,除了一方面体现为妓女在一定程度上能自主

①张春帆:《九尾龟》,人民中国出版社1993年版,第932页。

②[美]贺萧:《危险的愉悦:20世纪上海的娼妓问题与现代性》,韩敏中、盛宁译,江苏人民出版社2003年版,第110、111、112页。

③李银河:《性的问题·福柯与性》,文化艺术出版社2003年版,第205、206、204页。

情欲,另一方面则体现为情感价值的失落,以利益为中心的世俗价值体系及崇尚实利的务实观念的形成。"金钱至上的商业规则,日益成为支配人们社会关系的新准则,因而出现了尊卑失序、贵贱颠倒的社会风气,并出现了以金钱为标准衡量人,及与身份相比更看重人的实际能力的社会平等意识。"①以往忠贞多情的青楼女子演变为一个个精明算计的女商人,她们即便是和嫖客维持着一种情感的联系,那也是出于生意的考虑。以往妓女与文人诗词酬和的风雅缠绵的场面演变为赤裸裸的金钱与肉体的交易关系,完全褪去了风月场中浪漫的面纱。《海上花列传》中的黄翠凤,骗取罗子富留下作为相好凭据的拜匣,后联合鸨母一起设计,称拜匣为鸨母所偷,敲诈罗子富以五千洋钱赎回,手段可谓老练毒辣。《海上繁华梦》中写到的二十多个妓女,除桂天香一人出于污泥而不染外,其余皆用各种手法骗取嫖客钱财。如嫁与戚祖诒做小的几个妓女,都是为了讹诈、席卷其家财;更有花艳香、花媚香姐妹嫁与游冶之、郑志和后,经过周密安排,将游、郑二人所有的金银细软搜刮卷逃,致使二人后来落魄至极,几乎断送性命。《海天鸿雪记》中的大部分妓女在与嫖客周旋过程中同样也是拼命追求财产及对财产的支配权。《九尾龟》中的众多妓女更是想方设法地骗取钱财,如陆兰芬、林黛玉、金月兰、张玉书、金黛玉、周凤林等,一个个绞尽脑汁将嫖客当"瘟生"宰。甚至不少妓女为了骗取钱财而短暂从良,嫁与有钱人做小,一旦目的达到就设法离开或是逃走,然后重回欢场高张艳帜,并将此称作"泹浴"。如书中第二十二至二十五回写道,自认是"平康巷里的拿破仑"的邱八,"无论什么事情都瞒不过他",却也照样中了林黛玉的"泹浴"之计,平白受了一场恶气。

欢场女性由赏"才"而变为嗜"财",无论如何体现了文人才子在转型期的失落,而才子们回应这种失落的表达方式之一便是以丑化、恶化妓女形象来达到一种宣泄。由此我们也就理解了为什么这一时期的邪狭小说涌现出那么多"坏"的妓女,她们不是淫荡成性,就是欺骗敲诈,由"溢美"一极而滑到另一极端"溢恶"。这种变化一方面体现了妓院的草根化、商品化、情欲化的趋势带来的欢场女性生存方式、价值观念、权力地位等的改变。"从表面上说,娼妓业似乎是男性霸权驰骋的舞台,在这个行业中女人被当作交易的商品出

---

①李长莉:《晚清上海社会的变迁——生活与伦理的近代化》,天津人民出版社2002年版,第146页。

售。实际情形中，往往是女人把持着行业，她们通常住在一起，形成了明确的妇女小团体。妓女仍然不可能不受到男人的役使，但她们也并非只是被动承担男性虐待的受害者。她们会以个体和集体的方式进行自卫。她们讨价还价，她们既可能受到男人的凌辱，却也可能搜刮嫖客。"①的确，这一时期妓业出现的诸多变化中，欢场女性已不完全只是受害者的形象，她们真实的生存状况往往要复杂得多。但在这一时期的文人笔下，她们却似乎只是恶的化身。正如前面所分析的，对欢场女性的"溢恶"想象，一方面源于她们自身的变化，但更主要的则是由于近代市场经济对名士价值立场和社会价值观的冲击，导致文人内心失落、价值失衡，由以往受宠的对象而成为冷落的对象，自身的优势已不复存在。而欢场女性表现出的自我意识、商业意识更让文人产生一种深深的挫败感。于是一方面通过贬损、丑化欢场女性来达到一种情绪宣泄，在作品中，这些坏女人大都是不得善终。另一方面则通过塑造嫖界英雄章秋谷，通过他与妓女在周旋过程中始终获胜而得到一种心理满足。欢场女性历来是文人言说自己的方式，这一次也不例外，当我们深入探究这一人物时发现，嫖界英雄反映了近代文人在历史转折时期的无所适从又急于顺应新的价值判断体系而强占鳌头的焦虑心态。当章秋谷采取所谓的"流氓"手腕来对付欢场女性时，就已经暗示了他的虚弱无能与走投无路，胜利与否其实已不再重要，并体现了其彻底丧失拯救娼妓的主体性地位，从而解构了千百年来有关文人"救风尘"的文化想象。

对欢场女性的"溢恶"想象在晚清狭邪小说中达到高潮，它其实是折射了这一时期文人价值观的变化。就欢场女性形象本身而言是缺乏个性的，面孔是模糊的，我们看到的只是诸多相似的"恶"的行为，却无从了解这些女性真实的内心，当然这其中一些"恶"的标准也是以男性的道德观来制定的。这之后大量新文学作品中的欢场女性形象，多半成为作家批判社会的工具，她们身上即便有不好的品质，那也是黑暗社会造成的。欢场女性作为受害者、牺牲品，同情的论调逐渐遮掩了对她们"溢恶"的攻击。然而在30年代海派作家笔下，又出现了这一类的城市"尤物"，从而接续了有关欢场女性的"溢恶"想象，并进一步颠覆了传统欢场权力关系。

①朱迪斯·沃科维茨语，转引自[美]贺萧《危险的愉悦：20世纪上海的娼妓问题与现代性》，韩敏中、盛宁译，江苏人民出版社2003年版，第6页。

这一时期不少的海派作家尤其以新感觉派作家为代表,如穆时英、刘呐鸥、黑婴、叶灵凤等,塑造了一系列的欢场尤物形象。随着20世纪二三十年代舞厅业的兴起,舞女、交际花成为这一时期重要的欢场女性类型。这些欢场女性时尚、性感、颓废、放荡,如波德莱尔形容的,她们"是一头美丽的野兽",在她们"身上产生出最刺激神经的快乐和最深刻的痛苦"。"更确切地说,那是一种神明,一颗星辰,支配着男性头脑的一切观念",她们"炫目、迷人,使命运和意志都悬在她的眼前。"①她们玩弄男性于股掌之上,她们是摩登生活的制造者与引路人,她们是欲望的化身及都市的象征。通过对欢场女性物化、魔化的修辞,男性作家表达了对富有魅力而又不可把握的城市生活的异己感受。在海派作家笔下,这些欢场尤物完全颠覆了传统的两性格局。如果说传统的青楼文学中,男性作为青楼女子的拯救者,是一种男强女弱的模式,而在晚清狭邪小说中,欢场女性开始拥有一定的自主性与独立性,那么在30年代海派作家笔下,欢场女性在两性关系中以强者的面目出现。她们持主动的控制局面的姿态,她们引诱男性、玩弄男性,而男性则显得自卑与保守,表现出一种深深的挫败感,完全颠覆了以往两性关系的格局。如刘呐鸥的《热情之骨》,比也尔恋上了东方女子玲玉,正在两人亲热之时,玲玉开口问比也尔要五百元钱,让比也尔深受打击。不过事后从玲玉给比也尔的信中可以看出,玲玉并不以为然,如其所说"在这一切抽象的东西,如正义,道德的价值都可以用金钱买的经济时代,你叫我不要拿贞操向自己所心许的人换点紧急要用的钱来用吗?"并提醒比也尔,"你所要求的那种诗,在这个时代是什么地方都找不到的。诗的内容已经变换了。"②黑婴的小说《回力线》叙述了一个相似的故事,男主人公在赌场遇见了让他心动的女子,一夜的激情后,当男子还想进一步与女子交往时,女子却表示:"我陪了你一夜,该不会再有别的什么了",并提出"给我五十块钱,这其实是太低的要求了"。③男子觉得如同从天堂被踢了下来,彻底的真正的输了。又如叶灵凤的《夜明珠》,男主人公迷恋上舞女夜明珠,尽管夜明珠一再地告诫他有爱上她的想法是会懊悔的,因为舞场里的一切都是幻象,但男主人公并不相信,直到受了欺骗后无奈地叹气。

①[法]波德莱尔:《1846年的沙龙:波德莱尔美学论文选》,郭宏安译,广西师范大学出版社2002年版,第440页。

②刘呐鸥:《热情之骨》,《刘呐鸥小说全编》,学林出版社1997年版,第39页。

③黑婴:《回力线》,《文艺画报》第1卷第4期,1935年4月15日。

欢场女性作为男性欲望的客体,她们始终处于男性的偷窥注视之下,本应受欲望主体的控制。但如果她们是作为引诱者出现,即这种诱惑是主动而非被动的,那么情况就发生了变化。如波德里亚(Jean Baudrillard)所说:

> 主体拥有欲望,但只有客体才能引诱。
>
> 有谁曾感到客体特殊、无上的权力?在吾人的欲望观念里,主体拥有一绝对的特权,因为它能够欲望。但是当我们考虑引诱(seduction)这个概念时,一切就因之反转。于此,不再是主体有所渴求,而是客体在引诱。每一件事均由客体出发,再回到客体,一如凡事均由引诱启始,而非欲望。主体远古即具有之特权因之逆转。因为主体是脆弱的,它只能渴望,但是客体却占尽欲望不在之利。它乘欲望之不在(absence)而引诱,它玩弄着欲望在它身上所产生的效果,激发欲望或消解它,或褒扬或欺瞒——而此种力量正是吾人所希望或宁可忘却的。[1]

男性由于对女性的欲望,使自己一开始便被置于渴求着的境遇中,因此他的主动性永远是相对于客体而言的。当客体本身的欲望缺席的时候,它就在某种程度上掌控了主体。如果我们不将主客体作一种机械的区分,而用权力的互动来命名主体的话,那么,引诱中的客体便可以逆转局面而成为新的主体。的确,在新感觉派作家笔下,两性关系方式脱离了传统文化逻辑羁绊,带来了男女角色权力的重新分配,呈现出女强男弱的新型结构。这其中女性多为欢场女性,她们引诱男性,玩弄男性,再抛弃男性,她们大胆张扬情欲,迷恋物质享受。反倒是男性表现出保守与不适,引起一种焦虑感和困境感,而这种感受归根结底是对现代都市生活无从把握的恐惧与不安。如李欧梵所指出的,"穆时英和刘呐鸥笔下的舞女经常被写成'大于'生活,也就是说,她们比男人更热情,常扮演控制男人的角色;作为男人欲望的对象,她们也大胆地把自己的欲望投射在男人身上。这些活跃在咖啡馆、舞厅和跑马场的尤物形象可以被理解成是男性作家的一种臆想,也可被读解成城市物质魅力的载体,也因此更加速了城市中不可避免的商品化进程。"[2]

---

①张小虹:《性/别研究读本》,台湾麦田出版股份有限公司1998年版,第24页。
②[美]李欧梵:《上海摩登——一种新都市文化在中国1930—1945》,毛尖译,北京大学出版社2001年版,第34、35页。

相比较男性,欢场女性无论是对都市生活中情欲的把控,还是对物欲的享受,都表现出一种如鱼得水的适应性。海派作家习惯于在女性与物质之间建立某种联系,他们将物质生活女性化,而将女性身体物质化。如穆时英小说《黑牡丹》中舞女坦言的,"我是在奢侈里生活着的,脱离了爵士乐,狐步舞,混合酒,秋季的流行色,八汽缸的跑车,埃及烟……我便成了没有灵魂的人。那么深深地浸在奢侈里,抓紧着生活,就在这奢侈里,在生活里我是疲倦了。——"①欢场女性的生存方式决定了她们对物质的绝对追求,出于职业需要,她们追随时尚,包装自己,以使自己富有诱惑男性的魅力。"这种首先刺激欲望的浮华的美,不仅仅在随意性不起什么作用的形式下,成为生气勃勃的权力的确定特征,而且总是强调另一个性别的特征。这意味着在卖淫为女人保留的财富、闲暇和选择的条件下,用香粉、珠宝和首饰制造最有女人味道的女人。"②欢场女性不仅是都市物欲的享受者,她们的善变与无情,又象征了都市的无从把握。正由于欢场女性具有这样的特质,她们成为欲望化都市的最佳代言人,体现着都市从物质到精神的一种奢华与糜烂共体的寓言。在茅盾的《子夜》中,交际花徐曼丽的"死的舞蹈"及夜游黄浦江的画面即典型地体现了欢场女性与都市的关系。在这充满着世纪末颓废气息的享乐中,徐曼丽们成为欲望都市的主角,对她们的沉迷与把握不定其实就是对现代都市的体验。

同样,穆时英也将都市生活的异己感归结到对欢场女性的异己体验之上,在"战栗和肉的沉醉"中,表达一种无根的、漂泊的、寂寞的都市心态。而其笔下的欢场女性也具有世纪末的颓废气息,这种颓废既体现为迷恋于"肉的沉醉"的感官享乐,同时又有着无法摆脱的深入骨髓的寂寞与悲哀。无论是《黑牡丹》中"深深地浸在奢侈里"的黑牡丹,还是《夜》中自称是"茵蒂"的舞女,以及《夜总会里的五个人》中失去了青春的交际花黄黛茜和《Craven"A"》中被男人当作"一个短期旅行的佳地"的余慧娴,她们都是"被生活压扁了的人","被生活挤出来的人",各自"在悲哀的脸上戴了快乐的面具的"。而"生活的苦味越是尝得多,感觉越是灵敏的人,那种寂寞就越加深深地钻到骨髓

---

①穆时英:《穆时英小说全编》,学林出版社1997年版,第282、283页。
②[法]乔治·巴塔耶:《色情史》,刘晖译,商务印书馆2003年版,第123页。

里。"①在《白金的女体塑像》的自序中,穆时英用急行的列车来比喻都市人的生存状态:

> 人生是急行列车,而人并不是舒适地坐在车上眺望风景的假期旅客,却是被强迫着去跟在车后,拼命地追赶列车的职业旅行者。以一个有机的人和一座无机的蒸汽机关车竞走,总有一天会跑得精疲力尽而颓然倒毙在路上的吧!②

40年代的张爱玲对都市也有着类似的体验与比喻:

> 时代的车轰轰地往前开。我们坐在车上,经过的也许不过是几条熟悉的街衢,可是在漫天的火光中也自惊心动魄。就可惜我们只顾忙着在一瞥即逝的店铺的橱窗里找寻我们自己的影子——我们只看见自己的脸,苍白,渺小;我们的自私与空虚,我们恬不知耻的愚蠢——谁都像我们一样,然而我们每一个人都是孤独的。③

应该说,这一时期的海派作家或多或少地都感受到了都市的异化所带来的生存困境。他们在还没完全从物质享受与欲望放纵的迷乱惊叹中醒过神来,就跌入了现代生存不可理喻的荒唐、焦虑与痛苦之中。由于凝聚在欢场女性身上的特质象征着都市的品格,一种物欲、情欲的感官迷乱,一种速度、变化的无法把握,一种冷漠、孤独的情感体验。所以,由欢场女性所激起的情感其实是复制了都市对作家的一种诱惑与疏离,而欢场女性所具有的品质与其说是她们自身的,不如说是属于都市的。

正是在这一意义上,30年代海派的欢场尤物与晚清狭邪小说中"溢恶"的欢场女性作为同样放纵情欲、享受物欲的"恶之花",在"恶"的具体表现上可能会有所不同,前者比后者更多颓废与性感之气质。但她们在"恶"的本源上却具有共通性,即她们都是作为男性作家的心理宣泄对象而存在。只不过晚

①穆时英:《公墓·自序》,《穆时英小说全编》,学林出版社1997年版,第614、615页。

②穆时英:《白金的女体塑像·自序》,《穆时英小说全编》,学林出版社1997年版,第615页。

③张爱玲:《烬余录》,《张爱玲文集》第4卷,安徽文艺出版社1992年版,第63页。

清狭邪小说中的"溢恶"源于近代市场经济的商品化与世俗化,由此而产生的新的欢场价值观,这种变化给文人带来的失衡感与挫败感,于是通过贬损欢场女性来获得一种平衡。而二三十年代的上海是都市现代化发展的黄金时期,这一过程所导致的异化感与焦虑感成为一种都市流行病,作家们通过将欢场女性物化、魔化来表达他们对都市既爱又憎、既沉迷又焦虑的复杂心态。因而说到底,对欢场女性的"溢恶"想象其实折射的是男性作家自身的感受,且多半都是由变化或异化而引发的内心不适。

第四节　时代的爱国者

抗战期间,文学作品尤其是戏剧中的舞女、交际花等形象较之以往有所增加,这些作品的主题多为"抗日锄奸",欢场女性或是转变为抗日工作者,或是以交际花、舞女身份为掩护从事秘密的情报工作。由于这些戏剧富于时代气息,戏剧冲突紧张激烈,再加上女主角往往极具魅惑力,因而戏剧能够吸引大众,获得较好的宣传效果。其实,欲望叙事一直是左翼文学的恒定要素,"从早期革命文学的'革命 + 恋爱/情色'小说,经由《子夜》的'荡妇 + 资本家',最终变成了'妓女(舞女) + 国防'。"[①]这类题材的作品包括夏衍的《赛金花》、阿英的《春风秋雨》、于伶的《花溅泪》《夜光杯》、宋之的《祖国在召唤》等。其实,"妓女(舞女) + 国防"这一模式不独在左翼戏剧中出现,这一时期的其他作家也多用这一模式,如陈铨的《野玫瑰》《无情女》、李健吾的《黄花》等戏剧以及徐訏的小说《风萧萧》《灯》等。

夏衍"国防戏剧"的代表作《赛金花》以历史来抒写民族意识,讽刺当局,讲述庚子国难之时,名妓赛金花在京城高官的劝说下利用与联军统帅瓦德西相识,挺身而出,出卖色相,最终帮助清廷促成了与联军的和议。这部戏可以说是"妓女(舞女) + 国防"题材模式的起点,这之后,出现了一系列的这类题材的创作。正如光未然所言:"看到某种题材可以卖钱的时候,大家一窝蜂似的都去写这种题材。譬如说《赛金花》可以卖钱,于是类似《赛金花》的东西都

---

①葛飞:《戏剧、革命与都市漩涡——1930年代左翼剧运、剧人在上海》,北京大学出版社2008年版,第201页。

出来了","创作家是渐渐地商业化了"。①其实,这类题材的兴起是时代爱国主题与媚俗的商业化相结合的结果,这也从另一个方面解释了为什么在戏剧中大量存在这类题材模式,因为这一模式可以较好地实现宣传与市场的双赢。

阿英在1936年创作了《春风秋雨》,考虑到统一战线渐趋形成,阿英把故事发生的时间安排在1926年秋天,地点是长江上游某通商口岸,所以更准确地说,《春风秋雨》是"交际花+革命"题材。剧本大致情节为:陈凤云因为忍受不了艰苦的革命工作,又不能理解整日忙于工作的恋人梁仲实,逐渐疏远了恋人与革命事业,与花花公子、奸细项豪恋爱,并因此导致革命同志被捕。当真相大白后,项豪给了陈凤云两条路选择,一是背叛革命,一是堕落之路。陈凤云选择了后者,因为"我宁愿堕落!我愿意毁坏我的身体,我不愿意毁坏我的灵魂。我愿意在生活上成为一个人所不齿的妇人,我不愿在灵魂上侮辱我自己!"②于是陈凤云接了一个银行家的供养,成为交际花。最终当昔日恋人梁仲实找到她,要求她利用和李师长的关系拖住他以便于北伐军攻城时,陈凤云决心将功赎罪,协助杀死了李师长和项豪。这出戏的情节模式与蒋光慈的小说《冲出云围的月亮》很相似,同样都是讲述革命女性由堕落到觉醒的过程,同样都是身体堕落但灵魂仍未完全堕落,需要指出的是,在左翼意识形态话语中,灵魂的堕落即背叛革命是比身体的堕落更加不能接受的,也同样都有一个三角恋爱模式,其中一个恋人为革命的坚定者,而另一个则是革命的对立者。这里,值得探究的问题是为什么意志不坚定的革命女性就必然会堕落为妓女、交际花?剧本借项豪之口给出了两条路,问题是为什么对于革命女性而言只有革命/不革命和堕落这两种可能性?显然,作者这样的安排是为了强化对革命的宣传,对于女性而言不革命就只剩下堕落之路,两者之间是非此即彼的关系,没有其他的选择。作者并不交代革命女性走上堕落之路有多大程度的被迫性与可能性,因为这些对于宣扬革命理念而言似无必要。

由此,我们再来解读"妓女+国防"模式,这类作品讲述的多是妓女救国的故事,这既是传统以姿色救国题材的一种延续,也是"革命+恋爱"模式在

---

①光未然:《"庸俗的戏剧运动"批判》,《光明》第2卷第12号,1937年5月25日。

②阿英:《春风秋雨》,《阿英全集》第9卷,安徽教育出版社2003年版,第69页。

抗战时期的延伸。欢场女性成为在时世危机境况下有关民族国家命运故事的一种点缀,而女性的性征如美色以及女性的性格等往往是情节发展的重要推动力。按照叙事侧重点的不同,这类题材又可以分为三种模式:一种是详写欢场时期的生活,结尾点出转变,投入到抗日的工作中,如于伶的《花溅泪》、李健吾的《黄花》等;另一种是以交际花、舞女的身份来做掩护,从事秘密的抗日情报工作,如陈铨的《无情女》、徐讦的《灯》,这里欢场生活与抗日工作是同步进行的;还有一种是详写转变后的抗日工作,而之前的欢场生活属于过去式,在作品中往往只简单提及,如于伶的《夜光杯》、陈铨的《野玫瑰》等。

　　详写欢场生活而略写转变后的生活,这类作品通过揭示欢场生活的空虚无聊,受尽欺辱等揭示转变的原因,虽也有对黑暗现实的暴露,但主题落在最后的转变上,强调欢场女性最终通过投入到民族解放事业中而获得新生。于伶的《花溅泪》创作于1938年10月,剧中主要人物均为舞女,该剧演出的一大特色便是剧中舞女角色都由当时的红舞星扮演,其中丁香的原型由于借用了红舞星韦楚云的事迹,由她本人亲自出演。此外,这些舞女还在报刊上发表文章介绍舞女的真实生活与内心。通过这些宣传手段,此剧在当时确实引起较多关注。剧作主要讲述舞女米米受了洋场买办常海才的欺骗,两人相约自杀,但米米的行为被丁香发现并被及时劝救下来,而后米米发现常海才并没有自杀,和另一舞女正在参加化妆舞会。在丁香的说服下米米开始觉醒,和丁香一起加入了前线的救护组,救治伤员,实现了从舞场到战场的人生转变。

　　于伶在《给SY——初版暂序》一文中,谈到了此剧的写作动机:"在烽火已逾三月,求家书兮万金,头虽无簪,搔而见白的心情中,一位担任我们自己的妇女补习学校功课的女友,介绍给我几个舞女的姿影,激动我的是第三幕中自杀与第五幕里战场之夜这两个场景。这是我写这《花溅泪》的动机。"①可见,作者要强调的重点是欢场女性如何转变,如何由舞场走向战场。自杀一幕既是米米受骗情节发展的高潮,同时也是米米转变的开始,由此米米逐渐觉醒;而战场之夜既是浪漫爱情之夜,米米在前线巧遇受伤的曾经恋人——一位有志向、投笔从戎的东北青年,又是米米完成的人生的一次华丽转身。剧中,米米演唱了一首《舞女曲》,这支《舞女曲》不仅传达了作者的心声,也体

────────────

①于伶:《给SY——初版暂序》,《于伶剧作集(二)》,中国戏剧出版社1985年版,第239页。

现了剧本的创作主旨。

> 姊妹们
>
> 认清
>
> 自己的身分
>
> 负起
>
> 自己的责任
>
> 我们是舞女
>
> 自由职业的女性
>
> 我们是舞女
>
> 中华民族的人民
>
> 我们不是没有灵魂
>
> 我们不能醉死梦生
>
> 天下兴亡的责任
>
> 每个人同样有份①

歌词中,舞女经由自由职业这一身份作过渡,提升为中华民族的国民,剧作的主题也就借由舞女爱国而上升为每一个国民都需要对国家的兴亡负责,以此唤起国民意识,呼唤爱国情怀。不过,由于当时所处的政治环境,第五幕在演出时被删去,删去第五幕可以说是删去了整剧的灵魂,作者的创作意图也就无法体现。于是,一些主要演员在报上撰文,特意提醒观众注意戏中的弦外之音:

> 对的,为什么,同样是人,你却要来充当舞女呢?为什么在这个社会里,舞女要被人玩弄,蹂躏,同时被轻视呢?……是谁把你的家毁灭了?是谁把你的父兄杀死了?是谁逼得你,逼得很多姊妹充当舞女?是谁?
>
> 《花溅泪》限于客观环境,不能畅所欲言,但是我所扮演的米米能够影响或觉醒许多在舞国里的姊妹,去怎样度一个有意义,有价值的生活……我想你也将感到庆幸了!②

---

① 于伶:《花溅泪》,《于伶剧作集(二)》,中国戏剧出版社1985年版,第262页。
② 蓝兰:《给一位舞国里的友人》,《申报》1939年2月7日。

　　文章由质问"玩弄、蹂躏、轻视"舞女的"人"转向对"毁家、杀父兄、逼我姊妹"的指控,通过一连串的发问,"是谁"的指向性已十分明确,由此引导观众体会作者的写作旨意——明写舞女辱,暗射国家恨。

　　同样,李健吾的《黄花》也是详写舞女的欢场生活,最后点出主人公觉醒后决心回内地伤兵医院工作。《黄花》中的主人公是舞女Lilien姚,她早年与一飞行员热恋却遭家人反对,在飞行员为国捐躯后,她生下与飞行员的遗腹子。为着生存及抚养孩子,她沦落香港成为一名红舞女,日夜周旋于巨贾阔少之间,成为豪绅买办的猎物,过着纸醉金迷的生活,为的是心中一点希望,将三岁幼子抚育成人继承父志。不幸孩子得脑膜炎死去,她伤心不已,决心返回战火中的内地。全剧结构集中于Lilien姚的舞女生涯,三幕戏场景都集中于她寄居的大饭店,从而"无情地披露若干上流份子腐恶的举措,好让留连两座孤岛(香港与上海)的男女有所警惕。"[1]剧作关于Lilien姚的转变,因做了充足的铺垫,并不让人感觉突兀。首先,她沦落欢场是因为要抚育儿子,而儿子的不幸离去使得她不再需要多赚钱。其次,对这种欢场生活,她的内心是寂寞的、不快乐的,"我觉得寂寞,我想把头埋在谁的胸脯好好儿哭一场。我受不住这热闹场中的孤独。"[2]再次,Lilien姚非常敬重孩子的父亲,一名为国捐躯的英勇的飞行员。故而,当最后Lilien姚作出回内地参加伤兵医院的决定时,一切都在情理之中。李健吾在跋中强调:"这出小戏的对象是什么,我说是寂寞,是孤独,是奋斗。我不要勉强人性。我要她平常而又平常。我不要把她写做一个言辞激昂的英雄,她儿子的父亲是我们英勇的空军将士就够了。呈现她的形式似乎很对不住她,平而又平,不夸张,也不热闹,一个速写而已。"[3]的确,与同时期同题材的戏剧相比,李健吾能抛开概念化、类型化的常规,根据人物所处的环境、性格、经历去塑造形象,注重对人性的挖掘,虽然仍契合时代的主题,但不借人物之口去高呼抗战口号,去大谈爱国道理,既不刻意拔高,也不有意夸张,而只要呈现一个平常的、真实的、真诚的艺术形象。

　　通过以上分析,我们发现这一类模式的主题侧重以欢场女性的转变唤起民众的抗日救亡热情,商女犹知亡国恨,何况普通大众?剧作往往从主客观

---

①李健吾:《黄花》,文化生活出版社1947年版,第112页。
②李健吾:《黄花》,文化生活出版社1947年版,第71页。
③李健吾:《黄花》,文化生活出版社1947年版,第114页。

两方面揭示欢场女性转变的原因,客观方面一般都有导火索,如发现受骗、亲人离去等,主观方面是这些欢场女性原本内心就厌恶这种醉生梦死的生活,骨子里是高傲的、脱俗的,作者会有意强调这一点,因为这是欢场女性转变的根本因素。

"妓女+国防"题材模式的第二种类型是以交际花、舞女的身份做掩护,从事秘密的抗日情报工作,即欢场生活与抗日工作是同步的,比如陈铨的《无情女》、徐讦的《灯》。由于交际花、舞女的职业会接触到各种层次的人,且工作有一定的自由度与迷惑性,因而对于情报工作来说,这一身份具有很好的掩护作用。在这一类型中,女性往往一出场就具有双重身份,不仅美貌性感,而且机智勇敢,且女性的魅力往往是斗争中的致胜武器。三幕剧《无情女》1943年6月由重庆青年书店出版单行本,取名于英国诗人济慈的诗歌"La Belle Dame Sans Merci"。济慈的诗讲述的是一个美丽的"妖女",用她的女性魅力去俘获一个个骑士的心,使他们在爱的折磨中肉体变成骷髅而灵魂游荡在冰冷的山谷。受这首诗歌的启发,陈铨在《无情女》中塑造了一个"无情女"樊秀云,艺名黄兰西,以北平白宫跳舞场的红歌女的身份掩护暗中资助的抗日工作。不过,樊秀云利用她的女性魅力俘获的对象不是骑士,而是汉奸与日本人。剧作中,这些男性因痴迷樊秀云的美色无不被其玩弄于股掌之中,在美人计与反间计的作用下,或被樊秀云亲手杀死,或被其借他人之手杀死。在"无情女"身上,无情与有情是相对而言的,所谓无情是对家人与恋人,而有情则是对国家民族,无情的选择恰恰源于有情的对象,即对国家民族深沉的爱。剧中樊秀云把中华民族比作为"世界上最理想的男子",是她永远的爱人,为了这一爱人,她决心彻底放弃儿女私情,誓做"无情女",将"情"都奉献给国家民族。正如此剧的广告词所言:"牺牲儿女私情,尽忠国家民族",[1]是这一类型欢场女性形象共有的特点。剧作情节紧张曲折,不过由于成功基本都是建立在美色基础上,难免让人感到情节的失真及人物的概念化、脸谱化,但对处于民族存亡时期的观众而言,这些都已不重要,重要的是此剧能唤起他们的爱国热情,满足他们的内心愿望。

详写转变后的抗战工作,略写或不写欢场生活,只在剧中提及之前的身份,这是"妓女+国防"题材模式的第三种类型,这一类型的代表作有于伶的

---

[1]三幕剧《无情女》广告词,《民族文学》第1卷第1期,1943年7月7日。

《夜光杯》、陈铨的《野玫瑰》等。这一类型的欢场女性与第二种类型的女性具有比较多的共同点，如都是美貌性感，极富女性魅力，此外，都机智勇敢，具有坚强的意志力，并且为了抗战事业牺牲儿女私情等。1937年春，于伶以"尤兢"为笔名发表了五幕剧《夜光杯》，剧本取自真人真事，"是以报章和杂志上所刊载的《新刺虎》这纪事为骨干的，枝叶则取之于一位畿东来客的谈话和一些零篇的纪叙。"并且在写作期间，为了追求真实，作者"曾访问过五年前剧中人在上海下过榻的某大旅馆，和女角搭过班的某名伶。"①剧本讲述的是一个爱国舞女行刺汉奸的故事。郁丽丽原是上海的红舞女，她和汤耀华结婚半年后，通过登报声明离婚来掩护其到北平的真实目的——欲谋行刺大汉奸应尔康。应尔康早年在上海时同郁丽丽有过交往，郁丽丽计划用美色诱惑应尔康，趁其不备时伺机下毒。不过由于应尔康的随身副官郭平忠心耿耿，寸步不离，使得郁丽丽一时找不到机会下手。于是，她暂时改变计划，诱之以色，晓之以义，将郭平拉拢过来。不料他们的行刺计划被郭平的母亲透露给了应尔康，导致行刺失败，郁丽丽不堪凌辱服毒自杀。很显然，剧本的主题是抗日爱国反汉奸，题材是当时流行的国防＋谍战＋美色，体现了"妓女＋国防"这类题材模式的特点，即通过欲望叙事来反映时代主题。

在这类作品中，美色与机智是女性完成任务的基本条件，甚至在很大程度上推动情节发生突变。不过问题在于，欢场生活对于这些女性已是过去式，当她们为着国家民族大义需要再次利用色相时，如何把握欲望叙事与民族国家话语之间的关系，往往让剧作者煞费苦心。一方面，作者需要极力渲染女性的情色魅惑力，强化欲望叙事的功能；另一方面，又试图用国家民族大义遮掩欲望叙事，不能让欲望叙事喧宾夺主。《夜光杯》中对于郁丽丽的外貌描写即体现了作者的这种良苦用心，剧作第一幕开场与第二幕开场分别有一段外貌描写，第一幕这样描述：

> 郁丽丽——一个南国的热情而能相当地控制热情的女郎。她的举动中多量地流露着舞女的姿态，而不像一般舞女那么无知、无感和浮浅。说不上多么世故或深沉，可是由于坎坷的生活积炼出来的顽强性，她却很能发挥它。还有重要的一点，很可以被人家辨别得出来的，就是

①于伶：《夜光杯》，《于伶剧作集（二）》，中国戏剧出版社1985年版，第3页。

她在新近的一段生活中,刚刚领悟到的不完整的她所谓生之意义,自暴自弃中显现着自珍自爱的不一致。她时时想抑制或夸大某一方面,因此不免有点做作和幼稚。①

第二幕郁丽丽已在应尔康办公厅的休息室,关于她的外貌这样写道:

> 幕开时郁丽丽坐在沙发椅里,她的穿着和打扮比前一幕中更漂亮更动人了,而且一点不放松可以卖弄她的风姿的时机,但是这种卖弄风姿的表现,我们留心地去观察和分析的时候,就可以辨别出是她的一种有意的"表演",是为了达到她某种目的的诱惑,所以也可以看出她在做着如何压制着不让这"表演"过火,免得露出痕迹的功夫来,因此她的卖弄风姿的底层是严肃的,苦心的。在她偶一不做那种"表演",而回复到本来的面目,或者失去诱惑的对象的时候,很快地就坠入回忆和思索的氛围中去了。②

比较这两段文字,我们发现作者的描述是有相矛盾的地方,第一幕出场时的郁丽丽其实已经嫁人从良,但由于过去职业的影响,在她身上还是保留有舞女的举止习惯,这是很自然的流露,不需要刻意表现,只不过她不像其他舞女那样无知、肤浅。不过第二幕当郁丽丽在应尔康的面前时,也即当她身上肩负有抗日锄奸的使命时,她的卖弄风姿就是有意的"表演",作者一再强调这是一种"表演",并且强调在这种"表演"遮掩下的内心是严肃的、苦心的,而一旦应尔康不在面前,她就会回复到本来的面目。如果说第一幕作者对郁丽丽的外貌描写还考虑到她曾经的舞女身份,那么第二幕的描写则有意祛除她的职业魅惑力,她的情色诱惑力来自"表演",而不是她自身具有的,通过这样的说明,使郁丽丽的行为更加圣洁、更加富有崇高感,从而弥合欲望叙事对宏大话语的消解。其实,"也许大剧场中的欲望叙事是不可避免的,欲望也是现代文艺恒定的主题,极力用阶级、民族缝合之掩饰之,不但欲望仍以一种变态的方式呈现,革命也变得轻薄了。"③于伶关于郁丽丽外貌的描写,反映了左

①于伶:《夜光杯》,《于伶剧作集(二)》,中国戏剧出版社1985年版,第7、8页。
②于伶:《夜光杯》,《于伶剧作集(二)》,中国戏剧出版社1985年版,第34页。
③葛飞:《戏剧、革命与都市漩涡——1930年代左翼剧运、剧人在上海》,北京大学出版社2008年版,第277页。

翼作家在处理欲望叙事与国家民族话语关系时的一种矛盾心态。

此外,如同"革命+恋爱"小说中的女性一样,女性投奔革命究竟是因为对革命的信仰还是因为对革命者的爱情?往往难以说清,因为革命的引路人同时又是自己的爱人,对革命的追随与对爱人的追随合一时,其实很难分辨出具体的动机。同样,郁丽丽由一个红舞女,到不惜牺牲生命去刺杀汉奸,究竟是什么原因使她转变?是基于自身的爱国主义还是基于对汤耀华的爱情?剧作并没有交代,这一类型的戏剧本就是详写转变后的生活而略写或不写欢场生活的,所以我们只是看到了转变的结果而不了解转变的原因,不过这并不影响对女主角的歌颂,只是从形象角度而言,似乎少了些信服力与饱满度。

陈铨四幕话剧《野玫瑰》的创作直接受到《夜光杯》的影响,陈铨曾利用课外教学之余,带领学生一起编导了《夜光杯》。《野玫瑰》初刊于1941年6月至8月《文史杂志》第一卷第6、7、8期。1941年8月以"劝募战债"的名义首演于昆明大戏院,获得极大成功。1942年3月5日开始在重庆演出,出现一票难求的盛况。原本演出八场,后来应观众要求不断增加演出场次,如3月14日的广告词写着:"连演八场,场场客满,观众函请,续演三天",不过三天后,亦无法收场,"演12场,场场客满,向隅观众,函请续演",18日广告词为"今日起20日止最后三场","场场拥挤,座无隙地,仅有三场,无失良机。"①在重庆的"雾季公演"中,《野玫瑰》共演出16场,与同期戏剧相比,"《野玫瑰》的卖座率是较高的"。②1942年4月,由重庆商务印书馆出版了单行本。抗战胜利后,《野玫瑰》被改编成电影《天字第一号》,再次引起轰动。

《野玫瑰》的演出在引起观众强烈反响的同时也引发了一场旷日持久的大论争。陈铨的戏剧虽被国民党右翼文艺界提倡,获得国民党政府教育部颁发的文艺三等奖,但却遭到左翼文学家的大力批判。颜翰彤首先指责该剧"隐藏了'战国派'的毒素",③接着方纪将《野玫瑰》视为"糖衣毒药"④,这之后,各种批判的文章越来越多,如认为《野玫瑰》宣传法西斯思想、美化汉奸、助长社会颓废、伤感的恶劣倾向等。新中国成立后,曾经红极一时的《野玫瑰》和

①《新华日报》1941年3月14、17、18日。
②何蜀:《〈野玫瑰〉与大批判》,《黄河》1999年第3期。
③颜翰彤(刘念渠):《读〈野玫瑰〉》,《新华日报》1942年3月23日。
④方纪:《糖衣毒药——〈野玫瑰〉观后》,《时事新报》1942年4月8、11、14日。

其作者基本都被排除在文学史的经典之外。当时文艺界关于《野玫瑰》的论争,其实质是不同意识形态争夺"爱国"话语权的一场角力,其中包含着对民族国家本质化想象的巨大分歧。就剧作的主题而言,与《夜光杯》等左翼剧作一样,都是强调抗日救国反汉奸的。

陈铨在谈《野玫瑰》的创作时提到:"意大利诗人但丁,分析文学最合宜的题材,永远能够引起人类兴趣的是:战争,爱情,道德。"①陈铨正是套用"永远能够引起人类兴趣"的题材进行他的戏剧创作,《野玫瑰》的情节模式就包含了谍战、爱情与美色等元素。女主角夏艳华原是一名舞女,后作为国民党的女间谍毅然牺牲儿女私情,受命嫁给北平伪政委会主席王立民,成为潜伏在华北日伪心脏的"天字十五号"间谍。剧作开始之时,夏艳华过去的情人,也是王立民前妻的侄子刘云樵因工作的需要被夏艳华调派来到北平王立民家,此外,男仆王安也是间谍,他们共同构成了一张间谍网,潜伏在大汉奸周围。由此,矛盾冲突逐步展开,谍战的惊心动魄与情感的怅惘感人两相交织,成为此剧的一大特色。一方面,刘云樵很快与表妹王曼丽即"家玫瑰"相恋,夏艳华的内心充满惆怅苦涩但又无法诉说;另一方面,刘云樵的间谍活动被警察厅长侦破,情急之下向夏艳华求救,夏艳华先施"美人计"让警察厅长送走了刘云樵和曼丽,再施"反间计"借王立民之手杀死警察厅长,最后在王立民服毒自杀气绝之前,亮出自己的底牌,给对手最沉重的一击。可以说,女主角夏艳华是作者政治理想和人格理想的完美代言人,在她身上,洋溢着作者对于民族性格重塑的理想主义色彩。相比较同一时期的抗战话剧,由于大多数都更注重写实的风格,在艺术表现上往往强调真实性、时代感而忽略想象力、诗意性,《野玫瑰》则保持了丰富的艺术想象力,在传奇性的题材之上以诗意的语言、绚丽的意象谱写了一曲浪漫的英雄赞歌。

相比较第一种模式,后两种模式中的欢场女性形象更加接近,都是以美色为武器诱惑对手,将男性玩弄于股掌之上,除了使用美人计外,一般还使用反间计。此外,这些女性都能为民族大爱而牺牲小我之情。这两类模式的剧作情节曲折,冲突激烈,主题更侧重歌颂为抗日救国而牺牲自我的民族英雄。

此外,"妓女+国防"模式不仅包括现实题材的剧作,还包括历史题材的剧作。孤岛时期的上海,由于政治环境的严苛和生活环境的窘迫,使得现实

①陈铨:《〈野玫瑰〉的题材》,《民族文学》第1卷第1期,1943年7月7日。

题材的创作产生困难,剧作家不得不向历史寻求表现意志的题材。"历史剧题材的选择,不是兴之所至,信手拈来的,而是客观环境的具体反映,剧作者针对了客观环境的要求,而提出历史人物做典范,殷鉴或对照。"①由于这一时期的上海,现实环境类似晚明的历史,"时代虽有不同,环境恰有相似之处"②,"盖今日之日,虽与明代末年迥然有别,而论地论人,自亦有可关合之处,惟其如此,则李香君搬上舞台,似非全无意义","以其主旨有在,大可反映现实"。③故而,晚明题材的历史剧盛行孤岛,其中又以秦淮名妓的戏最多。如欧阳予倩改编的平剧《桃花扇》、阿英的《碧血花》(以《明末遗恨》之名由上海剧艺社在"璇宫"上演)、蒋旗的《陈圆圆》、周贻白编剧的《李香君》、吴永刚的《董小宛》、佚名的《费宫人》等等。应该说,孤岛时期戏剧中出现大量女性救亡故事,既是对古代戏剧传统模式的因袭,也契合了抗战文艺的时代主题。这些剧中的主人公多是美丽多情的风尘女子,同时又能为民族国难而抗争,乃至牺牲。剧作者借她们的故事来借古喻今,引发孤岛民众的情感共鸣。这些戏在当时都很卖座,其中"《碧血花》在'璇宫'连演两月,每天日夜两场客满",④而《李香君》公演时"客满加凳,盛况空前"。⑤可见,这些历史剧中女性救亡抗争的故事确实能打动处于类似环境之下的孤岛民众。

有关秦淮名妓的传奇在不同的时代被不断书写,比如李香君的故事,而孤岛时期的剧作家对这些传奇的改编或是再创作无一例外的都是站在民族主义的立场之上。如欧阳予倩对孔尚任《桃花扇》的改编,就体现了作家民族主义观念的道德意图。原著是侯方域、李香君二人在国破家亡后双双出家,而欧阳予倩则改编为侯方域变节降清,李香君则恨恨而死,将风尘女子李香君与侯方域及其他晚明士林人物形成鲜明的道德比照。同样,周贻白的《李香君》写作动机也很明确,"与其写大人先生们,不如写平民阶级,所以题材偏重李香君个人部分。主题是妓女尚讲究气节,侯朝宗却妥协投降。借离合之情,写兴亡之感。"⑥在人物结局安排上,参照的也是欧阳予倩版的结尾,并虚

①刘念渠:《论历史剧》,《戏剧月报》第1卷第4期,1943年4月。
②薛离:《周贻白访谈记——关于李香君的解释》,《申报》1940年9月6日。
③周贻白:《李香君·自序》,《李香君》,上海国民书店1940年版,第3、4页。
④于伶:《阿英剧作选》序言,《阿英剧作选》,中国戏剧出版社1980年版。
⑤邹啸:《李香君的编制》,《申报》1940年7月23日。
⑥薛离:《周贻白访谈记——关于李香君的解释》,《申报》1940年9月6日。

构了侯方域再见李香君的场面,李在大声斥责侯不能为国尽忠,不能做一个有气节、有骨头的人后咳血死去。随后此戏被拍成电影,结尾改为李香君"最后掷瓶击侯呕血惨死",更加强化了李香君忠贞、不失气节的爱国女子形象。同样,阿英《碧血花》的创作也是受了李香君这一人物的影响,阿英在看了欧阳予倩的平剧《桃花扇》演出后,"由于对李香君这一传奇人物的重温,忆起《板桥杂记》中,尚有较香君更具积极性人物。首先忆起的,就是至死不屈,断舌喷血的葛嫩。其激昂慷慨,可歌可泣之史实,颇有成一历史剧的必要。"①显然,这些剧作的创作动机都是为了彰显民族气节,如《葛嫩娘》(即《明末遗恨》)的演出广告反复强调的就是"民族英雄,至死不屈"。②剧作讲述了秦淮名妓葛嫩娘在清兵南下,国家危难之时,与情人孙克咸一起拿起武器参加义军,苦战数年,终因力量悬殊而兵败被俘。面对清军的引诱威胁,葛嫩娘誓死不从,最后断舌喷血自尽。这一形象与李香君相比较,更具有积极色彩,也更能体现抗战的时代精神。

总之,不论是现实题材,还是历史题材,"妓女 + 国防"模式的主题都是抗日爱国,歌颂民族英雄。这类模式的创作既呼应了时代主潮,也反映了危机境况下有关民族国家命运的悲情想象。在这一模式的叙述中,利用或是消解女性的性征是情节叙述的基本方式,女性成为故事叙述的主动一方,而男性的行动往往是从属于女性的。从隐喻的意义来看,显示了一种颠覆文学传统中男性为主的现代意味。

①阿英:《〈碧血花〉公演前记》,《阿英全集》第9卷,安徽教育出版社2003年版,第347页。

②广告词,《申报》1940年3月1日。

第六章

欢场女性的
身体阐释

◆ 欢场女性的情色想象
◆ 欢场女性的身体寓意
◆ 欢场女性的疾病隐喻

第六章

欢场女性的身体阐释

事实上，欢场文学在很大程度上是一种以女性身体为核心的书写。这里，"身体"（body）的概念与"肉体"（flesh）是有区别的，由于抽象的精神性、文化性因素的介入，"身体"成为一个有着巨大包容性的概念。"身体"不仅是一个具体的生命实体，由于精神性因素的建构，这一形式上的物质实体在内容上还包含有复杂的人文内涵。故而，欢场女性的身体也不仅仅是只与"性"相关，它同时还呈现出丰富的寓意。

第一节　欢场女性的情色想象

西蒙娜·德·波伏娃在《第二性》中指出，对于高级妓女而言，"美、魅力或性欲"是其身上不可缺少的品质，而"她的品质往往要通过男人的某种欲望才能显示出来"，也就是说，"只有在男人让她的价值变得举世瞩目时，她才能够

'功成名就',才会开始发迹。"①事实上,"传统躯体修辞学的代码表现出明显的男权中心立场。这就是说,躯体社会形象的创造权牢牢地把持在男性手中。"②女性躯体描写的背后流露的是男性的视角与欣赏口味,对于欢场女性而言,这种躯体修辞学无疑是打上了欲望的标签。

然而,考察晚清至民国时期欢场女性的躯体书写,我们发现,除了少数作家对躯体进行了赤裸裸的欲望化描写外,多数作家的作品都淡化欲望的色彩,这也是本小节的标题为什么不用"色情想象"而用"情色想象"。"情色想象"中会有欲望的成分,但还包括美、气质、情感、道德等其他成分。中国传统的青楼文学对女性的想象是具有理想化色彩的,这种理想化一方面体现在注重妓女的才艺修养,弱化"色"的渲染,即重"艺"而轻"色"。另一方面,将妓女塑造成多情、专情、深情的良善女子,在这些女子身上体现着对爱情忠贞的品质,一旦认定某人,就会为其坚守终身。如《钱舍人题诗燕子楼》中的妓女关盼盼,在情人死后,誓不再嫁,此后20多年闭门独居,不见任何人。《玉堂春落难逢夫》中的苏三与王公子别离后,再不肯接客,由此而吃尽苦头。其实,这些故事完全反映了文人对青楼女子一厢情愿的道德想象,青楼女子除了美之外,还要有才艺,以及对爱情忠贞的好品德。所以,中国传统文学中的青楼女子形象多半都是正面的,在她们身上体现了文人对于女性的完美要求,是一种兼有美与才与德的三位一体的女神,在这样一种想象中,"色"被最大限度地弱化了。

晚清狭邪小说中的妓女形象与传统青楼文学相比有了很大不同,出现了"近真""溢恶"两种对妓女的新的想象。"溢恶"的如被胡适、鲁迅称为"嫖界指南"和"嫖学教科书"的《九尾龟》,书中叙述了妓女的种种淫行劣迹。她们不再是美、才、德的化身,而成为淫荡、贪婪、狡诈的代名词,颠覆了传统对于妓女的所有美好想象,由一个极端而坠入另一极端。被鲁迅称为"平淡而近自然"的《海上花列传》③,开启了对于欢场女性"近真"的想象,这种"近真"即不以美貌、才艺、道德作为价值取向,而以质朴的家常追求为目标,尽可能还原

---

①[法]西蒙娜·德·波伏娃:《第二性》,陶铁柱译,中国书籍出版社1998年版,第639页。

②南帆:《文学的维度》,上海三联书店1998年版,第159页。

③鲁迅:《中国小说史略》,《鲁迅全集》第9卷,人民文学出版社2005年版,第275页。

一种真实的生活态。因而,《海上花列传》中的欢场女性呈现出浓郁的世俗品性,她们既不过于浪漫,又不过分淫邪,她们就是在日常生活中生存的普通女性,平庸得令人吃惊。然而令人吊诡的是在这些庸常世俗的欢场女性身上,作者流露出的却是对良家女性即"人家人"气质的肯定与欣赏。

传统文学中青楼女子出众的才貌是文人的憧憬所在,不过女性的才貌若没有道德予以束缚,那么它很可能成为一种危险,即所谓的"红颜祸水"。于是给欢场女性套上良家女性的道德枷锁,使得她们既能满足男性的情色欲望,又避免了由此可能产生的情色恐惧。因而,青楼女子也同良家女子一样,要讲求道德的贞节,甚至于表现出比良家女子对爱情更加忠贞的品质。而在《海上花列传》中,这种对欢场女性外在与内在的要求同传统青楼文学却发生了一种置换,即在外形气质上要求她们具有"人家人"的风范,书中一再出现对"人家人"气质的欣赏。如作为全书潜在情节主线的赵二宝的故事,赵二宝从乡下来到上海没多久就挂牌开堂子,后得幸于史三公子,她被史天然看中即在于其身上纯朴的"人家人"气质,即如史的仆人对赵朴斋所言,"三老爷倒喜欢你妹子,说你妹子像是人家人。倘若对劲了,真正是你的运气!"齐韵叟初见赵二宝即赞道"果然是好人家风范!"[1]而黄翠凤也是以良家女子的风范打动罗子富,罗初做黄时,见其"只淡淡施了些脂粉,越觉得天然风致,顾盼非凡",[2]甚至于李实夫所以低就野鸡诸十全也是由于其"倒像是人家人"。[3]对欢场女性"人家人"气质的欣赏与肯定,反映了欢场女性审美价值观的变化,欢场女性不再以美艳、以才艺、以德行为荣耀,而凸显的是一种质朴的家常美。这种审美价值取向一直延续到后来的海派倡门小说,如周天籁的《亭子间嫂嫂》中女主人公顾秀珍也因有一种"人家人"的风韵而经常被一些嫖客看中。与传统青楼女子有别的是,《海上花列传》里的女性并不受良家女子的贞节道德观的束缚,她们奉行的是一套书寓伦理。最典型的例子便是罗子富首次留宿黄翠凤处,竟是等她接待完另一熟客,书中仅两句话就带过这一重要细节。"随后小阿宝来请翠凤对过房间里去","子富直等到翠凤归房安睡。一

---

[1] 张爱玲:《张爱玲典藏全集·译注:海上花落》,哈尔滨出版社2003年版,第54、57页。

[2] 张爱玲:《张爱玲典藏全集·译注:海上花开》,哈尔滨出版社2003年版,第76页。

[3] 张爱玲:《张爱玲典藏全集·译注:海上花开》,哈尔滨出版社2003年版,第147页。

宿无话。"①张爱玲国语版《海上花》对此作了详细的注释,"子富与她定情之夕,竟耐心等她从另一个男子的热被窝里来,在妓院虽是常事,但是由于长三堂子的家庭气氛,尤其经过她那番装腔作势俨然风尘奇女子的表白,还是使人吃一惊的对照;而轻描淡写,两笔带过,婉而讽。"②由此我们可以看出,对书寓等高级妓女而言,她可以拒绝他客专做一人,也完全可以周旋于多人之间,客人们彼此知道也不以为怪。但倘若妓女的行为违反了书寓伦理,那么她便会受到客人的冷落,甚至于维持不了生意。比如妓女姘戏子或马夫,是非常败坏其声誉的,也是这个行业中令人忌讳的事。沈小红由于与戏子的私情败露,不仅失去了熟客王莲英的照顾,也几乎失去了所有主顾,生意一蹶不振。

《海上花列传》对欢场女性想象的转变,对"人家人"气质的欣赏与对书寓伦理的肯定,其实是反映了人们对于欢场女性"近真"的认识,不再视其为浪漫理想的化身,也不再用良家妇女的道德去规范她们,她们由理想女性还原为世俗女性。因而具有"人家人"的气质体现了文人对于欢场女性的一种务实的想象,尽管这种想象充满着悖论色彩。如果我们将欢场女性与良家女性视为某种对立的话,你会发现这种想象不过是一种掩耳盗铃般的自欺欺人,究其实质还是一种男性色欲的白日梦。不过,从另一方面来看,由于强调一种"人家人"的气质,在这些以色娱人的欢场女性身上,"色"还是最大限度地被遮蔽了。

事实上中国传统文学始终都在回避对欢场女性色情魅力的展示,这倒是值得深思的文学现象。即如专门描写妓女日常生活的《海上花列传》,叙述者对妓女体貌的描述也基本不含色欲眼光。除了强调一种抽象的"人家人"气质,在具体描写女性的外貌体态时,多将笔力放在衣着装饰方面,承续了中国古代小说对女性体貌的描写手法。书中此类描述随处可见,如形容倌人陆秀林除了简单描摹外貌外,重点则是介绍其衣着头饰。"见他家常只戴得一枝银丝蝴蝶,穿一件东方亮竹布衫,罩一件元色绉心缎镶马甲,下束膏荷绉心月白缎镶三道绣织花边的裤子。"③通过详细介绍服饰的颜色、质地与式样等,来表现人物的身份、地位与品味。不过有时外在的服饰却具有一定欺骗性,如李

①张爱玲:《张爱玲典藏全集·译注:海上花开》,哈尔滨出版社2003年版,第72、74页。

②张爱玲:《张爱玲典藏全集·译注:海上花开》,哈尔滨出版社2003年版,第79页。

③张爱玲:《张爱玲典藏全集·译注:海上花开》,哈尔滨出版社2003年版,第6页。

实夫所以看上诸十全是因为其看起来像是"人家人",而这种"人家人"风范不过是建立于外在服饰的基础之上,"那野鸡只穿一件月白竹布衫,外罩元色绉心缎镶马甲。"①故而,此处的服饰描写其实是有用意的。此外,有时人物的服饰还可起到突出人物性格的作用,如写黄翠凤因不满意赵家妈为她挑选的衣裳,于是"自拣一件织金牡丹盆景竹根青杭宁绸棉袄穿了,再添上一条膏荷绉面品月缎脚松江花边夹裤,又鲜艳又雅净。"②当时便将罗子富看呆了,而黄翠凤对服饰的选择、搭配,则充分体现了其精明干练的性格特征。由于将重点放在了对女性衣着服饰的详细介绍上,欢场女性的色情想象自是被弱化了,而对欢场女性面孔的描摹,同样也不凸显色情的魅力。或是以性格化的脸谱来形容,如"满面和气,蔼然可亲"的张蕙贞,"眉目如画,憨态可掬"的李浣芳等;或是用大众化的脸谱来概括,如"雪白的面孔,漆黑的眉毛,亮晶晶的眼睛,血滴滴的嘴唇"的王阿二,形容陆秀林则是"一张雪白的圆面孔,五官端正,七窍玲珑,最可爱的是一点朱唇,时时含笑,一双俏眼,处处生情"。③这样的描写不仅见不出人物的个性,同样也显现不出性感的魅力。倘若作者要突出欢场女性的情色诱人,往往也是笔带贬义,用"淫贱之相""妖娆"等抽象之词来表达,其实还是语焉不详的。

晚清"溢恶"类狭邪小说虽对欢场女性进行"溢恶"想象,但对欢场女性体貌的描写同样也不凸显色情魅力。民国倡门小说对欢场女性的想象基本延续着《海上花列传》的笔法,注重突出女性的衣着服饰,在此基础上更加强调欢场女性的纯情特质,如毕倚虹的《人间地狱》。这种淡化欢场女性色情魅力的传统一直延续至30年代的海派倡门小说,如周天籁的《亭子间嫂嫂》,也强调一种"人家人"的风韵。"五四"新文学以来尽管也有许多作家涉及欢场女性形象,但由于受启蒙思想的影响,欢场女性成为被侮辱与被损害者,成为作家批判社会的工具,成为社会弊病的喻体。在这样的创作思想中,欢场女性是不可能作为一种情色想象的对象来表现的。而以郁达夫为代表的借欢场女性来抒发自身哀怨愁绪的主情派作家,其笔下的欢场女性更是失去了情色魅

①张爱玲:《张爱玲典藏全集·译注:海上花开》,哈尔滨出版社2003年版,第147页。

②张爱玲:《张爱玲典藏全集·译注:海上花开》,哈尔滨出版社2003年版,第78页。

③张爱玲:《张爱玲典藏全集·译注:海上花开》,哈尔滨出版社2003年版,第33、66、14、6页。

力。不仅不再如以往欢场女性般貌美动人,反倒是貌丑鲁钝,成为"穷愁才子"们同情和救助的对象。真正对欢场女性展开大胆情色想象的直到30年代的新感觉派作家,而这其中则首推"新感觉派圣手"穆时英。

穆时英可以说是中国现代作家中最擅长舞厅描写的也是最醉心于舞厅生活的,很少有现代作家像他一般以一种极大的热情去描写欢场。对穆时英而言,生活与创作的界线可能并不清晰,创作是其生活的一种延伸,生活则是其创作的资源。穆时英的确过着和他笔下男主人公一样的生活,他描述自己的大学生活便是"星期六便到上海来看朋友,那是男朋友,看了男朋友,便去找个女朋友偷偷地去看电影,吃饭,茶舞。"①而其生前的朋友也都证实,穆时英不舍昼夜地泡在舞厅,迷恋其心爱的舞女,并最终追到香港娶了她。②在穆时英的都市小说中,女性作为时尚的体现者,物质的享受者及情感的游戏者,她们身上充满着一种色情诱惑力。而在男性色欲目光的注视下,她们的身体成为欲望化都市的一道风景线。在这里,穆时英对女性的魅力进行着大胆的情色想象,这种想象呈现出以下几个特点:

首先,女性的情色魅力具有一种异域风韵。穆时英的创作受好莱坞电影文化的影响非常明显,好莱坞明星给予他想象女性的灵感。他曾专门写文章探讨好莱坞女星的魅力问题。"女星们的魅力都是属于性的","就是一种个性美和性感的化合物",③并总结出一个"神秘主义的维纳斯造像":

> 5×3型的脸。羽样的长睫毛下像半夜里在清澈的池塘里开放的睡莲似的半闲的大眼眸子是永远织着看朦胧的五月的梦的!而且永远望着辽远的地方在等待着什么似的。空虚的、为了欲而消瘦的腮颊。嘴唇微微地张开着,一张松弛的、饥渴的嘴。④

如果我们对照一下穆时英小说中欢场女性的肖像,不难发现两者的相似处:

---

①穆时英:《现代出版界》第9期,1933年2月1日。
②参见黑婴《我见到的穆时英》,《新文学史料》第3期,1989年8月22日。
③穆时英:《电影的散步·魅力解剖学》,上海《晨报》,1935年7月19日。
④穆时英:《电影的散步·性感与神秘主义》,上海《晨报》,1935年7月17日。

右手那边儿桌上有个姑娘坐在那儿,和半杯咖啡一同地。穿着黑褂子,束了条阔腰带,从旁边看过去,她有个高的鼻子,精致的嘴角,长的眉梢和没有擦粉的脸,手托着下巴坷儿,憔悴地。她的头发和鞋跟是寂寞的。

——《夜》

她鬓角上有一朵白的康纳馨,回过脑袋来时,我看见一张高鼻子的长脸,大眼珠子,斜眉毛,眉尖躲在康纳馨底下,长睫毛,嘴唇软得发腻,耳朵下挂着两串宝塔形的耳坠子,直垂到肩上——西班牙风呢!可是我并不是爱那些东西,我是爱她坐在那儿时,托着下巴,靠在几上的倦态,和鬓角那儿的那朵憔悴的花,因为自个儿也是躺在生活的激流上喘息着的人。

——《黑牡丹》

黄黛茜的脸正在笑着,在瑙玛希拉式的短发下面,眼只有了一只,眼角边有了好多皱纹,却巧妙地在黑眼皮和长眉尖中间隐没啦。她有一只高鼻子,把嘴旁的皱纹用阴影来遮了。可是那只眼里的憔悴味是即使笑也遮不了的。

——《夜总会里的五个人》[1]

在30年代的上海,好莱坞女星不仅被视为是时尚的代表,更是性感的标志。她们成为海派作家想象女性的摹本,她们身上的一切都散发着魅力的光环,引起人们的遐想。如嘉宝沙哑的嗓子,一度被视为是性感的标志而为人们津津乐道,穆时英曾在作品中借人物之口进行讨论,而黑婴的小说《SHAD-OW WALTZ》中舞女性感的魅力即是来自于嘉宝般沙哑的嗓子。此外,刘呐鸥也喜用好莱坞女星的面孔来概括其笔下摩登女郎的性感特征。欢场女性的情色想象打上一层西方异域色彩,事实上是承接了晚清以来中国文人对西方的一种欲望心理,比如晚清的梁启超们对西方的欲望就被寄寓在"西方美人"的女体符号上,从而获得掌控的想象性满足。而到了30年代新感觉派的小说中,一个个充满着异域情调的现代摩登女性,作为西方文明影响下的都

---

①穆时英:《穆时英小说全编》,学林出版社1997年版,第274、275、281、252页。

市产物,被模塑成"西方美人"成为男性主体欲望投注的客体,不过是以另一种方式延续着中国文人对于西方的欲望。从这个角度上看,这些都市尤物,亦可视为中国与西方关系在文本中的另类体现。当然,海派作家笔下女性的异域风情不仅仅体现在她们的外貌体征方面,更主要的还在于她们在两性关系中一种随意、游戏、玩弄的态度,这些都有别于传统女性的想象。

其次,这种情色想象完全是欲望化的。穆时英在小说《Craven "A"》中将舞女余慧娴的身体比喻为一张优秀的国家地图,前面分别用"黑松林地带""白大理石的平原""葱秀的高岭""两个湖泊""一座火山""乳色的溶岩""一条火焰"来喻指女性的头发、额头、鼻子、眼睛、嘴巴、牙齿和舌头。接下来,作者这样描述女性的身体:

> 走过那条海岬,已经是内地了。那儿是一片丰腴的平原。从那地平线的高低曲折和弹性和丰腴味推测起来,这儿是有着很深的黏土层。气候温和,徘徊是七十五度左右;雨量不多不少;土地润泽。两座孪生的小山倔强地在平原上对峙着,紫色的峰在隐隐地,要冒出到云外来似的。这儿该是名胜了吧。便玩想着峰石上的题字和诗句,一面安排着将来去游玩时的秩序。可是那国家的国防是太脆弱了,海岬上没一座要塞,如果从这儿偷袭进去,一小时内便能占领了这丰腴的平原和名胜区域的。
>
> ……
>
> 在桌子下面的是两条海堤,透过了那网袜,我看见了白汁桂鱼似的泥土。海堤的末端,睡着两只纤细的,黑嘴的白海鸥,沉沉地做着初夏的梦,在那幽静的滩岸旁。
>
> 在那两条海堤的中间的,照地势推测起来,应该是一个三角形的冲积平原,近海的地方一定是个重要的港口,一个大商埠。要不然,为什么造了两条那么精致的海堤呢? 大都市的夜景是可爱的——想一想那堤上的晚霞,码头上的波声,大汽船入港时的雄姿,船头上的浪花,夹岸的高建筑物吧!

这段关于女体的比喻,毫不掩饰地展示了男性赤裸的欲望,将情色想象推向了极致,构筑了一个典型的"男性/看"与"女性/被看"的视觉模式。"在一个由性的不平衡所安排的世界中,看的快感分裂为主动的/男性和被动的/女性"。①"视觉领域——更确切地说，位居现实主义叙述之中心的视觉领域里的身体不可避免地联系着窥视癖，在注视中的性欲投入，传统上被界定为男性的，其对象是女性的身体。"②而在这样的观看或是窥视中，"作为认识主体的男人把女人的身体假定为认识的对象，其方法是通过一场视觉上的考察，它号称要揭示真理，否则就是使那个对象成为最后的谜底。把女人视为他者是关于自身的真理所必需的。"③这里，欲望与认识共同构成看的动力，"观看的本能或冲动（Schautrieb）与追逐知识的本能或冲动（Wisstrieb）是密切联系着的。在观看中的情欲投入，从一开始就不可避免地跟认知中的情欲投入捆在一起"，因而"在视觉领域中所把握的身体既是认识、也是欲望（作为欲望的认识，作为认识的欲望）出类拔萃的对象"。④由此，我们得知，"观看"是属于男性的一项特权，且总是离不开欲望的投入。作为视觉空间的主动者，男性的"看"决定了被观看对象——女性身体的表象，并将欲望投射到对女性身体的编码。正如劳拉·穆尔维那篇著名的论文《视觉快感与叙事性电影》中所阐释的，"起决定作用的男人的眼光把他的幻想投射到照此风格化的女人形体上。女人在她们那传统的裸露癖角色中同时被人看和被展示，她们的外貌被编码成强烈的视觉和色情感染力，从而能够把她们说成是具有被看性的内涵。作为性欲对象被展示出来的女人是色情奇观的主导动机：……她承受视线，她迎合男性的欲望，指称他的欲望。"⑤

　　而在男性色欲的目光下，女性的性感又被视为是邪恶的破坏力量，女性的身体充满着动物的本能，她们是"美丽的野兽"。受这样一种西方唯美-颓废派对于女性身体的理解，穆时英也喜欢在女性与动物之间建立某种联系。比如，穆时英最常使用的意象即是用蛇来喻女体。如《Craven"A"》中，当男主

　　①［美］劳拉·穆尔维：《视觉快感与叙事性电影》，周传基译，《影视文化》第1辑，文化艺术出版社1988年版，第230页。

　　②［美］彼得·布鲁克斯：《身体活——现代叙述中的欲望对象》，朱生坚译，新星出版社2005年版，第148页。

　　③［美］彼得·布鲁克斯：《身体活——现代叙述中的欲望对象》，朱生坚译，新星出版社2005年版，第118页。

　　④［美］彼得·布鲁克斯：《身体活——现代叙述中的欲望对象》，朱生坚译，新星出版社2005年版，第120、121页。

　　⑤［美］劳拉·穆尔维：《视觉快感与叙事性电影》，周传基译，《影视文化》第1辑，文化艺术出版社1988年版，第230页。

人公解了八条宽紧带上的五十多颗扣子后，"便看见两条白蛇交叠着"；[①]而《墨绿衫的小姐》中形容女主人公的醉态是"她躺在床上，像一条墨绿色的大懒蛇，闭上了酡红的眼皮，扭动着腰肢"。[②]喜欢以蛇来喻女体，可能是由于蛇与女体的外形存在着相似性，如蛇软软的、光滑的躯体与女人柔软的娇躯、润滑的肌肤；蛇扭动着爬行的姿态与女人扭动腰肢的行走；蛇不动时的姿态与女人的玉体横陈等等，以此喻女体自是打上了一层色情的想象。当然，西方唯美–颓废派以蛇喻女体还在于两者内在品质的一致性，蛇在西方被认为是邪恶的、无情的、充满诱惑性的动物，以其喻女体则暗示女性也具有同样的品质。不过，穆时英并没有完全接受西方的唯美–颓废理论，他以蛇喻女体更主要是从色情的角度来考虑的。

此外，这样一种"看"/"被看"的视觉模式不仅体现为表层的对女性体貌的编码上，而且还深层地影响了小说的叙事结构。穆时英小说一般只凸显男女两个主人公，虽然女主人公在表层故事中占据着主动地位，她可以选择、玩弄、抛弃男人，但在叙事文本的深层结构中，她始终处于"被看"的视线之下，成为男主人公、叙述者及读者共同欣赏的对象。

最后，穆时英对欢场女性的想象还具有浓厚的自我色彩。如果说前两个特点对于穆时英笔下的摩登女性也适用的话，那么这一特点则是欢场女性独有的。考察穆时英对欢场女性体貌的描写，我们会发现在表现她们时尚、性感魅力的同时，又突出了她们灵魂深处的寂寞，"轻愁""憔悴""倦态""寂寞"等是出现频率很高的词汇。如果将穆时英笔下的欢场女性体貌进行概括，我们可勾勒出这样的剪影：高鼻子，长睫毛，精致的嘴角，以及掩饰不住的憔悴，无论是余慧娴、黄黛茜，或是黑牡丹以及自称"茵蒂"的舞女。这些欢场女性不仅没有个性的差别，甚至体貌神态都是差不多的，她们都是"被生活压扁了的人"，都是"在悲哀的脸上戴了快乐的面具的"，[③]她们是作者抒发自我情感的不同符号而已。由此我们便理解了为什么这些欢场女性会说出完全不像她们所说的话，余慧娴会抒发"一种切骨的寂寞，海那样深大的，从脊椎那儿直透出来，不是眼泪或是太息所能洗刷的，爱情友谊所能抚慰的——我怕

①穆时英：《Craven"A"》，《穆时英小说全编》，学林出版社1997年版，第148页。
②穆时英：《墨绿衫的小姐》，《穆时英小说全编》，学林出版社1997年版，第461页。
③穆时英：《公墓·自序》，《穆时英小说全编》，学林出版社1997年版，第614页。

它！我觉得自家儿是孤独地站在地球上面,我是被从社会切了开来的。那样的寂寞啊!"[1]而黑牡丹则感叹自己:"总有一天在半路上倒下来的",[2]其实这些都是穆时英自己对生活的感受与体验。

借欢场女性抒发自我的情感,其实是回应了中国传统的"同是天涯沦落人"的青楼文学主题,只不过演变为现代版的"洋场才子"与"性感尤物"的欢场邂逅。穆时英在迷恋于都市物欲享受的同时又有着一种深深的挫败感,这使得他与都市之间保持了一种微妙的距离,能在快乐的面具下发现悲哀的心。正是这种对都市的复杂体验,形成了穆时英对欢场女性既赏玩又同情的态度。由于赋予欢场女性寂寞的特质,使其不再只是物化、欲望化的符号,同时也有着内心的情感体验,且将自我情感投射其上,这都在一定程度上消解了欢场女性的色情感染力。一方面是大肆渲染这样一种性感魅力,将情色想象推向极致;另一方面,又在同情的理解中消解这种欲望。这样一种矛盾体现了作者本人对都市生活既迷恋又怀疑、既享乐又悲哀的尴尬心态。

晚清以来,欢场女性的服务呈现出"向下的运动"和"情欲化"[3]的趋势,因而对她们的想象也就由理想转为"近真"与"溢恶",但都不凸显欲望化的特质。直到以穆时英为代表的30年代海派作家那里,一种毫不掩饰的欲望化想象终于完成,而这种情色想象具有鲜明的都市文化特色。相比较而言,同一时期左翼作家笔下的欢场女性身体,即便具有情色魅力,这种魅力主要也不是为了传达欲望的信息,而是以此构筑对腐朽堕落的生活方式的批判,比如茅盾作品中的欢场女性。然而即便是打上了批判的标签,可仍不免会流露一丝的迷恋,这其实是反映了男性意识深层的欲望心理及对欢场女性的矛盾心态。而另一些左翼作家,或是干脆回避对欢场女性的情色想象,只突出她们被侮辱被损害的生活,因而这类欢场女性是不具有情色感染力的。或是将欢场女性的身体置于政治、民族、革命的宏大叙事语境之中,从而使欢场女性的身体突破了单纯的欲望化想象,具有了复杂的多义性。

①穆时英:《Craven "A"》,《穆时英小说全编》,学林出版社1997年版,第151页。
②穆时英:《黑牡丹》,《穆时英小说全编》,学林出版社1997年版,第283页。
③[法]安克强:《上海妓女——19—20世纪中国的卖淫与性》,袁燮铭、夏俊霞译,上海古籍出版社2004年版,第26页。

第二节　欢场女性的身体寓意

对于个体而言,"每一个身体都必须成为符号学的身体,获得意义的标记。"①由于欢场女性以色娱人的本质,其身体自然离不开情色交易、性感欲念等方面的想象,从而打上物质化、商品化的标签。"妓女的身体就其定义而言是一个具有多重性的身体,当它穿越社会经济,它自身扮演着并且也创造着激情、欲念和贪婪的叙述。此外,它的叙述直接包括现金关系,金钱与身体的交换。"②但事实上,欢场女性的身体寓意往往超越其本质属性,铭刻上国族政治层面的符号意义。

女性身体自古以来就是一种工具,中国古代四大美女在历史中扮演的不过就是两种角色,"红颜祸水"或是"以身救国",而这两者其实并没有什么本质区别。区别只在于看结果是对哪方而言,比如,西施的故事,对越国来说,她是"以身救国"的英雄,对吴国而言,她不过应验了"红颜祸水"的俗语。以姿色救国是将女性在两性关系中的性别角色功能向国族引渡的一种形式,同时也是将性资源由个体发挥至社会的一种途径。然而,在这些以姿色救国的故事背后,又与传统的贞节观发生着深深的矛盾,所以当女性的姿色完成使命后,她们便失去了存在的意义,作为缺席者、沉默者消失于人们的视线之外。因为作为父系文化中另一个男性的能指,女人是"被束缚在作为意义的承担者而不是制造者的地位",③她们的贡献是以她们身体的不洁为代价的。而女性的贞操、身体对某个具体男性来说,是他的私有财产,扩大至民族国家来说,又是社会的一种公有财产。当其作为男性私有财产的"资本"时,它被强调的珍贵无比,而当其作为民族、国家的公有财产的"祭品"时,它又被强调完全是可牺牲的。从这个角度而言,女性以姿色救国其实与女性以身体谋生

---

①[美]彼得·布鲁克斯:《身体活——现代叙述中的欲望对象》,朱生坚译,新星出版社2005年版,第66页。

②[美]彼得·布鲁克斯:《身体活——现代叙述中的欲望对象》,朱生坚译,新星出版社2005年版,第85页。

③[美]劳拉·穆尔维:《视觉快感与叙事性电影》,周传基译,《影视文化》第1辑,文化艺术出版社1988年版,第225页。

没有什么本质不同,尽管前者被赋予了某种崇高的品质,但与后者一样女性的身体都是作为一种可供交换的、可以牺牲的资源。对这类以姿色救国的女性的道德评判是极其复杂的,表面的赞扬之下隐含的往往是传统贞节观的责罚。不过对欢场女性而言,以色救国在去除了贞节道德束缚的同时,也在某种程度上消解了其行为的崇高意义,贞节在这里构成了一种无可摆脱的悖论。

20世纪初,随着梁启超"小说界革命"口号的提出,以"改良群治"和"开启民智"为目的的小说担负起了改革社会、救国救民的责任。受当时社会主流话语的影响,这一时期出现了大批反映女子救世爱国主题的小说,如《黄绣球》《女子权》《女狱花》《女娲石》等,而以《女娲石》为代表,典型地体现了女子以姿色救国的思想。《女娲石》的中心主题即是动员女子以姿色献身民族国家的独立和解放事业。小说中的女子多美貌年轻,她们的全部价值和人生目标就是以美色引诱男性,以此颠覆旧的民族国家。如主人公之一的金瑶瑟,单枪匹马地混迹于妓院,利用自己的色相伺机搞暗杀。而天山省的中央妇人爱国会则将会中绝色少女数十人,专嫁与政府中的权势者作妾,试图以美人计颠覆政府。"女子救国"论反映了当时人们一种急功近利的救国心态,由于缺乏根基与解决问题的实际,经过短暂的喧哗之后,很快这一论说与这类小说便寿终正寝了。但是其延续的以色救国的传统却在打上了民族国家的启蒙话语后具有了繁盛的生命力,在20世纪的中国文学中被一再书写,而这其中则首推赛金花题材的创作。

赛金花传奇的一生刺激了不同时代、不同性别、不同素养作家的想象力,从19世纪末一直到今天不断有人以不同的艺术形式书写这一题材。由于作家的价值观、文化立场及写作目的的差异,赛金花的形象在不同的文本中表现出巨大的差异。概而言之,赛金花被写成是红姑娘、淫荡女子、色奴、风尘女侠、被剥削受压迫阶级中的一员、至情至性的女子、有清醒的主体意识的女子等。这其中影响较大的有樊增祥的古体诗《前后彩云曲》、曾朴的小说《孽海花》、夏衍的话剧《赛金花》,当代文坛则出现了女性主义视角的创作,如赵淑侠的《赛金花》、王晓玉的《赛金花·凡尘》。赛金花题材所以能经久不衰,即在于它并不是一般意义上的有关美貌妓女的香艳传奇,而是由于其与德国统帅瓦德西的关系所引发的关于身体与国族之间的暧昧想象。"瓦赛公案"至今尚无定论,本文并不想纠缠于瓦赛之间究竟是否认识、两人是否有过暧昧关系的考证,只是想指出正是由于可能会有的这种暧昧赋予了赛金花这一形象以民族国家的启蒙话语,延续了以色救国神话的政治意义。

曾朴笔下的赛金花(傅彩云)并不如蔡元培所评价的是个"除了美貌与色情狂以外,一点没有别的"①的情欲化身,可以说在其身上颠覆了以往文学传统中关于青楼女性最大胆的想象。这种想象并不是针对其多姿多彩的私情,也不是着重于麻雀变凤凰的传奇经历,而是在于赛金花身上所体现出的一种四射魅力以及其对自己身体的控制意识。她不再是徒有姿色、秉性温良的妓女,甚至也不再是局限于闺门之中肆无忌惮的荡妇。她的生活经验扩大到前所未有的地步,是当时绝大部分"几不知天地之大,九州之外更有何物"的中国人无法想象得到的。她四处逢源,在欧洲出入宫廷和各种社交场合,成了炙手可热的交际名花,甚至赢得德国皇后飞蝶丽的青睐;她万种风情,令人无以招架,不断演绎红杏出墙的风流韵事;她拒绝救赎,在金雯青死后,她不甘心委曲求全地做个未亡人,携一京剧男伶远走高飞,在上海另张艳帜,重入烟花。当然如同晚清以来许多政治小说一样,曾朴的《孽海花》并未写完,而有关传闻中她与瓦德西再续前缘,挺"身"而出,曲线救国的最精彩的想象则由张燕谷老人的《续孽海花》来完成。可以说,赛金花身上体现了作者暧昧的道德观,是一种淫逸无德与救国英雄之间的吊诡。以往淫逸放荡的女性总是"祸水",是"祸国殃民"的,而以姿色救国的女子品性必是善良坚贞的,因为只有这样才会抵消其身体的不洁,获得肯定的道德评判。但在赛金花身上,这种淫逸无德与以身救国却以某种悖论的方式共存着,挑战了传统意义上"德"与"行"的关系,其"所流露的政治潜能与情色耽溺,形成一种二律背反现象,为现代新的'尤物'造型带来启发。"②

不过作者面对这样的悖论显得较为犹豫,信心不足,于是他又试图减少这种矛盾性,"烟台孽报"的故事正是用因果报应一说来为赛金花开脱罪责。"烟台孽报"是小说第八回中叙述的一个插曲,说的是由于金雯青在15年前抛弃了曾资助过他的相好妓女梁新燕,使得梁在绝望之余悬梁自尽。而15岁的

①蔡元培:《追悼曾孟朴先生》,魏绍昌编《孽海花资料》(增订本),上海古籍出版社1982年版,第198页。

②[美]王德威:《被压抑的现代性——晚清小说新论》,宋伟杰译,北京大学出版社2005年版,第126页。

傅彩云则是梁新燕的转世投胎,其颈上的一圈红印即是其前世的证据。这一宿命轮回的安排又回归了传统因果报应的道德架构之中,从而反讽地开脱了赛金花的罪孽,至少她的淫荡是金雯青忘恩负义的报应。她的淫逸放纵虽然逾越颠覆了传统道德规范,但这些个性和行为却出自前世的恩怨宿命。因此作为因果报应的工具,她本人的操守邪正就不再那么重要。①虽然赛金花背叛了历史给女性身体规定的传统功能,其亢奋的身体,充沛的精力,似乎表明了她对自己身体的控制,但所谓的因果报应将这一切消解,她的身体仍不过是工具而已。或是因果报应的工具,或是以色救国的工具,而在工具这点上,悖论的两方面达到了一致,淫逸与救国于是获得了一种奇特的统一。

此外,《孽海花》中赛金花的身体还隐喻了晚清文人对西方世界的欲望,以及由这种欲望而产生的民族主体构建的另类途径。晚清文人在面对一个强大的西方他者的眼光时,在文本表述中建立了两个截然相反的主体形象,一个是强亢有力的男性主体,对"西方美人"进行想象性的利用与征服。如梁启超在《论中国学术思想变迁之大势》中写道:"二十世纪则两大文明结婚之时代也,吾欲我同胞张灯置酒,迓轮俟门,三揖三让,以行亲迎之大典,彼西方美人必能为我家育宁馨儿,以亢我宗也。"②通过这样一种以"西方"为"美人"的性想象表达了中国对西方的欲望,运用性别对立以及其所蕴含的强/弱、占有/被占有的权力关系来试图扭转中国主体在现实中所处的弱势地位。同时又由于一种强烈的功利目的而满足了晚清文人构建现代民族国家的想象,于是,"西方美人"的比喻成为当时的主流语汇而风靡一时。不过,将西方比喻为"美人",而将中国建构为男性阳刚主体的想象,却由于受到自身意义悖论的冲击而显得并不稳定与恰当。于是在《孽海花》中曾朴构建了另一完全不同的主体形象,通过一个桀骜难驯的风尘女子在西方世界里四处逢源,甚至于获得德国皇后的青睐与赞扬,从而完成晚清文人对主体的一种"他者"想象与认同。值得注意的是,完成这种想象与认同的主体形象却不是男性自身,

①试比较冯梦龙《喻世明言》卷二十九"月明和尚度柳翠":妓女红莲受柳府尹之命前去引诱和尚玉通,坏了他的道行,后玉通转世投作柳氏女名翠,堕落娼流以败柳氏门风。作者与读者俱关注其间因果之说,至于红莲作为引诱的工具,她本身的作为并未受到过多谴责。

②梁启超:《论中国学术思想变迁之大势》,《饮冰室合集》卷一,中华书局1989年版,第4页。

而是处于社会边缘地位的欢场女性。《孽海花》里,作为大清帝国使臣的洪雯青成为被遮蔽与弃置的对象,而妓女出身的傅彩云却光彩照人,懂洋文,擅交际,成为西方交际界的名花,并被德国皇后称为"放诞美人":

> 不瞒密细斯说,我平生有个癖见,以为天地间最可宝贵的是两种人物,都是有龙跳虎踞的精神、颠乾倒坤的手段,你道是什么呢?就是权诈的英雄与放诞的美人。英雄而不权诈,便是死英雄;美人而不放诞,就是泥美人,如今密细斯又美丽,又风流,真当得起'放诞美人'四字。(第十二回)①

借西方他者之口盛赞傅彩云为东方"放诞美人",享有与"英雄"同等的美誉,事实上是象征了西方他者对中国主体的一种认同,而这种认同是建立在将中国形象女性化的基础上。也就是说,在傅彩云身上,晚清文人放纵的是另一种对民族的身体想象,它与梁启超所构建的英气勃发地迎娶"西方美人"的想象迥然不同,曾朴则是自觉地内化了他者眼光之后的另一种关于主体的想象。其表现方式是在强弱判然的权力关系中,弱势者确认强者的中心地位并顺遂强者的凝视目光,将现实经验中感受到的弱势地位转化成具有无穷颠覆力的女体想象,以此吸引他者的注意,从而在"被看"的同时也获得"看"的主体性。因而傅彩云这个居于传统中国社会边缘的风尘女性,表面上潇洒恣意,"颠乾倒坤",事实上却成为晚清文人新旧道德体系混战的实验场。最后以洪雯青为象征的旧道德体系全面被弃,而傅彩云则成功获得西方世界的认同。如果说从性别视角而言,用女性来构建民族主体形象还可接受的话,那么为什么曾朴选择一个风尘女子来完成他的有关民族主体的想象? 要知道,风尘女子在中国传统社会一向是被置于社会的边缘,地位卑下。作为男性欲望的对象,她们是因被看、被呈现而存在,这种"看"与"被看"的模式反映了西方与中国的权力关系,两者都是为吸引他者欲望的眼光而存在。此外,由于她们不太受传统道德规范的制约,没有过多的旧道德的负累,因而更容易接受新观念,且她们的身体作为公共欲望的对象具有无穷的颠覆力,这些特质都是顺遂西方他者的想象的。正因此,放诞的东方风尘美人成为曾朴对中国形象建构的最佳代言人,它与梁启超的"西方美人"遥相呼应,共同表达了晚

---

①曾朴:《孽海花》,大众文艺出版社2002年版,第96页。

清文人对西方他者的欲望想象。

曾朴的《孽海花》陆续写了近30年,而在其写作的尾声,赛金花题材的创作又出现了高潮,这一时期代表性的作品是夏衍的七幕话剧《赛金花》,可以说是接续了《孽海花》的创作。曾朴长子曾虚白在观看了《赛金花》的演出后,第二天即作《为〈赛金花〉告父亲》,"我清晰地记得,在某一个晚上,我们计划着《孽海花》的结构。我曾贡献意见,请您把庚子事变做这部书的最高潮,把赛金花入狱做这部书的结束。您说不错,这样的布局的确有力量,全书的革命气氛也一贯。您可知道,夏衍所写现在40年代剧社在金城公演的《赛金花》竟不谋而合地这样布的局。""我不敢说夏衍先生受了您的影响,我却敢说他的《赛金花》是您的《孽海花》的继续。"①

夏衍的《赛金花》是为了响应"国防文学"而作的,同时也是为了"大剧场运动"而作,这就决定了其创作中较强的功利意识。由于创作的背景是"九·一八"东北沦丧之后日本侵略者进一步蚕食华北,而国民政府的不抵抗政策令民众感受着亡国的威胁,于是庚子国难中赛金花的行为与作用被夸大、被重新想象,而这恰恰折射了国难当头的时代氛围与民众忧虑的真实心态。夏衍的《赛金花》正是在这样的背景下产生的,剧本在塑造"还保留着一点人性"的"奴隶里面的一个"的赛金花同时,对"高踞庙堂之上,对同胞昂首怒目,对敌人屈膝蛇行的人物"②进行了无情的讽刺,从而达到借古讽今的目的。《赛金花》的演出的确取得了这样的效果,这从国民党后来禁止演出该剧可以看出。比夏衍的创作晚一年的熊佛西的戏剧《赛金花》,与夏衍的创作目的相近,都是借赛金花的故事来唤起抵抗侵略的热情。不过由于创作完成不久即遇上国民党的禁演令,所以在当时的影响远不及夏衍的话剧。

话剧《赛金花》有着明显的对莫泊桑小说《羊脂球》模仿的痕迹:人物活动的背景都是异族入侵,情节是一群自命高贵的人为了自己的利益,以崇高的理由劝说一名妓女牺牲色相去满足侵略者的淫乐,而当他们达到目的之后,就卑鄙地把她抛在一边。从这个意义而言,作者的态度是很明确的,赛金花从某种意义上扮演了从"神女"到"女神"的角色,难怪鲁迅在病逝前两个月针

①魏绍昌:《关于赛瓦公案的真相——从曾朴〈孽海花〉说到夏衍〈赛金花〉》,《晚清四大小说家》,台湾商务印书馆1993年版,第219页。

②夏衍:《历史与讽喻》,《夏衍选集》第4卷,四川文艺出版社1988年版,第466、465页。

对这一文学现象讽刺道，"作文已经有了'最中心之主题'：连义和拳时代和德国统帅瓦德西睡了一些时候的赛金花，也早已封为九天护国娘娘了"。①虽然夏衍强调自己"一点也不想将女主人公写成一个'民族英雄'，而只想将她写成一个当时乃至现在中国习见的包藏着一切女性所通有的弱点的平凡的女性"。②但事实上，赛金花的传奇经历使得她不再平凡，通过对比来讽刺那些"高踞庙堂之上"的屈膝事贼者，不管怎样都抬高了赛金花。相比较《孽海花》中的赛金花，夏衍最大限度地脱去其淫逸放荡的品性，即使提到也只是用"天生了这副爱热闹的坏脾气"来轻描淡写，而将重点放在其救国救难的义举上。剧本第五场的标题是"跟她谈西施和昭君的故事"，③用西施与昭君的故事来劝说赛金花为国献身，其道德评判是不言自明的。不过由于赛金花的妓女身份以及一种民族主义情感，作者对她与瓦德西关系的描写上多少还含有讽刺意味。只是作品更主要的讽刺对象是那些"高踞庙堂之上"的人物，因而相比之下对赛金花的讽刺就显得微弱多了，代之以同情为主的基调。而赛金花最后被赶出京城，更加深化了这种情感。这一时期有关赛金花题材的创作，由于具有明显的功利意识，更加放大了女性以姿色救国的身体想象。

其实女性身体作为拯救国家民族的工具自古有之，本已不新鲜，由于紧密配合时代宣传，经由女性身体的奉献，为国捐"躯"完全可从字面来解释。"狭邪"与"革命"，"香艳传奇"与"国族政治"得到了巧妙置换，女性身体符号于是纳入了时代政治话语之中，成为时代冲突的叙事焦点。抗战时期有关"妓女＋国防"题材的作品不过是传统以姿色救国在民族危亡境况下的又一种延续，在这类作品中，欢场女性往往为了民族国家的利益以色诱敌来完成获取情报或是杀死敌手的任务，以此宣传"抗日锄奸"的主题，女性的性征成为情节发展的重要推动力。不过，尽管这些女性需要利用自己的身体去完成使命，但这类作品却很少揭示她们献身时的心理，也不对此进行欲望化书写，只呈现结果本身。于伶的《夜光杯》当郁丽丽准备前去刺杀汉奸应尔康的时候，面对鼓励她行刺的丈夫，她几次欲言又止，"耀华，我这次去找应尔康，万一要牺牲……""耀华，我不是怕牺牲性命，我只是担心……"而汤耀华一直不

---

①鲁迅：《"这也是生活"》，《鲁迅文集》第6卷，黑龙江人民出版社1995年版，第516页。

②夏衍：《历史与讽喻》，《夏衍选集》第4卷，四川文艺出版社1988年版，第465页。

③夏衍：《赛金花》，《夏衍选集》第1卷，四川文艺出版社1988年版，第7、40页。

能领会妻子真正要表达的意思,以为妻子是担心完不成任务,下不了手,告诉妻子已为她准备好了毒药,可在晚上趁应尔康不备时让他服下。然而,这正是妻子所担心的问题:

> 郁丽丽　(惊异地)耀华,晚间我怎么有机会和他在一起呢?那不是……耀华,不,我不能这样!……方才我几次想对你说的,就是这个问题,这……不,我以后再没有脸见你了!
>
> 汤耀华　(正色)在这种场合,你,唔……民族的利益,国家的危亡……
>
> 郁丽丽　难道我牺牲了贞操,去刺死了应尔康这样一个人,国家民族,就此能够……
>
> 汤耀华　自然,丽丽,事情不是这么简单的,现在应尔康之外.还有不少的应尔康,刺杀汉奸之外,还有不少我们应该做的事情。不过,你恰巧有这样一个机会。……除掉了应尔康这样的人,对于敌人,是去掉一个有力的工具,对于汉奸,是杀一儆百……①

这里,郁丽丽对于牺牲自己的贞操是有所顾虑的,她担心会对不起丈夫,而丈夫以国家的危亡、民族的利益来劝导她,最终打消了她的顾虑。作品涉及了女性献身时的矛盾心理,这一点较为可贵,但作者很快以民族国家话语化解之,放过了对于女性深层心理动机的进一步探究。

女性身体"作为工具,造就男人社群的团结,既是男人的'领土',又是社群内权力的行使方式"。这样的比喻反映了女性身体的所属,并因此而给女性带来灾难。因为"当两阵敌对冲突时,争相糟蹋和强奸对方的女人,成为征服、凌辱对方(男人)社群的主要象征和关于社群的具体想象"。②所以,以"身"献国、为国捐"躯",献的是否有价值,捐的是否有回报,这是个关键性问题。倘若献身没有达到预期的目的,所谓赔了夫人又折兵,是让人耻笑的,这其实反映了一种传统的男权意识。由此我们也就理解了为什么蒋光慈《冲出云围的月亮》受到左翼作家那么多的批判,因为它挑战了男权身体意识。王曼英在大革命失败后,由于绝望和复仇,其思想走入歧途。她试图以自己的

---

①于伶:《夜光杯》,《于伶剧作集(二)》,中国戏剧出版社1985年版,第30、31页。
②刘健芝:《恐惧、暴力、家国、女人》,《读书》1999年第3期。

身体为武器对整个资产阶级实行报复,但这种报复不过是一种阿Q式的精神胜利,并不能对资产阶级产生任何实质性的损害,而她却由此堕入欲望的深渊,成为一名街头拉客的妓女。她的为革命献身,究竟在多大程度上体现了欲望的成分? 革命与身体究竟谁是谁的工具? 是为了革命而献身还是为了欲望而献身? 事实上,当女性为了某一理想、事业而献身时,女性的身体仅仅只是工具,拒绝任何有关女性欲望的想象。但王曼英显然不是,她献身的过程中明显含有欲望的成分,我们看下面两段描写:

> 曼英开始摩弄着钱培生的身体,这种行为就像一个男子对待女子一样。从前她并不知道男子的身体,现在她是为着性欲的火所燃烧着了……她不问钱培生有没有精力了,只热烈地向他要求着,将钱培生弄得如驯羊一般,任着她如何摆布。如果从前钱培生是享受着曼英所给他的快乐,那末现在曼英可就是一个主动者了。钱培生的面孔并不恶,曼英想道,她又何妨尽量地消受他的肉体呢?……
>
> ……
>
> 最后,曼英把这位小少爷拉进一家旅馆里……曼英将房门关好,将他拉到自己的怀里,坐下来,好好地端详了他一番。只见他那羞怯的神情,那一种童男的温柔,令人欲醉。曼英为欲火所燃烧着了,便狂吻起来他的血滴滴的口唇,白嫩的面庞,秀丽的眼睛……她紧紧地抱着他,尽量地消受他的童男的肉体……她为他解衣,将他脱得精光光地……
>
> 曼英从没有像今夜这般地纵过欲。她忘却了自己,只为着这位小少爷的肉体所给与的快乐所沉醉了。她想道,如果钱培生将她的处女的元贞破坏了,那她今夜晚也就有消受这个童男的权利。……①

蒋光慈一方面没有回避女性的身体欲望,但与此同时他又意识到这样的描写背离了革命理性话语,于是他试图予以弥补。文本中反复强调王曼英对资产阶级男性的玩弄,她在这一过程中的主动者地位,她以此获得的报复的痛快感和精神的满足感,她后来走上正确的革命道路等,希望以此转移欲望对革命的消解。但事实上,这种努力是徒劳的,我们由后来蒋光慈的备受指

---

①蒋光慈:《冲出云围的月亮》,《丽莎的哀怨》,人民文学出版社1987年版,第152、163页。

责可以看出。革命叙事因女性身体的加入而成为欲望化书写,而革命的欲望
化书写对强调社会秩序和强调政治现代性无疑构成一种反叛,是对革命理性
的一种解构,具有极大的危险性。但问题的关键还不在此,王曼英的献身从
结果来说,起不到任何实质性的破坏,也换不到任何有价值的利益。尽管她
认为自己玩弄了男性,试图通过一种性的主动来颠覆性别特权和阶级特权,
但在男权社会中,尤其女性的身体被视为社群的所有物、象征物时,她的献身
只能是让她所属的社群蒙羞。当然,更不能让人接受的是她的献身中还打上
了欲望的烙印,从而进一步消解了革命的神圣性,革命在一定程度上反成为
其满足欲望的工具,这自然决定了这部小说遭受左翼批判的命运。

　　传统以姿色救国、或为某种理想、利益而献身,女性的心理、欲望及结局
往往都被遮蔽的,她们成为沉默者与隐身人。《冲出云围的月亮》由于写到了
有关女性的欲望心理而备受争议,同样引起争议的还有丁玲40年代创作的
《我在霞村的时候》。作品讲述了被日军抓去为日本兵提供性服务的中国女
子贞贞,后来利用这种特殊身份为边区政府提供情报,由于得了性病回到村
子的遭遇。我们知道,传统文学中有关以姿色救国的女性在完成了她们的使
命后或是以死亡或是以出走的方式消失于人们视线之中。她们在这之后的
遭遇不再引人关心,对她们而言献身之后一切戛然而止,只留下空洞的回声
与虚幻的影子。丁玲的《我在霞村的时候》却是从戛然而止处接着叙述,讲述
贞贞从鬼子那回到村子后的遭遇。有学者认为,贞贞的故事实际上是丁玲从
南京出狱到延安后的一种心境写照。联系作家的经历,这种说法有一定的根
据,正因为有着一种对女人苦楚的真实理解,贞贞的故事才没有落入有关女
性命运的俗套,在现实与抽象的层面,丁玲深刻地探讨了女性的生存困境。

　　以往对贞贞形象的解读有两种相反的倾向,或将其视为有着伟大人格的
"英雄",如冯雪峰的评价,"在非常的革命的展开和非常事件的遭遇下,这在
落后的穷乡僻壤中的小女子的灵魂,却展出了她的丰富的有光芒的伟大"。①
也有将其看作苟且的"变节者",这种评价主要集中在50年代后期批判所谓
"丁陈反党集团"的时候。如陆耀东所认为的,贞贞在日军那里的表现"是严
重地丧失节操","不仅是一个女人的贞节,更重要的,而是作为一个中国人在

_____

①冯雪峰:《从〈梦珂〉到〈夜〉》,《中国作家》第1卷第2期,1948年1月。

民族敌人面前应有的气节"。①其实,这两种看法都是只依据了小说中的部分情节,缺乏整体观照,因而都偏离了作品的本意。贞贞既不是什么了不得的"英雄",当然更不是什么"变节者",这由丁玲将其取名"贞贞"便可看出用意,既是对其为国献"身"行为的肯定,同时也是对传统贞操观的嘲讽。贞贞是一个承受了生命中无法承受之痛的平凡女子,她的身体既遭异族践踏又遭同族利用,精神上既蒙受敌人的羞辱又为同胞所鄙夷嫌厌为亲人所不能理解,陷入这样一种生存困境却依然没有丧失活下去的勇气的女性。所以在本质上,《我在霞村的时候》是一篇表现女性之痛与女性困境的小说。如果仅从国家、民族的层面来解读,为人物贴上"英雄"或"变节者"的标签,都偏离了作品的本意。

贞贞形象的张力一方面在于她回村后的行为举止,不是如一般人们所想象的是以一种受害者楚楚可怜的姿态出现,对所遭遇的不幸有着一种羞耻怨恨的心理。相反,她提到这段经历心平气和,"说起鬼子来就像说到家常便饭似的","已经一点也不害臊了"。而作品中有关她言行的表述都是积极的、亮色的,如"欢天喜地""满有兴致""心平气和""坦然""平静"等,描述她的精神状态是"洒脱、明朗、愉快"的,面貌则是"脸色红润""眼光安详""声音清晰",全然没有人们所想象的那种感受到耻辱的悲哀绝望。这一表现颠覆了以往受害女性苦楚的形象特征,具有坚忍乐观的品质。如贞贞所言,"我总得找活路,还要活得有意思"。②但这一表现却引起村民更加的鄙夷与不满,因为倘若她以一个弱者的面貌出现,那么还可施舍给她以同情,在施舍中以显示自己的圣洁与骄傲,最大限度地获得一种精神优越感。而贞贞的状态显然在某种程度上打破了她们的这种优越心理,于是一方面更加鄙夷,但另一方面又生出一丝羡慕,如"见过一些世面","更标志了",表现出村民一种复杂的心理状态。当然,贞贞形象张力的另一方面也是这一形象容易引起争议的是贞贞对待日本兵的态度,与人们想象中刻骨的仇恨有差别。下面这段叙述经常被引用,也是认为贞贞是"变节者"的证据之一:

> 日本的女人也都会念很多很多书,那些鬼子兵都藏得有几封写得漂

①陆耀东:《评〈我在霞村的时候〉》,《文艺报》1957年第38期。

②丁玲:《我在霞村的时候》,《丁玲选集》第二卷,四川文艺出版社1995年版,第404、408页。

亮的信：有的是他们的婆姨来的，有的是相好来的，也有不认识的姑娘们写信给他们，还夹上一张照片，写了好些肉麻的话，也不知道她们是不是真心，总哄得那些鬼子当宝贝似的揣在怀里。①

在贞贞的叙述中，日本兵似乎并不是面目可憎的，甚至也还有着人性的一面。在与日本兵的交往过程中，贞贞没有选择做烈女，而是想着如何先生存下去，这是她面临困境时一贯的想法。正因为有着这样一层暧昧的关系作掩护，为她后来的情报工作打下了良好的基础。而在这里又引出一个问题，即边区政府在贞贞的悲剧中扮演了什么样的角色？如果我们从女性自身来看这一问题的话，如果说日本兵是蹂躏了贞贞的身体，那么边区政府则是利用贞贞的身体。自然这种利用是为了正义、为了抗日救亡的崇高目的，与日本兵发泄兽欲是完全不同的。但对于贞贞个人而言，都是以她肉体和人格的受伤害为代价的，体现了革命对于女性的残酷。而为国献"身"，换来的依然是同胞的鄙夷与非议，更加深了这种精神的伤痛，也使得贞贞陷入空前的孤独之中。

小说最后，贞贞决心离开家乡，到延安这样没有亲人的地方去学习工作，因为"活在不认识的人面前，忙忙碌碌的，比活在家里，比活在有亲人的地方好些"会"另有一番新的气象"，"还可以再重新做一个人"。②这是否在绕了一圈之后又回归了传统以姿色救国的女性出走的主题？而女性的身体无论在什么时代都逃脱不了作为工具的宿命？在贞贞的故事中，"女性的身体作为女性自身的符号与作为国家、民族的符号以统一而又对立的多重关系纠缠在一起"，丁玲冒着违反"政治正确性"的风险，"展示了特定历史条件下女性身体更为特殊的存在方式，以及这种存在方式中女性自身的价值与国家利益、民族利益的冲突"③。

晚清至民国时期，欢场女性的身体寓意主要包括两大方面，一是与物质

---

①丁玲：《我在霞村的时候》，《丁玲选集》第二卷，四川文艺出版社1995年版，第407页。

②丁玲：《我在霞村的时候》，《丁玲选集》第二卷，四川文艺出版社1995年版，第416页。

③董炳月：《贞贞是个"慰安妇"——丁玲〈我在霞村的时候〉解析》，《中国现代文学研究丛刊》2005年第2期。

化、商品化相联系,一是融入国家、民族、革命的政治话语之中,且集中体现为国族或是为革命而捐"躯"献"身"。不过对于处于半封建半殖民地的中国社会,欢场女性身体较常见的殖民寓意在这一时期的作品中却几乎没有出现。如半殖民地的上海,可能作家的兴奋点还未从高速都市化的发展中脱离出来,因而欢场女性的身体较多打上了物质化、商品化、色情化的标签。直到20世纪末,香港作家施叔青的《香港三部曲》,分别为《她名叫蝴蝶》《遍山洋紫荆》与《寂寞云园》,以妓女黄得云一生的遭际,来象征香港这座城市被殖民的历史。通过黄得云与西方男人在性关系上的征服与被征服,影射殖民统治与殖民颠覆。在性与政治的层面,抓住了人物历史与城市历史的交汇点,从而串接起妓女家族史和香港殖民百年史,终于完成了对欢场女性身体的殖民想象。

第三节　欢场女性的疾病隐喻

　　布莱恩·特纳在《身体与社会》一书中指出,"疾病是一种文化悖论",它虽"属于自然,但也不可避免地具有深刻的社会意义"。①疾病不仅仅只是一种生理现象,对疾病的诊断与阐释,蕴涵着丰富的社会文化内涵。文学作品中有关疾病的描绘往往具有象征、隐喻及道德评判的功能。"人们可以借助疾病引申涉笔一些经验和认识,这些经验和认识超越了生病这一反面基本经验。患病这一基本经验在文学中获得了超越一般经验的表达功用和意义。在文学介体即语言艺术作品中,疾病现象包含着其他意义,比它在人们的现实世界中的意义丰富得多。"②如果说男人的疾病更多与社会政治相关,而女人的疾病则离不开性与情的范畴,那么疾病究竟是因情而生或是由性而起则在很大程度上体现了作者对女性的价值判断。尤其在写欢场女性的疾病时,这种道德的价值评判尺度就更为明显。
　　作为一种生理现象的疾病,本不应有高雅与粗俗的高下之分,但事实上

---

　　①[英]布莱恩·特纳:《身体与社会》,马海良等译,春风文艺出版社2000年版,第330页。
　　②[德]维拉·伯兰特:《文学与疾病——比较文学研究的一个方面》,方维贵译,《文艺研究》1986年1期。

在任何时代,疾病的种类都折射着该时代的文化道德内涵。比如,结核病在19世纪及20世纪初"被认为是一种有启迪作用的、优雅的病",因为"肺部是位于身体上半部的、精神化的部位",因而被视为是一种"灵魂病",①是属于精神范畴的高雅的神秘的疾病,是一种体现优越教养标志的疾病。因而在19世纪的作家笔下,结核病被充分地浪漫化,常与罗曼蒂克相联系。与此相反,梅毒"不仅被看作是一种可怕的疾病,而且是一种羞耻的、粗俗的疾病"。②因为"感染梅毒,是一个可预测到的后果,通常是与梅毒携带者发生性关系所致。……梅毒起着一种天罚的作用,它意味着(对不正当的性关系和嫖妓行为的)一种道德评判,而不是心理评判。"③其他的传染病如麻风病、天花等同样也被视为可怕的疾病,它们除了具有道德评判的功能外,往往还象征着社会的混乱及腐化堕落。

正如前面所提到的,男性作家笔下的欢场女性形象呈现出"天使"——"荡妇"的二元对立模式,天使型的欢场女性突出她们善良、坚忍、富于牺牲的品质,而荡妇型则是淫荡的"恶之花",她们爱慕虚荣,腐化堕落,玩弄男性。作家通过对她们所患疾病种类的选择,进一步强化所赋予的形象意义。在19世纪的西方文学著作中,欢场女性疾病的隐喻是十分明显的。如《茶花女》中的玛格丽特患的是肺病,即结核病,对于这样一个在巴黎享有盛誉的高级交际花,患这种病是十分合适的。首先,肺病是一种具有罗曼蒂克色彩的高雅的病,这与小说中的人物为爱情而牺牲的精神相符。其次,结核病患者一般脸庞瘦削、面色苍白、神情忧郁,这样的病态一方面会具有一种别样的性感,这也是这一时期患结核病的交际花形象反复出现的原因。另一方面这样一种柔弱的形象会唤起人们内心的同情,而不像有的疾病引起的是人们生理上的反感。对比一下左拉《娜娜》中对娜娜尸体的描绘,这种感受就会非常强烈:

> 她在烛光下仰着脸。她现在已经是一具尸体,是一摊脓血,是扔在垫子上的一堆腐烂的肉。脓疱侵蚀了整个面孔,一个挨一个,脓疱已经

①[美]苏珊·桑塔格:《疾病的隐喻》,程巍译,上海译文出版社2003年版,第16、17、18页。

②[美]苏珊·桑塔格:《疾病的隐喻》,程巍译,上海译文出版社2003年版,第54页。

③[美]苏珊·桑塔格:《疾病的隐喻》,程巍译,上海译文出版社2003年版,第37页。

干瘪,陷下去,像灰色的污泥,又像地上长出来的霉菌,附在这堆不成形状的腐肉上,面孔轮廓都分辨不出来了。左眼已经全部陷在糊状脓液里;右眼半睁着,深陷进去,像一个腐烂的黑窟窿。鼻子还在流脓,一整块淡红色的痂盖从面颊上延伸到嘴边,把嘴巴扯歪了,像在发着丑笑。在这张可怖、畸形的死亡面具上,那秀发仍像阳光一样灿烂,宛如金色溪水飞流而下。爱神在腐烂。看来,她从阴沟里和无人过问的腐烂尸体上染上了毒素,毒害了一大群人,这种毒素已经升到了她的脸上,把她的脸也腐烂了。①

娜娜因感染天花而死亡,同样都是巴黎红极一时的交际花,不同的疾病产生了不一样的审美效果与道德评判。《茶花女》中作者主要是突出玛格丽特身上善良、为爱而牺牲的美好品质,因而从名字、喜爱的鲜花、到所生的病,作者都在维护这一美的形象。而娜娜在作者笔下则是这个罪恶之城的象征,左拉在形容娜娜的身体时用的最多的是"怪兽"的比喻,围绕她的中心意象则是牲口、毒素、垃圾、苍蝇、尸体等丑陋肮脏的东西。娜娜最终传染上天花,死相如此恐怖痛苦,一方面带有惩罚的意味,因她用自己带着毒素的身体将男人们一个个毒死,将巴黎社会搅得天翻地覆。同时,用传染病来象征社会的腐朽混乱,这是早已有之的文学写法。一般而言,作者即使不是有意识地赋予人物以某种疾病,那么他也是下意识地受到当时文化、道德标准的影响。在雨果的《悲惨世界》中,芳汀最后是悲惨地死于肺病,由作品我们知道芳汀走上卖身之路完全是被迫的、无奈的,是社会造成的悲剧,而当她卖了自己的头发与门牙后再也没有什么可卖了,她唯有出卖自己的贞操。在前面我们提到梅毒、天花等传染病除了象征社会的腐朽混乱外,总还是含有道德惩罚的意味。而肺病在当时除了被当作是一种优雅的病,往往还被"想象成一种贫困的、匮乏的病",②更重要的是肺病有着人格提升的隐喻功能。肺病的死亡更多含有情感升华的效用,丝毫不含有惩罚的意味,肺病的死亡"消解了粗俗的肉身,使人格变得空灵"。③所以,芳汀死于肺病,既不影响其善良、纯洁、诚朴的美好形象,又有力地控诉了社会。

①[法]左拉:《娜娜》,王士元译,译林出版社1995年版,第329页。
②[美]苏珊·桑塔格:《疾病的隐喻》,程巍译,上海译文出版社2003年版,第15页。
③[美]苏珊·桑塔格:《疾病的隐喻》,程巍译,上海译文出版社2003年版,第19页。

晚清至民国时期中国文学中有关欢场女性疾病的描写也存在一种审美与道德的评判模式。如果做一个粗略地划分，我们可以发现，女性因情而病，多半是与脑部、肺部及心脏等属于身体上半部器官相关。这类疾病与性无关，不含谴责意味，同时又赋予女性一种柔弱的病态美，容易引起人们的怜惜同情。《日出》中的顾八奶奶总是一个劲地强调自己有心脏病，恰恰反映了上流社会的人们对这类疾病的审美态度。因情而病的欢场女性一般虽身处欢场声色场所，却未受环境影响，表现出忠贞、专情、纯洁的美好品质。如《海上花列传》中的李漱芳虽身处书寓这样的欢场空间，却与陶玉甫爱得痴缠情深，由于无法嫁与陶玉甫做正室，心气极高的她于是忧思成疾而亡。书中详细描绘了她的病症，病因是"其原由于先天不足，气血两亏，脾胃生来娇弱之故。但是脾胃弱点还不至于成功痨瘵，大约其为人必然绝顶聪明，加之以用心过度，所以忧思烦恼，日积月累，脾胃于是大伤"。病的具体表现是"脾胃伤则形容羸瘦，四肢无力，咳嗽痰饮，吞酸嗳气，饮食少进，寒热往来。此之谓痨瘵"。"从前是焦躁，这时候是昏倦，都是心经毛病"，而治疗的方法则是"倘能得无思无虑，调摄得宜，比吃药还要灵。"[①]不少人都指出《海上花列传》某种程度上是在模仿《红楼梦》，鲁迅所谓"把妓院当作大观园，把裱子当作金陵十二钗"，指出了其中人物的相似性。如果我们将人物进行这样一种类比，李漱芳自然是指向林黛玉，两人在个性、气质、命运等方面的确具有相似性，包括两人的病症。在中国传统医学中，心病是个意义较为模糊的概念，一般而言都与年轻女性有关，且病因都是因情而生。此外，该女性聪明、敏感，心气高而又身体弱，类似于西方视结核病为一种"灵魂病"，心病从它的发病原因到治疗方法无疑也是一种"灵魂病"。由于传统思维中习惯于将肉体与精神相对立，且精神是高于肉体的，那么属于精神的"灵魂病"自然就要高于肉体的身体病。且因情生病更赋予形象一层浪漫色彩，如杜丽娘因情而亡而生，即是达到了一种情之极致。女性尤其是欢场女性因情得病，自然是烘托了形象的浪漫、柔弱的美感色彩。

欢场女性中最常发生的应是因性而生的病，包括梅毒等性病、流产打胎、不育等。这类疾病的意义指向要复杂些，既有道德惩罚的色彩，又隐喻社会的混乱，新文学作品中涉及这类疾病较多指向对社会的控诉。无论是西方还

---

① 张爱玲：《张爱玲典藏全集·译注：海上花落》，哈尔滨出版社2003年版，第38页。

是中国,梅毒都是一种声名狼藉的疾病。①由于梅毒的表现症状是身体某些部位的溃烂,所以梅毒的可怕并非因为其经常导致死亡,而是由于它给人带来的道德压力。在这样一种压力之下,患病者往往觉得无地自容、无脸生存,并认为这是一种报应、一种惩罚。蒋光慈《丽莎的哀怨》中的丽莎,当得知自己已经得了很深的梅毒后,她选择结束自己的生命。"呵,我已经成了一个怎样的堕落的人了! 我应当死去,我应当即速地死去!""十年来,可以说,我把自己的灵魂和肉体已经作践得够了。现在我害了这种最羞辱的病,这就是我自行作践的代价。"作品借丽莎之口指出自杀是由于对生活的绝望,"现在逼我要走入死路的,并不是这种最羞辱的,万恶的病症,而是我根本的对于生活的绝望。"②不过毫无疑问,患上梅毒是丽莎自杀的催化剂,尽管这种病症并不是不可治的,但从丽莎反复强调这是"最羞辱的病",我们可以想象梅毒给予丽莎心理的打击是巨大的。正是这一击彻底粉碎了丽莎生的希望,而丽莎的自杀又在某种程度上抵消了梅毒这一疾病所蕴含的道德惩戒力量。

蒋光慈的另一部小说《冲出云围的月亮》女主人公王曼英的身体具有丰富的张力,可进行多重阐释。如果从疾病与身体的隐喻关系来看,可与《丽莎的哀怨》互文共读,进一步明确梅毒这种疾病对于女性的道德惩戒。王曼英以自己的身体为武器对整个资产阶级实行报复,她以玩弄资产阶级男性作为革命的手段。不久之后,她发现自己的下体有病,"她模糊地决定了,这大概是一般人所说的梅毒,花柳病"。这样一个以身体为武器向社会报复的革命女性,传统的贞操观是非常淡薄的,但当她猜想自己得的是梅毒后,她的反应和丽莎是一样的,认为自己应当即速死去,且没有资格再爱李尚志。这里,梅毒就如红字般是一种耻辱的标志,得了梅毒就像是下了死亡通知书。虽然王曼英后来在自杀的途中,初升的朝阳与田野的空气给予了她新生的希望,而

---

①在西方对梅毒的看法19世纪末又有了变化,由于波德莱尔、福楼拜等人都患有梅毒,为了缓解梅毒带来的道德压力,因而他们乐于将梅毒当作一种时代病。福楼拜就曾说过,"梅毒,谁都或多或少携带着它。"波德莱尔也说,"我们每个人的血管里都有共和精神,就像我们每个人的骨头里都有梅毒——我们全都被民主化了,被梅毒化了。"所以,梅毒在西方从一种可怕的性病,变成为一种时代流行病,再后来变成了一种政治病。参见[美]苏珊·桑塔格《疾病的隐喻》,程巍译,上海译文出版社2003年版,第54、99页。

②蒋光慈:《丽莎的哀怨》,人民文学出版社1987年版,第89、90页。

她后来获得爱情最根本原因还是在于她没有得梅毒,得的只是一种通常的妇人病。王曼英对李尚志的表白清楚地说明了这点:

> 回到上海来请医生看一看,他说这是一种通常的妇人病,什么白带,不要紧……唉,尚志,你知道我是怎样地高兴啊!
>
> 亲爱的,我不但要洗净了身体来见你,我并且要将自己的内心,角角落落,好好地翻造一下才来见你呢。所以我进了工厂,所以我……呵,你的话真是不错的!群众的奋斗的生活,现在完全把我的身心改造了。哥哥,我现在可以爱你了……①

所谓身心的改造,心指的是进工厂参与群众的奋斗生活,身则是治疗普通的妇人病。而倘若我们假设一下,如果王曼英得的就是梅毒,她还会再去爱李尚志吗? 如果丽莎没有得梅毒,她还会去自杀吗? 也许这些假设是无意义的,但如果说得不得梅毒对人物命运会产生这么大影响的话,我们是否可以感受到这种疾病带给人的强大的心理震撼力。这种力量并不来自疾病本身,而来自人们赋予它的种种负面价值所产生的道德压力。

作为一种疾病,梅毒对个体而言,它意味着是对道德颓丧、不正当性交易的一种天罚,是一种报应,人物是否得这种病体现了作者对人物的基本道德价值判断。所以,为了让王曼英新生,她不能得这种羞辱的病,而没落的俄国贵族丽莎,虽然作者笔端流露出对她遭遇的同情,但她毕竟属于应灭亡的阶级,让她得梅毒自杀更大程度上是象征她所属阶级的腐朽没落。当然,梅毒不仅仅是一种个体的疾病,它还是一种社会病。梅毒的隐喻不仅存在于个体道德范畴,它还进入了社会的、政治的、种族的领域。就种族的隐喻而言,一般梅毒用来比喻受歧视的或敌对的民族,如欧洲的犹太人就曾被比喻为梅毒,日本人则称其为"支那病"。有意思的是,英国人称梅毒为"法国花柳病",法国人则反击其为"日耳曼病"。②不过,无论是何种隐喻,梅毒赋予喻体的都是负面的价值。在文学作品中,梅毒经常隐喻社会的罪恶混乱。周天籁的

①蒋光慈:《冲出云围的月亮》,《丽莎的哀怨》,人民文学出版社1987年版,第229、252页。

②参见[美]苏珊·桑塔格《疾病的隐喻》,程巍译,上海译文出版社2003年版,第72、121页。

《亭子间嫂嫂》中的顾秀珍,最后痛苦地死于晚期梅毒,并且下体的溃烂是少有的可怕。这里,疾病的意义是双重的,既指向个体又指向社会。对个体而言,虽然作者也写出了顾秀珍讲义气、重情感的一面,真实再现了一个私娼的神女生涯,但同情的表层里蕴含的还是道德的内核,这由作者的写作过程透露出来。《亭子间嫂嫂》是在《东方日报》上连载的,在写到五十多万字的时候,周天籁准备杀青,但报社老板由于该报的销量皆靠这篇小说而阻止。到八十万字要求结束时仍不行,最后至一百万字时,周天籁一切不顾,写出了早已安排好的女主角得病死亡的结局。由此我们可以看出,顾秀珍的死亡是一定的,但以什么方式死亡或是说以什么疾病死亡,取决于作者对这一人物的道德评判。而作者安排顾秀珍是在产下一名男婴后死于梅毒,其中暗含的道德惩戒已十分清楚,正如顾秀珍认为的是"自己作孽深重"的报应。因为即便顾秀珍是非死不可,她完全可以死于难产或是产后并发症等其他疾病,这些疾病一般不含有对个体的道德评判。当然由于作者对人物又有着同情,于是通过控诉社会来缓解对女主人公的惩罚力度,指出她的一切都是由社会造成的。"她的生命是完全害在这只万恶的社会手里",①并发出了改良万恶社会的呼喊。从而,梅毒在此又喻指社会疾病。

虽然梅毒可隐喻社会疾病,但一般新文学作家在写欢场女性的疾病时却不常使用。可能是由于新文学作家一般都将欢场女性作为被侮辱被损害者,用她们的悲惨遭遇来控诉社会,他们所要强调的是社会的原因而不是这些女性自身的过错,梅毒多少含有道德惩戒意味。相比较而言,流产、打胎这些同样与性相关的疾病就能在规避道德惩罚的同时又具有控诉社会的效用。"从统治的角度看,社会身体的紊乱应该用个体的尤其是妇女的身体疾病概念来表示。"②所以,打胎而亡就成为描写欢场女性悲惨命运的一种常见的疾病。老舍《微神》中的"她",由于家道中落,为了供养父亲,没有办法做了暗娼,但她在内心深处始终保留着一份珍贵的爱恋。当所爱之人回国后提出要娶她时,她为了在所爱之人心中留下美好形象,在打胎时做手脚杀死了自己。老舍用抒情的笔调娓娓道来这个凄婉的故事,回忆一段青涩朦胧的初恋。回忆

---

①周天籁:《亭子间嫂嫂》,学林出版社1997年版,第868页。
②[英]布莱恩·特纳:《身体与社会》,马海良等译,春风文艺出版社2000年版,第347页。

愈是美好,现实便愈发得残酷;"她"的形象愈是无辜,控诉社会的力度便愈发的强烈。与《微神》类似,吴组缃的《金小姐与雪姑娘》也叙述了"我"的初恋对象堕落后打胎而亡的悲剧,雪姑娘是"我"的初恋,被骗后无奈做了舞女,"我"希望给她爱护和帮助。作者以一种人道主义的态度对待雪姑娘,因为"她的堕落,她的荒唐,她自己没有罪",①从而将其堕落与不幸归结为是由社会造成的。40年代《幸福》杂志群女作家曾庆嘉的《从夏天到秋天》讲述了"我"家教的女孩林婵,一个单纯可爱的姑娘,被自己的母亲培养成交际花,后在香港打胎死去。所有这些文本都突出强调这些女性堕落前的纯洁、善良、可爱的品质,打胎而死既是由她们生活方式所引起,但又不像梅毒会产生负面价值评判,于是在维护她们形象的同时便自然将控诉的矛头指向社会。

当然不是所有文学作品中的疾病都具有隐喻功能,有的疾病在作品中起的是结构情节的作用。如果说"灵魂病"有助于赋予人物的浪漫美感色彩,"社会病"承担着批判社会的功能,那么,为情节服务的"身体病"则最大限度地去除了附加于疾病之上的文化、道德意义。毕倚虹的《人间地狱》中关于柯莲荪与秋波的恋情描写感人至深,而两人恋情获得质的发展的重要原因便是秋波之病。由于秋波害了烂喉痧,即猩红热,一种传染性极强的疾病,柯莲荪不怕被传染的危险,精心照顾,打动了秋波。这里,疾病是两人情爱发展的催化剂,体现的是一种情节设置功能。而张爱玲的《十八春》中顾曼璐的不能生育既是欢场生涯造成的后遗症,有一定的惩戒作用,同时又是作品中一个至关重要的伏笔,为以后一系列情节的发展做好铺垫。这些疾病对情节起着一种推动作用,但不过多承担文化、道德层面的寓意。当然,有些作品中的疾病就更不具有功能性的作用,如张恨水《春明外史》中妓女梨云得的是小肠炎,由于治疗不及时而死去。这里,疾病对情节发展的影响力更加微弱,完全可以置换为其他类似的疾病。

疾病从来就不仅仅只是一种生理现象,它"在一定程度上以其社会性分布于社会的结构网络上",打上了时代、民族、阶级、性别、文化、道德等烙印。"'疾病'不是单一的概念,也不是对自然过程的事实陈述;它是反映物质和理想利益的一种分类。这些分类图谱的重要性在于它们最终引向对身体的本

---

① 吴组缃:《中国现代文学百家·吴组缃》,华夏出版社1998年版,第56页。

体论地位的探询。"①文学作品中的疾病同样反映了该时代的文化、道德内涵，有的赋予人物以某种道德评判，有的指向对社会的批判，有的推动情节的发展，不同的作家会让疾病在作品中承担不同的功能。比如欢场女性的疾病，新文学作家选择的出发点主要是考虑能承担对社会的批判，但又不含明显的道德惩戒色彩的疾病。相比较而言，晚清狭邪小说家、民国倡门小说家则通常从情节安排或人物形象塑造的角度来选择疾病种类。

①[英]布莱恩·特纳：《身体与社会》，马海良等译，春风文艺出版社2000年版，第319页。

第七章

欢场书写的
性别立场

第七章

欢场书写的性别立场

事实上,有关欢场女性的历史与文学不仅不是由她们自身发出的声音,甚至主要也不是由女性作家发出的,欢场作品基本都是男性作家的"他者"想象。在这种想象中,欢场女性作为被叙述的对象,是缺乏主体性的,她们体现的是男性的言说立场,是一种社会化的建构。"五四"以来新文学作家更是将欢场题材纳入社会现代化进程之中予以考察,表达对社会、权力等问题的关注。或是作为批判社会的工具,或是抒发自身情感的载体,或是突出一种现代性的立场,或是大众消遣娱乐的对象,等等。新文学作家对欢场女性的生活进行着想象性重构,然而这种重构体现的依然是男性立场。这种男性立场的欢场女性想象存在着"溢美"与"溢恶"的两极分化趋势,可以说,依然延续的是中国传统文人对女性形象"淑女"—"荡妇"的二元对立的创作模式,从而体现着一种典型的男权中心的书写规范。

如果以赛金花题材的作品为例,我们就会发现在建构赛金花形象的过程中,男性作者的态度存在着两种极端倾向:一极是滑向崇尚,一极则是流于厌恶。倾向于崇敬的作者,在作品中把赛金花塑造成至情至性的妓女,富于侠义心肠的风尘女侠,如夏衍的话剧《赛金花》、熊佛西的戏剧《赛金花》等。倾向于厌恶的作者，则把赛金花写成是放荡无德的女人，或是祸害男人的祸水，或是卖身事贼的淫妇，如樊增祥的《前后彩云曲》、吴趼人的《赛金花传》、曾朴的《孽海花》等。这样两极对立的建构模式，使得欢场女性形象缺少了一种张力。因为"这些故事中极少有性格复杂矛盾的妓女，相反，女人无论经历过多少人生曲折，读上去都只是在一路展示其'坏的'或'好的'品格罢了。"①从而在某种程度上背离了欢场女性真实的生活与鲜活的个性。如周作人所言，"男子方面有时视女子若恶魔，有时视若天使，女子方面有时自视如玩具，有时又自视如帝王；但这恐怕都不是真相吧？人到底是奇怪的东西，一面有神人似的光辉，一面也有走兽似的嗜好，要能够睁大了眼冷静地看着的人才能了解这人与其生活的真相。"②其实，男性对欢场女性的"溢美"或是"溢恶"想象，事实上都是打上了作家自身的审美经验、道德评判与情感倾向。但就欢场女性形象的复杂性、丰富性及独特性而言，这样的两极建构方式显然使形象缺少了一种张力，有着将人物简单化、绝对化及模式化倾向。

对男性作家而言，他们都是从外部来书写欢场女性的，欢场女性内在的情感、心理及身体体验等都是被遮蔽的，处于一种失语状态。尤其是有关欢场女性堕落与救赎的母题，更是凸显了男性作家一厢情愿的道德想象。相比较来说，女性作家的欢场书写具有鲜明的女性意识，因而对于欢场女性堕落与救赎的母题，她们能够突破主流话语模式，书写出不同于男性作家的另类话语。新文学中女作家创作的欢场题材作品并不多，其中以丁玲的《庆云里中的一间小房里》和张爱玲的《沉香屑 第一炉香》为代表，然而这两部作品却在很大程度上颠覆了男性作家有关欢场女性堕落与救赎的主题模式。

欢场题材作品中，堕落与救赎是最常见的母题。本章主要运用法国批评家克里斯托娃1966年提出的文本间性理论（intertexuality），又译作互文性或间文本性，是指"任何文本也都是作为形形色色的引用的镶嵌图而形成的，所有的文本，无非是其他文本的吸收和变形"。③即每一个文本绝不是孤立地存在着的，它同其他文本处于相互参照、彼此关联的关系中，形成一个包容着过

①［美］贺萧：《危险的愉悦：20世纪上海的娼妓问题与现代性》，韩敏中、盛宁译，江苏人民出版社2003年版，第136页。

②周作人：《周作人散文选集》，百花文艺出版社1987年版，第201页。

③［日］西川直子：《克里斯托娃：多元逻辑》，王青、陈虎译，河北教育出版社2002年版，第51页。

去、现在和将来的无限开放的动态网络体系。且在一个总的文化符号学内，社会和历史并非外在于文本的独立因素或背景，而是不可避免地存在于文本系统之中，社会和历史自身就是文本。通过将张爱玲与丁玲的作品放入总的文化符号学内并分别与几位男作家同类题材作品进行一种互文比较，从而考察欢场书写的性别立场。

第一节　欢场女性的堕落母题

在论述有关欢场女性的堕落母题时，主要选取老舍的《月牙儿》、杜衡的《人与女人》和张爱玲的《沉香屑 第一炉香》这三部作品。三部作品同样都讲述了有关女性堕落的故事，不过对于女性堕落的原因，三位作家表现出了不一样的态度与立场。老舍的《月牙儿》中关于女性堕落主要是强调外在社会因素，是典型的"逼良为娼"模式，而这其实是呼应当时社会对此问题的一种主流论调。如周建人指出女性卖淫的两个重要原因，"第一个原因，是男子的欲求，而娼妓遂应男子的要求而生"，"第二个原因，便是经济制度。社会的生活程度既日渐增高，女子因经济不独立的缘故，为生活所压迫，不得不应男子出资买性欲满足之愿望，而出此卖淫行为"。[①]事实上这两个原因中女性都是被动与被迫的，而强调女性堕落的被迫性，这是其作为批判社会工具的前提条件。故而，"五四"以来的很多作家笔下的欢场女性演绎的多是为生活所迫而卖身的"逼良为娼"的堕落模式。因为只有这样，才能有力地对社会进行控诉与批判，老舍的《月牙儿》便是这一模式之代表作。《月牙儿》中母女两代被迫沦为暗娼，其原因便是要解决最基本的生存问题。"我们母女得吃得穿——这个决定了一切。什么母女不母女，什么体面不体面，钱是无情的。"小说以第一人称倾诉了"我"的悲惨遭遇，由于"我"念过几年书，一直以为可以通过自己的努力避免走母亲的道路，但现实是无情的，社会是冷酷的。"我出去找事了。不找妈妈，不依赖任何人，我要自己挣饭吃。走了整整两天，抱着希望出去，带着尘土与眼泪回来。没有事情给我作。我这才真明白了妈妈，真原

---

①周建人：《废娼的根本问题》，《周建人文选》，中国文史出版社1988年版，第174、175页。

谅了妈妈。妈妈还洗过臭袜子,我连这个都作不上。妈妈所走的路是唯一的。学校里教给我的本事与道德都是笑话,都是吃饱了没事时的玩艺。"于是,"我"承认自己失败了,"我不再为谁负着什么道德责任,我饿。"作品经常提及的便是饥饿问题,这是母女俩面临的最大生存障碍,正是迫于生存的压力,才使得她们走上卖身之路。而她们卖身后的生活更是充满着血与泪的心酸与无奈,如在地狱中求生,完全是苦难的叙事。对于"我"而言,"我的痛苦久已胜过了死","这个世界不是个梦,是真的地狱"。①小说运用了象征手法,通过一弯莹洁的月牙儿一点点地被无边的黑暗吞没,象征着单纯的"我"一步步地为罪恶的社会吞噬。而卖身的迫不得已,生存的艰辛困苦,使得所有伦理道德在这里都失去了谴责的力量,人们在同情之中无疑将批判的矛头指向了社会。

在一般人看来,女性卖淫都是由于经济的原因。"19世纪沦为妓女的姑娘们通常是因为需要钱才去卖淫的。一方面,某些有自立意识的职业妇女,她们知道除了其身体以外没有任何资本,唯有妓院和舞台才能满足维持上流生活水平的希望。另一方面,对年青寡妇和未婚母亲而言,除非她们申请到能使其母子免于挨饿的教区救济,否则其微薄所得几乎总是使她们家破人亡。"②即便都是因经济原因而卖淫,事实上还存在很大差别,是为了满足奢华的上流生活还是为了解决基本的生存问题。对于前者人们给予更多的道德谴责,并认为女性自身要为这种堕落承担责任,因为这很大程度上源于她们的贪婪、虚荣。而对于后者人们则是充满着深切的同情,她们的不幸是由社会造成的,当面临基本的生存问题时,道德的约束力量便微乎其微。"五四"以来许多激进的思想家将娼妓视为私有制社会的产物,"娼妓是私有制制造出来的产物,我们要使娼妓绝迹,当然要废止私有制度,这是毫无疑问。"③李三无也明确指出:"社会上所以有娼妓这种阶级,完全是现在土地私有制和资本主义的经济社会下面必然的结果"。所以,"要想铲除娼妓阶级,非先从现在土地私有制和资本主义的经济社会着手实行改造不可。如果不想方法谋社会制度的根本改造,只是诉诸个人的道德,拿外部的压力来做绝灭娼妓阶级

---

①老舍:《月牙儿》,《老舍全集》第七卷,人民文学出版社1999年版,第283、272、279、285页。

②[美]坦娜希尔:《历史中的性》,童仁译,光明日报出版社1989年版,第384页。

③王会悟:《废娼运动我见》,《妇女声》1922年第7期。

的唯一手段,这才是其愚不可及呢。"①在这种思潮的影响下,娼妓问题与改造社会制度联系起来,成为作者标识自己在现代化进程中身份和立场的工具。老舍《月牙儿》中对下层妓女形象的感人书写正是再现和回应了社会主流群体对妓女生活的一种归纳和认定,即女性的卖身是被迫的,妓女的生活是苦难的,妓女被描写成"被侮辱与被损害者"的形象。

在这一类论述中,卖淫现象的背后不存在任何自然的原因,它完全是社会的产物,并主要由经济问题引起,这种论调显然将娼妓这一复杂的社会现象简单化了。事实上,卖淫作为人类社会中始终存在的现象,它是自然因素与社会、文化等因素相结合的产物。1949年前一项对上海市各个等级的500名妓女的调查显示,"56%的妓女对她们的职业表示满意,主要是因为这一职业比起她们所能从事的其他职业来,收入更加丰润一些。有一半人表示无意改换职业,而有略微超过四分之一的人还表示想找一个有钱的丈夫。"②如果抛开某些偏见,我们必须承认,古今中外的娼妓业都是轻松、低技术含量而高回报的行业。基于职业的需要,她们中多数打扮入时,生活相对自由舒适,这是当时许多衣不蔽体、食不果腹的平民女子可望而不可及的。所以在解放初妓女的改造运动中,百分之七十以上的妓女不仅不认为自己是被迫的,而且还认为"解放"是奴役她们,夺她们的金饭碗,甚至发生教养院妓女在"三八"节要求自由自主的"暴动"事件。③这样的史料至少表明所谓的"逼良为娼"并不是全部甚至不是多数妓女生存状态的真实反映,而新文学作品中此类书写却占据了主流,恰恰反映了多数作家欢场书写的主观立场。由于视欢场女性为批判社会的工具,她们是不合理社会制度的产物,因而她们的堕落只能是被迫的,是外力因素导致的,因为倘若是自愿的,就完全消解了其所承担的社会批判功能。

娼妓从来不是一种孤立的社会文化现象,它与人类社会的政治经济制度、道德伦理、婚姻制度以及种种约束人类行为的社会规范紧密相联。因而,

① 李三无:《废娼运动管见》,《五四时期妇女问题文选》,中国妇女出版社1981年版,第353、354页。

② [美]贺萧:《危险的愉悦:20世纪上海的娼妓问题与现代性》,韩敏中、盛宁译,江苏人民出版社2003年版,第324页。

③ 参见武汉大学中国近现代史专业张超的博士论文《民国娼妓问题研究》,2005年。

有关欢场女性堕落的原因同样是复杂的,涉及多方面因素。杜衡的《人与女人》中也讲述了两位女性的堕落故事,不同于《月牙儿》中的母女两代的被迫卖身,《人与女人》中的珍宝与嫂嫂代表了两种不同的堕落方式。对珍宝而言,其堕落更多体现了女性的弱点,虚荣、经不起物质的诱惑、怕吃苦等。小说中细腻描绘了珍宝第一次受到诱惑后的心理,当她看到被嫂嫂称为不要学的"这种人"王翠姐手上的一枚金戒指时,她"禁不住心跳。戒指是那么阔,又那么厚,使她不敢轻易相信是真金。"随后几天,"那粒金戒指却像是被珍宝吞到了肚里去似的不容易消化的"。正是因这一粒金戒指的诱惑,珍宝的心态与生活都逐渐发生了变化,她与被哥哥嫂嫂都看不起的王翠姐交好起来。在一次与王翠姐出去玩后,珍宝终于明白,"在这一个世界上原是有两个世界的",她"现在是开始看见别一个梦想不到的世界底边缘了。纵然她看见的只是边缘,而所尝到的却更细小得如汪洋之一滴,但这边缘就已经够使她目迷,这一滴就已经够使她心醉了。颠倒在这生底迷惘里的是白天的工作和黑夜的梦魂。而且,而且她是已经发现从这个世界渡到那个世界的桥梁了。"这是珍宝生活的转折点,在这之前,她是一个在工厂做活的挣工度日的普通女工;这之后,她成为出卖自己身体换取相对舒适生活的娼妓。作者写她的堕落主要是强调人性自身的弱点,因为对珍宝而言,她不卖身并不是无法生存,只不过是无法过上一种满足其物质欲望的虚荣舒适的生活,而她现在得到的"这样和那样"却是她"做了就是十年苦工底代价也换不到的"。当然,对于这种堕落,珍宝的内心也有过短暂的、偶然的挣扎,而这种挣扎多半也是因其哥哥才有的。作品中珍宝的哥哥一直是作为其堕落的反对力量,其坚决反对妹妹所选择的路,甚至于不惜与母亲闹翻并搬出家里。不过尽管珍宝对哥哥充满着畏惧的心理,也因为哥哥而有过几次"做好人"的念头,"但只是偶然地","而这偶然,也就像任何人都有的飞上天去的冲动不得不给自己不生翅膀底发现所打破一样,是会被许许多多的已然和当然所掩没。"[1]也就是说,在珍宝的堕落过程中,外在的因素只是作为诱惑的力量,并不起决定性作用,而珍宝对于物欲的强烈迷恋才是最根本的原因。作品中对珍宝心理的展示让我们感受到了物欲的强大力量,在这一过程中,物欲的诱惑与"做好人"的念头甚

---

[1]杜衡:《人与女人》,吴欢章编《海派小说选》,复旦大学出版社1990年版,第187、189、191页。

至都无法形成对等的抗争，"做好人"的愿望在珍宝那里是如此微弱，根本经不起物欲的诱惑。

应该说，杜衡笔下珍宝的故事至少代表了一部分欢场女性的堕落模式，即堕落根源于人性的弱点，女性的堕落并不都是被迫的，从而与当时社会的主流论调保持了一定距离。如果说"五四"以来的现代文学呈现出"救亡"压倒"启蒙"的趋势，同样，"批判社会"的主题也压倒了"揭示人性"的主题。所以，在作品中杜衡又通过珍宝嫂嫂的堕落，来回应社会有关女性堕落的主流论调，即"逼良为娼"模式。作品中珍宝的嫂嫂一直是正派的靠自己挣工度日，她还一再告诉珍宝，"要知道自己挣工度日是再体面不过的事情"。因而，在珍宝的心目中，嫂嫂与哥哥一样都是凭自己的力气养活自己，哥哥经常教育珍宝的话便是"瞧你嫂嫂吧，学你嫂嫂底样吧！"在珍宝的周围，哥哥与嫂嫂一直是她堕落的反对力量，而母亲与王翠姐则是支持她的推动力量。在珍宝与嫂嫂之间形成了一种对比关系，即有关生活方式及价值观念的对比。然而，小说的结局却是即便像嫂嫂这样认为"挣工度日是再体面不过的事情"，并劝珍宝"不要学王翠姐'这种人'底样的"正派女人，最终也走上了和珍宝、王翠姐相同的路。由于哥哥被抓，嫂嫂也只有靠出卖身体来养活自己。在这篇小说中，作者表现出了一种复杂的情感态度。一方面，通过珍宝的堕落强调人性的弱点，与此同时，又通过嫂嫂的故事回应社会批判的主题。作者想要说明女性的堕落原因是复杂的，既有基于人性弱点的自甘堕落，又有因生存压力的被迫堕落。虽作者详写的是珍宝的故事，但考虑到主流批判模式，于是在小说的后半部分又略写了嫂嫂的堕落，由自愿为娼转为"逼良为娼"的书写。在"揭示人性"与"批判社会"的主题之间，作者表现出了一种犹疑，而结果便是这两种主题都未获得充分的展开。事实上，曹禺《日出》的创作也存在这一问题，不过由于其反映的社会生活面更加广泛，因而表现出的批判倾向就更加突出。另一方面，在对珍宝堕落故事的描写中，作者虽对女性的堕落心理描绘细腻，但女性在这里完全是物质化的、欲望化的，一枚戒指便成为其堕落的根源。作者站在男性立场对女性的欲望进行着想象与否定，而作品中哥哥可视为男性立场的代言人，他对珍宝的行为一直是一种居高临下的训斥与指责。而珍宝也始终认为哥哥的话是正确的，在哥哥面前有着一种自卑的心态，由此折射出作者对珍宝堕落的批判态度。在作品的最后，珍宝终于想明白了一个道理,不再认为哥哥所说的"女人和男人是一样的"是不变的真理,"人应得像哥哥所说的那样做,她承认;可是女人是有她们自己底道理的,女人——两样。"①这种有关"女人——两样"的观点表面上似乎体现了作者某种程度上对女性卖身的宽容,但实际上却是再次印证了作者的男性中心立场。女人的两样即在于她们无法克服自身弱点,她们不过是物质化、欲望化的符号。而无论是批判还是宽容,作者都是以男性的价值观作为衡量的标准的。

男性作家有关欢场题材的书写,总是离不开"逼良为娼""堕落""拯救"等关键词,这体现了男性文化规范下的书写立场。所以欢场女性的堕落或是为生存而被迫,或是因虚荣而自愿,前者达到批判黑暗社会的目的,后者则具有揭示人性弱点的功用,这成为女性堕落的两大原因。因而,对于张爱玲的《沉香屑 第一炉香》很多人也认为葛薇龙不过是个为了追求经济安稳和社会地位,而贪图虚荣、自甘堕落的女性。这其实是以男性的欢场书写立场误读了这一人物,诚然,在葛薇龙的堕落中具有虚荣的成分,但还有其他原因。仅将这个故事视为女性贪图虚荣的自甘堕落,实在是一种片面化的理解。

葛薇龙由一个原本自尊心强、并一心渴望读书的新女性,沦落为最后不是替丈夫乔琪弄钱,就是替姑母梁太太弄人的卖淫养夫的尴尬处境中,其中的心路历程实在一言难尽。而葛薇龙的这一步步走向堕落,并不是处于浑然不自知的状态,不像《人与女人》中的珍宝,实际并不清楚自己的选择究竟意味着什么,缺乏对事物的理性认识与判断的能力,只是受着物欲的诱惑不自觉的一步步陷了进去。葛薇龙则不然,她对自己的处境一直有着十分清醒的认识,并在理性的层面试图进行抗拒。而最终抗拒的失败,说明了理性的、道德的力量终究是有限的,它无法战胜非理性的、欲望的力量,这里欲望既指物欲又包括情欲。人其实是脆弱的无奈的,在不可理喻的现实面前节节败退,无法把握自己的命运。如张爱玲哀叹的,"总之,生命是残酷的。看到我们缩小又缩小的,怯怯的愿望,我总觉得有无限的惨伤。"②葛薇龙最初是抱着"只要我行得正,立得正,不怕她不以礼相待。外头人说闲话,尽他们说去,我念

---

①杜衡:《人与女人》,吴欢章编《海派小说选》,复旦大学出版社1990年版,第186、187、198页。

②张爱玲:《我看苏青》,《张爱玲文集》第四卷,安徽文艺出版社1992年版,第235页。

我的书"这样的一种心态住到了姑母家。当她发现壁橱里挂满了合身的金翠辉煌的衣服时,她忽然醒悟了姑妈的用意,"这跟长三堂子里买进一个讨人,有什么分别?"虽然在理性上她试图抗拒,于是"站起身来把衣服一件一件重新挂在衣架上",但内心深处却无法不无动于衷。潜意识的梦境透露了她真实的欲望,她"一夜也不曾合眼,才合眼便恍惚在那里试衣服,试了一件又一件"。在这种理性与非理性的对立抗争中,葛薇龙用"看看也好"进行自我安慰。这一方面表明她很清楚再走下去会是一种什么样局面,她在主观上是不愿意成为像姑母那种人的,但另一方面非理性的对物欲的渴求又是理性所无法控制的。所以,"看看也好"其实是一种理性与非理性抗争中的中庸立场,它既保持了一种理性的清醒,同时又不拒绝非理性的欲望。既可以即刻向后抽身而退,又时刻面临向前滑入深渊。可以说,这个时候的葛薇龙还抱有把书念好的打算,不过事实上,她已经对这种生活上了瘾,很难抽身退出了。而她最终沦落为卖淫养夫的结局,则是另一种非理性力量——情欲的决定性作用。

葛薇龙一直都很清楚乔琪是个怎样的人,这样一个不承诺婚姻与爱而只答应让她快乐的缺乏责任感的用情不专的浪荡公子,葛薇龙明知道与他结婚意味着过怎样的日子,靠出卖自己来给他弄钱,却依然如飞蛾扑火般愿意毁灭自己,这完全来自一种可怕的情欲力量。葛薇龙甚至也都明白这力量的来源,她"明明知道乔琪不过是一个极普通的浪子,没有什么可怕,可怕的是他引起的她那不可理喻的蛮暴的热情"。正是这不可理喻、无法控制的"蛮暴的热情",使得葛薇龙愿意为此而奋不顾身。这里"奋不顾身"完全成了一种实指,为了乔琪,葛薇龙真的出卖自己的身体。应该说,葛薇龙对乔琪的爱是盲目而又执着的,小说中多处描写了葛薇龙感受爱的身体体验,如当她想起乔琪时的温暖感觉:

> 这姿势,突然使她联想到乔琪乔有这么一个特别的习惯,他略微用一用脑子的时候,总喜欢把脸埋在臂弯里,静静的一会,然后抬起头来笑道:"对了,想起来了!"那小孩似的神气,引起薇龙一种近于母性爱的反应。她想去吻他的脑后的短头发,吻他的正经地用力思索着的脸,吻他的袖子手肘处弄皱了的地方;仅仅现在这样回忆起来那可爱的姿势,便有一种软溶溶,暖融融的感觉,泛上她的心头,心里热着,手脚却是冷的,

打着寒战。①

又如在与乔琪发生关系后的快乐回味，"她睡在那里，一动也不动，可是身子仿佛坐在高速度的汽车上，夏天的风鼓蓬蓬的在脸颊上拍动。可是那不是风，那是乔琪的吻。"后来，她走出房间，"她伏在栏杆上，学着乔琪，把头枕在胳膊弯里，那感觉又来了，无数小小的冷冷的快乐，像金铃一般在她的身体的每一部分摇头。"这些感受完全是女性对于爱的身体体验，正是这不可理喻、无法控制的"蛮暴的热情"，使得葛薇龙不可自拔、无法抗拒地做了情欲的俘房。即便是此刻，葛薇龙也还非常清醒，她明白乔琪并不爱她，即使爱也不过就是"一刹那"，但她已经满足了。"今天晚上乔琪是爱她的。这一点愉快的回忆是她的，谁也不能够抢掉它。"就为着这"一刹那"，葛薇龙觉得自己获得了"一种新的安全，新的力量，新的自由。"可以说，"一刹那"作为一种难得的、转瞬即逝的美好感情与回忆，成为灰色人生中的一抹亮色，成为卑琐现实里的一点安慰。而为着这不可理喻的、无法控制的"一刹那"的"蛮暴的热情"，葛薇龙是以自己的一生作为赌注的。

当然在这一过程中，葛薇龙并没有完全被情欲冲昏头脑，理性并未完全退出，她还不时地做着挣扎。当发现乔琪的不忠后，葛薇龙明白她必须马上回去，"我回去，愿意做一个新的人"。不过，尽管在理性层面她很清楚自己应该做什么，但此时她却生了场病，连她自己都怀疑她生病的真实目的。"薇龙突然起了疑窦——她生这场病，也许一半是自愿；也许她下意识地不肯回去，有心挨延着"。在理性与非理性的对立抗争中，理性的力量是节节败退，而这也是葛薇龙人生的步步失败。由想念书到想嫁人，由想找一个理想伴侣到抓住乔琪这个可能的机会，由想结婚到情愿做情人，由情人到发现乔琪的不忠之后仍然嫁给他，直到最后卖淫养夫。这之中每一步变化都是那么不可思议，然而却又是无法抗拒的。在葛薇龙的堕落故事中，作者主要不是为了批判社会，如果说有揭示人性弱点的主题，她的态度也不是谴责的，而是充满了悲悯情怀。葛薇龙的悲剧其实是人把握不了自己的命运，在理想与现实中的差距中处处退缩。更为悲哀的是在这一过程中，人始终是清醒的，是眼睁睁地看着自己一步步地堕落下去，而理性的力量终究是有限的、脆弱的。即

①张爱玲：《沉香屑 第一炉香》，《张爱玲文集》第二卷，安徽文艺出版社1992年版，第11、15、28页。

便是最后，葛薇龙也很明白自己的处境其实跟妓女没有什么分别，如果说有，则是"她们是不得已，我是自愿的！"正因为是一种清醒地堕落，这种堕落就更凸显人的脆弱，人对现实的无奈，对命运的恐惧。所以，葛薇龙不敢想她的未来，"不能想，想起来只有无边的恐怖"，如"那凄清的天与海"，只有"无边的荒凉，无边的恐怖"。①在葛薇龙的故事中，我们体会到的是人生的无奈与命运的残酷，人性的脆弱与生命的惨伤。

葛薇龙对情感的盲目与执着日后在张爱玲身上以另一方式演绎着，人们无法理解为什么在作品中如此老练世故、如此洞察人生的作家，却在自己的情感生活中如此幼稚与盲目。也许答案并不复杂，在葛薇龙的故事里张爱玲已经告诉了我们，那就是一种不可理喻、无法控制的非理性情欲的力量。正因为对人性有着一种"因为懂得，所以慈悲"的关怀，所以张爱玲对女性的堕落即便是涉及人性的弱点，也不是谴责的态度，而更多凸显女性在非理性面前的挣扎、被动与无奈。这与男性作家对女性堕落的书写有着很大不同。首先，男性作家笔下的欢场女性是不具有主体性的，因而她们的内心情感与身体体验都是处于遮蔽状态，她们更多是作为体现作者身份与立场的工具。而站在男性立场对女性的堕落进行构想，基本包括两种模式：一种是作为批判社会的工具，即女性的堕落是被迫的，卖身的生活是苦难的，所以她们对此不需承担道德责任，这也是新文学以来主流的书写模式。一种是以此揭示人性的弱点，即女性的贪婪、虚荣及对物质的迷恋导致她们的堕落，由于这种堕落是基于她们自身的弱点，因而她们要为此接受道德谴责。在这种模式中，女性往往被视为物质化、欲望化的符号，在揭露人性弱点的同时，往往还会将这种堕落与社会批判相联系。比如女性的贪慕虚荣是由于受了某种堕落的生活方式与腐朽的思想文化的影响，因而对人性的批判往往不是孤立的，同时还伴有对社会的批判。

张爱玲《沉香屑 第一炉香》中有关女性的堕落却跳出了这两种基本的堕落模式，在葛薇龙的故事中作者主要不是强调社会制度问题，也不完全是因为某种更普遍的人性弱点，而是基于一种无法控制的非理性的情欲力量。从而在小说中，作者提出了有关女性堕落的第三种可能，即基于情感方面的原

①张爱玲：《沉香屑　第一炉香》，《张爱玲文集》第二卷，安徽文艺出版社1992年版，第35、36、41、46、45页。

因。既可能因一种无法控制的情欲因爱而堕落,如葛薇龙;也可能因情感受到了伤害出于报复而堕落,通过堕落来麻木自己,减轻内心的痛苦,并以玩弄男性获得一种心理平衡,如当代文坛女作家方方的小说《在我的开始是我的结束》女主人公黄苏子即是这一类型的代表。据有关资料显示,因情感原因而堕落是占有相当比例的,如对北京妓女的一项调查显示,"100名正在劳教的妓女中有20人在婚姻恋爱中受到挫折",①然后走上了卖淫之路。也有学者认为葛薇龙是"借助卖淫去报复乔琪对她情感的背叛",作家"借助矛盾铭刻的写法,以女性滥用自我身体的寓言,去反叛父权社会禁止女人不能有任何婚外性行为的禁忌",②从而这一行为充满了文化意义上的性别政治色彩。应该说,对葛薇龙而言,爱的成分是远远大于报复的成分的。正如她对乔琪说的,"我爱你,关你什么事?千怪万怪,也怪不到你身上去。"如果说她是因报复而堕落的话,她在这种生活中是体会不到任何快乐的。但事实上,"她也有快乐的时候,譬如说,阴历三十夜她和乔琪两个人单独的到湾仔去看热闹"。③这恰恰说明葛薇龙为了这"一刹那"的快乐而甘心付出的代价。在这一类型的文本中,女作家更关注女性的内在心理、情感矛盾及身体体验,并对此进行细腻描述。她们将女性堕落的原因由外在因素转为内在本体,并进一步由普遍的人性弱点转为女性的心理特质,体现了一种对女性深层精神心理结构的理解与探测深度,从而将堕落原因很大程度上归为了女性本体因素。

比较这三部有关女性堕落的文本,如果说《月牙儿》中"我"的堕落是被迫的,那么《人与女人》中珍宝的堕落则是不自觉的,而《沉香屑 第一炉香》中葛薇龙的堕落却是清醒的。三位作者对女性堕落的态度也不相同,老舍是同情的,但这种同情更多是指向她们苦难生活本身;杜衡在同情之中更多了一层道德谴责色彩;而张爱玲则是对女性充满着悲悯情怀,这种同情是指向女性自身的。这些不同除了体现出作者的文化素养、思想价值观及生活经历的差异,自然也与性别立场有关。与欢场女性的堕落相呼应的则是有关救赎的主

①[美]贺萧:《危险的愉悦:20世纪上海的娼妓问题与现代性》,韩敏中、盛宁译,江苏人民出版社2003年版,第367页。

②林幸谦:《女性主体的祭奠:张爱玲女性主义批评II》,广西师范大学出版社2003年版,第184页。

③张爱玲:《沉香屑 第一炉香》,《张爱玲文集》第二卷,安徽文艺出版社1992年版,第45、44页。

题,在这类书写中同样也存在性别立场问题。

第二节　欢场女性的救赎母题

有关欢场女性救赎母题的研究,选取这样三位作家的三部作品,分别为沈从文的《丈夫》、曹禺的《日出》和丁玲的《庆云里中的一间小房里》。这三部作品中的欢场女性都面临着救赎问题,并且或实或虚在作品中总存在一个以拯救姿态出场的男性。当然,救赎是否成功或者说欢场女性是否愿意被救赎以及男性是否具有救赎能力等,则体现了文本的差异以及作家的不同书写立场。所谓救赎应包括两个层面,一是精神层面的,如通过皈依某种宗教或是献身于某种理想、事业获得新生;一是世俗层面的,一般体现为嫁人从良,获取世俗的认同。

西方妓女多为基督教徒,她们可以通过个人主动积极的宗教救赎来获得心灵的赦免,渴望在遭受肉体苦难后,能够以某种崇高的殉难来赎清罪孽,获得上帝的爱怜与宽恕。因而,西方关于欢场女性的救赎更强调精神层面的复活,这与他们的宗教信仰相关。如法国作家法朗士的小说《黛依丝》讲述了一个堕落的女人改邪归正和灵魂获救的故事。黛依丝原是亚历山大城的名妓,她具有惊人的美貌和因了这美貌而惊人的富有。她原本过着穷奢极欲和放任淫荡的生活,后来却听从神父巴弗奴斯的劝化而皈依了基督教,成为一名圣洁的修女,死后灵魂则进了天国。另外,托尔斯泰在《复活》中对玛丝洛娃也主要是从精神层面强调她的自我复活,她由堕落到迷惘到新生,充分体现了托尔斯泰的世界观和道德观。此外,陀斯妥耶夫斯基《罪与罚》中的妓女索尼雅所以能忍耐苦难的生活,完全是靠宗教信仰力量的支撑,她坚信通过受难可得到上帝的救赎。正是在这样的宗教文化氛围下,西方妓女表现出对信仰的绝对坚贞与对生命苦难的默默容忍,以宗教信仰的力量进行自我心灵的救赎。

相比较而言,中国的世俗生存哲学一向发达,因而有关欢场女性的救赎多半就停留于世俗层面。由于中国妓女飘零在人伦秩序之外,社会并没有为她们提供更多的生存空间来满足她们作为正常人的愿望,她们能够选择的就是回归正常家庭生活,享受人伦亲情,家庭成为中国妓女完成自我命运救赎的神坛。也因此,为什么古往今来的青楼女子,总是不惜一切代价嫁人从良,因为这对她们而言是相对理想的归宿,而文人才子无疑是她们的最佳选择。她们的悲剧多由从良不成功造成,或是遇人不淑,或是从良受阻。而即便是从良成功,在受封建贞节观影响深远的中国社会,往往还是遭受屈辱,只不过大多作品到从良成功也就结束了。真实版的李香君的故事很平凡很普通,没有太多的光环,有的只是不被人见到的辛酸与屈辱。历史上的李香君并没有在南京栖霞寺出家,而是隐姓埋名,跟随侯方域回到河南商丘老家。当侯父知道李香君的真实身份后,怒不可遏,命令李香君搬出侯府。李香君后来生下的儿子只能姓李,并且侯府一再申明,无论到什么年代,李香君遗留下来的那一支,都"只准口传,不准入家谱"。①然而即便嫁人从良后的生活有着诸多的不如意,但对于青楼女子而言,她们还是要想方设法步入家庭生活,因为这是回归正统社会的唯一途径。不过到了晚清狭邪小说中,出现了一批拒绝从良的娼妓形象,这可视为对传统青楼女子形象的颠覆,由渴望从良到拒绝从良,体现了近代欢场价值观的变化。不过这批拒绝从良的欢场女性作为"溢恶"的对象,倒是她们的恶行劣迹更为引人注目,甚至于多数作家表明自己的创作动机便是"为劝戒而作",而她们由此表现出的经济与人身的独立性、自主性却被忽略。与传统青楼女子一样,她们不过都是体现男性言说的价值立场,所以就这点而言,渴望从良或是拒绝从良事实上并没有本质区别。

新文学以来,关于欢场女性的救赎出现了新的话语,即与革命叙事、民族话语相结合,强调因革命、救亡而获新生,如蒋光慈的《冲出云围的月亮》、王统照以鸿蒙的笔名连载于《万象》杂志的《双清》、于伶的《花溅泪》等。不过事实上,《冲出云围的月亮》的女主人公王曼英并不能典型地体现革命的救赎功能,因她原本就是投身于革命中的新女性,只不过因大革命失败由于绝望和复仇而堕落,用自己的身体向社会进行报复。后来她融入到群众斗争之中,找到了正确的革命方向,于是身心获得了彻底改造。在这里,王曼英主要是以误入歧途的革命知识女性的身份获得新生的,而不强调以堕落妓女的身份得到拯救。王统照的《双清》以大革命后期的北方省城济南为背景,描写了名妓笑倩厌倦"言语酬对,身体逢迎"的卖笑生涯,向往一种新的生活,后受地下

---

① 参见史挥戈、吴腾凰《秦淮名艳李香君》,《扬子晚报》2008年4月11日。

革命者卓之的启发和乡村老人高大先生的培养,逐渐走上"新人"的道路。小说连载了20章,后因故未写完,因而表现笑倩的新生活也还停留在种树养菜、认字学习诗文上,强调其身心的初步净化,但从前面埋下的伏笔推测,作者可能想表现笑倩后受革命的影响而获得另一种救赎。一方面由于民族危难使作家不能从容著笔,另一方面可能是更为主要的原因,即投身革命对于笑倩这样的女子而言,总是缺少一定的转变基础,就是笑倩厌倦卖笑生涯,作者也未交代具体原因,只是笼统地强调她因这种生活而感到迫压的苦闷。所以,她的这种变化总让人感到突兀,更不用说投身革命以获救赎,这其中的铺垫、转变是具有相当难度的,而倘若铺垫的不够充分,就会让人感觉不真实。于伶的《花溅泪》强调舞女米米因在感情上受骗,后在好姐妹的劝说下,参加了抗日前线的救护组,完成了人生的转变。不过,剧作的主旨是借舞女的转变来唤起民族意识、爱国情怀,重点并不是强调欢场女性的救赎,而是明写舞女辱,暗射国家恨。可见,现代文学中有关欢场女性的救赎大多数都停留于世俗层面的嫁人从良,因革命、救亡而获精神层面的复活新生,这类作品不仅少而且也不够成熟。

正因此,论述有关欢场女性的救赎主要还是从世俗层面展开,选择的三个文本体现的也都是这一类型的救赎。沈从文的《丈夫》描述了妻子在妓船上卖身养家,丈夫去妓船看望妻子后携其一起回乡下的故事。作品始终以丈夫的视角来展现"堕落——救赎"的过程,表现的主要也是丈夫的心理感受与变化。而妻子老七自始至终没有对自己的生存方式表示过主动的思考和选择,而她最后跟随丈夫回转乡下,突出的主要也是丈夫而非老七作为"人"的意识的觉醒。小说最后,丈夫由于无法再忍受妻子不断地被其他男人占有,执意要回去。此时妻子并未决定要跟丈夫一起走,她还是将钱塞到丈夫手里,而这却触动了老实忠厚的丈夫,使得其情感终于爆发。"男子摇摇头,把票子撒到地下去,两只大而粗的手掌捂着脸孔,像小孩子那样莫名其妙地哭了。"可以说正是丈夫的痛苦情感的宣泄触动了妻子,于是,"两夫妇一早皆回转乡下去了"。可见,妻子的选择是受了丈夫的影响,而不是其自觉产生的。由于创作视点的关系,作品中的老七并不具有主体性,她的内心感受、情感体验等都成了书写盲区。在整个过程中,她的形象都是苍白无力的,我们只有根据对她不多的言行描述去推测她内心的情感状态。而她最后随丈夫一起回乡下,是出于对丈夫的同情,还是由于对卖身生涯的厌倦,我们不得而知。而这对老七而言可能也并不重要,即她如何想是不重要的,重要的是她如何选择。因这一形象的意义本来就不在于其内心情感的丰富性与复杂性,而在于她的生存方式所承载的理念意义。在老七的"堕落——救赎"的关系模式中,承载的是沈从文关于现代城市文明与传统乡村文明的对立、冲突以及人性善恶美丑的价值取向。通过作者的表述,我们不难发现:老七走上妓船意味着被城市文明异化,象征着人性的堕落。作品中这样写道:"做了生意,慢慢的变成为城市里人,慢慢的与乡村离远,慢慢的学会了一些只有城市里才需要的恶德,于是妇人就毁了。"①老七最终选择走下妓船与丈夫一起回到乡下,表明其获得了救赎,而这则象征了传统乡村文明对于现代城市文明的胜利。在这里,老七被置于各种文明相互交织的坐标上,成为图解作者某种理念的载体。

但倘若抛开作者的理念,我们发现对于老七而言,妓船卖身的日子固然是堕落的、异化的、痛苦的,但老实巴交的没有见过世面的丈夫能够承担起救赎老七的责任吗? 这里的救赎不仅是将其带回家,还在于是否有能力提供一种相对安稳的生活。事实上,多数有关欢场女性救赎的作品基本上都止于嫁人从良,至于从良后的生活状况却是无言的空白。因为就救赎的主题而言,到嫁人从良之时便已完成了,因而从良后的生活自是无关紧要的了。如同"五四"时期的婚恋小说一样,恋爱婚姻自由作为主人公追求的目标,一旦达到便成为作品的终点,给人留下的都是美好的想象。不过鲁迅的《伤逝》恰恰是以这类小说创作的终点为起点,描写了在获取了恋爱自由之后所面临的诸多问题,确实显示出高人一等的深刻。同样,欢场女性从良后的生活也面临诸多问题,往往并不乐观。据有关资料显示,上海妓女中从良并获得相对好结果的,仅占2.5%至3%的比例。②这当然由多种因素造成,如社会的歧视,经济的问题,自身染上的不良生活习惯等,都会影响从良后的生活,而由于从良后生活的不如意又重回烟花界的亦大有人在。所以,如果以获得救赎为起点来考察老七回乡后的生活,我们就会发现作者留下的美好结局其实是充满

①沈从文:《丈夫》,《沈从文全集》第9卷,北岳文艺出版社2002年版,第65、66、46页。

②参见邵雍《中国近代妓女史》,上海人民出版社2005年版,第13页。

了涩涩的苦味的。经济肯定是个问题，即便是抛开经济问题不谈，对老七而言，由城市文明回归乡村文明，是否会有一种失落感？从作品的描写中我们知道妓船上老七们不管怎样都接受了一些城市文明，尽管沈从文是以批判的态度来看待这些变化，并认为这体现了人性的堕落。作品写当乡下丈夫来妓船看望女人时，不时的会由于女人的变化而惊讶，如第一次惊讶的是女人那"大而油光的发髻，用小钳子由人工扯成的细细眉毛，脸上的白粉同绯红胭脂，以及那城市里人派头城市里人的衣服"。此外，"女人说话时口音自然也完全不同了，就是变成城市里做太太的大方自由，完全不是做媳妇的神气了。"第二次惊讶的则是"烟管忽然被女人夺去，即刻在那粗而厚大的掌握里，塞了一枝哈德门香烟的缘故。"①这些变化虽体现的是这一职业的特征，但同时也显示出妓船上的女人们多少都受到城市文明的影响。尽管城市文明中存有糟粕性的东西，但比起封闭落后的乡村文明而言，它还是体现了一种进步。因而与丈夫回到乡下，虽是恢复了一种常态的生活，但从另一方面来说，老实巴交且没见过世面的丈夫是不具有救赎能力的，他们未来的生活会面临很多问题。然而这些都已不再重要，对老七而言，毕竟她已完成了被救赎的使命。

事实上，从良作为欢场女性的一种归宿，往往呈现出一种理想化色彩。由于从良后的生活是欢场书写的盲区，因而从良更多是体现一种价值理想，成为欢场女性的追求目标。但如果说对婚姻生活本身已彻底失望，那么嫁人从良也就失去了存在的前提和应有的吸引力。《日出》中陈白露的拒绝救赎多少受着其失败婚姻的影响，而有关陈白露的婚姻对其的影响在以往的研究中或多或少地被淡化了。《日出》里有关陈白露的身世、经历以及她的堕落过程如许子东指出的是"略前详后"的叙述结构，这种结构的目的是为了达到对不公正社会的控诉，这也是作品的中心主题。如曹禺所说："《日出》希望献与观众的应是一个鲜血滴滴的印象，深深刻在人心里也应为这'损不足以奉有余'的社会形态。"②因而有关于陈白露的堕落与救赎是在这一大的前提下展开的，是向着这一主题思想靠拢的。陈白露出场时已是一名炙手可热的交际花，过着一种"舞女不是舞女，娼妓不是娼妓，姨太太又不是姨太太"的生活。

---

① 沈从文：《丈夫》，《沈从文全集》第9卷，北岳文艺出版社2002年版，第48、49页。
② 曹禺：《日出》，《曹禺全集》第1卷，花山文艺出版社1996年版，第388页。

然而在其内心,她又是不甘于这种沉沦的,因而作者一方面形容她对目前生活的厌倦,"一种嘲讽的笑总挂在嘴角","神色不时地露出倦怠和厌恶;这种生活的倦怠是她那种飘泊人特有的性质。她爱生活,她也厌恶生活"。①另一方面又反复渲染其身上还保留着的纯真、可爱与善良,如其对玻璃上窗花的兴奋以及尽力营救小东西等。这两方面的描写其实都是指向一个主题,即她的堕落是"损不足以奉有余"的社会造成的。由于其本性是纯真善良的,且对沉沦的生活是倦怠和厌恶的,这一点很重要,因为"在许多观察者的眼中,衡量堕落的最终标准是看女人对卖身变得麻木不仁了,还是看上去甚至当作乐事。"②而陈白露所表现出的态度与流露出的本性,既是与作品的中心主题相契合,又符合当时社会主流话语对堕落女性的想象。

然而,从作品主题出发将陈白露堕落的原因简单地归向社会,理由其实并不充分,缺少一种决定性的突变力量来解释陈白露的堕落。"父亲死了,家里更穷了"其实是相当模糊的交代,我们依然无法知道出身书香门第并受过教育的陈白露堕落之时是否有以及有多少的选择余地。倒是第四幕陈白露对自己过往的一段平淡而失败婚姻的描述,使得我们有可能找到解释其堕落的充分合理性的钥匙。通过陈白露的描述我们知道其前夫是个诗人,陈白露一直都很爱着他,曾甘愿为爱而牺牲。"他叫我离开这儿跟他结婚,我就离开这儿跟他结婚。他要我到乡下去,我就陪他到乡下去。他说'你应该生个孩子!'我就为他生个孩子。"然而这场婚姻最后却因"平淡""无聊"和"厌烦"而结束,诗人后来去追寻他的希望去了。正以此为转折,陈白露的人生态度及生活方式都发生了重大转变,由甘愿为爱情牺牲变为放纵自己、贪慕享乐。因此,在陈白露的堕落原因里,我们不应忽略失败婚姻对她的影响。同样,其所以拒绝方达生的救赎,也与她对婚姻的失望不无关系。

陈白露其实要比方达生对某些问题看得清楚些,她很明白方达生是个怎样的人,因此根本不对他的所谓救赎抱什么幻想。曹禺在谈到这方达生一人物时,说了这样一段话,"方达生不能代表《日出》中的理想人物",这是"一个永在'心里头'活的书呆子,怀着一肚子的不合时宜,整日地思索斟酌,长吁短

---

①曹禺:《日出》,《曹禺全集》第1卷,花山文艺出版社1996年版,第277、199页。
②[美]贺萧:《危险的愉悦:20世纪上海的娼妓问题与现代性》,韩敏中、盛宁译,江苏人民出版社2003年版,第37页。

叹,末尾听见大众严肃的工作的声音,忽然欢呼起来,空泛地嚷着要做些事情,以为自己得了救星,又是多么可笑又复可怜的举动!"①所以方达生作为"一个心有余而力不足的书生",他其实是无法担当日出以后的重大责任的。而其最后说的"我们要做一点事,要同金八拼一拼!"曹禺承认原不过是个讽刺而已,讽刺"与我有同样书呆子性格,空抱着一腔同情和理想,而实际无补于事的'好心人'。"②事实上,方达生不仅无法担当日出后的重大责任,他实际也不具有救赎陈白露的能力。尽管他以为自己可以感化她,甚至幼稚地认为只要嫁人就可以解决陈白露的问题,先是希望陈白露能嫁给自己,遭拒绝后,他又建议陈白露"嫁一个真正的男人","他一定很结实,很傻气,整天地苦干,像这两天那些打夯的人一样。"这段话恰恰说明他实际并不了解陈白露,好在陈白露比他清醒些实际些,并不理会他那些不切实际的想法。当然,陈白露拒绝救赎一方面是由于方达生不具有救赎的能力,另一方面也是更为根本的即在于其对婚姻的彻底失望。对于从一场刻骨铭心的爱恋走入婚姻最后却由于"平淡""无聊"和"厌烦"而分手的陈白露来说,爱情、婚姻早已失去了生命的光泽,当陈白露这样描述自己的婚姻生活时:

> 后来,新鲜的渐渐不新鲜了,两个人处久了渐渐就觉得平淡了,无聊了。……
>
> 我告诉你结婚后最可怕的事情不是穷,不是嫉妒,不是打架,而是平淡,无聊,厌烦。两个人互相觉得是个累赘,懒得再吵嘴打架,直盼望哪一天天塌了,等死。于是我们先只见面拉长脸,皱眉头,不说话。最后他怎么想法子叫我头痛,我也怎么想法子叫他头痛。他要走一步,我不让他走;我要动一动,他也不许我动。两个人仿佛捆在一起扔到水里,向下沉,……沉,……沉,……

我们还认为她会把救赎的希望寄托于再次品尝婚姻的围城吗?其实作者在第一幕已指出陈白露对爱情婚姻的幻灭。"生活对于她是一串习惯的桎梏,她不再想真实的感情的慰籍。这些年的飘泊教聪明了她,世上并没有她

---

① 曹禺:《日出》,《曹禺全集》第1卷,花山文艺出版社1996年版,第384页。
② 曹禺:《日出》,《曹禺全集》第1卷,花山文艺出版社1996年版,第385页。

在女孩儿时代所幻梦的爱情。生活是铁一般的真实,有它自来的残忍!"①如果说救赎只是嫁人从良的婚姻生活,那么陈白露对此已有过失败的体验,那么她还会寄希望于此吗?既不愿被救赎,又厌倦了沉沦的生活;既不能新生,又不能彻底堕落,那么陈白露只有"睡去"了,从这点来看,她的死亡倒是必然的了。

当然,曹禺写陈白露之死,更多还是从思想主题考虑的,陈白露作为代表一个腐烂阶层的崩溃,自是要在日出前"睡去"了,因为太阳不属于他们。《日出》主要是为了批判"损不足以奉有余"的社会,剧本所有的创作都是为此主题服务,所以对陈白露的堕落与救赎的书写,自然也离不开这一主题。但仅仅通过突出她的纯真善良和对生活的厌倦来将其堕落的原因推向社会,总还缺少应有的分量,所以翠喜、小东西等就是必不可少的,因为只有通过她们才能将对社会的批判落在实处,具有力度。由此我们也就理解了为什么曹禺如此看重第三幕,即便是它与全剧气氛背景不太协调也不愿删去。"《日出》不演则已,演了,第三幕无论如何应该有。挖了它,等于挖去《日出》的心脏,任它惨亡。如若为着某种原因,必须支解这个剧本,才能把一些罪恶暴露在观众面前,那么就斫掉其余的三幕吧"。②而对陈白露来说,如果只是将其悲剧放在社会层面解析,终是显得单薄、片面。事实上作者的创作往往也会溢出主题思想之外,如对陈白露婚姻的描述,可能是有着一种情感体验在内。而正是这些溢出主题之外的创作给陈白露的悲剧添上了一层真实的、厚重的底色,从而丰富了人物的悲剧内涵。

男性作家有关欢场女性的救赎基本有三种书写模式,一是接受救赎,一般结束于嫁人从良为止;二是拒绝救赎,多半这些欢场女性不会有什么好下场,总会受到某种形式的惩罚,如晚清"溢恶"类的狭邪小说;三是虽拒绝救赎,但又不甘于沉沦的生活,于是只有以死亡来解决问题。然而不管是哪一种模式的书写,其潜在的道德价值判断就是女性虽不幸沦落欢场,但在情感上应向往从良而鄙弃欢场生活。如果以卖身为乐事并沉迷于此,那简直就是不可救药,是双重的堕落,因沦落欢场不管怎样都已是一重堕落了。然而丁

---

①曹禺:《日出》,《曹禺全集》第1卷,花山文艺出版社1996年版,第343、342、344、199页。

②曹禺:《日出》,《曹禺全集》第1卷,花山文艺出版社1996年版,第391页。

玲的《庆云里中的一间小房里》却为我们讲述了妓女阿英对自己卖身生活的另类感受与体验。与多数男性作家笔下的苦难叙事不同,丁玲笔下的阿英对妓女生活是满足而快乐的,她甚至因此而拒绝从良,因为她实在想不出有什么理由非要嫁人。"吃饭穿衣,她现在并不愁什么,一切都由阿姆负担了。说缺少一个丈夫,然而她夜夜并不虚过呀!而且这只有更能觉得有趣的……她什么事都可以不做,除了去陪男人睡,但这事并不难,她很惯于这个了。她不会害羞,当她赔着笑脸去拉每位不认识的人时。她现在是颠倒怕过她从前曾有过,又曾渴想过的一个安分的妇人的生活"。[①]阿英认为女人想得到的东西她通过卖淫也能得到,如吃饭穿衣、人身自由、性爱乐趣等。因而,在阿英的妓女生活中,我们看不到屈辱与苦难,甚至连无奈都不曾有。面对快乐而满足的阿英,我们忽然有些不知所措,因为这完全超出了以往的阅读经验。

其实,若要准确地理解阿英这一形象,我们首先要了解丁玲对女性婚姻及女性卖淫的态度,因为这两者在丁玲看来并没有什么本质的不同。在丁玲的早期作品中,她对女性婚姻的前途持非常悲观的态度,认为女人在婚姻中得到的只有痛苦。在《梦珂》中,作者借梦珂之口道出了自己对婚姻本质的看法,认为婚姻不过是使女人堕落的合法形式。不仅旧式婚姻中的女子等于卖淫,"只不过是贱价而又整个的",即便是"新式恋爱,如若是为了金钱,名位,不也是一样吗?并且还是自己出卖自己,不好横赖给父母了。"所以《梦珂》中的表嫂会感慨"一个妓女也比我好!也值得我去羡慕!"[②]而《庆云里中的一间小房里》不过是借妓女之口,进一步发挥"嫁人也等于卖淫"这一观点。如波伏娃指出的,"从经济学的观点来看,妓女的地位和已婚女人的地位是一样的","两种性行为都是服务,前者是终身租给一个男人,后者则有按次数付酬的顾客"。而"靠卖淫出卖自己的女人和靠婚姻出卖自己的女人,她们之间的唯一差别,是价格的不同和履行契约时间长短的不同。"[③]正因此,丁玲对女性卖淫是较为宽容的,认为做妓女也没什么不道德,在男权中心社会里,女人既然要做一个男子的在家的妓女,何况出去做多个男子的妓女呢?在卖淫与婚姻的

①丁玲:《庆云里中的一间小房里》,《丁玲文集》第二卷,湖南人民出版社1983年版,第187页。

②丁玲:《梦珂》,《丁玲文集》第二卷,湖南人民出版社1983年版,第31页。

③[法]西蒙娜·德·波伏娃:《第二性》,陶铁柱译,中国书籍出版社1998年版,第629页。

关系上,张爱玲有着与丁玲相近的看法。她认为"以美好的身体取悦于人,是世界上最古老的职业,也是极普遍的妇女职业,为了谋生而结婚的女人全可以归在这一项下。这也无庸讳言——有美的身体,以身体悦人;有美的思想,以思想悦人,其实也没有多大分别。"①所以,张爱玲对妓女同样是宽容的,正基于此,她特别欣赏奥涅尔以印象派笔法勾出的"地母娘娘"是一个妓女的形象,以此象征女性所代表的四季循环、土地、生老病死、饮食繁殖。由于丁玲与张爱玲能基于女性立场来表现女性的生存境遇,因而她们的写作无疑对男权中心文化构成了某种挑战,并对男性意识形态话语进行了解构与颠覆,书写出了另类的欢场女性形象。她们不仅有着丰富的内心情感体验,而且还有着属于她们自己的隐秘的身体感受,是真正从女性视角,基于女性立场的性别叙事和女性言说。而对女性身体欲望的书写,丁玲则走得更远。

在丁玲的早期作品中,她将笔触深入到了女性性欲这一隐秘王国,将女性最私密、最隐晦的身体和欲望坦陈出来,这就使得她的作品具有了一种可怕的颠覆力量。"一个女人说出自己生活的隐秘会怎样呢? 世界将被撕裂开。"②"在历史上,女性除去作为男性创造、男性命名、男性愿望与恐惧外化出来的空洞能指外,女性自身一直是历史与男性的无意识,也是自身的无意识。在谬称与异化中醒觉过来的女性还待重新确立、重新阐释的那部分真实,乃是一片无名的无意识之海"。③而在《庆云里中的一间小房里》,丁玲则拂去了蒙在女性身上的迷障,还性以生命的本真,将女性隐匿的身体欲望袒露出来,并背弃传统的道德标准,仅仅从生存角度来透视阿英的欲望世界。在这样一间小房子里,阿英首先感觉到的是没有物质和精神压抑的性的自由和欢乐,是逃离了封建伦理和道德束缚后的轻松恣肆,是抛弃了传统观念及羞耻心后的畅快淋漓。阿英在性的快乐中确认自己的存在价值,并从这样的生活中获得愉悦感受。小说中提到了阿英对性的体验,"这只有更能觉得有趣的",对性的体验直接影响着阿英对陈老三的感受,并且她还很有兴致地揣摩着男人的不同,甚至于隔壁阿姊晚上有客,她因不愿"白听别人一整夜的

---

① 张爱玲:《谈女人》,《张爱玲文集》第四卷,安徽文艺出版社1992年版,第72页。

② [美]苏珊·S·兰瑟:《虚构的权威——女性作家与叙述声音》,黄必康译,北京大学出版社2002年版,第161页。

③ 孟悦、戴锦华:《浮出历史地表——现代妇女文学研究》,中国人民大学出版社2004年版,第111页。

戏"而情愿上街拉客。可见,性已成为阿英生活中一种不可或缺的东西。同样,性也是其选择未来生活的一个重要考虑因素,并与金钱一起成为阿英衡量男人的标准。阿英后来不再想着嫁给陈老三,经济是一方面原因,因为"一个种田的人,能养得起一个老婆吗?"然而性同样也是一个重要因素,因为"那寂寞的耿耿的长天和黑夜,她一人如何过?"①小说一方面通过阿英对男人的分析说明,男人离女人的欲望总是有一段距离,因此男人是负担不起拯救重任的。另一方面,通过阿英无所约束的、无所压抑的性来强调女性摆脱传统文化中的"性依附"地位后的自由快乐,从而肯定了女性性欲的自然性、合理性。而正是在这一点上,丁玲大胆突破了男权话语的书写模式,使得一向被遮蔽的欢场女性的性体验不仅浮出了历史地表,而且还颠覆了传统男性文化对女性性体验的否定态度。在传统性观念中,女性身体的欲望是不被认可的,它必须在依从于其他目的的前提下如传宗接代等才能被接受。单纯的女性身体的愉悦总是同淫荡、不洁等相联系。故而,男性作家有关妓女生活的书写,或是遮蔽其身体的感受,或是呈现苦难的论调,如《丈夫》《月牙儿》等。

其实阿英对妓女生活的感受与选择,倒是与法国大革命时期的妓女玛丽昂所代表的个体道德观接近。在《沉重的肉身》一书中,刘小枫通过法国大革命时期对卖淫制度的两种不同态度的比较,阐释了个体道德与人民道德之间的冲撞。"人民们认为,卖淫是贵族老爷们有钱有势逼出来的,只有消灭贵族的肉体,消灭不平等的财产分配制度,才能重建国家的道德秩序。"而在妓女玛丽昂和她的母亲看来,卖淫与不平等的财富分配制度之间并没有关系,纯粹是一种生理行为,一种自然的生存方式,如玛丽昂说的:

> 我是一个永恒不变之体,是永无休止的渴念的掳取,是一团红火,一股激流。……人们爱从哪寻求快乐就从哪寻找,这又有什么高低雅俗的分别呢?肉体也好,圣像也好,玩具也好,感觉都是一样的。②

玛丽昂认为根据自己的感觉偏好去生活,就是道德的行为,这种道德的

①丁玲:《庆云里中的一间小房里》,《丁玲文集》第二卷,湖南人民出版社1983年版,第188、185页。

②刘小枫:《沉重的肉身——现代性伦理的叙事纬语》,上海人民出版社1999年版,第12、13页。

正当性在于自己感觉偏好的自然权利,而卖淫不过是一种个人的感觉偏好。正是在这点上,丹东的价值观与玛丽昂是一致的,不认为人的生活方式有善恶之分,每个人在自然本性上都是享乐者。不同的只是每个人寻求享乐的方式的差别,或是粗俗或是文雅,这是"人与人之间所能找到的唯一区别"。无论以粗俗还是文雅的方式享乐,感觉都一样,"都是为了能使自己心安理得"。阿英对妓女生活的选择即是体现了这一个体道德观,而其对妓女生活的适应,则验证了波伏娃的观点。"绝大多数妓女在精神上都能适应她们的生活。这并非是因为她们偶然地不道德或天生地不道德,而是因为她们认为有理由同需要她们服务的社会结为一体。"①正因此,丁玲笔下的阿英是独立的自由的,她没有被支配被左右,没有沦为概念工具,没有抹上传奇色彩,也没有被男性话语掩盖自己的意志。相反,她就是她自己,甚至是抽离了文化历史背景而有着明确的自然背景和生理前提的生命个体。因此她才可以将自己的想法肆无忌惮地表述出来,虽然许多时候是惊世骇俗的。在丁玲那里,那个最经常出现在妓女身上的"堕落——拯救"模式遭遇了无声息地消解。如果说妓女生活是充满愉悦的,是自己的一种主动选择,那么所谓的拯救便失去了存在的前提,而附加在妓女身上的传统文学身份和文化意义也被剥离得干干净净。阿英不过就是一个清醒地意识到自我欲望并通过不合常"理"的选择来满足自我欲望的过着"不正常"生活的"正常"女人。这里,"不正常"是从伦理道德角度来讲,"正常"则是就个体生命角度而言。正是在这一意义上,《庆云里中的一间小房里》突破了男性书写的救赎模式,赋予了欢场救赎以新的内容。如果说老七是选择接受救赎,走下妓船与丈夫过正常的生活,那么陈白露虽拒绝救赎但却是厌倦欢场生活的,因而她只有选择死亡,而阿英则是因享受充满愉悦的妓女生活而拒绝救赎的,从而颠覆了男性作家有关欢场女性救赎的所有可能的想象。

相比较女性作家,新文学中男性作家的欢场书写多是体现一种外在的社会化建构,是作者标识自己在现代化进程中身份和立场的工具。因而,男性作家的欢场书写总是离不开"逼良为娼""堕落""苦难""拯救"等关键词,这其实是反映了男性文化规范下的书写立场。而女性作家却往往从男性书写所

①[法]西蒙娜·德·波伏娃:《第二性》,陶铁柱译,中国书籍出版社1998年版,第638页。

遮蔽的女性内在的情感与身体体验出发,书写出不同于男性作家的欢场想象。在女性作家笔下,欢场女性的堕落完全可能是自愿的,妓女的生活也可以是愉悦的,因而拒绝救赎也就并非是不可能的,从而体现出欢场书写的不同性别立场。当然,这一立场在同一题材的创作中体现则更为明显,如有关赛金花题材的书写。

第三节　赛金花题材的性别书写

赛金花作为晚清名妓,其传奇的一生不断刺激不同时代、不同性别、不同素养的作家想象。在20世纪长达百年的时间里,形成了一个有关赛金花题材的创作系列,本小节仅从性别书写的角度来探讨这一现象。

纵观百年来男性作家笔下的赛金花形象,我们发现存在两种极端的倾向,即"溢美"和"溢恶"两类。"溢美"类的如夏衍的话剧《赛金花》、熊佛西的戏剧《赛金花》、柯兴的《清末名妓赛金花传》、华而实的电影剧本《赛金花绿皮书》等,这些作品中的赛金花被塑造成至情至性的风尘侠妓。而"溢恶"类的如樊增祥的《前后彩云曲》、吴趼人《赛金花传》、曾朴《孽海花》等,赛金花或是淫逸无德、卖身事贼的荡妇,或是祸害男人的祸水。而无论是褒是贬,男性作家都是从外部来写女人的,他们笔下的赛金花,套用女性主义的术语,是"gender",是"叙述出来的女人",是一种社会化的建构。女人在这里只是被叙述的"对象",而不是作为主体来叙述的。体现在叙事上,即将赛金花对象化、结论化,极力从视觉、触觉、嗅觉等感官方面来描述她的美,而不涉及欲望、感情、感觉等能体现其主体性的内容。此外,只写她的外在行为,而不涉及引起这种行为的内在心理动机。这种状况,直到20世纪80、90年代女作家的作品中才有所改变,而这其中又以赵淑侠的《赛金花》和王晓玉的《赛金花·凡尘》为此一题材的女性主义代表作。

赵淑侠1990年出版的《赛金花》,通过对赛金花故事的重新叙述,拆解了男权中心文化文本对赛金花或是美化或是丑化的描写。将赛金花塑造成一个有血有肉、有着主体意识的女性形象,注重凸显其自身的情感、意志、欲望及选择。而以往男性作家笔下的赛金花,多是作为线索式的、类型化的、传声

简式的载道工具。作家们将叙事的旨归都放在人物之外,"至于赛金花作为
一位复杂的女性,复杂的经历和心态,其中蕴涵的人性中最本质的东西,并不
包含在作者的写作视角之内,源于这位女性血肉的欢笑和泪水尚处于遮蔽的
状态"。①赵淑侠的小说恰恰是对这种男性叙述传统的反拨,其笔下的赛金花
会为洪文卿的温情所感动,并有着深厚的母性,而这一点在以往有关赛金花
题材的叙事中总是有意无意地被遮蔽了。此外,她有着自己的思考与选择,
还有着自身的情感与欲望,并会因这情感与欲望而犹豫彷徨。因而,赵淑侠
笔下的赛金花是一个有着充分自我感觉及鲜明主体意识的形象。

相比较赵淑侠的作品,1998年出版的王晓玉的《赛金花·凡尘》则是一篇
更为彻底的女性主义文本。如果说赵淑侠的文本更多是拆解男性写作对赛
金花的贬低或拔高的塑造,那么王晓玉的作品则更多是建构一种新的形象,
更加突出这一形象的主体性因素。如她为人母的亲情,她为妻子的深情,她
为朋友的友情等,写出了女性经历和感受中最本质的东西以及其在希望与绝
望交汇间的心理冲突与畸变。如果说赵淑侠的文本属于女性主义写作中的
"颠覆和戳穿父系文化谎言阶段",重在解构、颠覆;那么王晓玉的小说则属于
"重返家园,寻找母亲的历史阶段",②重在建构、超越,更加注重对女性主体意
识的发掘及对女性生存经验的表现。事实上,世纪末女性作家有关赛金花题
材的创作,可谓是有意为之的逃离男性写作格式阴影的女性文本。因而她们
笔下的赛金花就不再只是一个被他性所言说的沉默的被规定的被叙述出来
的符号,而成为一个有着自我主体意识的鲜活的复杂的女性形象。通过赛金
花题材的不同文本的简单比较,我们可以发现写作中明显的性别立场。女性
作家借助体验性的叙述方式,更注重表现主体性的因素,诸如情感、欲望、感
觉等,因而更能接近人物内在的隐秘世界,这些在男性作家的书写中往往是
被遮蔽的。而女性作家写作中所体现出的自觉女性意识,以及基于女性视点
的叙述策略,则在相当程度上挑战了男权中心文化下的书写规范。

通过不同文本的比较来揭示欢场书写中的性别立场问题,并非是要厚此
薄彼,要有高下之分,只是想强调性别立场给创作带来的影响与差别。自然,
女作家来自切身生命体验的书写是不可缺少的,同样,男作家站在他者立场

①林宋瑜:《有意味的个案:不同视角的赛金花》,《社会科学家》1999年第1期。
②徐坤:《90年代女性写作》,《文学报》2000年3月7日。

上的审视和参与也不能够忽视。而他者的审视和参与在多大程度上具有正面意义,在多大程度上产生了负面影响,还需要加以理性的审视和辨析。盲目的否定与排斥他者提供的镜像将会导致封闭与孤立,而盲目的赞同与接受,同样会失掉自我陷入被规范、被重塑的圈套,这两方面应该都是我们所不欲的。

余 论

晚清和民国时期中国文学的欢场书写,经历着几次大的转变,从晚清狭邪小说到民国倡门小说再到借鉴西方文学基础上产生的新文学的各类欢场书写,不同历史时期的作家按照自己的立场及需要对欢场女性进行着想象性建构。欢场女性或是作为古典精致文化的体现者,或是精明算计的女商人,或是苦难生活的代言人,或是男性形象的反光板,或是大众娱乐的消遣品。总之,这些欢场女性形象体现着典型的"他者性"。这种"他者性"的表现之一便是欢场女性形象的"溢美"—"溢恶"的两极建构模式,表现之二则是男性的他者书写占据着主流位置,女作家往往是在这种缝隙中进行另类写作,体现出鲜明的性别立场与解构倾向。

其次,与"他者性"一脉相连的则是"身体性",即欢场女性的形象在男权话语编织的社会文化结构中更多地体现为一种以性为核心的身体性存在。欢场女性的身体被卷入到各类的话语论争中,体现着某一符号化意义。她们的身体不仅是男性欲望的对象或是救赎的对象,而且还是社会弊病的喻体或是物质欲望的载体,从而成为民族焦虑的投射或是现代都市的象征。而作为体现"愉悦"或是"危险"的欢场女性身体,总是在这两个因素之间表现出灵活的可塑性,并由此体现出书写者的价值立场。

此外,在这一时期欢场文学演变的过程中,随着原先赋予欢场女性作为文化喻体的象征意义逐渐剥离殆尽,政治能指的味道是越来越强烈,而欢场女性的身体作为一种"危险"的因素也逐渐压倒了"愉悦"的论调。尤其是新文学以来,欢场女性多被视为"被侮辱与被损害者",是苦难的化身,是社会弊病的喻体,从而将娼妓问题与社会批判相结合,与国家、民族的解放相联系,形成了一种压迫/解放的二元化线性创作模式。这一模式逐渐成为新文学欢场书写的主流模式并一直延续至新中国成立后的当代文学创作,直至80年代中后期,这一书写模式才逐渐被打破。

与现代文学的欢场书写相比,当代文学这一题材的创作既有承继又有突破。可以说,在80年代中期之前,欢场题材的作品数量是非常少的,大致包括两类,一是现实题材,主要写妓女改造的问题,这一题材伴随着新中国成立后大规模的妓女改造运动而产生,是以往现代文学欢场书写中不曾有过的,如陆文夫在50年代创作的《小巷深处》,写的是旧社会做过妓女的徐文霞在新社会获得新生,不仅自食其力地做了女工,还获得了一份属于自己的爱情。小说写的虽是1949年后有关妓女改造的话题,但延续的依然是新文学压迫/解放的思维模式,不过是换了个创作视角而已。二是历史题材,主要写历史上的一些名妓,如80年代初柯兴创作的《清末名妓赛金花传》,同样受压迫/解放这一创作思维的影响,作者将赛金花塑造成"被侮辱与被损害者",是一个有着爱国思想的"平康侠妓"。在这样的创作模式下,欢场女性多不具有形象的主体性意义,而呈现出高度符号化的特征。故而,就形象本身而言这类模式中的欢场女性形象缺少复杂性与丰满度,面孔多是单一的、模糊的与相似的。因为作为符号而言,其实是不需要过多的个性的。另外,从社会学角度来看,这类创作模式显然也是将复杂的娼妓问题简单化了,否则我们无法解释当下社会中存在的死灰复燃的各类卖淫现象。

20世纪80年代中期以来,欢场题材作品不仅在数量上有所增加,创作模式也呈现出多元化的创作格局。同样是妓女改造题材,苏童的小说《红粉》讲述了旧社会遗留下来的妓女对于新社会的隔阂与漠然,在大的时代变革中,她们还依然留恋、回味往昔的生活,揭示了人性的弱点与复杂,从而解构了关于妓女被成功改造的政治话语模式。霍达的《红尘》同样将视角对准1949年前沦落风尘的女子,尽管在1949年后重获新生,但当她因着善良与真诚在诉苦会上痛说了自己的身世后,她成为周围人所不齿的另类,在"四清"与"文革"中受尽凌辱与人格践踏,最后绝望自杀。小说反思了妓女改造中的社会接受问题,揭示了即便完全摆脱了过去生活方式的风尘女子想要重获社会的认可与接受是相当困难的,从而从另一个视角解构了《小巷深处》中关于妓女改造后美好生活的构想。另外,关于女性堕落的题材,王安忆的《米尼》、方方的《在我的开始是我的结束》都侧重从情感层面及个体自身去探讨女性堕落的原因,显示出规避社会因素而指向人性探测的创作取向。这一取向与80年代中期以来女性主义文学立场相呼应,使得欢场题材作品突破了社会批判模式的局限,由以往关注欢场女性外在的社会因素、生存环境而转移到内在的人性内涵、生命状态上来,从而欢场女性形象的主体性得以凸显,而符号化意义则逐渐褪去。这一时期关于赛金花题材的创作,赵淑侠的《赛金花》和王晓玉的《赛金花·凡尘》都注重强调赛金花作为一个女人的丰富情感与身体体验,不再将其视为某种符号化的代表,使得这一形象具有了主体性与复杂性。两部作品都注重强调赛金花与男性关系中情感因素的作用,如赵淑侠强调赛金花与德军官的邂逅是爱情的觉醒,王晓玉则指出赛金花嫁给状元洪文是因为两人之间的感情。这样的处理方式自是为了突出形象的正面价值,但却在无意之中又落入男权价值观对女性道德要求的窠臼。值得一提的是这一时期出现了以欢场女性作为殖民寓意的作品,显示出对这一题材领域的拓展。20世纪末,香港作家施叔青的《香港三部曲》即《她名叫蝴蝶》《遍山洋紫荆》与《寂寞云园》,以妓女黄得云一生的遭际,来象征香港这座城市的历史,通过黄得云与西方男人在性关系上的征服与被征服,影射殖民统治与殖民颠覆。严歌苓的《扶桑》同样是一个文化隐喻的文本,小说以19世纪末华人妓女扶桑在美国的辛酸遭遇为线索,再现了华人女性作为"他者"形象在美国社会的受难史。严歌苓以"自我东方主义"的叙事立场,以虚构和史实再现的形式揭示了海外华人苦难史背后隐藏的一系列问题,包括殖民倾轧、女性权利、异质文化语境中不可调和的误解等。扶桑这一形象俨然成为一个隐喻,暗示了殖民及男权话语下女性的双重命运悲剧。

随着20世纪90年代市场经济的进一步发展,各类欢场服务业以地下或半地下的方式开始死灰复燃,出现了一些新的服务方式,如按摩女、洗头女、

KTV陪唱女、脱衣舞女郎等等,欢场服务业亦呈现出新的特点。社会上将这类从事欢场服务业的女性多称为"小姐",90年代以来不少作品中都塑造了各种类型的"小姐"形象,如何顿的《蒙娜丽莎的微笑》、关仁山的《九月还乡》、阎连科的《柳乡长》、孙惠芬的《一树槐香》、铁凝的《小黄米的故事》《青草垛》、乔叶的《守口如瓶》《紫蔷薇影楼》、严歌苓的《谁家有女初长成》等,这些作品从不同层面、不同视角展示了这一特殊群体的生存现状。总体而言,当代作家一般多从个体因素、人性角度去探讨这一社会现象,而较少运用社会批判的视角,这与现代文学的欢场书写形成了鲜明的对比。当然,差异性不只体现在这一个方面。

应该说,当代文学尤其是新时期以来,欢场书写呈现出新的范式与变化,对此进行探讨同样是有必要、有价值的,同时也使晚清和民国时期的欢场书写研究能够在一个更大的视域内相互参照、拓展深化,从而使得欢场文学整体研究更加丰富、更具历史感与时代感。

主要参考书目

一、论著类

〔德〕本雅明：《发达资本主义时代的抒情诗人》，王才勇译，南京：江苏人民出版社2005年版。

〔德〕西美尔：《时尚的哲学》，费勇等译，北京：文化艺术出版社2001年版。

〔法〕安克强：《上海妓女——19—20世纪中国的卖淫与性》，袁燮铭、夏俊霞译，上海古籍出版社2004年版。

〔法〕西蒙娜·德·波伏娃：《第二性》，陶铁柱译，北京：中国书籍出版社1998年版。

〔法〕伊夫·瓦岱：《文学与现代性》，田庆生译，北京大学出版社2001年版。

〔美〕彼得·布鲁克斯：《身体活：现代叙述中的欲望对象》，朱生坚译，北京：新星出版社2005年版。

〔美〕丹尼尔·贝尔：《资本主义文化矛盾》，赵一凡等译，北京：生活·读书·

新知三联书店1989年版。

[美]耿德华:《被冷落的缪斯——中国沦陷区文学史(1937—1945)》,张泉译,北京:新星出版社2006年版。

[美]贺萧:《危险的愉悦:20世纪上海的娼妓问题与现代性》,韩敏中、盛宁译,南京:江苏人民出版社2003年版。

[美]凯特·米利特:《性政治》,宋文伟译,南京:江苏人民出版社2000年版。

[美]李欧梵:《上海摩登——一种新都市文化在中国1930—1945》,毛尖译,北京大学出版社2001年版。

[美]李欧梵:《现代性的追求:李欧梵文化评论精选集》,北京:生活·读书·新知三联书店2000年版。

[美]李欧梵:《中国现代文学与现代性十讲》,上海:复旦大学出版社2002年版。

[美]刘剑梅:《革命与情爱——20世纪中国小说史中的女性身体与主题重述》,上海三联书店2009年版。

[美]罗兹·墨菲:《上海——现代中国的钥匙》,上海社会科学院历史研究所编译,上海人民出版社1986年版。

[美]马泰·卡林内斯库:《现代性的五副面孔》,顾爱彬、李瑞华译,北京:商务印书馆2002年版。

[美]苏珊·桑塔格:《疾病的隐喻》,程巍译,上海译文出版社2003年版。

[美]王德威:《被压抑的现代性——晚清小说新论》,宋伟杰译,北京大学出版社2005年版。

[美]王德威:《想象中国的方法——历史·小说·叙事》,北京:生活·读书·新知三联书店1998年版。

[美]周蕾:《妇女与中国现代性——西方与东方之间的阅读政治》,蔡青松译,上海三联书店2008年版。

[英]玛丽·伊格尔顿编:《女权主义文学理论》,胡敏等译,长沙:湖南文艺出版社1989年版。

[英]布莱恩·特纳:《身体与社会》,马海良等译,沈阳:春风文艺出版社2000年版。

[英]马·布雷德伯里、詹·麦克法兰编:《现代主义》,胡家峦等译,上海外语教育出版社1992年版。

包天笑:《钏影楼回忆录》,太原:山西古籍出版社1999年版。

陈思和主编:《文学中的妓女形象》,北京:人民日报出版社1990年版。

陈平原:《中国现代小说的起点——清末民初小说研究》,北京大学出版社2005年版。

陈平原:《中国小说叙事模式的转变》,北京大学出版社2003年版。

陈平原、夏晓虹编:《二十世纪中国小说理论资料(第一卷)》,北京大学出版社1997年版。

陈晓兰:《文学中的巴黎与上海》,桂林:广西师范大学出版社2006年版。

陈青生:《抗战时期的上海文学》,上海人民出版社1995年版。

陈青生:《年轮——四十年代后半期的上海文学》,上海人民出版社2002年版。

程文超等著:《欲望的重新叙述——20世纪中国的文学叙事与文艺精神》,桂林:广西师范大学出版社2005年版。

池志澂:《沪游梦影》,上海古籍出版社1989年版。

范伯群主编:《中国近现代通俗文学史》,南京:江苏教育出版社2000年版。

范伯群、孔庆东主编:《通俗文学十五讲》,北京大学出版社2003年版。

葛飞:《戏剧、革命与都市漩涡——1930年代左翼剧运、剧人在上海》,北京大学出版社2008年版。

葛元煦:《沪游杂记》,上海古籍出版社1989年版。

黄会林:《中国百年话剧史稿》,北京师范大学出版社2009年版。

黄献文:《论新感觉派》,武汉出版社2000年版。

侯运华:《晚清狭邪小说新论》,开封:河南大学出版社2005年版。

孔另境编:《现代作家书简》,广州:花城出版社1982年版。

李长莉:《晚清上海社会的变迁——生活与伦理的近代化》,天津人民出版社2002年版。

李大钊:《李大钊文集》,北京:人民出版社1999年版。

李玲:《中国现代文学的性别意识》,北京:人民文学出版社2002年版。

李楠:《晚清、民国时期上海小报研究——一种综合的文化、文学考察》,北京:人民文学出版社2005年版。

李今:《海派小说与现代都市文化》,合肥:安徽教育出版社2000年版。

李俊国:《中国现代都市小说研究》,北京:中国社会科学出版社2004年版。

李银河主编:《妇女:最漫长的革命——当代西方女权主义理论精选》,北京:生活·读书·新知三联书店1997年版。

刘半农、商鸿逵:《赛金花本事》,北京:中国人民大学出版社2006年版。

刘慧英:《走出男权传统的藩篱:文学中男权意识的批判》,北京:生活·读书·新知三联书店1995年版。

刘慧英:《遭遇解放:1890—1930年代的中国女性》,北京:中央编译出版社2005年版。

刘小枫:《沉重的肉身——现代性伦理的叙事纬语》,上海人民出版社1999年版。

鲁迅:《中国小说史略》,上海文化出版社2005年版。

罗婷等著:《女性主义文学批评在西方与中国》,北京:中国社会科学出版社2004年版。

孟悦、戴锦华:《浮出历史地表——现代妇女文学研究》,郑州:河南人民出版社1989年版。

钱理群、温儒敏、吴福辉:《中国现代文学三十年》,北京大学出版社1998年版。

邵迎建:《上海抗战时期的话剧》,北京大学出版社2012年版。

邵雍:《中国近代妓女史》,上海人民出版社2005年版。

孙燕京:《晚清社会风尚研究》,北京:中国人民大学出版社2002年版。

陶慕宁:《青楼文学与中国文化》,北京:东方出版社1993年版。

田本相:《中国话剧艺术通史》(第1卷),太原:山西教育出版社2008年版。

王宏图:《都市叙事与欲望书写》,桂林:广西师范大学出版社2005年版。

王书奴:《中国娼妓史》,北京:团结出版社2004年版。

王文英主编:《上海现代文学史》,上海人民出版社1999年版。

魏绍昌编:《鸳鸯蝴蝶派研究资料》,上海文艺出版社1984年版。

《文史精华》编辑部编:《近代中国娼妓史料》(上下卷),石家庄:河北人民出版社1997年版。

吴福辉:《都市漩流中的海派小说》,长沙:湖南教育出版社1995年版。

吴中杰、吴立昌:《1900—1949中国现代主义寻踪》,上海:学林出版社1995年版。

夏志清:《中国现代小说史》,上海:复旦大学出版社2005年版。

谢庆立:《中国近现代通俗社会言情小说史》,北京:群众出版社2002年版。

许道明:《海派文学论》,上海:复旦大学出版社1999年版。

颜海平:《中国现代女性作家与中国革命1905—1948》,季剑青译,北京大学出版社2011年版。

杨义:《中国现代小说史》,北京:人民出版社1998年版。

杨义:《京派海派综论》,北京:中国社会科学出版社2003年版。

姚玳玫:《想象女性——海派小说1892—1949的叙事》,北京:中国社会科学出版社2004年版。

袁进:《中国小说的近代变迁》,北京:中国社会科学出版社1992年版。

张鸿声:《都市文化与中国现代都市小说》,河南大学出版社1997年版。

张京媛主编:《当代女性主义文学批评》,北京大学出版社1992年版。

张伟编:《花一般的罪恶——狮吼社作品、评论资料选》,上海:华东师范大学出版社2002年版。

张新颖:《20世纪上半期中国文学的现代意识》,北京:生活·读书·新知三联书店2001年版。

赵孝萱:《"鸳鸯蝴蝶派"新论》,兰州大学出版社2004年版。

周建人:《周建人文选》,北京:中国文史出版社1988年版。

二、作品类

阿英:《阿英全集》,合肥:安徽教育出版社2003年版。

毕倚虹:《人间地狱》,西安:华岳文艺出版社1988年版。

曹禺:《曹禺全集》第一卷,石家庄:花山文艺出版社1996年版。

陈铨:《陈铨代表作:野玫瑰》,北京:华夏出版社2009年版。

丁玲:《丁玲文集》第二卷,长沙:湖南人民出版社1983年版。

何海鸣:《倡门画师何海鸣代表作》,范伯群主编,南京:江苏文艺出版社1996年版。

蒋光慈:《丽莎的哀怨》,北京:人民文学出版社1987年版。

老舍:《老舍文集》,北京:人民文学出版社1985年版。

李健吾:《黄花》,上海:文化生活出版社1947年版。

林纾:《林纾选集(小说卷上)》,林薇选注,成都:四川人民出版社1985年版。

刘呐鸥:《刘呐鸥小说全编》,上海:学林出版社1997年版。

茅盾:《子夜》,北京:人民文学出版社1983年版。

穆时英:《穆时英小说全编》,上海:学林出版社1997年版。

彭家煌:《彭家煌小说经典》,北京:印刷工业出版社2001年版。

沈从文:《沈从文全集》,太原:北岳文艺出版社2002年版。

施济美:《凤仪园》,上海古籍出版社1997年版。

施蛰存:《十年创作集》,上海:华东师范大学出版社1996年版。

苏曼殊:《苏曼殊全集》第二册,北京:当代中国出版社2007年版。

孙席珍:《孙席珍小说选集》,香港:南方书屋1984年版。

孙玉声:《海上繁华梦》,上海古籍出版社1991年版。

田汉:《田汉代表作》,北京:华夏出版社1998年版。

王统照:《中国现代文学百家·王统照》,北京:华夏出版社1996年版。

吴欢章主编:《海派小说选》,上海:复旦大学出版社1990年版。

吴组缃:《中国现代文学百家·吴组缃》,北京:华夏出版社1998年版。

夏衍:《夏衍选集》,成都:四川文艺出版社1988年版。

徐訏:《风萧萧——徐訏作品系列》,合肥:安徽文艺出版社1996年版。

徐訏:《秘密——徐訏作品系列》,合肥:安徽文艺出版社1996年版。

叶灵凤:《叶灵凤小说全编》,上海:学林出版社1997年版。

叶鼎洛:《男友》,杭州:浙江文艺出版社2004年版。

叶紫：《叶紫代表作》，北京：华夏出版社2009年版。

郁达夫：《郁达夫文集》，广州：花城出版社1982年版。

郁达夫等著：《春风沉醉的晚上——工业题材短篇小说选（1919—1949）》，北京：工人出版社1984年版。

于伶：《于伶剧作集》，北京：中国戏剧出版社1985年版。

曾朴：《孽海花》，北京：大众文艺出版社1998年版。

张爱玲：《张爱玲文集》，合肥：安徽文艺出版社1992年版。

张爱玲：《张爱玲典藏全集·译注：海上花开》，哈尔滨出版社2003年版。

张爱玲：《张爱玲典藏全集·译注：海上花落》，哈尔滨出版社2003年版。

张春帆：《九尾龟》，北京：人民中国出版社1993年版。

张恨水：《春明外史》，南京：江苏文艺出版社2004年版。

章克标：《银蛇》，哈尔滨：黑龙江人民出版社、北方文艺出版社1998年版。

章衣萍：《情书一束　情书二束》，北京：中国广播电视出版社1992年版。

钟心青：《中国近代孤本小说精品大系·新茶花》，呼和浩特：内蒙古人民出版社1998年版。

周天籁：《亭子间嫂嫂》，上海：学林出版社1997年版。

［法］小仲马：《茶花女》，郑克鲁译，南京：译林出版社1993年版。

［法］莫泊桑：《羊脂球——莫泊桑中短篇小说集》，汪阳译，南京：译林出版社1998年版。

［法］左拉：《娜娜》，焦菊隐译，安徽人民出版社1982年版。

［法］雨果：《悲惨世界》，潘丽珍译，南京：译林出版社2001年版。

［俄］托尔斯泰：《复活》，安东、南风译，上海译文出版社2003年版。

三、杂志类

《小说月报》《现代》《文艺画报》《万象》《幸福》《良友》《天地》《茶话》等。